LA ROSE DE RABY

PAR

C. L. GRACE

Traduit de l'anglais
par Founi GUIRAMAND

1018

INÉDIT

« Grands Détectives »
dirigé par Jean-Claude Zylberstein

Sur l'auteur

C. L. Grace est un des pseudonymes — avec Paul Harding — de Paul C. Doherty. Celui-ci est né à Middlesbrough, dans le Yorkshire. Il a étudié l'histoire à Liverpool et à Oxford ; il est aujourd'hui professeur d'histoire médiévale. Il est l'auteur de plusieurs séries historico-policières, publiées chez 10/18 : outre les enquêtes de Kathryn Swinbrooke, apothicaire à Cantorbéry au XVe siècle, celles de Master Hugh Corbett, espion du roi Édouard Ier (sous son nom), et celles de frère Athelstan, un dominicain (sous le nom de Paul Harding).

Titre original :
Saintly Murders

ISBN 2-264-03380-0

En souvenir de Lisa Monaghan, de Kesh, comté de Fermanagh, Irlande du Nord, jeune femme merveilleuse et courageuse, brillante étudiante, décédée le 23 décembre 2000 ; avec ma tendresse.

« Ma devise est, sera et fut toujours
Radix malorum est Cupiditas. »

Geoffrey Chaucer
« Prologue du conte du Pardonneur »
Les Contes de Cantorbéry

« Au Moyen Âge, les femmes médecins exerçaient leur pratique en dépit des guerres et des épidémies pour la simple raison que l'on avait besoin d'elles. »

Kate Campbellton Hurd-Mead,
A History of Women in Medicine
(Londres, The Haddam Press, 1938)

Rappel historique

En mai 1471, la guerre civile sanglante entre la maison d'York et celle de Lancastre s'était achevée avec la victoire d'Édouard d'York à Tewkesbury. Le roi lancastrien, Henri VI, fut assassiné plus tard à la Tour, et Édouard d'York, sous le titre royal d'Édouard IV, assuma les pleins pouvoirs. Il était soutenu par sa belle épouse, Élisabeth Woodville, et ses deux puissants frères, George de Clarence et Richard de Gloucester, ainsi que par leurs partisans. Les York se disposèrent à profiter des bienfaits de la paix, même si les anciennes rancunes et les haines couvaient et remontaient souvent à la surface.

En France, Louis XI, roi rusé et sagace surnommé « l'Universelle Araigne », surveillait avec attention la puissance grandissante du vieil ennemi de son pays. Louis se tenait toujours prêt à intervenir pour mettre en échec la suprématie anglaise, quel qu'en soit le coût...

PERSONNAGES HISTORIQUES

MAISON DES LANCASTRE

HENRI VI : Henri de Lancastre, fils du grand Henri V, considéré par certains comme un imbécile, par d'autres comme un saint, et par quelques-uns comme les deux à la fois. La faiblesse et l'inefficacité de son gouvernement engendrèrent une guerre civile haineuse entre la maison d'York et celle de Lancastre.

MARGUERITE D'ANJOU : Épouse française d'Henri VI, c'est elle qui exerçait véritablement le pouvoir. Ses espoirs de victoire furent finalement anéantis par deux éclatantes victoires des armées yorkistes à Barnet et à Tewkesbury, au début de 1471.

BEAUFORT DE SOMERSET : Général lancastrien et homme politique ; il passait pour l'amant de Marguerite d'Anjou et fut tué à Tewkesbury.

HENRI TUDOR : Dernier prétendant lancastrien. En 1473, il était exilé à la cour de France et de Bretagne.

NICHOLAS FAUNTE : Maire lancastrien de Cantorbéry ; il fut plus tard capturé et exécuté dans sa ville.

MAISON D'YORK

RICHARD D'YORK : Père d'Édouard IV. Son désir forcené de monter sur le trône conduisit à l'ouverture des hostilités entre les York et les Lancastre. Il fut pris au piège et tué à la bataille de Wakefield en 1461.

CÉCILE D'YORK (née Neville), « la Rose de Raby[1] » : Veuve de Richard d'York; mère d'Édouard, de Richard de Gloucester et de George de Clarence.

ÉDOUARD IV : Brillant général yorkiste et futur roi.

EDMOND DE RUTLAND : Frère d'Édouard, il fut tué, avec le duc d'York, à Wakefield.

GEORGE DE CLARENCE : Bel homme, frère d'Édouard IV, qui le trahit; un prince qui changea de camp pendant la guerre civile.

RICHARD DE GLOUCESTER : Le plus jeune frère d'Édouard IV; il joua un rôle déterminant dans la victoire des York en 1471.

FRANCE

LOUIS XI, « l'Universelle Araigne » : On lui doit le renforcement et la centralisation de la monarchie française pendant le dernier quart du XVe siècle.

JEANNE D'ARC, « la Pucelle » : Visionnaire et chef de la résistance française contre l'Angleterre jusqu'à sa capture par les Anglais qui la brûlèrent à Rouen en 1431.

HOMMES POLITIQUES ANGLAIS

THOMAS BOURCHIER : Archevêque âgé de Cantorbéry.

WILLIAM HASTINGS : Homme de confiance du roi Édouard IV.

FRANCIS LOVELL : Homme de confiance de Richard de Gloucester.

1. Raby Castle : domaine des Neville où est née la duchesse Cécile, dans le nord-est de l'Angleterre. *(N.d.T.)*

PROLOGUE

« Ô péché maudit de toutes les malédictions ! Ô traîtres homicides ! Ô iniquité ! »

Chaucer, « Le conte du Pardonneur »,
Les Contes de Cantorbéry

La Mort était venue pour Roger Atworth, l'ancien soldat maintenant membre de la confrérie de l'ordre du Sac, à Cantorbéry.

— Ô Jésus, *miserere* ! murmura le vieil homme.

Il fixait la lumière qui passait sous la porte étroite. La Mort s'était glissée comme un assassin, se hâtant à pas feutrés le long d'une galerie, rapide à frapper depuis les ténèbres d'une ruelle. La Mort avait armé son piège. Atworth en savait long sur la souffrance : les douleurs qui traversaient sa poitrine et descendaient le long de son flanc gauche étaient comme un tocsin l'avertissant qu'il ne lui restait que peu de temps à vivre. Atworth voulut remuer, mais ses jambes, ses mains et ses bras étaient comme coulés dans une chape de plomb. Son esprit divaguait. Quel jour était-on ? Il avait perdu tout sens du temps. Les bons frères se préparaient à célébrer la fête de l'Annonciation, se rappela-t-il, qui avait lieu neuf mois avant Noël. Atworth eut une toux profonde et lécha les mucosités qui se formaient aux coins de sa bouche. Il ne verrait plus un autre Noël. Il ne s'agenouillerait plus en adoration devant la crèche, n'aiderait plus à la décorer avec du houx et du lierre, se demandant comme toujours si les baies rouge vif symbolisaient le sang du Christ. Atworth voulut se concentrer. Il s'y connaissait assez en sciences médicales pour identifier les symptômes de son mal. N'était-ce pas ainsi que frère Simon, l'infirmier, les décrivait? Son corps tout entier était dévasté par la souffrance. Il avait la gorge sèche, n'avait même pas pu manger les maigres restes que lui avait apportés la mystérieuse silhouette encapuchonnée.

— Qui était-ce? murmura Atworth dans les ténèbres.

Mais aussi, quelle importance? Il allait mourir et, comme tout bon soldat, il y était préparé. Il tenta de se rappeler les mots du psaume de la mort, le *De profundis*. Quel était-il, déjà? Le psaume 130?

Du fond de l'abîme j'ai crié vers vous, Seigneur :
Seigneur, écoutez ma voix!
Que vos oreilles se rendent attentives au cri de ma
[prière.
Si vous tenez un compte exact des iniquités,
[Seigneur...

Atworth toussa. Il tenta de relever la tête, mais l'effort était trop difficile. Il fixa l'obscurité grandissante. Coupable! Oh, comme il se sentait coupable! Impossible d'arrêter les cauchemars qui déversaient leur noirceur, comme des eaux fétides, aigrissant son âme. C'était des cauchemars du temps de sa jeunesse, quand il combattait au nord de la France dans les troupes mercenaires, sous une bannière rouge et or. Un temps de pillages et de rapines : on incendiait des villages entiers ! Des hommes, des femmes et des enfants étaient fauchés comme des lis dans les prés.

Roger Atworth secoua la tête. Il se rappelait une jeune femme qu'il avait prise. Où était-ce, déjà ? Au nord du village d'Azincourt, où le roi Henri avait remporté sa grande victoire. La femme s'enfuyait avec un fardeau ou un fagot sur l'épaule, et elle traversa en trébuchant la clairière où Atworth se reposait avec ses compagnons. Il l'avait violée, et ses hommes aussi, avant de l'abandonner, misérable paquet de chair ensanglantée, marquée à jamais dans son esprit, son corps et son âme.

— Ô Jésus, *miserere* !

Atworth implorait la miséricorde dont il avait désespérément besoin et que pourtant il ne méritait pas. Avec ses hommes, il avait été maudit pour ce viol. Une vieille vivant dans la forêt, entendant les hurlements de la fille, était arrivée en hâte voir ce qu'il en était. Elle s'était tenue au bord de la clairière, ses cheveux gris répandus sur ses épaules, son vieux visage tendu dans une expression de dégoût et de fureur. Même alors, Atworth avait admiré son courage. Pointant en l'air un doigt noueux, elle s'était avancée comme un prophète d'antan. D'abord elle s'était exprimée en un patois que personne n'avait compris, et puis, fait assez étonnant, elle était passée à l'anglais.

— Soyez maudits ! avait-elle glapi. Soyez maudits quand vous mangez et buvez, soyez maudits de jour et de nuit, à pied ou à cheval, couchés ou debout ! Maudits soyez-vous à l'aube et au cœur de la nuit. Par ma mort, soyez maudits !

Atworth ferma les yeux. Il se rappelait la scène comme si elle s'était produite une heure plus tôt seulement. Tirant son épée, il l'avait plongée dans le ventre de la vieille, la transperçant comme un lapin ou un porc. Après, les soldats l'avaient suspendue par les pieds à la branche d'un orme, et tous en cercle ils s'étaient moqués de son corps strié de veines, décharné, qui se balançait tel un animal à l'étal d'un boucher. Après avoir rassemblé leur butin et sellé leurs chevaux, ils avaient laissé ce cadavre ensanglanté sans un regard en arrière. Comment Atworth avait-il été décrit par un de ses soldats ? « Un monstre ne craignant ni Dieu ni les hommes. » Eh bien, la vieille femme avait vu juste. Dès lors, tout était allé de travers. Deux jours plus tard, ils étaient tombés dans une embuscade tendue par des mercenaires allemands, des Lorrains, qui avaient tué six des hommes d'Atworth et s'étaient approprié le gros de leur butin.

Atworth ouvrit les yeux ; la douleur avait cédé. Quelqu'un viendrait peut-être le secourir. Il se tendit, guettant un bruit ; la lumière qui filtrait sous la porte était moins vive, maintenant. Personne ne viendrait ! Atworth reprit ses vagues rêveries. Tous ceux de sa troupe, sans exception, étaient morts de mort violente, tués entre les haies et les fossés du nord de la France. Ils avaient été pris dans la grande débâcle qui avait englouti les forces anglaises, quand les armées françaises, sous la conduite de cette étrange pucelle d'Orléans, Jeanne d'Arc, avaient bouté les maudits hors de France. Atworth se trouvait sur la place du marché de Rouen quand on avait brûlé la Pucelle. Il avait observé son corps maigre, émacié, se boursoufler dans la chaleur, pourtant, elle avait continué à prier d'une voix forte, tandis que son visage d'enfant abandonné disparaissait derrière le rideau de flammes. Et après ? Ces jours sombres au château de Rouen, où il était garde du corps de la duchesse Cécile d'York. Un lien s'était forgé, là-bas, qui durait encore. Rien ne l'avait changé, pas même quand Atworth avait été capturé par le vicomte de Sanglier, un jeune mécréant sans merci. Atworth avait vu en lui le reflet de son âme, et, de nouveau, un lien s'était forgé, une chaîne qui l'entravait toujours après tant d'années, et que Sanglier tenait encore.

Après s'être enfui de France, Atworth était rentré dans son petit village, près de Cantorbéry. Il était devenu un homme hanté par ses démons. Ayant rapporté un important butin, il s'était établi riche propriétaire fermier, et s'était fiancé à la fille d'un seigneur ; mais cela avait mal tourné. La fille était morte d'une de ces fièvres subites qui ravageaient le comté. Les affaires d'Atworth n'avaient jamais prospéré. Plus grave, partout où il allait, il voyait ces fantômes : la vieille qui le dévisageait depuis le fond d'une taverne. Ou bien, aux heures noires de la nuit, il regardait par sa fenêtre et voyait le visage de la sorcière, encadré de ses cheveux gris, ses yeux sans âme qui le fixaient avec défi, et sa bouche cernée de rouge. Elle était effrayante quand elle apparaissait sur la pelouse que diaprait la lune, devant la maison à colombages qu'il occupait. Atworth ne connaissait plus la paix.

— Je suis devenu comme une bouteille dans la fumée, murmura-t-il.

Il s'était précipité à Cantorbéry pour y chercher du réconfort. Il avait prié, jeûné. Un frère qui l'avait entendu en confession avait pleuré à la litanie de ses péchés : meurtres, viols, vols et incendies volontaires, et lui avait refusé l'absolution tant qu'Atworth n'aurait pas accompli un pèlerinage. Atworth était parti outremer et avait connu la chaleur brûlante de la Palestine ; au retour, il était passé par Rome pour obtenir l'absolution de l'un des propres confesseurs du pape ; le prêtre lui avait imposé une vie de stricte observance.

En rentrant à Cantorbéry, Atworth avait rejoint les frères du Sac, pour embrasser une vie de prière, de jeûne et de pénitence. Même là, son passé ne desserrait pas son étau de fer. Il avait été ordonné prêtre et avait acquis une réputation de sainteté et de confesseur perspicace.

Dame Cécile d'York, la mère du roi, se souvenant de leurs liens anciens, s'était hâtée de venir confier son âme à ses bons soins. Atworth serra les mâchoires. Elle avait d'excellentes raisons de vouloir obtenir son absolution. Il murmura une prière. Il était trop dur ! Désormais, il était un prisonnier que l'on avait mis au secret pour l'interroger sur le passé.

Dans sa besace les lettres avaient disparu, pourtant il n'avait pas trahi sa duchesse ; elle ne le méritait pas. Et maintenant, qu'allait-il arriver ? Atworth abandonna le cours de ses pensées et tressaillit comme un nouveau spasme douloureux lui parcourait la poitrine, l'empêchant de respirer. Il perçut un bruit, regarda autour de lui, et l'odeur fétide de l'endroit où il se trouvait lui emplit les narines, lui tirant une grimace. Ses yeux se portèrent sur une ombre. Quelqu'un se tenait-il devant la porte ?

— Qui est-ce ? grogna-t-il.

Peut-être Jonquil venait-il le chercher. La silhouette approchait. Atworth voulut crier : impossible. Était-ce une vision ? Il ferma les yeux, mais bien que son esprit fût empli de souffrance, il reconnut les haillons couverts de sanie, les sabots de bois, le visage de sorcière, les cheveux gris, et les yeux sombres et sans âme.

— Ô Jésus !

La tête d'Atworth retomba en arrière, et le râle de la mort résonna avec force dans sa gorge. Il chercha son souffle, mais il avait perdu sa dernière bataille. Frère Roger Atworth de la confrérie du Sac tressaillit et mourut.

De la mort brutale
Délivrez-nous, Seigneur.
De la famine
Délivrez-nous, Seigneur.
De la peste
Délivrez-nous, Seigneur.
Du mal qui marche à midi
Délivrez-nous, Seigneur.
Du fer et du feu
Délivrez-nous, Seigneur.
Du fléau du Malin
Délivrez-nous, Seigneur.

La veille de la Sainte-Perpétue-et-Sainte-Félicité, les frères de l'ordre du Sac sortirent de chez eux par la grande porte pour défiler dans les rues de Cantorbéry. Sombres et solennels, ils marchaient, précédés par un porteur de croix et deux thuriféraires balançant des encensoirs d'où s'élevaient des volutes grises et parfumées.

C'était leur procession des rogations et ils avançaient au milieu de la chaussée, suppliant Dieu d'intervenir pour arrêter le grand fléau qui accablait maintenant la ville. Au début, nul n'entendit leur prière, dans le tintamarre des rues et ruelles bondées de Cantorbéry. Néanmoins, le rythme psalmodié de leur litanie, tel un battement de tambour, attira bientôt l'attention ; il rappelait aux bons bourgeois combien les temps étaient funestes. Boutiquiers, colporteurs, regrattiers, ainsi que les pèlerins qui se rendaient au glorieux tombeau de Becket, s'interrompaient et s'écartaient. Certains s'agenouillaient dans la boue du sol pavé et se signaient. Ils regardaient avec espoir un frère muni d'un bénitier et d'un goupillon, qui aspergeait d'eau bénite les gens de part et d'autre, comme pour les sauver du fléau brusquement apparu dans leur belle cité.

Au moment où un tisserand mettait un genou en terre, son regard se porta de l'autrc côté de la rue, et il vit un petit corps couvert de fourrure noire surgir d'une étroite traverse pour filer se cacher dans un espace minuscule sous le pilier en bois d'une maison. L'homme saisit le manche de la dague coincée dans son ceinturon. Sans les bons frères, il aurait poursuivi l'animal ! Des rats gluants et noirs, le poil hérissé, le museau agité de crispations, couraient partout, infestant la ville. On était presque à la fin mars. Bientôt, ce serait avril, et la fraîcheur du printemps se sentirait dans l'air. Les chemins et les routes sécheraient, et les pèlerins se déverseraient comme un fleuve dans la ville. Tous voulaient s'agenouiller devant le tombeau incrusté de pierreries de Becket, y appuyer leurs visages échauffés, et adresser leurs requêtes au grand saint de Cantorbéry. Mais qu'allait-il se produire, maintenant que, depuis trois semaines, la ville semblait infestée par les rats, une plaie qui provoquait chaos et confusion ?

Le défilé des frères du Sac passa, et le tisserand se redressa pour gagner une petite taverne au coin de Black Griffin Alley, où il entra. Quelque part dans son dos, un enfant hurla :

— Un rat ! Un rat !

Le tisserand se contenta de secouer la tête, tout en promenant son regard dans la salle crasseuse et délabrée, meublée de tables poussiéreuses et de tabourets souillés. La patronne, debout derrière le tonneau de bière, lui fit signe d'avancer, un sourire plissa son visage graisseux, et elle s'essuya les mains à un tablier sale. Le tisserand aurait refusé s'il n'avait eu soif. Il s'installa sur un tabouret et la femme lui apporta une chope de bière couronnée d'écume blanche. L'homme allait la lui prendre des mains, mais elle recula.

— Vous payez d'abord, vous buvez ensuite.

Le tisserand fouilla sa bourse et en sortit une pièce.

— J'en prendrai deux, dit-il.

La patronne, retrouvant son sourire, posa le gobelet sur la table à côté du client, avant de gagner la porte pour regarder dans la rue comme si elle voulait voir la procession.

— Pour le bien que cela fera.

Au son de la voix surgie d'un coin sombre, le tisserand se retourna vivement. L'homme assis là se leva et avança silencieux comme un spectre. Sans y être invité, il prit un siège de l'autre côté de la table. En vérité, il ressemblait à un spectre : face blafarde, cheveux grisonnants, yeux bleus profondément enfoncés, joues creuses, nez en lame de couteau, lèvres exsangues. Vêtu d'une chemise douteuse, sous une veste en taupe fermée par un cordon, et d'une culotte en laine peignée enfoncée dans des bottes en cuir maculées de boue, l'homme avait pourtant le visage et les mains propres. Le tisserand, qui se flattait d'avoir un sens aigu de l'observation, remarqua qu'il portait en travers de l'épaule une ceinture de guerre de bon cuir, cousue à points serrés violets ; l'épée et la dague dans leurs fourreaux semblaient d'acier gris bien poli.

— Vous ne croyez pas en la prière, frère ? demanda le tisserand.

L'hôte qui s'était invité à sa table grimaça un sourire : il avait de belles dents régulières et acérées.

— Je m'appelle Monksbane, dit-il, tendant la main.

Le tisserand la serra.

— Vous êtes un lettré ?

Le sourire de Monksbane s'épanouit.

— Voilà qui me plaît, murmura-t-il. J'étais aux Écoles de droit de Londres jusqu'à ce que je devienne chasseur de rats.

Le tisserand leva sa chope en un geste cordial.

— Vous savez donc tout de ce fléau ?

Les yeux de Monksbane se perdirent dans le vague.

— Il y a deux races de rats, les noirs et les bruns. Ni les uns ni les autres n'ont droit de cité dans le royaume, oh non !

Sans s'arrêter au regard interrogateur du tisserand, il se tapota l'aile du nez.

— Les gens sont si malins ! Savez-vous qu'il n'y avait même pas de lapins ici, avant l'arrivée du Conquérant ? Il en est ainsi des rats ! Ils viennent par bateau. Les bruns ne sont pas mauvais, mais les noirs...

L'homme fit la grimace.

— D'après certains, ils génèrent la peste et se reproduisent plus vite que les mouches. En l'espace d'une année, deux rats peuvent donner de nombreuses portées.

Le tisserand but une lampée de bière. Il trouvait qu'il avait bien de la chance d'être entré dans cette taverne et d'y rencontrer un conteur aussi intéressant. Disait-il vrai ou était-il un simulateur ? Ou encore un rusé ? Bien qu'il fût mal vêtu, sa ceinture de guerre, son épée et sa dague semblaient de bonne qualité, et quand il remuait, le tisserand entendait s'entrechoquer des pièces de monnaie.

— Vous êtes vraiment chasseur de rats ?

— Je l'étais, répliqua Monksbane.

— Vous m'avez donné votre vrai nom ?

Le sourire de l'homme disparut.

— Vous êtes ici pour chasser nos rats ?

Le sourire revint.

— Aujourd'hui, je traque d'autres proies.

— Mais vous parliez des rats ?

Le tisserand ne voulait pas gêner son mystérieux interlocuteur.

— Bien sûr, j'étais chef des chasseurs de rats de Farringdon Ward, à Londres, il y a quelques années.

Il étendit une main, montrant les cicatrices au dos de son poignet.

— Des morsures de rat, déclara-t-il fièrement. Hé, patronne, apportez-nous deux autres godets. C'est moi qui paie.

— Vous pouvez me rendre ma pièce ? cria le tisserand.

Dans l'encadrement de la porte, la femme se retourna et revint jeter la pièce dans la main que lui tendait son client. Elle eut un sourire enjôleur à l'adresse de Monksbane, avant de reprendre sa place en se dandinant, près du gros fût, contre le mur du fond.

Monksbane poursuivit :

— Les rats se reproduisent comme des mouches, surtout les noirs. Ils grouillent partout.

Se penchant en travers de la table, il baissa le ton.

— Savez-vous, j'ai entendu dire qu'en mer ils ont parfois dévoré les planches des navires et que ceux-ci ont coulé.

— Et que peuvent-ils faire ici ? demanda le tisserand.

— Pire que les sauterelles des Plaies d'Égypte, déclara Monksbane. Ils s'introduiront dans les caves, dévoreront tout. Plus ils mangent, plus ils ont de force, et plus ils se reproduisent.

— Et le poison ?

Monksbane étendit les mains.

— Dieu seul sait pourquoi, ils s'y habituent.

— Les chats ?

Monksbane but à la chope de bière fraîche que la patronne avait placée devant lui.

— Croyez-le ou pas, j'ai vu trois rats attaquer un chat. Les chiens sont bons, en meute, mais...

L'homme soupira.

— Il n'y en a pas beaucoup à Cantorbéry.

— Est-ce un fléau ? interrogea le tisserand.

— Non, c'est une infestation. Et mystérieuse,

encore. Voyez-vous, je suis à Cantorbéry depuis la fête de la Purification...

Il se tapota l'aile du nez.

— ... pour les affaires de l'archevêque, mais j'ai toujours un œil sur les rats. Je les sens, même quand il règne une odeur fétide comme ici. Vous voyez la table, là-bas ?

Il indiqua de la main l'autre côté de la salle. Le tisserand suivit son regard.

— L'aubergiste ne le sait pas, mais il y en a deux dessous.

— Vous avez dit que c'était mystérieux.

— En effet.

Monksbane prit un air avantageux.

— À la fin du mois de février...

Il fit la grimace, secouant la tête.

— ... il n'y en avait pas. Oh, pas plus que d'habitude. Aujourd'hui, dans Mercery, sur la place du marché, même dans l'enceinte de la cathédrale, les rats pullulent comme s'ils avaient surgi du sol.

— Les bons frères ont donc raison de prier ?

— Oui, répondit Monksbane, mais la prière ne les supprimera pas. Il faut faire autre chose. Sûrement, si les frères prient assez longtemps, et assez fort, Dieu, dans sa bonté, pourrait révéler l'origine de cette « infestation diabolique », comme je l'appelle.

L'homme finit sa bière et se leva ; il défit la boucle de sa ceinture de guerre pour l'accrocher à sa taille.

— Les enfants du Diable : ils viennent de Satan ; qu'ils retournent à Satan. Mais comment ? Quand ?

Il tapota l'épaule du tisserand.

— Dieu seul le sait.

Et il s'en fut récupérer son manteau, laissant son interlocuteur effrayé regarder fixement les deux formes sombres tapies sous la table.

À l'*Auberge Falstaff*, à la sortie ouest de Cantorbéry, l'espion du roi, Robin Goodfellow, se redressa sur son lit en se frottant le visage. Il entendit qu'on frappait à la porte et comprit que c'était ce bruit qui l'avait réveillé. Glissant la main sous le traversin, il saisit sa dague italienne et, la tenant derrière son dos, gagna la porte dont il tira les verrous.

— Qui est-ce ? lança-t-il.

— J'apporte votre souper, Maître Goodfellow.

L'agent secret tourna la clé dans la serrure, entrouvrit la porte et regarda la jeune souillon. Elle était plutôt accorte avec une chevelure blonde qui dissimulait presque son visage sale. Sa pauvre robe était ouverte au cou, et l'ourlet effrangé s'arrêtait juste au-dessus de ses pieds nus. Elle portait un plateau avec un gobelet, un grand pichet de vin et une écuelle en bois remplie de potée fumante parfumée aux herbes, avec une petite miche de pain blanc disposée par-dessus. Robin Goodfellow examina la fille attentivement. Elle sourit encore.

— Votre repas, monsieur.

Goodfellow ouvrit grande la porte et invita la fille à entrer. Celle-ci posa le plateau sur la table, souleva le pichet et remplit le gobelet. Elle se tourna, les mains sur les hanches en une attitude provocante, et tapota le sol du pied.

— Monsieur désire-t-il autre chose ?

— Monsieur ne désire plus rien.

Goodfellow indiqua du geste la porte ouverte.

— Mais si c'est le cas, tu seras la première à le savoir. Dis au maître tavernier qu'il est bien bon de ne pas m'avoir oublié.

La servante se hâta de sortir. Dans son dos, Goodfellow ferma la porte à clé et la verrouilla, puis il écouta un instant les pas qui s'éloignaient. Il gagna la fenêtre, souleva la barre et ouvrit les volets pour regarder dehors. Il devait être environ six heures, estimat-il, la nuit tombait déjà. Il avait pris une chambre qui donnait sur la cour derrière l'auberge. Il ferma les yeux pour profiter de l'odeur du printemps, le parfum délicat des jardins de simples, et celui des premières fleurs. Il regarda à droite puis à gauche. Les volets des chambres de chaque côté étaient clos, de même ceux des chambres au-dessus. Levant les yeux, il remarqua que les murs de l'auberge, un vieux bâtiment, étaient légèrement de guingois. Il aurait préféré des fenêtres garnies de vitres.

Goodfellow sourit : il devenait difficile ! Ici, il ne se trouvait pas dans quelque somptueux manoir du Kent, ni dans un château près de la Loire. Les contrevents étaient assez costauds, la barre les maintiendrait clos. Goodfellow les ferma et risqua un coup d'œil par l'interstice : il n'était pas large. Les gonds en cuir étaient épais, résistants et sûrs, quant à la barre en bois, elle semblait aussi solide que du fer. Sentant son ventre crier famine, l'espion regagna la table, s'assit sur le tabouret et sortit de sa besace sa cuiller en corne avant de commencer à manger sa potée. La viande était fraîche mais très épicée ; des herbes et des légumes coupés en dés agrémentaient la sauce épaisse. L'espion perçut un bruit au fond de la pièce ; s'emparant d'une botte, il la jeta dans cette direction. Pour toute réponse il y eut un petit cri aigu, et des pattes qui détalaient. Goodfellow se remit à manger. Il se moquait des rats. Il avait dîné et dormi dans des endroits bien pires. Posant sa cuiller en corne, il prit la timbale de vin, renifla celui-ci avec soin, et but.

— Robin Goodfellow ! murmura-t-il en riant.

Ce n'était pas plus son nom que celui du rat qui l'avait dérangé. Il poursuivit son repas. Il était né Padraig Mafiach, de Clontarf, près de Dublin, et était entré au service du duc d'York comme archer, avant de découvrir rapidement qu'il avait un don pour les langues et pour le travestissement. À présent, il travaillait au service de l'Angleterre, portant des messages importants pour la Maison des Secrets de Londres. Cependant, comme le roi accomplissait un pèlerinage à Cantorbéry, il occupait son palais d'Islip, aux portes de la cité. Padraig devait rencontrer, le lendemain matin, le gardien des écuries royales, Colum Murtagh, qui le conduirait auprès du roi pour lui remettre son message.

Mafiach entendit du bruit dans le couloir. Il posa sa cuiller et saisit sa dague, mais le bruit s'éloigna, et il se remit à manger. Il se sentait fatigué, moulu, nerveux, à vif. Il ne risquait rien, pourtant ? Peu de gens étaient au courant de son arrivée, et il avait été très prudent. De nouveau il y eut du bruit, dehors, cette fois. Posant son couvert de corne, il ouvrit sa bourse et déroula un morceau de parchemin souillé de graisse, pour étudier ce qu'il y avait écrit. C'était une citation du prophète Sophonie :

Le jour du Seigneur,
Roi des rois tout-puissant, arrive ;
Jour de colère et de vengeance, de ténèbres et de
[nuages,
Jour de tempêtes effarantes,
Jour de malheur aussi, de chagrin et de peine,
Quand cesseront l'amour et le désir des femmes,
Et les efforts des hommes et les appétits de ce
[monde.

Mafiach lut cela attentivement, puis la version en latin qui suivait.

Regis regum rectissimi prope est dies domini
Dies irae et vindictae tenebrarum et nebulae
Diesque mirabilium tonitruorum fortium
Dies quoque angustiae meroris ac tristitiae

In quo cessabit mulierum amor ac desiderium
Hominumque contentio mundi huius et cupide.

Nul autre que lui ne comprendrait ce message chiffré ni le code inscrit dessous : « Recto et Verso », devant et derrière, ou « *Veritas continet Veritatem* », « La vérité contient la vérité ».

Padraig sourit tandis qu'une phrase lui attirait l'œil : « Jour de colère et de vengeance » ; il l'ignorait, mais pour Robin Goodfellow, baptisé Padraig Mafiach, ce jour était très proche.

CHAPITRE PREMIER

> « Hélas, dit-elle, je me plains de toi, fortune
> Qui, à mon insu, m'as prise dans tes chaînes. »
>
> Chaucer, « Le conte du Franklin »,
> *Les Contes de Cantorbéry*

La grande salle du palais de l'archevêque de Cantorbéry était sombre, avec son plafond voûté couronnant de hauts murs. Même les tentures rouge Montpellier ne parvenaient pas à en dissiper la tristesse. Les fenêtres étaient de simples trous. En cette soirée d'avril, fête de saint Isidore, on avait allumé toutes les chandelles, lampes à huile et braseros pour combattre le froid sinistre. Au fond de la salle, près des imposantes doubles portes, le sol était recouvert de joncs verts parfumés de lis frais, de roses de printemps, de menthe et de lavande. Plus avant, à la hauteur de l'énorme cheminée à parements qui avançait dans la salle, on avait étendu des tapis d'Orient afin de parer au froid qui s'insinuait entre les pierres du dallage. L'endroit faisait le désespoir du chambellan de l'archevêque, qui avait ordonné que l'on allume un grand feu de bois de pin. Celui-ci dispensait de la chaleur et sa lumière faisait danser les ombres. Même les autours postés telles des sentinelles sur leurs perchoirs de bois, la tête encapuchonnée de cuir aux armes de l'archevêque, sentaient le froid et remuaient sans relâche, faisant tinter la clochette à leur jet. L'énorme dogue anglais allongé devant le feu, dont la langue écarlate pendait entre des dents immaculées, bougeait de temps en temps pour profiter de la chaleur, cependant il était aussi tranquille que les trois personnes assises devant l'âtre.

Au milieu, dans un fauteuil d'apparat, ses pieds chaussés de pantoufles reposant sur un tabouret de satin rouge, trônait le vieux Bourchier, archevêque de Cantorbéry, homme d'Église et politicien. Il avait tranquillement confié à son confesseur que, maintenant qu'il avait dépassé les quatre-vingts ans, il se préparait en permanence à la mort. Le visage de Bourchier attestait son âge, avec son teint bilieux et ses taches sombres, ses joues creuses et tavelées, et sa bouche tombante aux gencives enflammées. De ses cheveux il ne restait que quelques mèches folles, et pourtant il avait le regard vif et aigu d'un jeune homme. C'était un vrai faucon, comme avait fait observer un critique. Avec sa vivacité d'esprit, son sens de l'à-propos, Bourchier n'avait rien à envier aux jeunes avocats des Écoles de droit. À présent, il fixait le feu de ses yeux larmoyants, guettant ce bruit sinistre qu'il attendait avec ses deux compagnons. Une main striée de veines s'éleva, le magnifique anneau épiscopal, jadis porté par Thomas Becket, scintilla dans la lumière. Bourchier tendit l'autre main devant le feu. Il portait un cilice à même la peau ; c'était pénitence suffisante ! Mais il ne supportait pas le froid et était vêtu de deux épaisses houppelandes de laine, avec par-dessus une cotte-hardie à encolure ronde bordée de fourrure. Une cape militaire garnie d'hermine entourait ses maigres épaules.

À la gauche de Bourchier, Luberon, clerc du Conseil de la ville, était perché sur le bord d'un siège comme un petit pigeon, yeux brillants dans son visage rougeaud et réjoui, bouche pincée. Vêtu d'une longue robe grise avec une pelisse blanche, Luberon ne sentait pas le froid et priait *in petto* que cette réunion ne dure pas trop, car le feu dégageait une chaleur intense.

Assise à la droite de l'archevêque sur un siège à haut dossier, Kathryn Swinbrooke partageait en silence l'inconfort de Luberon. Tout d'abord, elle avait apprécié le feu, mais elle portait une robe de grosse laine sombre dont elle avait déjà défait le bouton supérieur, et s'était débarrassée de son manteau pour le poser sur ses genoux. Elle ramena ses pieds chaussés d'épais cothurnes sous le siège, et s'efforça de se détendre. Pour se distraire, Kathryn Swinbrooke, apothicaire et médecin du Conseil de la ville, décida d'observer Luberon. Le petit homme l'amusait : bon et généreux, le clerc était également vaniteux comme un paon, et essayait toujours de cacher que sa vue baissait. Il fallait que Kathryn insiste pour qu'il accepte de porter les lunettes qu'elle avait achetées spécialement pour lui à Londres.

Pour la énième fois depuis qu'elle était arrivée, une heure plus tôt, et qu'on l'avait laissée piétiner dans une antichambre, Kathryn se demanda pourquoi le Conseil et l'archevêque exigeaient sa présence. Mille tâches l'attendaient à sa boutique d'Ottemelle Lane, et Thomasina — sans parler d'Agnes et de Wulf — s'inquiéterait, ne sachant où elle était ni ce qui était arrivé. Elle fit un clin d'œil à Luberon. Le clerc municipal rougit et détourna les yeux.

« Comme elle est belle ! » se disait-il. La jeune femme était habillée avec tant d'élégance : la pelisse blanche à haut col s'harmonisait subtilement avec le teint mat de son visage. La guimpe en forme de capuchon qu'elle portait dissimulait discrètement ses cheveux noir de jais, tout en révélant les tempes à peine grisonnantes — « résultat de ces temps de violence vécus avec son mari », songea le clerc, qui rougit de confusion. Alexander Wyville, le mari de Kathryn Swinbrooke, était l'un des motifs de cette réunion. Bourchier, quand il aurait dit ce qu'il avait à dire, y viendrait bien assez tôt. Et comment réagirait Kathryn ? Luberon porta les yeux sur son amie : son visage jeune était tranquille, ses yeux sombres reflétaient le calme, et sa bouche généreuse souriait à peine des manières théâtrales de Bourchier. Luberon connaissait Kathryn. En dépit de son nez mutin et de ses lèvres souriantes, quand on la provoquait, elle pouvait s'emporter avec passion et ne plus surveiller sa langue. Elle ôta ses gants de samit brodé de perles pour essuyer la goutte de sueur qui coulait de son front. Elle ébauchait son geste quand Bourchier s'exclama tout à coup :

— Là ! Là ! Vous entendez, maintenant, Kathryn, Simon ?

Il regarda Luberon.

Ses deux hôtes, qui avaient entendu, hochèrent la tête.

— Des rats ! s'écria Bourchier. Des rats partout dans Cantorbéry, partout dans mon palais !

Il se tourna d'un air furieux vers la grande salle comme si par le simple effet de son regard il pouvait bannir et chasser ce fléau qui s'était soudainement abattu sur sa ville et son église.

— Les Halegrins ! déclara l'archevêque.

— Qu'entendez-vous par là, Votre Éminence ? s'enquit Kathryn.

Bourchier se cala sur son siège.

— C'est un vieux mot qui désignait les violeurs de tombes et ceux qui mangeaient la chair humaine.

Kathryn trouva qu'il exagérait mais ne dit rien. L'archevêque fit signe à Luberon.

— Allons, Simon, faites-moi votre rapport.

Le clerc joignit ses doigts.

— Nous sommes maintenant au début d'avril. D'ici à la fin du mois, Votre Éminence, la cité de Cantorbéry sera pleine de pèlerins. Sa Grâce le roi est déjà à Islip.

— Oui, oui, je sais tout cela. Mais ce fléau ?

— Il y a toujours eu des rats à Cantorbéry, déclara Luberon d'une voix forte.

— Je le sais ! aboya Bourchier. Certains ont deux jambes !

Le clerc dévisagea l'archevêque d'un air outré ; Kathryn se mordit la lèvre inférieure.

— Venons-en au fait, Simon !

Luberon se crispa parce qu'il avait mal au ventre et se demanda de nouveau si la viande qu'il avait mangée dans cette taverne n'était pas avariée. Il se promit d'en toucher un mot à Kathryn. Peut-être pourrait-elle l'aider ? Et si la viande avait été corrompue par ces rats ?

— Simon ? ronronna l'archevêque.

— Les rats sont apparus au début de mars, vers la Saint-David du pays de Galles. On nous a d'abord rapporté une infestation hors de l'enceinte de la ville, près de la Stour, puis d'autres rapports nous sont arrivés sur des infestations dans les quartiers de Westgate et de Northgate.

Le clerc haussa les épaules.

— Dès lors, il était trop tard. Il y a des rats partout. Comme vous le savez, Votre Éminence, il existe sous la ville d'anciens égouts et souterrains. Les rats les utilisent.

Luberon étendit les mains.

— Quand ils sortent au grand jour dans les rues, ils trouvent de quoi se nourrir en abondance : monceaux de détritus, déchets des abattoirs, des marchands de volaille, ordures qui encombrent toutes les allées. Ils font beaucoup de dégâts dans les réserves de nourriture, en particulier les céréales — en vérité, tout ce qui est entreposé dans les caves des maisons. Quand ils ont faim, ils attaquent ce qu'ils trouvent. Les négociants en vin et les taverniers se plaignent qu'ils rongent le bois : les tonneaux, les fûts et les cuves sont gâchés.

Bourchier se tourna vers Kathryn.

— Est-ce possible ?

— Je suis médecin, Votre Éminence, pas chasseur de rats.

— Je sais, je sais, mais...

— Les rats mangent tout, se hâta de poursuivre Kathryn. Normalement, ils ne rongent pas le bois ou la vannerie, mais si le bois a contenu de la nourriture ou de la boisson, comme une cuve de vin, alors, oui, ils s'y attaquent. Ils dévorent tout et vivent pour manger et se reproduire...

— Comme nombre de fils d'Adam, interrompit sèchement Bourchier.

— Ils peuvent avoir au moins quatre portées par an, déclara Kathryn. La ville n'a encore jamais connu pareille infestation. Les rats vivent n'importe où, vont n'importe où, ils savent nager, et mangent n'importe quoi. D'après certains médecins, de mauvaises maladies se propagent par eux.

— Pourquoi ? s'enquit Bourchier.

Oubliant la chaleur excessive, Kathryn se pencha en avant, énumérant sur ses doigts ses arguments.

— Premièrement, là où il y a saleté et détritus, les maladies et les rats prolifèrent toujours. Nous ignorons lesquels des deux sont la cause ou l'effet. Deuxièmement, leurs urines et leurs excréments doivent être empoisonnés.

Luberon déglutit péniblement, portant la main à sa bouche. En vérité, il avait un peu mal au cœur.

— Ensuite ? s'enquit Bourchier.

— Mon père — que Dieu accorde le repos à son âme, Votre Éminence —, mon père aimait s'entretenir avec les visiteurs italiens, en particulier les médecins. Il en rencontra un qui assurait que l'haleine même d'un rat est fétide et polluée.

— Dans ces conditions, quel danger courons-nous ? voulut savoir Bourchier.

— Avec l'arrivée de l'été, l'incidence des maladies augmentera ; c'est toujours le cas par temps chaud. Les rats aggraveront les choses. Ensuite, ils auront peut-être un effet sur les denrées alimentaires, bien que la moisson de l'année passée ait été bonne et abondante...

— Quoi d'autre ?

Kathryn fit signe à Luberon d'expliquer.

— Cantorbéry, Votre Éminence, est le centre de pèlerinage du royaume. Si cette nouvelle s'ébruite, le nombre des pèlerins pourrait chuter, et le commerce s'en ressentirait de façon désastreuse.

Bourchier se cala contre le dossier de son siège et observa une tête sculptée au centre du manteau de la cheminée : celle d'un singe encapuchonnée. Le sculpteur, songea-t-il, ne devait pas beaucoup affectionner les moines ou les prêtres, sentiment que lui-même partageait souvent.

— Dans ces conditions, que préconisez-vous ?

Luberon baissa les yeux sur le plancher. Kathryn jouait avec ses gants. Les rats ne la laissaient pas indifférente. Cette semaine seulement, elle avait soigné trois enfants qui avaient été mordus ; même sa maison et son échoppe, propres et balayées, avaient été visitées par ce que Thomasina appelait « ces maudits furtifs nocturnes ». Kathryn avait discuté du problème avec le gardien des écuries royales, Colum Murtagh, qui logeait chez elle. Murtagh, ayant servi dans les guerres royales, en savait long sur les rats, et il avait manifesté son étonnement devant l'ampleur qu'avait prise cette infestation.

— Qu'est-ce qui a amené tant de rats à Cantorbéry en un temps aussi court? avait-il demandé.

C'était le jugement de Dieu, avait répliqué Thomasina. Kathryn n'en savait rien, mais le sujet préoccupait tout le monde, en particulier ses collègues de la guilde des apothicaires qui avaient de précieuses réserves à protéger.

Luberon rompit le silence.

— Nous avons des chasseurs de rats, et le Conseil de la ville a été approché par un certain Malachi Smallbones.

— Qui est-ce? demanda Bourchier.

— Le premier chasseur de rats de la ville d'Oxford, expliqua Luberon. D'après lui, il y a eu là-bas une infestation de la même ampleur l'année dernière : les étudiants et les bourgeois ont fait appel à lui. Apparemment, il a très bien réussi.

— Vous en avez la preuve?

— Il a apporté des lettres de recommandation, Votre Éminence.

— Et que conseille-t-il?

Luberon lança un regard de biais à l'archevêque.

— Que le Conseil, avec l'aide de la Cathédrale, alloue des fonds pour recruter une véritable armée de chasseurs de rats, dont il prendra la direction. Qu'il puisse acheter des potions et des poudres, et, bien entendu, des petits chiens de chasse. Qu'on lui délivre un mandat afin qu'il pénètre dans toutes les habitations, et puisse aller partout pour exterminer cette vermine venue de l'enfer.

— Ce sera très coûteux, grommela Bourchier.

— Malachi mérite le prix qu'il demande, répondit Luberon.

— Vous en convenez, Kathryn? demanda l'archevêque, étendant ses doigts.

Kathryn haussa les épaules.

— Si ce Malachi est aussi habile et entreprenant qu'il le prétend, j'accepterais. Cantorbéry est divisé en quartiers. Il faudrait avertir tous les citoyens, et promettre une petite récompense pour...

Elle leva une main.

— Disons pour deux douzaines de rats rapportés. Autorisez Malachi et ses hommes à aller partout pour exterminer là où ils veulent.

Kathryn porta son regard sur Luberon.

— Mais ces potions ?

— Du poison, jusquiame, belladone, digitale.

— Il faudra qu'il fasse attention, prévint Kathryn. Les animaux domestiques, à plus forte raison les enfants, ne doivent pas toucher à ces appâts. Il devra aussi se montrer prudent.

— Comment cela ? fit vivement Luberon.

— Les humains peuvent manger des appâts empoisonnés, déclara Kathryn. Mais je connais un peu les rats : s'ils consomment certains poisons, à la longue ils n'y sont plus sensibles.

— Impossible ! fit Luberon, plein de sarcasme.

— Si, tout à fait. J'ai vu des hommes et des femmes réagir ainsi. Des poudres et des potions qui agissent sur d'autres ont apparemment peu d'effets sur eux.

L'archevêque paraissait toujours méfiant.

— Votre Éminence, je ne dis que ce que je sais, assura Kathryn, qui s'échauffait en parlant. Il est important qu'on aide ce Malachi par tous les moyens. Tuer des rats ne suffit pas.

Elle sourit.

— Vous savez ce que je vais dire, Simon, n'est-ce pas ? Il faut aussi engager davantage de nettoyeurs pour la ville, débarrasser les rues des ordures, nettoyer les cloaques. La guilde des bouchers et celle des volaillers doivent coopérer : il faut ramasser les déchets d'abattage, les brûler hors de la ville et faire payer de lourdes amendes à ceux qui jettent leurs ordures ou refusent de nettoyer les latrines et les fosses d'aisances.

Luberon jeta un regard furieux à Kathryn.

— Vous êtes contente, n'est-ce pas ?

— Vous en savez la raison, Simon. Si le Conseil consacrait plus d'argent à débarrasser les ordures et à faire en sorte que l'eau reste propre...

— Cela coûtera si cher ! se lamenta Luberon. Peut-être Votre Éminence approchera-t-elle le roi pour lui demander un délai de levée et de paiement des impôts ? Dans son infinie compassion, le roi pourrait accorder une subvention à sa ville de Cantorbéry ?... poursuivit le clerc d'une voix hésitante.

« Infinie compassion ! » songea Kathryn. Édouard IV et ses deux frères, George de Clarence et Richard de Gloucester, étaient des guerriers. Colum les décrivait comme des loups ayant plus de péchés sur la conscience qu'il n'y a de cheveux sur la tête d'une femme. Kathryn les avait tous rencontrés : Édouard, plus d'un mètre quatre-vingts, un superbe visage aux yeux bleus, des cheveux blonds comme une auréole d'or autour de sa belle tête ; George de Clarence, tout aussi beau, si l'on exceptait la moue de sa bouche qui dénotait une nature mauvaise, meurtrière, même ; Richard de Gloucester, enfin, écrasé par ses frères, avec ses cheveux roux, son visage pâle, pincé, un homme qui ne pouvait jamais rester en place. Bras droit du roi, à en croire Colum, Richard était un féroce guerrier qui avait joué un rôle important dans la récente victoire de son frère à Tewkesbury, dans le pays de l'Ouest.

Bourchier sourit à Kathryn comme s'il lisait dans ses pensées.

— *Infinie compassion*. Je verrai ce que je peux faire. La duchesse Cécile, mère du roi, a un faible pour cette ville.

L'archevêque soupira.

— Cependant, il semble que seul l'or nous débarrassera de cette vermine. Il faut donc dépenser de l'or, n'est-ce pas, Kathryn ?

— C'est cela ou le feu, Votre Éminence.

— Que dites-vous ?

— Le feu.

Kathryn éloigna son siège de l'âtre.

— Un feu brûlerait ces hordes de rats en chasse ainsi que leurs nids.

— Nous ne pouvons pas incendier la ville ! s'écria Luberon d'une voix perçante.

— Je ne dis rien de semblable. Néanmoins, Malachi ne doit pas se contenter de tuer les rats, il faut qu'il cherche les nids...

— Comme c'est étrange ! murmura Bourchier d'un ton rêveur. Savez-vous, Kathryn, que c'est dans l'enceinte de la cathédrale que les premiers rats ont été repérés ?

— Certains y voient un châtiment de Dieu, fit valoir Luberon, le fléau de sa colère.

— Pourquoi cela ? aboya Bourchier.

— Ceci est entre nous, Votre Éminence. J'ai confiance en vous et en Maîtresse Swinbrooke.

— Parlez donc ! grommela Bourchier.

— Le roi...

Luberon promena son regard autour de lui comme s'il redoutait que les murs aient des oreilles ou que des mouchards du roi se dissimulent derrière les tentures. Il poursuivit, choisissant soigneusement ses mots :

— Le roi vient à Cantorbéry pour remercier Dieu de sa grande victoire, de lui avoir donné la couronne et d'avoir confirmé son autorité.

Luberon se tut. Bourchier se mit à jouer avec l'anneau épiscopal et jeta un coup d'œil à Kathryn avant de fixer le feu.

— Je crois que vous en avez dit assez, murmura-t-il.

Kathryn regarda Luberon en secouant la tête, indiquant ainsi que le clerc ne devait pas aller plus loin. Pourtant, celui-ci n'avait fait qu'exprimer ce que d'autres pensaient. La maison d'York avait remporté la victoire de Tewkesbury, et une sauvage effusion de sang s'était produite. Ses grands rivaux, les chefs de guerre lancastriens, avaient été cruellement tués ou exécutés un peu partout dans le royaume, sur les places publiques. Même ici, à Cantorbéry, Nicholas Faunte, le maire qui avait pris le parti des Lancastre, avait connu une mort ignoble, pendu près de la croix de la place du marché. D'autres nouvelles tragiques étaient arrivées de Londres : le saint roi lancastrien, Henri VI, avait été fait prisonnier et on l'avait enfermé à la Tour, lieu sinistre. Édouard et ses frères avaient juré leurs grands dieux qu'on ne toucherait pas à un cheveu de sa tête; cependant, peu après l'arrivée à Londres des chefs yorkistes victorieux, Henri était mort subitement et mystérieusement. Certains disaient qu'il avait fait une chute; d'autres qu'il avait été poignardé à mort par des partisans yorkistes. On avait porté son corps à Chertsey, et déjà des pèlerins venaient sur sa tombe, annonçant des guérisons miraculeuses. Bourchier lui-même avait été sollicité pour proclamer que Henri VI était mort en martyr et devait être canonisé.

— Si Dieu désire punir une maison, reprit lentement l'archevêque, il dispose de moyens plus subtils que de s'en prendre à notre cité de Cantorbéry. Vous en convenez, Kathryn?

Le médecin garda le silence.

Bourchier remua sur son siège et tendit les mains vers le feu.

— Quoi qu'il en soit, Kathryn... Maîtresse Swinbrooke... Vous assurerez à ce Malachi toute l'aide et les moyens nécessaires.

Il se tut, levant les yeux sur le crucifix en bois noir accroché au mur au-dessus du manteau de la cheminée.

— Saints et martyrs, murmura-t-il. À présent, abandonnons les rats à leurs chasseurs. Malachi Smallbones dispose de trois semaines pour prouver ce dont il se vante.

Il pianota sur sa cuisse.

— Croyez-vous aux miracles, Maîtresse Swinbrooke ?

— Dieu peut accomplir ce qui lui plaît.

Se penchant, Bourchier pressa la main de la jeune femme.

— Vous feriez un bon théologien, Maîtresse. Connaissez-vous les frères du Sac ?

Luberon fit un rapide clin d'œil : à son tour, il mettait Kathryn en garde. L'archevêque poursuivit :

— Parmi eux se trouvait un religieux, membre de la congrégation, un certain Roger Atworth, qui avait largement dépassé les soixante-quinze ans. C'était un ancien soldat devenu marchand ; il abandonna toute sa fortune pour entrer dans la confrérie. Atworth ne tarda pas à se faire une réputation de sainteté et de pieuse austérité. La métamorphose étonnait les gens, en particulier ceux qui l'avaient connu en France, dont Cécile, veuve de Richard, duc d'York, et mère de notre roi.

Bourchier se tut. Kathryn porta son regard sur la petite tablette sous le crucifix contenant une relique sacrée. Murtagh avait une fois combattu pour Richard d'York. L'Irlandais avait souvent parlé de la duchesse Cécile, une femme hautaine mais très belle. Dans sa jeunesse, on l'appelait « la Rose de Raby ».

— Voilà qui explique pourquoi la duchesse Cécile est si souvent venue à Cantorbéry.

— Atworth devint son confesseur, puis son conseiller, déclara Bourchier.

— Était-il un charlatan ? voulut savoir Kathryn.

— Oh, non ! Le prieur Anselm le tenait pour un homme bon et saint, connu pour la sévère discipline qu'il s'infligeait, mais plein de compassion envers autrui. Au monastère, Atworth menait une vie d'austérité. Il portait un cilice, observait le jeûne et priait. Cependant, le prieur Anselm a reconnu qu'Atworth était hanté par son passé. D'horribles méfaits furent perpétrés en France, murmura Bourchier. Avez-vous jamais entendu parler des Écorcheurs, Kathryn ?

— Qui n'en a pas entendu parler ? *Homo lupus homini* : l'homme est un loup pour l'homme.

— Je vous le concède.

Bourchier s'éclaircit la gorge, puis :

— Simon, Kathryn, voulez-vous un peu de vin ?

Les deux hôtes secouèrent la tête en se souriant. Un gobelet de vin ajouté à la chaleur du feu les ferait dormir. L'archevêque se tapota la panse.

— J'en boirais volontiers, mais mon médecin m'a dit d'attendre après les vêpres.

Il eut un sourire de connivence à l'adresse de Kathryn et reprit :

— Ah oui, les Écorcheurs. C'étaient des compagnies de mercenaires qui combattaient sous les bannières des grands seigneurs anglais. On disait qu'ils écorchaient vivants les Français, d'où leur nom. Pas étonnant qu'on ait surnommé les Anglais les « Maudits de Dieu » ou les « Diables sans queue » ! Quoi qu'il en soit, Atworth était un Écorcheur, mais tel Saul sur le chemin de Damas, il s'aperçut qu'il avait fait fausse route et revint à Dieu. Pour résumer une longue histoire, Atworth est mort le jour de la fête de l'Annonciation.

— Quel âge avait-il ? demanda Kathryn.

— À peu près soixante-dix-huit ans. Il était presque aussi vieux que moi, plaisanta Bourchier. On l'a trouvé mort dans sa cellule. La porte était fermée à clé et verrouillée de l'intérieur, de sorte que son serviteur, le frère convers Jonquil, a appelé à l'aide. On a forcé la porte. Atworth était étendu sur son lit. Il semble qu'il soit mort dans son sommeil.

— Était-il en bonne santé ?

— Il était malade, mais jouissait d'une très forte constitution.

Il pencha la tête. Kathryn remarqua qu'il avait sorti de sa poche un chapelet en perles de nacre, qu'il faisait doucement glisser entre ses doigts.

— Le prieur Anselm et l'infirmier, le frère Simon, furent les premiers à voir le corps. Il ne portait aucune marque de violence, sauf... là.

Bourchier tapota ses poignets, avant de se pencher sur sa cheville.

— Les stigmates.

— Quoi ? s'exclama Kathryn.

— Les cinq plaies du Christ, déclara l'archevêque. Des trous de la taille d'un clou dans les poignets et sur les cous-de-pied, juste sous la cheville, ainsi qu'une blessure analogue à son flanc gauche.

— C'est impossible ! souffla Kathryn. Les marques de la crucifixion ? On a cloué les mains et les pieds du Christ à la croix, et on a plongé une lance dans son flanc.

— Les blessures saignaient-elles ? interrogea Luberon.

— Non, elles étaient seulement remplies de sang. Le prieur Anselm les a décrites comme des « rubis sacrés », le sang écumait autour de la plaie, mais il n'avait pas coulé. Il y a autre chose. Comme vous le savez, Notre-Seigneur fut couronné par les païens qui lui enfoncèrent sur le crâne une couronne d'épines. On a retrouvé les mêmes marques sur la tête d'Atworth.

Kathryn écarquilla des yeux incrédules. Elle avait entendu parler de pareilles manifestations miraculeuses, mais n'y avait jamais vraiment cru.

— A-t-on appelé un médecin ?

— Frère Simon est un médecin expérimenté, rétorqua Bourchier. Je comprends votre scepticisme, Kathryn, cependant d'autres membres de la confrérie ont été sollicités comme témoins. On a dévêtu le corps, et les stigmates étaient bien visibles.

— Frère Simon a établi la cause du décès ?

— Atworth affichait un visage serein, sa peau était légèrement décolorée : une défaillance du cœur est très courante chez un homme de son âge.

— Et on n'avait jamais vu ces plaies sur le corps d'Atworth, avant ?

— Jamais, bien qu'il se soit souvent plaint de douleurs aux poignets et aux chevilles, ainsi qu'à son flanc gauche.

Kathryn ne dit rien. Elle se rappelait le conseil de son père : « N'attribue jamais à Dieu ce qui peut être l'œuvre de l'homme. »

— Je regrette de ne pas avoir vu cela, déclara Luberon.

— En effet, oui.

Kathryn marqua un temps d'arrêt, puis :

— Pourquoi le prieur Anselm n'a-t-il pas répandu la nouvelle dans la ville ?

— Parce qu'on le lui avait formellement interdit.

Bourchier caressa sa croix pectorale en or.

— En tant que chef de l'Église d'Angleterre, je n'aime pas qu'on raconte que le premier cadavre venu est la dépouille d'un saint. Le prieur Anselm m'a fait parvenir un message ; je suis allé en personne examiner le corps.

— Vous avez vu les stigmates ? s'exclama Luberon.

— De mes propres yeux. Je vous le dis : des traces d'épines sur le front, les blessures aux poignets et aux cous-de-pied, la plaie ouverte juste sous les côtes. Les vêtements d'Atworth se trouvaient sur le sol : un cilice, une culotte de toile, sa robe brune avec sa ceinture, c'est tout. J'ai soumis le prieur Anselm à un interrogatoire serré. Il a assuré qu'Atworth était malade et n'avait pas quitté sa chambre durant les deux jours précédant sa mort, mais que rien d'anormal ne s'était produit. Il y avait autre chose. Quand Anselm m'a accueilli à la porte, il m'a demandé de faire des observations sur ce que je pouvais trouver de singulier dans la cellule d'Atworth, faisant lui-même attention de ne rien suggérer.

— Et... ?

— Je n'étais dans la pièce que depuis quelques secondes, plus préoccupé d'examiner le cadavre, quand j'ai pris conscience de l'odeur très fortement parfumée qui semblait imprégner les lieux. Or vous, Maîtresse Swinbrooke, vous êtes allée dans des chambres où avaient expiré des gens. On peut presque sentir la mort. Il n'en était pas ainsi dans la cellule d'Atworth : son unique fenêtre était toujours fermée.

— Quelle était cette odeur ? interrogea Kathryn.

— Elle ressemblait à celle de roses suaves et de lis écrasés et distillés. Je me suis agenouillé afin de réciter un requiem pour Atworth, et j'ai remarqué que sa chair un peu froide avait une consistance de cire. Le prieur Anselm m'a demandé ce que nous devions faire. J'ai ordonné qu'Atworth soit enterré sans délai. Anselm ayant fait valoir que la duchesse Cécile devait rendre ses respects au défunt, j'en suis convenu. On a dépêché un coursier à Islip. La duchesse, accompagnée de son fils Clarence et d'une petite troupe de serviteurs, est arrivée en secret à Cantorbéry. La duchesse, elle aussi, s'est grandement étonnée de ce qu'elle a vu. Le lendemain matin, 26 mars, on a enterré Atworth sous le dallage, devant la chapelle de la Vierge de l'église du monastère.

Un cas aussi singulier intéressait beaucoup Kathryn en tant que médecin. Elle regrettait seulement de n'avoir pu examiner le prodigieux phénomène. Il lui était arrivé de rencontrer des hommes et des femmes qui se prétendaient des saints, des anges, même, mais ils ne souffraient de rien qu'une bonne dose de valériane ne puisse guérir.

— Revenons à l'odeur : vous n'avez pas réussi à en trouver la provenance ?

— La cellule était modeste : plancher de bois, murs en pierre, un coffre cassé, une table, une chaise défoncée, le tout aurait tenu dans un petit charreton. Atworth est mort très pauvre. Maintenant, comme je l'ai dit, l'enterrement a eu lieu le 26 mars. Le couvent a repris sa routine habituelle, mais Jonquil, le frère convers, était très bouleversé. Chaque soir, juste avant le coucher du soleil, il allait prier sur la tombe d'Atworth. Le 31 mars, jour de la Saint-Chad, Jonquil s'y trouvait en prière quand, assure-t-il, il a senti le même parfum surprenant que j'avais moi-même respiré dans la cellule d'Atworth. La chapelle de la Vierge s'est illuminée et il a vu une silhouette toute vêtue de blanc avec un capuchon sur la tête...

— Mon Dieu, interrompit Kathryn, il a vu une apparition d'Atworth ?

— Jonquil en est demeuré pétrifié. Il a entendu une voix lui ordonnant de raconter au père prieur ce qu'il avait vu, et il a obéi. Il s'est précipité hors de l'église, terrifié. Le prieur Anselm, frère Simon et d'autres sont retournés en toute hâte à la chapelle de la Vierge. Ils n'ont rien vu, mais, de nouveau, ils ont senti le parfum.

Kathryn leva la main.

— Bien sûr, murmura-t-elle, je l'ai entendu dire. Ma servante et infirmière, Thomasina, me rapporte toujours les bruits qui courent en ville. Elle m'a parlé de prodiges survenus au monastère du Sac.

— La nouvelle s'est répandue dans Cantorbéry, on est venu sur la tombe d'Atworth et des miracles se sont produits.

— Des miracles ?

Bourchier sourit.

— Vous ne niez pas l'œuvre de Dieu ?

— Certes non, Votre Éminence, mais je me préoccupe davantage de la crédulité humaine. De quel genre de miracle s'agit-il ?

Bourchier dissimula son sourire derrière une main.

— Un jeune marié qui s'inquiétait de son impuissance s'est allongé sur le dallage.

— Oh, non !

— Écoutez-moi, poursuivit l'archevêque. Il a dit avoir frotté ses parties génitales contre la pierre, et quand il est rentré chez lui, il avait retrouvé ses capacités sexuelles.

Assis très raide sur son siège, Luberon affichait un air désapprobateur. L'archevêque se pencha pour lui tapoter le poignet.

— Allons, Simon, ces choses-là arrivent. Il y en a eu d'autres. Une jeune femme affligée d'une maladie de peau s'est rendue au monastère. Les écrouelles dont elle souffrait ont disparu. Un vieux soldat, victime de troubles de l'intestin, s'est aussi déclaré guéri ; de même la mère d'un enfant qui avait eu le poignet mordu par un rat.

— D'autres encore ? demanda Kathryn.

— Pourquoi ? Vous n'y croyez pas, Kathryn ?

— Pas du tout, Votre Éminence, mais je suis intriguée.

— Et la duchesse Cécile ? intervint Luberon.

— Ah oui, la duchesse Cécile, Simon.

Bourchier regarda la chandelle des heures sur son grandiose support en fer noir.

— La flamme a presque atteint le septième cercle, fit-il observer. Nos visiteurs doivent être arrivés.

— Quels visiteurs ?

— Ces miracles satisfont grandement la duchesse

Cécile. Elle nous a envoyé son homme de confiance, Walter Venables, ainsi que le cardinal Pierre Spineri.

— Le Cardinal Blanc ! s'exclama Kathryn. Le légat du pape ?

— Lui-même, confirma Bourchier, il a fait le voyage depuis Londres pour être l'hôte du roi à Islip. La duchesse Cécile veut que l'on enquête sur la vie, la mort et les miracles d'Atworth. Le cardinal Spineri a promis de soumettre au Saint-Père le cas d'Atworth pour le faire béatifier.

Kathryn sentit son estomac se nouer. Elle entrevoyait ce qui allait suivre.

— Vous savez quelle est la procédure, murmura Bourchier. Spineri sera l'*Advocatus Angeli*, l'Avocat de l'Ange : sa tâche consistera à prouver qu'Atworth est vraiment un saint et qu'il est maintenant en présence de Dieu.

Il se pencha pour saisir le poignet de Kathryn.

— Vous êtes un excellent médecin, Maîtresse Swinbrooke, doublé d'une femme avisée qui ne s'en laisse pas conter. Je connais votre réputation.

— Il y a d'autres excellents médecins à Cantorbéry.

Bourchier sourit.

— On peut les acheter, soit en leur faisant peur, soit en les soudoyant. Kathryn, je veux que vous soyez l'*Advocatus Diaboli*, l'Avocat du Diable. Vous aurez pour mission de prouver que la vie, la mort et les prétendus miracles d'Atworth ne justifient ni sa béatification ni sa canonisation.

Kathryn fixa les yeux larmoyants au regard perspicace du vieil archevêque. « Un vrai renard », ainsi l'avait décrit Colum.

— Cantorbéry peut se permettre d'avoir un autre saint, non ? chuchota-t-elle.

Bourchier plissa les yeux, amusé.

L'homme était rusé comme un serpent, Kathryn s'en

rendait compte. Il accéderait à la demande de la duchesse Cécile, ferait ce qu'il fallait pour l'aider, mais par ce regard il révélait tout à son interlocutrice. Bourchier était archevêque de Cantorbéry, et sa cathédrale abritait la dépouille sacrée de Thomas Becket.

— À quoi pensez-vous, Kathryn ?

— Oh, Votre Éminence, je suis sûre que vous le savez. Cantorbéry ne peut avoir qu'un saint. Si l'église des frères du Sac abrite la dépouille d'un saint homme, les pèlerins pourraient se tourner, apporter leurs offrandes ailleurs.

Bourchier écarquilla des yeux pleins d'une innocence feinte.

— Allons, Kathryn, comment imaginer une chose pareille ?

— C'est facile, Votre Éminence.

— Cependant vous accepterez la mission ?

— La duchesse Cécile est une femme puissante.

— Certes, Kathryn, mais Colum Murtagh, lui aussi, a l'oreille du roi.

Élevant la main, Bourchier ébaucha le geste de bénir Kathryn.

— J'ai quatre-vingt-deux ans, reprit-il en murmurant, j'ai vu apparaître et disparaître des rois et des princes, mais la puissance de l'Église demeure. Je vous protégerai.

Sans attendre de réponse, Bourchier, s'appuyant sur le bras de son fauteuil, se pencha pour saisir une petite clochette posée à même le sol et l'agita vigoureusement. La porte au fond de la salle s'ouvrit.

— Votre Éminence ? lança un serviteur.

Bourchier appuya la tête contre le dossier de son siège.

— Mes visiteurs sont-ils arrivés ?

— Tous deux attendent dans l'antichambre.

— Eh bien, qu'ils n'attendent pas davantage.

Soufflant, haletant, Bourchier se leva. Kathryn et Luberon se hâtèrent de l'aider, et, soutenu par eux, l'archevêque traversa la pièce, marchant sur les tapis d'Orient multicolores. Il s'arrêta à mi-chemin. Des serviteurs entrèrent avec des torchères, suivis par un porteur de croix et un chambellan. Ce dernier avança tandis que les valets prenaient position de chaque côté de la salle.

— Le cardinal Pierre Spineri, évêque de l'église de Saint-Sébastien à Rome, et Walter Venables, écuyer de Sa Grâce, la duchesse d'York, Votre Éminence.

— Qu'ils approchent, dit Bourchier d'une voix douce mais bien audible.

Le porteur de croix et le chambellan s'écartèrent. Tout de suite Kathryn remarqua combien Spineri était replet et petit. Il portait la tonsure, et son visage rond avait la couleur brune d'une noix. Il possédait des yeux rieurs, un nez camus et une bouche généreuse. Kathryn comprit pourquoi on l'avait surnommé « Cardinal Albus », le Cardinal Blanc. L'homme portait la robe immaculée des Carmes, avec une ceinture argent autour de sa taille épaisse, et des cothurnes blancs aussi, et il avait un capuchon noir rejeté sur les épaules. S'appuyant sur une canne à poignée d'ébène, il avança, tout sourires, et échangea avec Bourchier l'*osculum pacis*, le baiser de paix.

Venables était un homme jeune au teint sombre, rasé de près, ses cheveux noirs tondus au-dessus des oreilles. Il arborait une longue robe rouge sang à amples manches, dont le col et les poignets étaient bordés de fourrure. Les hauts-de-chausses verts qui couvraient ses jambes étaient glissés dans des bottes en cuir souple marron, avec des boucles d'argent. C'était un soldat, se dit Kathryn, mais aussi un homme rompu à la mielleuse subtilité de la cour. Il portait à son cou une chaîne d'argent à laquelle était suspendu un médaillon du même métal aux armes des York. Une lourde et large ceinture de guerre en cuir pendait à ses épaules, et il la tendit au chambellan quand il avança pour s'agenouiller et baiser l'anneau de Bourchier.

Suivirent les présentations. Venables et Spineri, en hommes de cour accomplis, prirent chacun à leur tour la main de Kathryn pour l'effleurer des lèvres. Spineri était expansif et parlait un anglais à fort accent qu'il émaillait d'un mot italien de temps en temps. Venables, qui avait un parler plus doux, était sur ses gardes, tendu comme un chat. Kathryn semblait l'intéresser davantage que les deux autres, comme s'il avait hâte de prendre sa mesure et découvrir qui elle était réellement. Sous son regard inquisiteur, Kathryn rougit de confusion.

— Nous sommes-nous déjà rencontrés, Maître Venables ?

Un sourire plein d'affectation éclaira le visage sévère de l'écuyer.

— Non, Maîtresse, mais je le regrette.

Les galanteries s'arrêtèrent parce que Bourchier ordonna aux serviteurs de disposer davantage de sièges autour du feu. On apporta un plateau de gobelets et une assiette de fruits confits. Kathryn vit avec plaisir une timbale incrustée de pierreries. Le vin blanc d'outre-Rhin que l'on avait pris soin de mettre à rafraîchir était froid et parfumé. On s'assit, plus loin du feu, cette fois, Spineri à côté de Kathryn, et Venables à côté de Luberon.

— Le temps passe, attaqua Bourchier, si bien que je ne m'attarderai pas longtemps. Maîtresse Swinbrooke a accepté la mission que je lui ai confiée.

— Puis-je dire que je n'ai jamais connu d'Advocatus Diaboli plus charmant ? intervint Spineri avec un sourire.

Il baissa ostensiblement la voix :

— J'attends avec impatience de vous rencontrer dans la lice, afin que nous nous mesurions non pas à l'épée, mais avec nos esprits. Qu'en dites-vous, Maîtresse ?

Venables prit la parole.

— Cela prendra-t-il longtemps ?

Il semblait irrité que Spineri soit près de Kathryn, et aussi de la galanterie qu'il lui témoignait.

— Comment prévoir la longueur d'un morceau de ficelle ? demanda Spineri. Maîtresse Swinbrooke, je ne vous ennuierai pas avec le droit canonique. Cependant, l'Avocat du Diable est l'initiateur. Vous pouvez exiger tout ce que vous voulez.

— Existe-t-il des documents sur Atworth ? interrogea Kathryn.

— Quelques-uns, sans doute entre les mains des moines.

— Et les gens de sa vie antérieure ?

— Il y a quelques vieux soldats établis à Cantorbéry et dans les alentours.

— Je n'irai pas les voir, déclara Kathryn. Ils peuvent, s'ils le veulent, venir à moi.

Venables l'observait attentivement. Spineri semblait plus occupé à déguster son vin. Kathryn avait jaugé le cardinal jovial et replet. C'était un homme tout entier dévoué au roi. Si Cécile d'York voulait faire canoniser son chat, le cardinal Spineri n'y verrait sans doute guère d'objection.

— Et ces miracles ? Ils ont dû arriver à des gens d'ici ?

Bourchier opina du chef.

— J'aimerais examiner ces personnes.

— Vous mettez en doute les miracles ? demanda Venables avec force.

— Je ne mets rien en doute, monsieur. Je me contenterai d'avancer des preuves afin que Son Éminence prenne sa décision elle-même, rétorqua Kathryn. Mais d'abord et avant tout, il faut que j'interroge le prieur Anselm et d'autres. Enfin, on devra exhumer le corps d'Atworth.

Venables sourit à Kathryn, hochant la tête en signe d'assentiment.

— Est-ce que ce sera vraiment nécessaire ? protesta Spineri.

— Si le cadavre n'est pas décomposé, Votre Éminence...

Spineri se rembrunit.

— En définitive, conclut Kathryn, l'Église a besoin de preuve de sainteté. J'ai la conviction que la dépouille de frère Atworth peut révéler la vérité.

Elle but une gorgée de vin en réprimant un frisson. Elle garderait ses intentions pour elle, au milieu de ces hommes cachottiers et rusés. Cependant, elle ressentait une crainte insidieuse : cette affaire recelait de nombreux secrets, et elle se demandait si la protection de Bourchier serait réellement efficace.

CHAPITRE II

« Tu peux toujours chercher, tu ne trouveras jamais. »

Chaucer, « Le conte du Valet du chanoine »,
Les Contes de Cantorbéry

L'église conventuelle des frères de l'ordre du Sac était un lieu rempli d'ombres mouvantes diaprées de lueurs pâles. Sa haute voûte résonnait au moindre bruit qu'elle répercutait en écho. Le long de la nef, des piliers ronds et trapus gardaient de tristes transepts où d'anciens membres de l'ordre étaient ensevelis sous des sarcophages sculptés, dans l'attente de l'ultime résurrection. Depuis des niches creusées dans les murs, des statues abaissaient fixement leurs yeux aveugles. De malveillantes têtes grotesques grimaçaient du haut des chapiteaux des piliers. La nuit était tombée. On avait éteint la plupart des cierges. L'air qui sentait l'encens vous glaçait. Une fine brume s'était infiltrée sous la porte et se glissait en rubans ondulants le long de la nef comme de pauvres fantômes décharnés cherchant où se tapir. C'était une église lugubre avec ses recoins emplis de ténèbres; mais les trois frères, agenouillés dans une petite tache de lumière devant la chapelle de la Vierge, ne pensaient pas aux formes mouvantes ni aux ombres qui les entouraient. Ils soufflaient sur leurs doigts et se frottaient les bras en une vaine tentative de se réchauffer. L'unique lumière provenait des cierges allumés devant la statue de la Madone noire, une ancienne représentation en bois montrant la Vierge Marie tenant le divin enfant dont les bras se tendaient vers un monde ignorant. Les frères fixaient le dallage. Les mots qui y avaient été récemment gravés semblaient en jaillir : « HIC IACET FRATER ROGER ATWORTH OBIT... » L'inscription expliquait comment le frère Roger avait vécu la vie d'un saint moine et qu'il était mort en odeur de sainteté en l'an 1473 de Notre-Seigneur.

Le moine qui se trouvait au milieu du groupe murmura :

— Si ce n'était pas l'odeur de sainteté, c'en était du moins assez proche.

— Avons-nous raison d'agir ainsi ? demanda l'un de ses compagnons.

— Nous n'avons pas le choix, répliqua le chef des trois, dont le visage était caché dans son capuchon. Il faut que nous prêtions serment de ne rien dire. Nous devons révérer notre grand saint.

Il disposa le calice sacré au centre de la dalle et posa par-dessus la patène carrée blanche qu'il effleura de ses doigts en murmurant les formules consacrées. Ses compagnons l'imitèrent avec un peu moins d'assurance. Et tous trois prièrent à voix basse que le bienheureux Roger, qui se trouvait sûrement maintenant dans la lumière, comprenne ce qu'ils faisaient.

La réunion au palais de l'archevêque était terminée. Kathryn, Venables et Spineri étaient convenus de se retrouver le lendemain pour l'exhumation solennelle du corps de Roger Atworth. Kathryn, dont la curiosité était piquée, n'avait plus de réticence. Les phénomènes qu'avait décrits Bourchier l'intriguaient sérieusement, et elle s'interrogeait.

Après le départ de Spineri et de Venables, elle déclara :

— Notre éminent cardinal a déjà son idée, je m'en rends compte.

— Oh, certainement.

Bourchier but une gorgée de vin.

— Je suis sûr qu'il rentrera à Rome avec un mulet lourdement chargé de présents, et pour lui, et pour ses amis de la Curie.

Kathryn regarda avec envie la chandelle des heures. Il était huit heures maintenant; il fallait vraiment qu'elle parte. Mais Luberon et Bourchier demeuraient assis. Le petit clerc était agité. Il n'arrêtait pas de remuer les pieds et de s'éclaircir la gorge, ce qu'il faisait toujours lorsqu'il était nerveux.

La jeune femme fit mine de se lever.

— Il se fait tard, Monseigneur.

Bourchier lui indiqua de rester assise.

— Je vous ferai reconduire pour que vous rentriez sans danger à Ottemelle Lane, Kathryn.

Il abaissa les yeux, comme fasciné par le collier du dogue endormi.

— Nous n'attendons tout de même pas votre chien, Votre Éminence ?

L'archevêque leva une main.

— Je reconnais que j'ai tort. Simon, je crois qu'il vaut mieux que...

Luberon toussota.

— Kathryn, vous vous sentez bien ?

— Pour l'amour de Dieu, Simon, bien sûr que non ! rétorqua-t-elle vivement. J'ai eu une dure journée, j'ai vu de nombreux patients. À présent que je suis assise devant ce feu, je me sens brûler d'un côté et geler de l'autre.

Bourchier eut un rire d'excuse.
— Allons, venez-en au fait, Simon.
— Vous n'êtes pas mariée, Kathryn ?
Elle se mit à rire en rejetant la tête en arrière.
— Très intelligent, Simon.
— Vous vivez à Ottemelle Lane ?
Kathryn fixa le clerc d'un air furieux.
— Vous êtes un médecin réputé, apprécié par beaucoup. Vous avez la confiance de Son Éminence ainsi que celle du Conseil de la ville...
— Cela suffit ! le coupa Kathryn.
Luberon ferma les yeux. Kathryn affichait un air obstiné, pugnace.
— J'ai déjà entendu ce chant de louange, déclara-t-elle. Kathryn Swinbrooke, membre de la guilde des apothicaires, médecin du Conseil de la ville, conseiller de Son Éminence l'archevêque Bourchier, habite une maison d'Ottemelle Lane...
Kathryn écarquilla les yeux d'un air de feinte innocence et poursuivit dans un âpre murmure :
— ... avec un homme, Colum Murtagh, soldat irlandais, gardien des écuries royales à Kingsmead. Il n'est pas marié non plus. Thomasina aussi habite avec moi, et Dieu sait combien de fois *elle* a été mariée. Agnes, ma servante, n'est pas mariée, pas plus que Wulf, mon apprenti. Nous l'appelions « Wuf » jusqu'à ce qu'il proteste, préférant Wulf, d'après saint Wulfstan, qui, à ma connaissance, Monseigneur, fut évêque de l'Église. Je dirige une importante maisonnée. Je gagne bien ma vie comme médecin et comme apothicaire. Cependant...
Kathryn rougit de colère.
— Ce que je fais la nuit dans mon lit ne regarde que moi ! La veuve Gumple, avec ses coiffures stupides, son visage empâté et sa langue de vipère, ne m'intéresse pas !

De nouveau Kathryn fit mine de se lever. Bourchier se pencha pour lui saisir la main.

— Kathryn, voyons, je vous considère comme ma fille.

— Moi, je vous considère comme un curieux, Votre Éminence !

Bourchier sourit.

— On dit que vous ne mâchez pas vos mots, Kathryn.

Celle-ci porta son regard sur Luberon, et regretta un instant son éclat. Il était recroquevillé au bord de son siège, comme un petit garçon, yeux fixes, bouche ouverte.

— Je ne voulais pas vous offenser, Maîtresse, chuchota-t-il.

Kathryn se força à sourire.

— Vous ne m'avez pas offensée, mais j'aimerais que vous en veniez au fait. Je fais de mon mieux pour soigner les corps ; on ne peut pas me tenir responsable des langues qui jasent.

— Êtes-vous éprise de Colum Murtagh ? demanda Bourchier d'une voix étonnamment âpre.

Kathryn sentit sa gorge devenir sèche. Si un autre lui avait posé cette question, elle se serait emportée ; mais Bourchier était un prêtre plein de bonté, un pasteur qui portait un intérêt sincère à ses ouailles, et pas seulement pour les tondre. Luberon, lui, refusait de croiser le regard de la jeune femme.

— Répondez-moi, Kathryn, je vous en prie.

— Oui, Monseigneur, je l'aime, déclara-t-elle avec fièvre. Je ne suis pas son amante, je n'appartiens qu'à moi.

— Êtes-vous fiancée ?

— Non, cependant Colum le souhaite.

— Et pourquoi pas ?

Kathryn s'appuya contre le dossier de son siège.

— Vous le savez. J'étais mariée à Alexander Wyville. Tout le monde connaît l'histoire : voilà deux ans, Wyville décida de rejoindre les armées des Lancastre. Il quitta Cantorbéry et n'est jamais revenu.

— L'avez-vous recherché ?

— Oui. Parfois, je pense qu'il est mort, puis je me dis que non, ce n'est qu'un vœu pieux.

— Vous souhaiteriez qu'il soit mort ?

— Je l'ai épousé parce que je croyais l'aimer, Monseigneur, parce que c'était le désir de mon père défunt. Wyville se révéla une brute — un homme tout sourires qui se prétendait un saint, mais quand il buvait, c'était un misérable qui jouait de ses poings. Son cœur et sa langue étaient imprégnés de fiel et il concevait des rêves grandioses sur le profit qu'il tirerait de la guerre. Je l'ai vu partir avec joie, et, que Dieu me pardonne, je prie qu'il ne revienne pas. Est-ce un péché ?

Bourchier secoua la tête.

— Non. Bien sûr que non.

Il tapota la main de Kathryn, puis :

— Mais si Wyville est mort, que dit le droit canon ? Une femme, dont le mari a disparu sans qu'on en retrouve la trace, doit attendre dix ans avant de se remarier. Êtes-vous prête à attendre dix ans, Kathryn ?

Elle ferma les paupières. L'image de Colum lui apparut : cheveux noirs comme la nuit, yeux bleu sombre plissés en une expression amusée, des rides de rire autour de la bouche, ses mains puissantes quand il tentait de réparer une bride ou un licou, l'odeur de cuir...

— Kathryn ?

La jeune femme ouvrit les yeux.

— Vous avez fait du bon travail pour le Conseil et pour moi, poursuivit l'archevêque. Oh, nous vous payons. À présent, je désire vous récompenser, pas fureter ni être indiscret.

Le cœur de Kathryn s'emballa.

— Votre vie privée concerne le prêtre qui vous entend en confession et vous donne l'absolution, cependant, comme vous le savez, j'ai beaucoup d'influence. J'ai déjà envoyé des courriers à tous les prêtres des villes et des villages par où sont passées les armées lancastriennes en rejoignant Tewkesbury, leur demandant de bien chercher ce qu'ils pourraient savoir sur un homme du nom d'Alexander Wyville.

— Il aurait pu changer d'identité ! rétorqua Kathryn. Il a rejoint les troupes de Faunte hors de Westgate. Même alors il prétendait être ce qu'il n'était pas.

Bourchier se gratta le menton.

— Je sais. Nicholas Faunte, le feu mais non regretté maire de Cantorbéry, a levé une armée pour les Lancastre, et l'a conduite à l'ouest. Les hommes voulaient participer à la grande victoire. Chemin faisant, ils espéraient aussi s'enrichir par la rapine et le pillage. Pour tenter d'échapper aux griffes de la loi, beaucoup prirent des noms d'emprunt, y compris ceux de plantes comme Pyrèthre, Ellébore, Verveine.

Bourchier marqua une pause puis :

— Nous le savons à présent, certaines de ces troupes sont arrivées à Tewkesbury, où le roi Édouard et ses frères infligèrent une cuisante défaite à la maison de Lancastre, qui disparut dans l'ombre.

L'archevêque prit la clochette et la fit tinter.

— Amenez-le ! cria-t-il. Dites à Maître Monksbane que je le reçois tout de suite.

Kathryn dévisagea l'étrange individu qui s'avançait dans la salle. Bourchier ne broncha pas quand celui-ci s'agenouilla devant le siège d'apparat pour baiser l'anneau épiscopal. Après quoi, il prit le tabouret en face. C'était un homme très maigre, aux yeux pâles, aux cheveux gris, vêtu d'une veste et de jambières en velours de coton. Ses bottes, cependant, ainsi que sa besace et sa ceinture de guerre travaillée, semblaient coûteuses. C'était le genre d'individu que Kathryn, si elle l'avait aperçu au milieu d'une foule, aurait été incapable de décrire en détail : un homme presque sans visage, que rien ne singularisait. Pourtant, quand il sourit, Kathryn éprouva un élan de chaleur. Monksbane semblait fier de son métier, quel qu'il soit, et, de toute évidence, il avait la confiance de l'archevêque.

Celui-ci remua sur son siège.

— Puis-je vous présenter Monksbane, Maîtresse Swinbrooke ? Je ne pense pas qu'il ait reçu ce nom-là sur les fonts baptismaux, mais c'est ainsi qu'il aime qu'on l'appelle, maintenant. Il a étudié aux Écoles de droit de Chancery Lane, puis il a traversé des moments difficiles, mais s'est ressaisi pour devenir l'un des premiers chasseurs de rats de la capitale...

— Du quartier de Farringdon précisément, Votre Éminence, intervint Monksbane.

Il avait une voix cultivée et s'exprimait aussi posément qu'un prêtre.

— C'est vrai, oui, admit Bourchier. Monksbane est très fier de son ancien métier.

— Vous êtes venu à Cantorbéry pour chasser les rats ? interrogea Kathryn.

— Non, Kathryn, dit Luberon.

Le clerc était plus détendu, bien qu'il lui fût difficile de cacher combien la déclaration sans détour de Kathryn au sujet de Colum Murtagh l'avait profondément troublé.

La jeune femme se pencha en avant.

— Vous dites, Simon ?

— Il n'est pas ici pour chasser les rats, répondit-il en souriant.

Bourchier tapota Monksbane comme il l'aurait fait avec son dogue.

— Monksbane est *mon* homme, mon homme en

temps de paix et en temps de guerre. C'est un chasseur de primes, Kathryn. Las de tuer des rats, il est venu à Cantorbéry et m'a proposé ses services. Vous n'imaginez pas comme l'Église doit se mettre en chasse souvent, n'est-ce pas, Monksbane ?

— Oh oui, Votre Éminence. Nous vivons dans une vallée de larmes.

L'homme prit un ton tellement sinistre que Kathryn eut du mal à ne pas sourire.

— En vérité, le prédicateur assure qu'on ne peut pas servir à la fois Dieu et Mammon. Bien des prêtres quittent leur paroisse en emportant le tronc des offrandes et le saint calice.

— Surtout maintenant, soupira Bourchier. Pendant la guerre, beaucoup d'ecclésiastiques ont abandonné leur vie : des moines, des clercs, des frères. Quand ils s'enfuient, ils prennent toujours ce qui appartient à l'Église.

— Et Monksbane les traque ?

— Exactement, Kathryn, il est mon lévrier. Il les flaire, les débusque, les saisit par la nuque et les ramène.

Kathryn fixa cet individu singulier : à présent, elle comprenait les intentions de Bourchier et lui en était reconnaissante.

— Et vous allez pourchasser mon mari, Alexander Wyville ?

— Oui, Maîtresse.

Monksbane éleva une main gantée.

— Son Éminence me paiera, croyez-moi.

Le visage de l'homme se fit dur.

— Si Alexander Wyville est encore en vie, je le ramènerai.

— Et s'il s'est enfui ?

— Dans ce cas, Maîtresse, je vous le dirai.

— S'il est mort ?

— Eh bien, Maîtresse, je vous montrerai sa tombe.

— Il vous faudra longtemps ? demanda Kathryn.

Monksbane grimaça un sourire.

— Non, mais je dois tout savoir sur lui.

Bourchier se leva, signalant ainsi que la réunion était terminée.

— Il est tard, Kathryn. Monksbane va vous ramener chez vous. Seuls nous trois savons pourquoi il est ici.

Kathryn prit congé et sortit derrière Monksbane par une porte de service. Dehors, les cloîtres étaient sombres et glacés, éclairés de loin en loin par une torchère ou une lampe à huile dans une niche. Monksbane boucla sa ceinture de guerre. Il marchait très silencieusement de sorte qu'on n'entendait ni le bruit de ses bottes, ni ses armes s'entrechoquer, et Kathryn avait l'impression d'être accompagnée par une ombre. Il la conduisit par des passages voûtés, ils traversèrent un jardin tranquille et sortirent par un portail latéral. Ils s'arrêtèrent pour enfiler leurs manteaux, et Monksbane aida sa compagne avec empressement.

— Tout va bien, Maîtresse ?

Kathryn frissonna, levant les yeux vers le ciel nocturne limpide.

— L'archevêque tient à son feu de bois, dit-elle.

— Son sang se fait clair.

— Êtes-vous médecin ? Connaissez-vous les sciences médicales ? le taquina Kathryn.

Cet homme étrange qui en apprendrait tant sur elle piquait sa curiosité, à présent.

En guise de réponse, Monksbane lui offrit galamment son bras. Kathryn le prit et ils s'en furent par des ruelles bordées de hauts murs, jusqu'à Palace Street. Celle-ci était déserte, ses pavés encore luisants de la pluie qui était tombée plus tôt. On avait enlevé les éventaires, les boutiques étaient fermées, les fenêtres closes, mais des lanternes pendaient à des crochets devant les portes, et des bougies brillaient à travers des lézardes et des anfractuosités. De rares chiens rôdaient. Des chats, trônant comme des rois sur les énormes tas d'ordures, attendaient l'arrivée des balayeurs de rue. À l'entrée d'une ruelle on avait dressé un petit pilori. L'ivrogne, dont les mains et la tête étaient étroitement coincées sous d'épaisses traverses de bois, n'avait toujours pas repris connaissance, malgré le petit garçon qui se tenait au-dessous de lui avec un bol d'eau. Kathryn s'arrêta, voulant l'aider.

— D'habitude, il ne s'enivre pas, pleurnicha le petit, mais il a bu trop de bière et s'est endormi ici, au milieu de la rue.

Kathryn lui tapota la tête et lui remit une pièce de monnaie.

Monksbane inspecta avec attention le chemin d'où ils venaient avant de reprendre sa marche avec la jeune femme, et s'arrêta devant *La Gloire du Soleil*, une grande taverne à l'angle de Palace Street.

— Je suis lasse, Maître Monksbane, protesta Kathryn.

— Il faut que je vous parle. Mieux vaut le faire ici.

Haussant les épaules, Kathryn le suivit dans l'établissement. Le passage dallé était propre et sentait bon. Au lieu de la faire entrer dans la bruyante salle à leur gauche, Monksbane la précéda dans l'escalier de bois, ouvrit la porte en haut des marches, et l'introduisit dans une petite pièce. Pour tout mobilier il n'y avait qu'une table, deux tabourets et un brasero rougeoyant au fond. Sur la table on avait placé de grosses chandelles de suif dans des coupes de métal. Monksbane, après avoir installé confortablement Kathryn, redescendit et revint avec deux pots de bière en étain.

— Je quitte Cantorbéry demain, Maîtresse, et ne vous retiendrai pas longtemps. Vous vivez avec l'Irlandais Murtagh ? Êtes-vous éprise de lui ?

Kathryn rougit, mais Monksbane ne cilla pas, son visage demeurant impassible.

— Je ne cherche pas à être indiscret, Maîtresse, je veux seulement savoir.

— Je l'aime.

— Si vous étiez libre, l'épouseriez-vous ?

— S'il me le demandait, oui.

— Et si votre mari revient ?

Kathryn but une gorgée de bière, puis pressa la chope fraîche contre sa joue échauffée.

— La règle de l'Église est sans aucune ambiguïté. Alexander était un homme vil, poursuivit-elle très vite. S'il savait combien je suis heureuse maintenant, il prendrait un très grand plaisir à me contrarier. Tel un enfant gâté, ce dont il ne veut pas, il ne veut pas que quelqu'un d'autre l'ait.

— Était-il cruel ?

— Non, c'était un faible. Quand il avait bu, oui, il pouvait devenir mauvais.

Kathryn tapota sa chope de bière.

— Voilà quelle était la clé de son âme, et quand on la tournait, toutes sortes de méchancetés sortaient.

— Au lit, était-il vigoureux ?

Kathryn aurait giflé n'importe qui d'autre, mais Monksbane s'exprimait comme un médecin cherchant des symptômes.

— Non, il ne l'était pas et en rejetait la faute sur moi. Il pouvait se montrer très violent.

Kathryn effleura ses cheveux gris.

— Un petit legs, un présent de mon mari.

— Faisait-il du commerce ?

— Plus ou moins. Vous auriez dû être prêtre, Maître Monksbane.

L'homme grimaça un sourire.

— J'ai failli l'être, mais je ne reste pas insensible à un joli visage.

— Alors pourquoi n'avoir pas été juriste ?

Sans changer d'expression, Monksbane déclara :

— J'ai moi-même été marié, un jour. Je puis vous appeler Kathryn, n'est-ce pas ? J'avais une femme et deux enfants.

Il cligna des yeux, seule manifestation d'émotion.

— Trois fleurs de toute beauté.

Il fit claquer ses doigts.

— Disparues, Kathryn, comme des larmes dans la pluie, enlevées par une fièvre. On parle de la descente aux enfers. J'y suis descendu et j'en suis revenu. J'ai bu, j'étais violent, et quand je me suis réveillé, j'étais malade et très pauvre. J'ai d'abord été balayeur de rues, puis chasseur de rats.

— Et maintenant ?

— Souvenirs. Nous devons tous agir pour garder la porte fermée, barricadée, sans risque qu'elle s'ouvre, Kathryn.

Il but une longue lampée de bière avant de reprendre :

— Donc, si Alexander Wyville revenait, il gâcherait tout ?

Kathryn hocha vigoureusement la tête.

— Oui. Comme un enfant gâté dans un jardin, il déracinerait et détruirait tout.

— Murtagh ne le tuerait-il pas ?

— Non, sauf si Alexander le provoquait, et Wyville serait bien trop rusé pour le faire.

— Bien sûr, admit Monksbane, ces hommes-là choisissent avec soin leurs adversaires. Décrivez-le-moi.

— De taille moyenne, avec des cheveux tirant sur le roux, un visage pâle et des yeux verts. Pas très charpenté, avec un peu de ventre. Il aimait sa bière.

— Allait-il à l'église ?

— Nous y allons tous.

Monksbane eut un sourire rusé.

— Était-il croyant, Kathryn ?

— Je ne pense pas. Au fond de son cœur, Alexander Wyville n'aimait rien.

— Pourtant vous l'avez épousé ?

— Nous portons des masques, Monksbane ; vous en avez un en ce moment même. Parfois il est difficile de distinguer le masque du visage. J'ai commis une erreur, une erreur terrible, et je la paie.

— Si je découvre qu'il est mort ?

— Alors qu'il repose en Dieu.

— Et s'il est vivant ?

— Eh bien, que Dieu me vienne en aide !

— Devrai-je le tuer, Maîtresse Kathryn ?

Kathryn se glaça. Monksbane n'avait pas bronché et sa voix était aussi naturelle que s'il discutait de quelque course à faire sur la place du marché.

— Pourquoi pas ? chuchota-t-il. D'après ce que vous dites, la terre n'en veut pas, mais Dieu si.

— Me demandez-vous de vous payer pour assassiner mon mari ?

— L'exécuter, Kathryn.

Celle-ci secoua la tête.

— Non, je n'aurai pas son sang sur mes mains ou son âme sur ma conscience.

Monksbane sourit.

— Je pensais que telle serait votre réponse, Maîtresse.

Voyant son regard changer, Kathryn se pencha et le saisit par le poignet.

— Je vous en supplie, insista-t-elle, n'en faites rien. Vous ne devez pas vous substituer à la loi. Si Alexander Wyville est vivant, eh bien, qu'elle suive son cours.

— Et s'il est un hors-la-loi, Maîtresse ?

Monksbane desserra la main de sa compagne pour la poser doucement sur la table.

— *Utlegatum..... loup errant*, honni ?

— Pourquoi cette question ?

— C'est un homme violent, Maîtresse, un buveur, dit Monksbane, énumérant ses arguments sur des doigts longs et maigres. Peut-être se cache-t-il, à condition bien sûr qu'il soit encore vivant.

— Pourquoi se cacherait-il ?

— Il peut avoir tué quelqu'un. Aux termes de la loi, un loup errant coupable d'homicide, de viol ou de brigandage, peut être abattu à vue.

— Pas Alexander Wyville, déclara Kathryn, il doit affronter la justice, ne l'oubliez pas.

Elle but une gorgée de bière, qui était bonne et forte.

— Il s'est peut-être remarié et se cache de la loi de l'Église plutôt que de celle du roi.

Monksbane fit la grimace. Kathryn insista :

— Je veux que vous juriez sur l'âme de votre femme et de vos enfants défunts que si Alexander Wyville est vivant, vous le ramènerez vivant.

Monksbane pinça les lèvres.

— Je suis d'accord, Maîtresse. Désirez-vous une autre chope ? demanda-t-il.

— Non, j'ai assez bu et assez parlé.

— J'ai une faveur à vous demander, poursuivit-il. Vous êtes médecin ?

— Oui, et vous devriez avoir le vôtre.

— Tous des charlatans ! railla-t-il.

Reculant son siège, il posa un pied sur la table et se tapota la cheville.

— J'ai des crampes là, et derrière la jambe ; je me sens tendu.

Kathryn se leva pour aller regarder. Prenant appui sur le bord de la table, Monksbane dégagea sa botte. Sa chausse était propre. Kathryn palpa les orteils, le pied et la cheville. Il n'y avait pas d'enflure, mais quand elle effleura les muscles à l'arrière de la jambe, ils étaient raides et durs, comme un nœud bien serré.

— Vous souffrez souvent de ces douleurs ?

Monksbane abaissa son pied et remit sa botte.

— Parfois, surtout quand je suis assis.

— Montrez-moi votre position assise.

Monksbane obéit, mais Kathryn s'aperçut qu'il faisait semblant. Elle se souvint du chasseur de primes dans le palais de l'archevêque ; il avait la jambe droite parfaitement immobile et rigide.

— Quand vous buvez, la douleur disparaît ?

— Oui.

— Et quand vous vous dressez ?

— De nouveau, je ne souffre plus.

Kathryn regarda attentivement le visage pâle de son interlocuteur. Il n'avait pas le teint brouillé, mais elle remarqua ses gestes nerveux, la façon dont il se frottait sans arrêt le ventre.

— Vous êtes anxieux, dit-elle avec un sourire. Et agité aussi, non ?

Monksbane détourna les yeux.

— Mais vous le cachez bien. Après tout, vous êtes chasseur d'hommes, et vous devez porter votre masque. Cependant, je parierais un florin d'argent que vous dormez mal. À votre réveil, vos cheveux derrière la tête sont-ils emmêlés ?

Monksbane grimaça un sourire gêné.

— Je me tourne et me retourne beaucoup.

— Et votre estomac vous tourmente. Vous allez payer pour la bière que vous venez de boire, n'est-ce pas ?

— Maîtresse, vous devriez dire la bonne aventure.

Pour cacher son embarras, Monksbane remua les pieds.

— Vous souffrez de crampes et de douleurs ailleurs, non ?

— Vous connaissez, je crois, la réponse à cette question.

— Votre jambe n'a rien, déclara Kathryn, sinon votre position quand vous êtes assis. Vos humeurs sont nerveuses, tourmentées. La prochaine fois que vous prenez place dans une taverne, surtout si le rendez-vous vous déplaît ou vous inquiète, faites attention à votre posture. Vous vous apercevrez que vous appuyez très fort votre pied sur le sol, de sorte que votre jambe est soumise à une tension. Les tendons se crispent, et il en résulte des crampes. Vous devriez baigner votre mollet dans de l'eau chaude avec des herbes apaisantes. Faites-le travailler sans forcer; marchez avec une canne.

Monksbane porta sur Kathryn un regard admiratif.

— À quelles écoles êtes-vous allée, Maîtresse?

Kathryn se mit à rire et vida sa chope.

— J'ai obtenu ma licence du Conseil de la ville, mais ce fut mon père qui dirigea mes études. Il souffrait des mêmes troubles que vous : ils sont très courants chez les hommes de votre condition. À présent, Maître Monksbane, j'ai une faveur à vous demander. Vous étiez chasseur de rats dans le quartier de Farringdon. Vous avez entendu parler de l'infestation que nous connaissons dans la ville? En savez-vous la cause?

— Elle peut être due à n'importe quoi, répliqua Monksbane, choisissant ses mots avec soin. Les rats vivent en nids, en colonies. Parfois, ils pullulent. Comme les humains, on peut s'en débarrasser en les persécutant, en les brûlant et en les massacrant. Ils nagent, grimpent à bord de barges qui naviguent sur la Stour. Ou encore il y a les ruines, à l'extérieur de Cantorbéry. Dieu sait pourquoi, comment ou d'où ils arrivent. Vous avez parlé du feu. Ce peut être le meilleur remède : brûler leurs nids, les harceler nuit et jour. Une chose est étonnante, Maîtresse. Je me suis promené dans la ville, me suis arrêté dans les tavernes où j'ai écouté les bavardages et conversations. Les infestations de Farringdon ne se sont pas produites comme ici. Habituellement, on commence par voir un ou deux rats que l'on ignore, n'y trouvant rien de grave. « Ah oui, disons-nous, j'ai vu le premier le jour de la fête de Saint-Matthieu, et je n'en ai plus vu pendant un mois. » Or les rats de Cantorbéry semblent être apparus tout d'un coup, d'abord hors de Westgate, puis au nord de la ville.

Monksbane étendit les mains.

— Je ne peux rien dire de plus.

Kathryn s'apprêtait à reprendre son manteau quand on gratta à la porte. Un jeune serviteur aux cheveux graisseux entra en trombe et, l'ignorant, saisit Monksbane par la manche.

— Il y a un homme en bas, un homme qui veut vous voir. Le tavernier ne l'a pas laissé monter.

— Il veut me voir, moi ?

— Non, non, balbutia le gamin, le méd... méd...

— Le médecin, intervint Kathryn.

Le petit serviteur lui adressa un large sourire de sa bouche édentée.

— Oui, la dame méd...

Kathryn éclata de rire. Monksbane descendit et revint à la hâte, suivi d'un individu vêtu d'un manteau et d'un capuchon. Lorsqu'il rejeta celui-ci en arrière, Kathryn le dévisagea avec stupeur.

— Maître Venables !

Elle présenta Monksbane ; Venables lui fit un signe de tête.

— Vous avez le don de seconde vue ? sourit Kathryn. Comment saviez-vous que nous étions ici ?

— Vous nous avez suivis, n'est-ce pas ? lança Monksbane d'un ton accusateur. Je l'ai pensé quand nous avons quitté le palais de l'archevêque.

Venables allait se détourner, mais Monksbane tira son épée et, d'un mouvement rapide, il la pointa sur le menton de l'écuyer.

— Non ! cria Kathryn, levant la main lorsque Venables abaissa la sienne sur sa ceinture de guerre.

— Maître Venables, j'ai loué cette salle parce que je souhaitais m'entretenir avec Maîtresse Kathryn. Je n'aime pas que l'on me suive, et je n'aime pas que l'on m'ignore, surtout s'il s'agit d'un hôte que je n'ai pas convié.

Venables repoussa doucement la main de Monksbane. Il recula et s'inclina.

— Dans ce cas, monsieur, acceptez mes excuses. Il faut que je parle à Maîtresse Swinbrooke d'un problème urgent. C'est vrai, je vous ai suivis depuis le palais. J'ai attendu dehors, pensant que vous boiriez seulement une chope ; mais le temps passant, je me suis impatienté. J'aimerais parler seul avec Maîtresse Swinbrooke.

Il sourit à Kathryn avant d'ajouter :

— Il s'agit des affaires du roi.

— J'ai dit à Son Éminence que je ramènerais Maîtresse Swinbrooke saine et sauve chez elle, rétorqua Monksbane. Désirez-vous vous entretenir avec cet homme, Kathryn ?

Celle-ci hocha la tête.

— Alors je vous attendrai en bas, déclara Monksbane.

Il prit son manteau et, tenant le petit serviteur par la main, quitta la salle.

Venables s'assit sur le tabouret de l'autre côté de la table, enleva son vêtement et desserra sa ceinture de guerre. Il détaillait Kathryn de ses yeux rapprochés.

— Vous avez eu une journée chargée, Maîtresse.

— Et elle le devient encore plus, fit observer Kathryn avec une pointe d'ironie. Que voulez-vous, Maître Venables ?

— Vous êtes l'Advocatus Diaboli dans l'affaire de Roger Atworth ?

— Je sais ce que je suis, Maître Venables.

— Atworth était le confesseur de la duchesse Cécile.

— Je le sais aussi.

Ignorant le ton peu aimable de Kathryn, l'écuyer du roi poursuivit :

— L'homme avait une constitution robuste et vigoureuse. La duchesse Cécile est profondément affectée par la mort de Maître Atworth. Il appartenait à la maison de son mari, en France, c'était un bon soldat, un homme d'armes expérimenté. En deux occasions au moins, il protégea la duchesse contre des ennemis, et, croyez-moi, Maîtresse, elle en compte plus d'un.

« Il abandonna les plaisirs de ce monde pour devenir religieux, continua Venables d'une voix claire, précise, sans quitter un instant Kathryn des yeux. La duchesse Cécile resta en relation avec lui et le choisit comme confesseur. Vous n'êtes pas sans savoir, Maîtresse, que son mari, Richard d'York, fut sauvagement assassiné à Wakefield, voilà quelque douze ans, quand commença la guerre sanglante entre les York et les Lancastre. La duchesse Cécile n'était pas seulement l'épouse de Richard, mais aussi sa confidente la plus proche et sa conseillère.

— Et Atworth devint le gardien de sa conscience et le dépositaire de ses secrets ?

— En un mot, oui.

— Mais Atworth est retourné à Dieu. Je comprends le chagrin de la duchesse, aussi...

— La duchesse Cécile ne croit pas qu'Atworth soit mort de mort naturelle.

— Ce pourrait être seulement l'égarement d'une femme affligée, un refus d'accepter l'inévitable.

— Ce n'est pas cela, non. Voyez-vous, la duchesse et frère Roger correspondaient souvent.

— J'espère que la duchesse était prudente dans ce qu'elle écrivait ?

— Oh, elle l'était, oui, confirma Venables. Ils n'échangeaient que des lettres de vieux amis.

— Cependant, Roger Atworth était son confident ? A-t-on rendu ses lettres à la duchesse ? interrogea Kathryn.

— Non, elles ont disparu. Atworth les gardait dans une grande bourse qu'il portait accrochée à la corde de sa robe.

Venables tapota sa ceinture de guerre avant de poursuivre :

— Quand on a découvert le corps d'Atworth, la bourse n'était plus là.

— Ces missives contenaient-elles quoi que ce soit de compromettant ?

Venables fit la grimace.

— Je l'ignore, Maîtresse ; la duchesse ne me le dira pas.

— Mais il y a davantage ?

— Oui. On a retrouvé frère Roger Atworth mort le matin de l'Annonciation, le 25 mars. D'après le prieur Anselm, il s'était senti malade la veille et n'avait pas quitté sa cellule. Or frère Roger avait écrit à la duchesse au début de mars, le jour de la fête de saint David de Galles. Il promettait d'écrire de nouveau, plus tard dans le mois, pour la Saint-Joseph, le 19 mars, et d'envoyer son courrier à Islip. La lettre n'est pas arrivée.

Posant les bras sur la table, Kathryn fixa une tache de vin : elle avait la forme d'une tête de loup.

— Cependant, le corps de frère Roger ne portait pas de trace de violence. Vous avez entendu les récits ? demanda Kathryn. Les stigmates, la merveilleuse odeur. Êtes-vous sûr que ce n'est pas le chagrin qui fait parler ainsi la duchesse ? Les frères du Sac ont leur propre médecin, et il n'a rien découvert d'anormal.

Kathryn leva les yeux et poursuivit :

— C'est la raison pour laquelle la duchesse Cécile tient tant à cette béatification. Elle veut qu'on exhume le corps d'Atworth afin de le faire examiner par un médecin indépendant, n'est-ce pas? Le roi connaît Colum Murtagh, et il me connaît aussi. Dame Cécile a sûrement convaincu son fils.

Venables hocha la tête.

— Et dites-moi, monsieur, pourquoi voudrait-on tuer Roger Atworth, un vieux religieux enfermé derrière les murs d'un couvent?

— Atworth mena une vie très intéressante, répliqua Venables. Pendant ses campagnes en France, lorsque les armées du Dauphin, sous le commandement de la Pucelle, commencèrent à reconquérir la Normandie, il fut capturé par un noble français assez funeste, le vicomte de Sanglier, qui le garda prisonnier dans son cachot et lui infligea des traitements barbares. Atworth subit des tortures cruelles, on brûla sa chair au fer, on l'immergea dans de l'eau glacée.

— Pourquoi? interrogea Kathryn.

— C'est qu'Atworth était à la tête d'une troupe mercenaire. Les Français avaient publié un édit aux termes duquel tous les soldats anglais capturés sous la bannière rouge et or de ces troupes seraient torturés et sommairement exécutés. Pour une raison inconnue, Sanglier garda Atworth vivant. Au bout d'un certain temps, il le libéra et commença à le traiter en hôte honorable.

— Quelle en était la raison?

— La duchesse Cécile ne l'a jamais su. D'après ce qu'on dit, Atworth, feignant d'être malade, réussit à s'échapper. La duchesse Cécile croit que le changement de vie d'Atworth date de son emprisonnement.

— Mais lorsqu'il fut capturé, il était soldat, pas religieux ou confesseur de la reine mère?

Venables étala du doigt de la bière répandue sur la table.

— Avez-vous jamais entendu parler des Écouteurs, Maîtresse Kathryn ?

— C'est un mot français, n'est-ce pas ?

Venables sourit.

— Vous êtes experte en langues ?

— Non, répliqua Kathryn, mais nous avons des exilés français à Cantorbéry. Enfant, j'étais bonne élève.

— Les Écouteurs, expliqua Venables, sont les espions de Louis XI. Louis a plus d'Écouteurs en Angleterre qu'il n'y a de rats à Cantorbéry. Et, étrange coïncidence, c'est le vicomte de Sanglier, aujourd'hui membre important du conseil de Louis, qui les contrôle. Voilà trois mois, la duchesse Cécile a trouvé un de ses serviteurs, un Gascon, valet de la chambre du roi, occupé à fouiller dans ses documents personnels. J'ai dû interroger l'homme. Il passa finalement en procès devant le maréchal de la maison du roi, fut jugé coupable d'espionnage et pendu au gibet public. C'était un individu redoutable, difficile à briser; cependant, nous avons découvert une chose : il cherchait la correspondance entre la reine mère et Roger Atworth.

Par les interstices du contrevent, Kathryn entendait les bruits de la rue que noyaient presque les gens qui chantaient et criaient au-dessous. Quelqu'un avait dû apporter une cornemuse, dont le son plaintif montait de la taverne, entrecoupé par les éclats rauques des chanteurs.

— Pourquoi cherchait-il ces lettres ?

— Nous l'ignorons.

Kathryn se mordit l'ongle du pouce.

— Et il n'a rien avoué de plus ?

— Non. Pourquoi Sanglier avait-il distingué Atworth, son ancien prisonnier ? Le problème a été débattu au conseil que le roi a tenu dans la chambre verte de Westminster

Kathryn avait entendu parler de cette salle. Colum lui avait souvent dit que le roi Édouard, ses frères et leurs partisans l'utilisaient pour leurs entretiens les plus secrets.

« Elle a une drôle de forme, avait assuré Murtagh. Des murs épais et une porte que l'on peut garder. Cette salle et la Tour, sans parler de la Maison des Secrets, sont les seuls endroits que le roi juge sûrs. » Il avait éclaté de rire, puis : « Ah, si seulement les murs pouvaient parler ! »

— Et qu'ont-ils conclu ? voulut savoir Kathryn.

La voix de Venables se réduisit à un murmure.

— Richard de Gloucester a avancé une étonnante théorie selon laquelle Atworth était peut-être un rusé dont la conversion était feinte.

L'écuyer fit la grimace.

— Et même si elle était sincère, Atworth, d'après Gloucester, a pu être un espion à la solde des Français.

— C'est absurde ! riposta Kathryn. Dans ce cas, il n'eût pas été nécessaire de fouiller les papiers de la reine mère. Atworth aurait tout dit aux Français.

— C'est ce qu'a fait valoir avec la plus grande force la duchesse Cécile.

Venables haussa les sourcils.

— Comme vous le savez, Richard de Gloucester n'est pas le préféré de sa mère : elle l'appelle le vilain de sa couvée. Il ne s'est pas laissé fléchir, avançant que peut-être Atworth, à cause d'une invalidité ou pour toute autre raison, avait cessé d'envoyer des messages en France, d'où l'espion dans la maisonnée royale. La Maison des Secrets, qui contrôle nos espions en France, a aussi rapporté deux choses : d'abord, les Français avaient bel et bien un espion au cœur de la cour anglaise et du conseil royal. Ensuite, il pouvait aussi se trouver un espion français au couvent des frères du Sac à Cantorbéry. L'espion pouvait être Atworth lui-même, ou...

Venables soupira.

— ... ou quelqu'un placé là pour le surveiller.

— Un Français dans un couvent anglais se remarquerait comme le nez au milieu de la figure !

Venables secoua la tête.

— Il semblerait que le vicomte de Sanglier ait été plus prudent et plus subtil que cela. Regardez, Maîtresse, nous nous trouvons à une courte distance à pied du plus grand sanctuaire de la chrétienté. Tout le monde vient à Cantorbéry. Les rois et les reines de France, des nobles, des marchands, tous se rassemblent ici. Certains sont ce qu'ils disent, d'autres sont des espions bardés d'or et d'argent pour tourner la tête et le cœur des loyaux sujets du roi.

— Vous prétendez que c'est ce qui est arrivé au couvent du Sac ?

— C'est possible.

— Et cette même personne a habilement assassiné notre saint Roger ?

— Exactement, Maîtresse.

— Un dédale d'ombres, non, Maître Venables ? Et donc la mort de Roger Atworth... ?

— ... en cache plus que nous ne le pensons, Maîtresse Swinbrooke.

CHAPITRE III

« La mort, qui prend le puissant aussi bien que le faible... »

Chaucer, « Le conte de l'Homme de loi »,
Les Contes de Cantorbéry

— Vous êtes très demandée, Maîtresse Swinbrooke.

Sur le seuil de la porte se tenaient Monksbane et, derrière lui, Colum, emmitouflé dans une cape militaire à capuchon. Avec une exclamation de plaisir, Kathryn bondit sur ses pieds et, dans sa précipitation, renversa le tabouret. Colum retira sa capuche, et Kathryn vit qu'il s'était lavé et rasé, ses cheveux noirs et bouclés humides sur son front. Son visage hâlé était lisse, sauf une coupure au rasoir en haut de la pommette. Dans sa joie de le voir, Kathryn, oubliant Venables et Monksbane, lui saisit les mains et l'embrassa sur les deux joues.

— Vous me cherchiez ?

— Eh oui, Kathryn.

Colum plissa les yeux en une expression amusée.

— Nous avons des choses à faire, chuchota-t-il.

Kathryn recula.

— Tout va bien à la maison. Thomasina prépare du

pain, mais elle jure à voix basse. Wulf s'affaire avec mortier et pilon. Agnes étend les draps dans la salle ventilée...

Venables approcha, la main tendue.

— Vous vous souvenez de moi, Maître Murtagh? La marche jusqu'à Tewkesbury?

— Bien sûr.

Murtagh serra la main de l'écuyer.

— Vous allez bien?

Suivirent les présentations, puis on échangea des plaisanteries. Colum demanda ce qui se passait, et Kathryn, portant un doigt à ses lèvres, sourit.

— Je vous le dirai plus tard.

— Je vois que vous n'avez pas besoin d'escorte, déclara Monksbane, qui baisa la main de la jeune femme.

Puis, après un signe de tête à l'adresse de Murtagh, il quitta la salle, suivi de Venables.

Kathryn mit son manteau sur ses épaules. Colum se mordillait le coin de la lèvre.

— Que se passe-t-il, lumière de mon cœur? le taquina Kathryn.

— Un meurtre.

Murtagh fit un effort pour retomber sur terre.

— Je vous expliquerai en chemin.

— J'ai faim et je suis fatiguée, gémit Kathryn, j'ai les jambes en plomb, je pourrais m'étendre sur le plancher et m'endormir.

— À votre place, je m'en garderais.

Colum ôta son manteau. Il arborait une cotte-hardie en cuir sur une chemise en toile blanche, ses chausses vert foncé décolorées par les intempéries glissées dans les bottes de cheval qu'il tenait à porter en toutes circonstances, malgré les moqueries de Kathryn. Après avoir accroché sa cape à un portemanteau, il revint et défit la boucle du manteau de Kathryn.

— Le tenancier m'a fait comprendre que Monksbane avait retenu cette salle. Autant nous y restaurer, puis nous nous occuperons de nos affaires.

Gagnant la porte, il appela dans l'escalier. Le petit marmiton arriva en hâte. Colum commanda une soupe de légumes au bœuf, un poulet rôti farci aux raisins, et un pichet de vin de Gascogne. Après quoi, il invita Kathryn à s'asseoir et pendant un moment ils bavardèrent des menus événements de la journée. Colum maudit à voix basse un des chevaux de combat de Kingsmead.

— Une bête superbe, murmura-t-il d'un ton rêveur, mais aussi soupe au lait que Thomasina. Oh, à propos, elle a eu une prise de bec avec la veuve Gumple, sur la place du marché. Thomasina menace de l'assassiner ou au moins de lui couper la langue...

— Et ce meurtre ? demanda Kathryn.

Colum leva une main car la porte s'ouvrait sur une souillon chargée d'un plateau avec deux bols en terre cuite pleins de soupe, deux pains et un pot de beurre enveloppés dans une serviette de toile. L'Irlandais paya et attendit que la porte se referme sur la servante.

— On a oublié le vin.

Colum sortit et revint avec un pichet et deux gobelets, qu'il remplit. Après quoi ils récitèrent le bénédicité. Colum semblait avoir aussi faim que Kathryn. Ils mangèrent en silence un moment, et bientôt l'Irlandais se leva pour ouvrir la porte afin de s'assurer que personne ne les épiait.

— Vous entretenez de singulières relations, Kathryn. Venables est l'homme de confiance de la reine mère, un guerrier et un conspirateur, mais qui est fidèle à la cause des York. Que fait-il avec vous ?

Posant sa cuiller en corne, Kathryn expliqua en peu de mots son entretien avec Bourchier et Luberon. À mesure qu'elle parlait, Colum se faisait plus nerveux.

— Par tous les saints du paradis, chuchota-t-il lorsqu'elle se tut, soyez prudente, Kathryn. Un jour, je vous en dirai un peu plus, mais la duchesse Cécile est une femme très dangereuse : fière, belle, et rancunière. Elle adore son fils aîné, Édouard, et ne supporte pas qu'on s'oppose à elle. Son époux, Richard, que Dieu le garde, était du même acabit.

— Étiez-vous à Wakefield quand il y fut tué? demanda Kathryn.

— Non, je me trouvais avec les renforts. Nous n'avancions pas assez vite; la neige encombrait les chemins et les routes. Ignorant tout conseil, Richard d'York est sorti pour affronter les Lancastre. Son armée fut massacrée; on poignarda à mort son fils Rutland sur la place du marché de Wakefield. Le duc, à la manière d'un paladin des temps anciens, tint à se battre jusqu'au bout, adossé à un arbre. Les Lancastre le tuèrent, puis ils le décapitèrent ainsi que Rutland, et affublèrent leurs têtes de couronnes en papier avant de les lancer par-dessus la barrière de Micklegate Bar, à York. Quand la duchesse Cécile l'apprit, elle proclama Édouard héritier de son père pour le duché et pour la couronne d'Angleterre. Jamais elle n'oublia Wakefield : que Dieu protège ceux qui, ayant combattu dans les rangs lancastriens à cette bataille, tomberaient entre ses mains.

— Mais cela n'a rien à voir avec la situation présente?

— Oui et non, répliqua Colum. Depuis la mort de son mari, la rancœur de Cécile s'est accrue. Si elle pense un instant que vous allez noircir la mémoire du bienheureux Atworth... Pourtant...

L'Irlandais soupira.

— ... pourtant la chasse a commencé, et nous n'y pouvons rien. Simplement, soyez prudente, surtout si vous rencontrez la duchesse.

Il voulait questionner Kathryn plus avant, mais celle-ci, se penchant, appuya un doigt sur sa bouche.

— Monksbane est beaucoup plus important, déclara-t-elle.

Et comme elle expliquait comment Bourchier avait offert de l'aider, un sourire éclaira le visage de Colum.

— Enfin, murmura-t-il. Vous pensez que cette fois, Kathryn... ?

— D'après le peu que j'ai appris sur Monksbane, je le pense, oui, Colum : il retrouvera Alexander Wyville, mort ou vivant.

— Et, que Dieu me pardonne, s'il est mort, voudriez-vous, pourriez-vous m'épouser ?

Il tendit la main, mais la jeune femme retira la sienne avec coquetterie.

— Non, je ne le pourrais pas, murmura-t-elle, non, je ne le devrais pas.

Le sourire de Colum disparut.

— Mais je le voudrai et je le ferai, dit-elle, taquine.

Si elle ne s'était pas déplacée suffisamment vite, Colum aurait basculé en travers de la table et l'aurait saisie. Cruche et assiettes volèrent pour retomber avec fracas sur le plancher de bois, déclenchant des cris de protestation au rez-de-chaussée. Colum alla à la porte et cria que tout allait bien, qu'il paierait pour les dégâts. Après quoi, il referma brutalement et tira le verrou. Puis il avança et s'agenouilla devant Kathryn, dont il prit les deux mains pour les serrer doucement, la fixant d'un regard pénétrant.

— Vous êtes sûre, Kathryn ?

— Absolument.

Elle battit des paupières, puis :

— Je vous aime, Colum Murtagh, je crois que je vous ai toujours aimé et que je vous aimerai toujours.

Il la tira avec douceur pour qu'elle s'agenouille par terre à côté de lui.

— Je n'ai pas de bague, avoua-t-il gravement, pas encore.

— Et moi, Maître Murtagh, je ne suis pas une femme libre, pas encore.

Il lâcha ses mains, saisit son visage et baisa avidement sa bouche, ses joues, ses yeux. L'attirant plus près, il l'embrassa encore, dérangeant sa guimpe. Kathryn se libéra et lui tapota la figure en riant.

— Allons, monsieur, comment osez-vous !

À son tour, elle l'embrassa tout aussi avidement. Puis elle murmura :

— Je parierais un shilling que nous avons éveillé l'intérêt de certains clients, maintenant. Voilà plus d'une heure que je suis ici, ajouta-t-elle avec un sourire amusé, et j'ai reçu trois messieurs !

Elle se remit debout, lissa sa robe froissée et redressa sa guimpe. Colum voulait boire à leur amour, mais elle secoua la tête.

— Nous parlerons plus tard, dit-elle à voix basse. Cette affaire qui vous préoccupe, Colum, nous en discuterons en chemin.

Peu après, ils quittaient la taverne, emmitouflés dans leurs manteaux et leurs capuchons, les oreilles tintant des cris de joie du marmiton, devant la générosité de Colum. À présent, les rues et les ruelles étaient désertes hormis un chien errant de temps en temps, et des rats qui filaient furtivement parmi les tas d'immondices. Colum prit la main de Kathryn.

— Leur audace croît tous les jours, même à Kingsmead. Ils vont causer des ravages terribles dans nos réserves de nourriture pour les chevaux.

— Quel est le remède ? demanda Kathryn, enjambant maladroitement une flaque.

— Le feu, Kathryn. Demain, si Dieu le veut, je les dénicherai et brûlerai tout ce que je trouverai.

Colum leva les yeux sur la flèche de l'église Sainte-Swithin, long doigt noir pointé vers le ciel clouté d'étoiles.

— Et maintenant, reprit-il, vous ai-je déjà parlé de Padraig Mafiach ?

— Oui, c'est un de vos compatriotes.

Colum scruta la ruelle pour s'assurer que personne ne les suivait.

— Un joyeux drille, Padraig. Il savait jouer du luth et dansait aussi légèrement qu'un écureuil sur une branche. Un homme qui maniait bien l'épée, et un excellent espion.

Satisfait de voir qu'ils n'étaient pas filés, l'Irlandais prit la main de Kathryn et ils se remirent en chemin, évitant les voies principales pour emprunter les ruelles qui descendaient à Westgate.

— Padraig était aussi un imitateur-né. Il avait un don pour les langues. Lorsque la maison d'York dut fuir à l'étranger, il apprit l'allemand, le français, l'italien et le flamand. Que Dieu ait pitié de lui, mais il pouvait changer d'aspect comme un acteur avec un masque.

Colum s'immobilisa, cependant l'ombre qui venait d'apparaître en titubant au sortir d'une rue étroite n'était qu'un mendiant ivre aux yeux larmoyants, qui tendait les mains en demandant l'aumône. Colum lui jeta une pièce, et ils reprirent leur marche.

— Padraig fut envoyé en ambassade à Paris. Il changea son nom pour Robin Goodfellow afin de jouer le rôle d'un traître anglais...

Colum éclata soudain de rire.

— Ou plutôt d'un Irlandais qui voulait trahir les intérêts anglais. Au début, les Français se méfiaient, mais Padraig aurait convaincu un oiseau d'abandonner son nid. Le vicomte de Sanglier, un Français, le prit dans sa maison.

— Pourquoi ? demanda Kathryn. Pourquoi me raconter tout cela ?

— C'est que cela a un lien avec ce que vous m'avez dit sur Venables. Notre noble roi, Dieu bénisse ses blonds cheveux, croit fermement qu'un espion, haut placé à la cour d'Angleterre, fait passer des informations pas seulement sur le commerce et les mouvements des navires, mais sur les délibérations secrètes du roi et de son conseil — en particulier le désir d'Édouard de mettre la main sur les derniers partisans lancastriens qui ont fui à l'étranger. Ces renseignements permettent au roi Louis de s'immiscer partout. Louis lève les mains, clame son innocence, dit qu'Édouard notre roi est son noble cousin qu'il aime de tout son cœur, qu'il ne songerait jamais à donner asile à des traîtres anglais, etc.

« Padraig avait pour mission de découvrir qui était l'agent double. Il y a peut-être réussi. Il a passé un message verbal par l'intermédiaire d'un de nos marchands à Paris, disant que l'information était trop dangereuse pour qu'il l'écrive ou la transmette par un autre moyen avant son retour. Une nuit, il y a quinze jours, Padraig a filé en cachette de la maison de Sanglier et quitté Paris. Le vicomte l'a poursuivi. Ses hommes ont essayé de bloquer les routes de Calais, mais notre ami, empruntant des chemins dérobés, est parvenu en lieu sûr. Il y a quelques jours, il s'est embarqué pour Douvres. Padraig était un rusé, capable, tel un renard, de tours et de détours pour échapper à ses poursuivants. Bien sûr, un message est arrivé à Islip, annonçant qu'il avait débarqué. Je devais le rencontrer demain et l'escorter auprès du roi. Hier soir, il s'est installé au *Falstaff* sous le nom de Robin Goodfellow. Il n'a parlé à personne, a pris son repas dans sa chambre. Il a payé largement et est resté tranquille. Le tavernier, Clitheroe, a logé son cheval, s'est occupé de son harnais, mais tard, cet après-midi, il a commencé à avoir des inquiétudes. Il n'avait ni vu ni entendu ce mystérieux client. Avec ses serviteurs, ils ont fait ce que l'on fait dans ces cas-là : ils ont frappé à la porte, puis sont sortis dans la cour, mais les volets de la fenêtre étaient fermés. Finalement, pris de soupçons, le tavernier a fait enfoncer la porte. Padraig gisait dans une chambre vide, il portait son manteau et ses bottes, et avait au front une terrible blessure par où s'échappaient du sang et des matières cérébrales.

— Vous êtes allé là-bas ? interrogea Kathryn.

— Très rapidement. J'ai ordonné qu'on remette la porte en place et qu'on la ferme à clé, et j'y ai apposé mon sceau personnel. Et puis je suis venu vous chercher.

— Comment le tavernier savait-il qu'il fallait vous contacter ?

— Je lui avais annoncé, voilà deux jours, la venue d'un homme du nom de Padraig Mafiach, et j'avais demandé qu'il m'avertisse, et moi seulement, de son arrivée. Pour des raisons connues de Dieu seul, Padraig choisit d'utiliser son nom d'emprunt, Goodfellow. L'aubergiste est un homme intelligent. Inquiet qu'il y ait eu un meurtre dans son établissement, il s'est rappelé l'accent irlandais de la victime. Se doutant de quelque chose, il m'a envoyé chercher.

— Le tavernier est-il innocent ?

— Le vieux Clitheroe ?

Colum lâcha la main de Kathryn, lui entoura les épaules d'un bras et l'attira plus étroitement.

— Sur ma vie, je lui fais confiance. Il me connaît bien parce que je suis client de sa taverne. J'y rencontre souvent les envoyés du roi.

— Vous blâmera-t-on ?

Colum secoua la tête.

— Non. Padraig a commis une erreur il s'est servi de son faux nom et l'a payé de sa vie.

— Donc le meurtrier doit être un membre du Conseil du roi ?

— Oui, admit Colum. C'est ce qu'on va clamer, mais là encore, ajouta-t-il avec un air contrarié, nous n'en sommes pas sûrs. Un membre du Conseil aurait-il sans le vouloir laissé échapper une information ? Ou le vicomte de Sanglier a-t-il été plus malin, plus astucieux que nous ne le pensions ? Il a pu envoyer des agents à la poursuite de ce pauvre Padraig, ou même l'avoir fait attendre par quelqu'un à Douvres. D'après ce que je comprends, Padraig a cherché à se mettre à l'abri en se joignant à une compagnie de pèlerins en route pour Cantorbéry. Il les a laissés à Westgate, a parcouru le court trajet jusqu'à l'auberge *Falstaff,* et ne s'est mêlé à personne. Il aurait dû être en sécurité.

Au coin, ils tournèrent dans Pound Lane, une large artère où des braseros rougeoyaient à mi-chemin dans la rue, et où des torchères attachées à des perches indiquaient qu'on approchait de Westgate. Le contraste était saisissant avec les rues silencieuses par lesquelles ils étaient passés. Il se trouvait là des marchands, des colporteurs et des négociants, cherchant à obtenir l'autorisation de sortir de la ville, malgré l'heure tardive, afin de pouvoir passer la nuit dans les champs ou se loger dans des granges alentour. Colum montra son sauf-conduit, et le garde municipal les laissa franchir la poterne. Ils remontèrent Saint-Dunstan's Street jusqu'à la lumière chaude et accueillante de l'auberge *Falstaff,* grand bâtiment pourvu d'un toit de tuile rouge, dont la façade de plâtre blanc aux colombages sombres était illuminée par des flambeaux. Ils empruntèrent l'entrée principale. La salle s'était vidée, maintenant. Clitheroe, le tavernier, s'occupait à nettoyer et mettre de l'ordre avec les marmitons et les souillons. Il accueillit Colum et serra la main de Kathryn.

— Nous nous sommes déjà rencontrés, Maîtresse

Swinbrooke, dit-il en montrant une cicatrice à son poignet. Le 1er mai dernier, j'ai été maladroit avec un couteau à découper. Mais entrez, je serai content d'en finir avec cette affaire.

Il essuya ses grosses mains à son tablier souillé de sang et conduisit ses deux hôtes par un escalier de côté. Sortant un trousseau de clés, il ouvrit une porte au milieu du couloir. Kathryn demeura sur le seuil, tandis que l'homme entrait : le plancher craqua quand il alluma les chandelles.

— C'est étrange, n'est-ce pas ? chuchota Kathryn. Des endroits comme celui-ci non seulement connaissent la mort mais en conservent l'odeur.

Colum la saisit par le poignet pour la faire entrer. Les bougies et les lampes à huile brûlaient. La chambre dans laquelle ils se trouvaient était confortable, avec un petit lit à colonnes, des tentures de couleur sur les murs ainsi qu'un tableau de la Vierge et l'Enfant. Le plancher de bois noir bien lustré était en partie caché sous des tapis de laine. Il y avait aussi une table, une chaise, un tabouret, et un lavarium pourvu d'un broc et d'une cuvette. Cependant, la présence du cadavre étendu sur le sol, recouvert d'un drap, détruisait l'atmosphère familière du lieu. Une main sans vie dépassait, en évidence ; le sang qui avait coulé en mare avait séché. L'estomac de Kathryn se retourna en entendant les petits cris aigus des rats qui détalaient à l'extrémité de la pièce, et elle se ressaisit en promenant son regard autour d'elle. L'épée et la dague — sans doute celles du défunt — étaient posées en ordre près du lit.

— Il les avait tirées ? demanda-t-elle.

— Je les ai mises là, expliqua l'aubergiste. Il est clair qu'il les avait dégainées pour se défendre, pourtant personne n'a rien entendu : ni le bruit des pas, ni le tintement de l'acier.

— Vous en êtes sûr? insista Kathryn.

Haussant les épaules, l'homme ramassa les deux armes et les entrechoqua. Le bruit se répercuta comme celui d'une cloche dans la pièce.

— On l'aurait entendu hors de la chambre et au rez-de-chaussée, expliqua Clitheroe. Nous avons eu des bagarres à l'épée, Maîtresse. J'ai l'oreille fine pour ces bruits-là.

Il remit soigneusement les armes sur le lit. Kathryn leva les yeux au plafond dont les grosses poutres noires étaient séparées par des espaces en plâtre blanc. Elle remarqua une lanterne pendue à un crochet.

— Était-elle allumée?

— Non.

— Et les bougies?

Elle nota que les candélabres étaient pourvus de chandelles neuves.

— Comme elles étaient presque consumées, je les ai remplacées.

Kathryn tapa du pied sur le plancher.

— Il n'y a pas d'entrée secrète?

Un sourire éclaira le visage transpirant du tavernier.

— Je vis au *Falstaff* depuis ma naissance, Maîtresse. L'auberge appartenait à mon père et, avant lui, à son père. J'en connais les moindres recoins. Il y a une entrée secrète menant à la salle du rez-de-chaussée, qu'utilisaient jadis les contrebandiers pour introduire de temps en temps un fût de vin de Gascogne.

Colum approcha un repose-pied près du corps et s'agenouilla. Il se signa et articula sans bruit quelques mots en gaélique :

— *Failte romhat, a Rina naingeal.*

— Qu'est-ce? demanda Kathryn.

— Une prière que ma mère m'a apprise.

Se détournant, Kathryn fit lentement le tour de la pièce et s'immobilisa à la fenêtre. Il ne s'agissait pas d'une luxueuse chambre de grande hostellerie. La fenêtre était un carré enduit de plâtre, garni d'un cadre en bois fermé par des contrevents mal ajustés qui laissaient passer l'air froid. Une barre était fixée au volet de droite. Kathryn la souleva avec quelque difficulté, la retira et ouvrit les deux volets. L'air de la nuit s'engouffra, apportant l'odeur de ferme provenant des écuries, en bas. Kathryn vit une cour pavée éclairée par une lanterne accrochée à une poutre. Elle distinguait un tuyau d'eau à l'entrée des écuries. Quelque part, un palefrenier chantait une chanson d'amour.

Mon Dieu, si seulement j'étais
Dans la demeure de mon bel amour!

Reconnaissant le charmant sentiment, Kathryn sourit.

— Amen, murmura-t-elle.

Elle regarda l'appui de la fenêtre en bois, qui était en bon état. À sa demande, le tavernier approcha l'une des lampes à huile pour qu'elle puisse examiner avec soin l'intérieur et l'extérieur des volets. Le bois avait été renforcé et protégé par de la peinture noire; on y avait cloué plusieurs insignes de pèlerins représentant l'auberge.

— Vous avez traité ces volets récemment? demanda Kathryn.

— Oh oui, répondit l'aubergiste, une fois passée la fête de la Purification, le pire de l'hiver est fini.

La jeune femme palpa le bois sans voir ni détecter la moindre marque. Elle ferma les contrevents et abaissa la barre.

— Et c'est ainsi qu'était la fenêtre quand vous avez pénétré dans la pièce?

— Je peux en jurer, Maîtresse. Elle était fermée et barrée.

Kathryn gagna la porte pour l'examiner. Elle était faite de chêne épais, et renforcée à l'extérieur avec des gros clous en fer; l'intérieur aussi était solide. Le panneau était suspendu à trois gonds de bon cuir. Kathryn voyait des endroits où il avait été réparé récemment. La porte était munie de verrous en haut et en bas, sa serrure était d'un vieux modèle, mais costaud.

— Et celle-ci? demanda Kathryn.

Clitheroe gratta son crâne dégarni.

— Je connais mon auberge, Maîtresse, cette porte était fermée à clé et verrouillée. L'établissement est très fréquenté, le commerce y est prospère, surtout maintenant que le printemps est là. Les bonnes, marmitons, souillons, aides, montent et descendent. La chambre d'a côté est occupée par une famille, et de l'autre côté il y avait trois marchands du Hainaut qui ont abusé du vin et qu'il a fallu aider à remonter l'escalier. Oh, Maîtresse, je sais reconnaître un ivrogne quand j'en vois un. Ils étaient tous saouls.

— Et la chambre au-dessus?

— Il y avait un couple marié venu en pèlerinage à Cantorbéry; ils rentraient à Londres. Des gens assez simples; lui était âgé, l'air plutôt revêche; la femme était beaucoup plus jeune et jolie.

Dans son dos, Colum murmurait toujours une prière. Kathryn recula.

— Racontez-moi exactement ce qui s'est passé.

— Le gentilhomme est arrivé; il a payé pour une chambre. Il a aussi mis son cheval et son harnais à l'écurie. Je lui ai demandé s'il souhaitait manger à la table d'hôtes. « Non », m'a-t-il répondu. Il voulait qu'une souillon lui monte son repas directement des cuisines. Il déclara qu'il attendait quelqu'un, et en resta là. Il avait un visage basané, semblait réservé, et parlait à voix très basse comme s'il essayait de camoufler son accent. C'était un homme posé et respectable. Comme je l'ai dit, Maîtresse, ici, il y a du monde. Le client est allé chez lui, et je ne l'ai plus vu. La chambre avait été bien préparée, la cruche d'eau remplie, les draps changés. Apparemment, une souillon lui a monté de quoi manger et boire.

— Je ne vois cela nulle part.

— J'ai tout descendu. L'homme a bien soupé et a utilisé le pot de chambre, que j'ai vidé.

Clitheroe eut un geste de la main.

— Quoi qu'il en soit, le jour s'écoulait, et ce n'est qu'après midi que j'ai commencé à avoir des soupçons. On a attendu un peu, et puis on a fait ce qu'on fait dans ces cas-là : on a tapé à la porte, avant de sortir dans la cour pour regarder la fenêtre. Je me suis souvenu de ce que m'avait demandé Maître Murtagh, alors, avec quelques garçons d'écurie, nous avons forcé la porte.

— Dites-moi précisément ce que vous avez découvert.

— Je suis entré après avoir dit à mes garçons de rester dehors. Les chandelles avaient brûlé jusqu'au bout et le pauvre type gisait sur le plancher dans une mare de sang. Vous pouvez voir la blessure. L'épée et la dague n'étaient pas loin du cadavre.

— Avait-il dormi ?

— Non, le lit n'avait pas été ouvert.

— Et ses affaires ?

L'aubergiste indiqua un coin au fond de la pièce où Kathryn distingua des fontes de selle.

— Je n'y ai pas touché. Je ne veux pas qu'on m'accuse.

Kathryn regarda le petit crucifix noir fixé au mur.

— Vous avez terminé, Colum ?

L'Irlandais se dressa.

— Comment ceci a-t-il pu se produire ? demanda Kathryn.

— Padraig savait se battre, il était agile comme un danseur, et souvent il fallait qu'il le soit, répliqua Colum.

— Était-ce un homme capable de se défendre ?

— Un homme qui se serait battu jusqu'à la mort.

Kathryn traversa la pièce et prit le repose-pied dont elle se servit pour repousser le drap. Le visage qu'elle découvrit fit tressauter son cœur. De multiples façons, Padraig ressemblait à Colum, bien qu'à présent son visage enflé eût une sinistre couleur. Les yeux mi-clos étaient sans vie, et les cheveux noirs bouclés, collés par le sang de l'horrible blessure, sur le côté droit de la tête. Kathryn examina celle-ci attentivement, la palpant de ses doigts.

— La partie latérale du crâne a été écrasée, observa-t-elle.

Elle s'essuya les doigts au drap.

— Du sang et des matières cérébrales se sont écoulés.

La jeune femme eut du mal à cerner avec précision la blessure. Elle sentait des fissures dans la boîte crânienne.

— Il s'agit d'un gourdin, une massue ou une masse d'armes, déclara-t-elle.

Ouvrant la bouche du mort, elle huma la cavité sans rien détecter d'anormal, sinon l'acre goût du vin et celui du dernier repas de la victime. Celle-ci avait des dents immaculées, et sa langue était blanchâtre, cependant, ni enflée ni mordue. Kathryn palpa ensuite le corps : le ventre, la poitrine et les jambes. Avec l'aide de Colum, elle retourna le cadavre, mais n'y trouva pas d'autre blessure. Le tavernier les épaula pour le soulever et le placer sur le drap. Murmurant une prière, Colum, suivant les instructions de Kathryn, entreprit de le déshabiller, découvrant un torse musclé, à la peau blanche. Kathryn distingua des cicatrices, mais pas d'autre plaie. Le ventre était un peu distendu et boursouflé ; les membres se rigidifiaient et étaient lourds, la chair était froide et moite.

— *Rigor mortis* s'est installée, fit-elle observer.

Remarquant que la chemise sous le justaucorps en cuir avait été boutonnée de travers, et que le lacet des chausses était maladroitement noué, Kathryn indiqua ces détails à Colum.

— Peut-être était-il las, fit-il tristement observer.

La jeune femme se redressa et traversa la pièce pour se laver les mains avec l'eau de la cruche. Le tavernier leur demanda s'ils avaient encore besoin de lui. Elle secoua la tête, aussi s'éclipsa-t-il, fermant la porte derrière lui.

Kathryn s'assit sur le tabouret et Colum approcha une chaise pour prendre place en face d'elle. La jeune femme, qui pinçait les lèvres, secoua la tête avant de prendre la parole.

— Voilà un soldat. Padraig Mafiach était un espion, un combattant, un homme entraîné à être sur ses gardes comme un renard de la colline. Il est arrivé au *Falstaff* et s'est retiré dans sa chambre. C'est un individu malin et farouche ; la porte est fermée à clé et verrouillée ; les volets de la fenêtre sont clos.

Elle porta son regard sur ceux-ci : par une étroite fente en leur milieu, on voyait l'obscurité, au-delà.

— Un homme qui aurait défendu chèrement sa vie, non ? Personne n'a pénétré dans sa chambre sauf une souillon pour lui apporter sa nourriture. Il devait être sûr d'elle, sinon il ne l'aurait pas laissée entrer. Arrêtons-nous là, Colum. Qui a la charge de la nourriture ?

— Le tavernier. Il est fier de ses talents culinaires, et c'est l'un des meilleurs cuisiniers de Cantorbéry. Des bonnes et des marmitons l'aident, mais...

— Faites-le remonter ! ordonna Kathryn.

Colum sortit et revint quelques secondes plus tard avec un aubergiste à l'air exaspéré.

— Oui, Maîtresse ?
— Est-cc vous qui avez préparé le souper du défunt ?
— Bien sûr ! s'exclama l'homme. Je suis le seul cuisinier ici, assisté de temps en temps par ma femme et d'autres.
— Qu'a-t-il mangé ?
— Une potée à la viande, du pain, du vin.
— C'est ce qu'il avait commandé ?
— Sans doute, sinon on ne le lui aurait pas monté.
Le tavernier marqua une pause, puis :
— Oui, oui, c'est ce qu'il a fait. Il a déclaré qu'il prendrait son repas du soir dans sa chambre, et qu'il me dirait quand.
— Qui le lui a apporté ?
— Une des bonnes, évidemment.
— Pouvez-vous la retrouver ?
— Je peux essayer, Maîtresse, mais le va-et-vient de mes serviteurs dans ces escaliers est comme celui d'un seau dans un puits très fréquenté. Ce devait être... En tout cas, une chose est certaine : ce soir-là — le tavernier indiqua le corps d'un geste — l'homme n'a pas quitté sa chambre. Je le sais.
— Comment ?
— Nous avons des aides au bas des escaliers. Nul ne monte sauf les souillons, les bonnes et les hôtes payants. Il nous est arrivé d'avoir une prostituée en quête de client, sans parler des voleurs du coin qui espèrent trouver une chambre non fermée à clé. Je vous affirme ceci, Maîtresse, les seules personnes qui ont grimpé dans les étages hier soir étaient des hôtes, des servantes et des marmitons portant des plateaux et autres commodités indispensables.
Il fit la grimace.
— J'emploie beaucoup de travailleurs temporaires.
Satisfaite, Kathryn congédia l'homme. Elle attendit

que la porte soit fermée, et Colum alla tourner la clé dans la serrure.

— Ces réponses me conviennent, soupira la jeune femme. Mafiach se méfiait-il de ce qu'il mangeait ou buvait ?

— Oui.

Kathryn se frappa la tête de la paume de sa main.

— Oh, Colum, ce tavernier va être furieux, mais faites-moi encore une faveur : descendez lui demander ce qu'il restait sur le plateau. Je veux m'en assurer.

Rouspétant dans sa barbe, Colum quitta la pièce. Kathryn l'entendit appeler l'aubergiste et descendre, puis elle regarda le cadavre. S'en approchant, elle retira le drap de son visage.

— Je me demande s'il nous voit, maintenant, murmura sur un ton méditatif Colum, qui venait de rentrer et fermait la porte à clé derrière lui.

Kathryn leva les yeux.

— Qui ?

— Padraig, évidemment. Dans mon pays, on dit que le fantôme d'un homme assassiné s'attarde des jours à côté de sa dépouille.

— Eh bien, maugréa Kathryn, voici une occasion où je souhaiterais qu'un fantôme puisse parler. Alors ?

Avec un sourire grinçant, Colum ôta sa ceinture de guerre, la jeta sur le lit et s'assit en face d'elle.

— Je pense qu'il ne faut pas davantage importuner le tavernier : il est assez occupé et commence à se fâcher. Il vient de me dire que, lorsqu'ils ont enfoncé la porte ce matin, il ne restait plus de viande ni de pain, et que le gobelet de vin était vide ; mais il a admis que Padraig n'avait probablement bu qu'un ou peut-être deux verres. Il restait encore beaucoup de vin dans le pichet. Clitheroe a flairé celui-ci et a dit qu'il n'y avait rien d'anormal. Après l'avoir redescendu dans l'arrière-cuisine, il a fini le contenu de la cruche avec les serviteurs, et ils n'ont pas été malades. En fait, ils ont trouvé au vin un goût très agréable. Pourquoi ces questions, Kathryn ? Que pensez-vous ? Que Padraig a été drogué avant d'être assassiné ? Si Padraig avait été empoisonné, et que le poison, même très violent, se soit fait sentir, il aurait déverrouillé la porte pour crier qu'on lui vienne en aide.

Kathryn se frotta le visage.

— Je suis lasse, déclara-t-elle, mais ceci m'intrigue. Nous avons un soldat dans cette chambre. La porte sans aucun doute est fermée à clé et verrouillée. Personne ne peut entrer. Il n'existe ni passage ni entrée secrète, et même s'il y en avait, Padraig aurait affronté son assaillant et se serait battu. La seule autre façon de s'introduire dans cette pièce est la fenêtre, mais les volets étaient fermés et la barre était abaissée.

Elle grimaça un sourire.

— Étendez-vous sur le lit, Colum. Non, je ne vais pas vous rejoindre. Faites semblant d'être Padraig.

Haussant les épaules, l'Irlandais obéit. Kathryn attendit un moment.

— Lumière de ma vie, la taquina Colum, allez-vous me laisser dormir ici toute la nuit ?

Kathryn ôta ses bottes de souple cuir brun et traversa la chambre sur la pointe des pieds. Les lattes du plancher craquèrent. Elle saisit la barre qui fermait les volets et la souleva. Comme elle était mal graissée, elle grinça légèrement. La jeune femme ouvrit les contrevents, et la brise fraîche de la nuit la fit frissonner ; sur quoi, elle retourna vers le lit sur la pointe des pieds. Colum était étendu, yeux clos ; tout à coup, il les ouvrit et se jeta en avant pour saisir la jeune femme, mais celle-ci fut trop rapide, et recula.

— J'ai entendu vos moindres mouvements, déclara l'Irlandais assis au bord du lit. Vous avez enlevé vos bottes et vous êtes glissée à la fenêtre. J'ai entendu la barre se lever, les volets s'ouvrir, et vous qui reveniez sur la pointe des pieds.

— Peut-être Padraig dormait-il d'un profond sommeil ?

Colum rit d'un air sombre.

— Padraig était pareil à un chat, il pouvait se reposer, mais avait dormi dans trop de couches dangereuses pour ne pas garder une oreille ou un œil ouvert sur ce qui pourrait surgir des ténèbres.

Kathryn remit ses bottes, et Colum lui apporta l'épée et la dague du défunt. Elle les détailla avec soin. Sous leur protection de cuir, les manches étaient faits de fil d'acier enroulé. Les lames aiguisées des deux armes brillaient.

— Sortez, Colum.

Il obtempéra, et Kathryn ferma la porte sur lui. Sou levant les armes, elle les entrechoqua.

— Aussi sonore et franc qu'une cloche de funérailles, déclara Colum à son retour dans la chambre.

Après avoir repris les deux lames à la jeune femme, il se pencha pour l'embrasser. Puis il appuya l'extrémité de l'épée sur sa gorge, feignant de la menacer.

— Je pourrais devenir mauvais avec vous, Maîtresse.

— Et demain, je vous servirais une nourriture que vous n'oublieriez jamais, Irlandais.

Se souvenant de l'endroit où il se trouvait, Colum jeta un coup d'œil au cadavre et se signa rapidement.

— Pardon, j'avais oublié. Je vois bien le problème, Kathryn. Apparemment, Padraig savait que l'assassin était dans la chambre. Il n'avait pas enlevé ses bottes et a sorti sa dague et son épée. Pourtant personne n'a rien entendu. Il a dû y avoir des coups, des esquives, des estocades. Or on retrouve Padraig gisant, le crâne fracassé, et nous n'avons pas la moindre idée de l'identité de son agresseur, ni de la façon dont il s'est introduit, ni de celle dont il est sorti.

Colum regarda la fenêtre.

— Il y a une possibilité. Et si Padraig était assis sur le lit ou à table ? Il entend gratter aux volets, tire sa dague et son épée et va soulever la barre pour ouvrir la fenêtre. L'assassin est dehors, il a grimpé à l'aide d'une échelle de corde, ou par un autre moyen. Qu'en pensez-vous, Kathryn ?

Celle-ci se dirigea vers les contrevents.

— Qu'entendez exactement par là, Colum ? Que Padraig a lancé : « Oh, mais entrez donc » ?

— Non.

L'Irlandais alla ouvrir les volets.

— Padraig sort la tête. Son agresseur se trouve suspendu à une corde à côté de la fenêtre et le frappe avec une massue. Padraig culbute en arrière, et l'homme le suit à l'intérieur.

Kathryn ferma les volets et s'y adossa.

— Ce peut être une solution, murmura-t-elle d'un ton méditatif. Mais réfléchissez, Colum : à la place de Padraig, que feriez-vous en entendant gratter aux contrevents ? Ouvririez-vous ? Au cœur de la nuit ? Comment savoir si votre assaillant, accroché à une corde ou à une échelle, ne tient pas une masse ou un carreau d'arbalète ?

— Bravo, mon petit soldat ! concéda Colum.

— Et Padraig, même s'il avait ouvert les volets, aurait-il sorti la tête ? Arrive-t-il souvent que dans une chambre à l'étage on entende quelqu'un cogner aux volets ? Pourquoi Padraig aurait-il ouvert les siens ? Et si son agresseur l'avait manqué ? Et pourquoi cet individu aurait-il l'amabilité de se servir d'une masse quand un carreau d'arbalète serait bien plus mortel ? Si Padraig était aussi malin que vous le dites, il aurait laissé le mystérieux visiteur gratter, aurait pris sa dague et son épée pour se précipiter au rez-de-chaussée, sortir dans la cour, et, en même temps, réveiller toute la taverne.

Colum regarda la jeune femme d'un air contrarié.

— Ce n'était qu'une hypothèse.

— Je sais, je sais.

Kathryn baissa les yeux sur le cadavre.

— Je suspecte que l'agresseur a pénétré dans cette chambre à l'insu de Padraig.

— Il s'y cachait peut-être avant son arrivée ?

— Cela ne résout pas l'énigme de Padraig qui n'a pas opposé de résistance, n'a pas appelé à l'aide. Et pour en revenir à vos deux hypothèses, Colum, comment l'agresseur a-t-il quitté les lieux si rapidement, et sans bruit, refermant tout derrière lui ?

Un coup frappé à la porte les interrompit. L'aubergiste entra.

— J'ai interrogé mes servantes. Elles ne sont pas très sûres. Certaines de celles qui travaillaient hier soir ne sont pas ici, les autres se rappellent vaguement qu'on a monté de la nourriture.

L'homme haussa les sourcils.

— Je ne peux rien affirmer de plus.

— Dites-moi, demanda Kathryn, y avait-il du désordre ? Le tabouret ou la chaise renversés ?

L'aubergiste secoua la tête.

— Si je ne craignais pas Dieu, Maîtresse, je dirais qu'un démon est passé à travers la pierre, le plâtre et le bois, qu'il a surpris ce pauvre homme et l'a assommé à mort. Rien n'était dérangé. On n'a pas entendu un bruit, sauf, bien sûr, celui des portes qui se ferment. Mais il n'y a eu ni alerte, ni cri, ni hurlement, ni tintement d'armes.

Le tavernier parti, Kathryn plaça les fontes de selle sur le lit afin de les vider.

— Padraig portait un message, dites-vous, Colum ?

— Probablement.

Les possessions étaient maigres : une modeste bourse remplie de pièces, preuve de l'honnêteté du tavernier, des vêtements de rechange, un petit poignard, un crucifix en métal creux, les mandats et autorisations montrant que Mafiach était passé par Douvres, une ceinture et un chapelet. Kathryn chercha une bourse cachée ou un double-fond, mais ne trouva rien. Colum, qui avait pris le rosaire, murmura :

— Ce n'est pas grand-chose pour une vie de combat et de lutte, sans parler de sa fidélité à la maison d'York.

— Avait-il des biens ? demanda Kathryn.

— Le roi lui avait octroyé une petite maison avec un jardin, à Londres, répondit distraitement son compagnon. Padraig devait avoir confié de l'argent à des orfèvres, ici peut-être, ou à York.

Il regarda tristement Kathryn.

— Notre Padraig, c'était un petit ménestrel vagabond. Il me dit un jour qu'il voulait rencontrer une femme bien et s'établir. Il rêvait de retourner dans l'Île Bénie.

Il abaissa les yeux sur les perles du chapelet, puis entreprit de fouiller sous les coussins du lit.

— Qu'est-ce qui vous prend ?

— Un psautier, jeta-t-il vivement. Padraig connut un jour une femme d'une grande beauté. Il me l'a décrite : des cheveux de feu et des yeux verts comme la mer. Il lui fit la cour. Elle assura qu'elle avait consacré sa vie à Dieu et lui donna ce chapelet. Les perles sont en corail. Elle lui offrit aussi un psautier. Padraig tenait à celui-ci autant qu'à sa vie, Kathryn. C'était son livre de prières, il contenait des psaumes et des prières en gaélique. Aidez-moi à fouiller !

Kathryn obéit. Ils repoussèrent les draps, soulevèrent le matelas, cherchèrent sous la table, tandis que Colum jurait doucement.

— Si Padraig était porteur d'un message...

L'Irlandais s'interrompit, puis :

— Il l'aurait copié dans ce psautier, et l'assassin l'a volé. Mais Padraig était un homme avisé : il n'était pas né de la dernière pluie, comme on dit en Irlande.

Colum revint au lit et prit le crucifix.

— Que faites-vous ? s'enquit Kathryn.

— Mon compatriote avait l'habitude de faire des copies.

L'Irlandais examina le crucifix avec soin : les deux branches étaient de bronze creux. Quand il en souleva la partie supérieure, il poussa une exclamation et sortit du pied un fin rouleau blanc.

— Le fantôme est toujours ici, murmura-t-il.

Il ajouta quelques mots en gaélique et fit un geste de ses mains, comme si Padraig se tenait à côté de lui.

— Nous ne pouvons plus rien, Kathryn, je vais envoyer un messager à Cuthbert, à l'hospice des Prêtres Indigents. Il s'occupera du corps et le fera enterrer.

Il montra le rouleau et conclut :

— La mort de Padraig n'était pas tout à fait inutile.

CHAPITRE IV

> « Mieux vaut sortir la pomme pourrie
> Plutôt qu'elle ne pourrisse les autres. »
>
> Chaucer, « Le conte du Cuisinier »,
> *Les Contes de Cantorbéry*

Au palais royal d'Islip, malgré l'heure tardive, la chambre du Conseil flamboyait de lumières et de couleurs éclatantes : des centaines de bougies de cire d'abeille brûlaient sur leurs supports en fer noir. On avait allumé un feu dans la grande cheminée à hotte et apporté des braseros sur lesquels avaient été répandues des herbes dont l'odeur évoquait les fraîches senteurs de l'été. Pourtant, ce n'était pas une occasion festive. Les volets des fenêtres à meneaux garnies de vitres avaient été fermés ; des chevaliers bannerets arborant la livrée de la maison royale se pressaient dans les galeries et couloirs d'accès à la chambre.

À l'intérieur de celle-ci, Édouard d'Angleterre, assis en haut d'une longue table ovale cirée, avait congédié ses clercs. Seuls les « amis de sa chambre », comme il les appelait, avaient été autorisés à assister à ce conseil. À sa droite se tenait Bourchier, yeux mi-clos ; Édouard pensait que le vieil archevêque sommeillait, pourtant il savait que non. Bourchier était une araignée roublarde. Sans rien dire, il tissait sa toile. À la droite d'Édouard il y avait sa mère, Cécile d'York, la Rose de Raby, veuve et encore très belle. Le roi se demandait distraitement quelle serait l'humeur de son impétueuse génitrice. Elle était impassible, dans sa robe de velours rouge sombre garnie de fourrure, dont le corsage ajusté et les manches étroites la moulaient. Cécile avait dénoué la bande de brocart sous la taille haute du vêtement et s'était débarrassée de la courte traîne. De superbes bagues ornées de saphirs scintillaient à ses doigts, et, à son cou, un collier serti des mêmes pierres brillait de mille éclats. Édouard avait toujours trouvé sa mère extrêmement belle, et l'âge ne l'avait pas flétrie. Elle conservait ce délicat visage de porcelaine, cette bouche qui pouvait exprimer des humeurs bien différentes, et surtout ces yeux bleu foncé parfois rieurs, d'autres fois menaçants et haineux.

Avec un soupir, Édouard regarda les parchemins sur la table, devant lui. Cécile ne changeait pas : sourcils rasés, le visage couvert d'un onguent blanc lumineux, et la douce rougeur sur les hautes pommettes. Beaucoup assuraient qu'Édouard d'Angleterre avait poursuivi sa mère toute sa vie. La ressemblance entre Cécile d'York et la propre femme d'Édouard, la magnifique Élisabeth Woodville, avait fait jaser plus d'un courtisan. Édouard ferma les yeux. Il aurait aimé se trouver dans sa chambre à coucher avec Élisabeth, sentir dans ses bras la fraîcheur de son corps d'albâtre, enfouir son visage entre ses seins.

— Nous attendons, Votre Grâce.

— Cher frère.

Relevant la tête, Édouard sourit à George, duc de Clarence, son beau et perfide frère . cheveux dorés retombant sur la nuque, harmonieux visage ovale que déparait le menton plutôt massif, cyniques yeux bleus, et lèvre inférieure boudeuse.

— Vous avez bu, mon frère ? demanda Édouard avec douceur.

— Je me suis abreuvé abondamment aux eaux de la vie, Votre Grâce.

L'homme à côté de Clarence éclata d'un rire brutal. Contrairement à ses frères, il n'arborait pas le bleu, rouge et or de la maison royale. Richard de Gloucester était allé à la chasse en forêt autour de Cantorbéry, et il portait encore un justaucorps vert, souillé par les intempéries, sur une chemise en toile blanche. Richard, dont le visage étroit était délicat, pouvait se montrer charmant quand il le souhaitait, et sans pitié pour ses adversaires. À présent, il faisait rouler entre ses mains un chapeau à plume, et regardait la bague portant son emblème, le sanglier rampant.

— Vous trouvez cela drôle, mon frère ?

Édouard aurait aimé ne pas avoir bu autant lui-même ; il avait le ventre tendu, gonflé. Il desserra sa veste de brocart tout en promenant son regard sur l'assemblée, composée d'hommes qui avaient combattu au coude à coude avec lui aux sanglantes batailles de Towton, Mortimer's Cross, Barnet et Tewkesbury : le très brun Hastings avec qui il avait partagé plus d'une maîtresse, son compagnon de débauche ; Francis Lovell, assis de l'autre côté de Richard de Gloucester, qui regardait le frère du roi comme un lévrier son maître. « Mouvantes alliances », pensa le roi. Il avait vaillamment combattu pour la Couronne. À présent, il devait lutter contre les jalousies à l'intérieur de son propre parti qui se divisait en factions et se perdait dans des intrigues de cour, chacun choisissant son maître.

Édouard pianota sur la table. Sa mère, sur le qui-vive, essayait de maîtriser sa rage et sa peur. « Tu deviens gros, Édouard », se disait-elle, remarquant que les bagues de son fils étaient serrées, perdues dans des bourrelets. Le bel Édouard, plus d'un mètre quatre-vingt-cinq en chausses, celui qu'on surnommait autrefois le Léopard royal, le Lion d'or, la douce Rose blanche d'York, avait un peu trop bu et festoyé. Tout cela par la faute de son épouse, cette parvenue qui se rengorgeait et prenait de grands airs comme si elle était la reine de Saba ! Et elle, Cécile, veuve du grand héros d'York, devait se tenir en retrait. Mais pas aujourd'hui ! Cécile avait secoué le roi, demandé ce conseil, et, en fixant les visages souriants de ses deux autres fils, elle s'interrogeait sur le rôle qu'ils allaient jouer. Ah, si seulement Walter Venables était à côté d'elle pour lui glisser de bons conseils ! Cependant, le roi s'était montré inflexible :

— Pas de partisan, très chère mère. Si vous amenez le vôtre, mes frères chéris amèneront les leurs.

Édouard continuait à regarder avec une sorte de fascination l'écusson bleu et blanc fixé sur le mur, au-delà de la table, au-dessus des lambris de chêne. Cécile observa ses deux cadets. Richard, elle ne le comprendrait jamais : il n'était que l'ombre de son frère aîné. Si Édouard disait lundi que l'on était dimanche, Richard le croyait. Dissimulé et renfermé ! Cécile regrettait d'avoir dit de lui qu'il était « le vilain de sa couvée ». Il ne l'oublierait jamais. Impétueux et très orgueilleux ! Le regard vert de Richard croisa celui de sa mère, et il lui adressa son sourire en coin, comme s'il lisait dans ses pensées. À son côté, Clarence faisait semblant de dormir. Sous la table, Cécile serra le mouchoir noué. Clarence était un jeune homme très dangereux, un être véritablement instable. Il s'était battu avec les York mais avait aussi soutenu l'autre bord, s'alliant avec des traîtres. Pourtant Clarence était rusé comme un chat : il savait quand bondir pour habilement changer de camp. Connaissait-il les craintes de sa mère ? En avait-il touché un mot au jeune Richard, qu'il avait toujours essayé de séduire avec ses boucles blondes et sa fausse bonhomie ?

Cécile leva les yeux sur le portrait de son époux accroché au mur du fond. C'était un homme au large visage et aux cheveux blonds. L'artiste l'avait avantagé. Cécile n'avait pas vraiment aimé son mari, mais elle avait soutenu sa cause, partagé ses triomphes et consommé avec lui les cendres amères de la défaite : la fuite, le dénuement et l'exil. Et sa disgrâce ? La pensée la fit frissonner. Cependant elle ne devait pas s'affoler. Le jeu se tramait. Le roi Louis, cette vieille « araigne » dans sa forteresse garnie de tourelles, avait tissé sa toile pour voir quelles mouches il pouvait attraper. Un espion se cachait ici. Le roi ne voulait pas y croire, mais Cécile en était convaincue. Venables l'avait à peine laissé entendre : une allusion, une réflexion de temps en temps. Cécile avait placé toute sa confiance en Padraig Mafiach, l'Irlandais, et espérait qu'il apporterait des nouvelles permettant de démasquer le traître et de l'envoyer à l'échafaud, de sorte à le rendre muet une fois pour toutes. Si seulement le vénérable Roger vivait encore ! Il aurait pu donner à Cécile son avis de confesseur. Elle aurait écouté ses conseils, fruits de la prière, de la pénitence et du jeûne. Mais Roger n'était plus. Peut-être, si elle soutenait sa cause, veillait à ce qu'il soit sanctifié dans le Ciel... ? La duchesse fixa le vieux Bourchier. L'archevêque ne l'avait jamais aimée ! Dès le début, il avait multiplié les obstacles. Spineri, l'envoyé du pape, était dévoué à Cécile corps et âme Elle avait voulu un médecin de la cour, mais Bourchier s'y était opposé, désignant à la place une femme apothicaire de la ville. Eh bien, Cécile en aurait vite terminé avec elle, ou du moins Venables s'en occuperait.

— Padraig Mafiach est mort.

Le mouchoir noué glissa des doigts inertes de Cécile.

Le roi montra un morceau de parchemin.

— Il a été assassiné dans une chambre de l'*Auberge Falstaff.*

— Tu avais dit qu'il serait en sécurité ! lança sèchement Cécile.

Elle faillit se mordre la lèvre lorsque ses deux autres fils levèrent la tête tels deux chiens de chasse ayant flairé leur proie.

— Tu avais dit qu'il serait en sécurité, répéta-t-elle, s'efforçant de ne pas hausser le ton. Il appartenait à ma maison.

Édouard sourit.

— Il était aussi payé sur mon or, Madame. L'homme était un sot. Il est arrivé sous le camouflage de Robin Goodfellow.

— Il est mort comment ? interrogea Clarence d'un ton languissant.

— On lui a écrasé le crâne avec une massue.

— A-t-on arrêté l'assassin ? demanda Gloucester, moqueur.

— Il n'y a pas trace d'un quelconque assassin. Colum Murtagh, gardien des écuries royales, s'occupe de l'affaire.

Pour cacher sa consternation, Cécile ramassa le mouchoir tombé. La façon dont Bourchier la fixait ne lui plaisait pas, mais elle sentit qu'elle se détendait. L'Irlandais Murtagh avait été un des partisans de son défunt mari, un de ces rares individus que l'on ne pouvait corrompre avec une bourse pleine.

— Et le message ? interrogea Bourchier. Mafiach en apportait un, non ?

— C'est un passage du prophète Sophonie en latin et en anglais, avec quelques annotations inscrites dessous. Mes clercs m'assurent qu'il s'agit d'un message chiffré. Comme ils ne le comprennent pas, je l'ai envoyé à la Maison des Secrets, à Londres.

— Trouvera-t-on le nom du traître dans ce message ? demanda Hastings, le général en chef d'Édouard.

Il but une coupe de vin qu'il avait tenu à apporter à la réunion du Conseil, puis poursuivit :

— Si un nom y figure, nous avons un cas, et si nous avons un cas, nous aurons un procès.

Il marqua une pause, puis :

— La tête de quelqu'un ornera le Pont de Londres.

Édouard se cala contre le dossier de son siège.

— Mais c'est bien le problème. Le chiffre, si l'on peut dire, comporte les lettres de tous ceux qui assistent à ce Conseil.

— Comment cela ? demanda Lovell.

— C'est ce que me disent mes clercs spécialisés dans le décryptage.

Édouard prit un parchemin et en tapota la table.

— Et j'ai d'autres nouvelles. Notre charmant frère, Louis de France, souhaite nous manifester ses bonnes intentions et sa grande amitié. Le vicomte de Sanglier a déjà pris la mer, il sera à Douvres demain matin, et à Islip dans quelques jours.

— Pourquoi ? demanda Cécile d'un ton âpre. Pour échanger le baiser de paix ?

Un sourire éclaira le visage strié de veines de Bourchier.

— Je ne crois pas, non. Je pense qu'il vient ici pour évaluer en quoi il peut nous nuire. Quand la jatte est cassée et que le lait est répandu, le chat surgit toujours.

— Expliquez-vous, Votre Éminence, intervint Clarence, qui se pencha en travers de la table, effleurant de ses doigts sa lèvre inférieure.

— Nous redoutons tous Louis, répliqua Bourchier. Il a un espion, et dans la maison royale, et à Cantorbéry. Je pense que c'est cet homme qui a tué Mafiach. Hormis nous et Murtagh, qui connaissait l'arrivée de ce dernier ? Qui aurait pu l'attendre ?

Devant les protestations véhémentes, l'archevêque se cala contre le dossier de son siège.

— Vous pouvez toujours crier, poursuivit-il, moi, je m'attache aux faits. Mafiach a été assassiné, et, d'après Murtagh qui m'a apporté ce parchemin, son psautier a été volé. Mafiach était le seul à savoir comment déchiffrer ce code. Il l'a choisi et a emporté le secret avec lui dans la tombe.

— Sanglier aurait pu envoyer des agents à sa poursuite ? chuchota Gloucester.

— En effet, murmura Bourchier, mais mon hypothèse est plus logique. Je crains que les choses n'empirent avant de s'améliorer.

Son regard soutenait maintenant celui de la duchesse Cécile.

— Madame, demain après-midi, on doit exhumer le corps de votre confesseur, Roger Atworth, en vue de sa béatification.

Clarence eut un éclat de rire plein de mépris que Bourchier ignora.

— Quel est le rapport avec Mafiach ? demanda Édouard avec mauvaise humeur.

L'archevêque joignit les mains comme s'il priait.

— Je peux me tromper, cependant Atworth, comme le feu et regretté Mafiach, connaissait trop de secrets. J'hésite à le dire, Madame, mais je me demande si le saint Roger est mort de mort naturelle.

Des protestations fusèrent, et l'on demanda à l'archevêque de s'expliquer. Celui-ci secoua la tête et remonta son chaud vêtement sur ses épaules, sans quitter le regard de la duchesse un seul instant.

— La mort d'Atworth, reprit-il, constitue une sorte de mystère, Madame. Je crois savoir qu'il devait vous écrire et ne l'a pas fait ? Qu'il se soit retiré de la vie de sa communauté religieuse juste avant de mourir, tous ces phénomènes extraordinaires...

— ... sont la manifestation de la volonté de Dieu, lança sèchement Cécile. Atworth était un saint homme.

— Certes, Madame, mais il était aussi un pécheur, comme nous le sommes tous aux yeux de Dieu.

Cécile sentit un froid glacé la gagner comme si une main mystérieuse avait laissé entrer l'air gelé de la nuit dans la salle chaude et parfumée. Ce vieux renard était au courant pour elle, se dit-elle. Elle promena son regard autour de la table, et oublia le brouhaha des voix qui brusquement posaient des questions à Bourchier. Malgré son visage impassible, elle se trouvait ramenée à un temps bien avant que ses fils n'aient vu le jour. Elle était à Calais avec son époux quand les armées françaises s'étaient rapprochées, le vaste empire anglais en France s'était effondré... jours de violence et de fougue !

Cécile leva les yeux. Édouard la fixait avec un air singulier.

— Qu'y a-t-il, Madame ? chuchota-t-il.

À présent, Bourchier s'occupait de répondre à une question de Clarence, mais il observait toujours la duchesse du coin de l'œil.

— Votre Éminence, lança celle-ci, le bienheureux Roger Atworth était mon confesseur ! Savez-vous qui était le sien, dans la communauté religieuse ?

— Il n'en avait pas, Madame.

— Il a pourtant dû se faire entendre en confession ? Ainsi que vous le dites, il était pécheur, comme nous tous au regard de Dieu.

— Certes, Madame, mais ne vous l'avait-il pas dit ?

Bourchier croisa les mains.

— C'est moi qui l'entendais.

Cécile d'York se retint à la table pour ne pas perdre l'équilibre. Il mentait ! Il ne pouvait en être autrement ! Tout ce dont elle était sûre s'effondrait ! Elle ne pouvait penser à rien d'autre qu'à Atworth. Quand le roi frappa sur la table avec le pommeau de sa dague, elle sursauta.

— Je vous ai dit tout ce que je savais, déclara Édouard. Il est tard, et nous ne pouvons guère faire plus.

Il leva la main afin de calmer les murmures.

— Nous devons nous préparer pour l'arrivée du vicomte de Sanglier, ajouta-t-il d'une voix doucereuse, la nuit est bien avancée, et les dames nous attendent.

Des rires accueillirent ses paroles. Bourchier se dressa et, après s'être incliné, sortit de sa démarche de canard. Les autres se dispersèrent. Édouard effleura le pied de sa mère de sa botte en cuir souple, indiquant ainsi qu'elle ne devait pas partir. Une fois la salle vide, il s'étira et se leva. Puis il ouvrit la porte, adressa quelques mots au capitaine des gardes, referma et reprit son siège.

— Vous êtes troublée, Mère.

— Non, mon fils.

— Vous ne dites pas la vérité. Qu'était cet Atworth pour vous ? Un vieux religieux ennuyeux qui écoutait vos petits péchés et vous donnait l'absolution ? Oh, je sais, je sais...

Édouard éleva une main ornée de bagues.

— Vous l'avez connu en France.

— Il était mon valet de chambre.

Dans un bruissement de taffetas, Cécile se tourna pour regarder son fils bien en face.

— J'étais jeune alors, sourit-elle, ton père et moi étions partis en France pour voir si nous pouvions retourner la situation, mais les hommes du Dauphin avaient confiance en Jeanne d'Arc, la pucelle d'Orléans. Ils assuraient qu'elle était la main de Dieu. Je ne sais pas si c'était vrai, ajouta-t-elle avec une pointe d'ironie, mais Dieu en tout cas n'était pas avec nous. L'armée anglaise est partie en déroute ; ton père et moi avons trouvé refuge à Calais.

— Qu'est-il arrivé là-bas ? voulut savoir Édouard.

— J'ai commis un meurtre ; je ne t'en dirai pas davantage, mon fils. J'ai tué un homme qui constituait une menace pour ton père et moi.

Édouard se pencha, les bras posés sur la table, scrutant le visage de sa mère comme pour y déceler la vérité.

— J'ai tué, moi aussi, nous avons tous tué, Mère. Ceux qui sont roi, ou veulent le devenir, se fraient un chemin jusqu'au trône à travers un océan de sang.

Il se tut, puis reprit :

— Vous n'avez rien à craindre. Qui était cet homme ?

— Un ennemi. Il aurait pu nous anéantir.

— Et vous ne pouvez me dire ni son nom ni pourquoi ?

— Non, répliqua Cécile sans élever la voix, mais l'affaire pèse sur ma conscience.

— Comment peut-il être dangereux pour vous maintenant ?

— Je l'ignore, chuchota Cécile, mais j'ai l'impression que c'est grave.

Elle baisa le bout de ses doigts et les appuya sur la bouche de son fils adoré.

— Et je ne t'en dirai pas plus, mon ange blond, murmura-t-elle.

Dans la forêt au nord de Cantorbéry, une femme qui se faisait appeler Blanche Southgate sauta maladroitement de la monture qu'elle avait achetée sur un petit marché aux chevaux, non loin de Queningate. Comme on le lui avait ordonné, elle conduisit la bête sur l'étroit chemin. À tout autre moment, Blanche aurait été nerveuse, mais ce soir-là, elle avait confiance. Le marchand lui avait promis qu'elle ne risquait rien et deviendrait riche, et cette nouvelle perspective la réjouissait. L'animal, sa selle et son harnais avaient dû coûter un bel argent, de même la robe, la tunique et le manteau qu'elle portait. Elle avait de bonnes chaussures aux pieds, et arborait des cheveux propres et bien coiffés pour être avenante et sentir bon.

Les bruits de la nuit s'entendaient partout : bruissement des sous-bois, hululement solitaire d'un hibou en chasse. Blanche avala sa salive pour dissimuler son appréhension. Dans ses fontes de selle, elle transportait une dague, mais les bois ne recelaient pas de danger. Il n'y rôdait pas de hors-la-loi. Les gardes de la cité avaient été très vigilants et les troupes de la maison royale, cantonnées à Islip, à moins de deux kilomètres, avaient battu ces halliers à la chasse, les débarrassant des mendiants et vagabonds, gens de l'ombre qui vivaient loin de la lumière de la loi.

Blanche était fière de savoir ces choses. C'est qu'elle n'était pas une ignorante : elle avait fait partie d'une troupe ambulante qui avait rencontré des temps difficiles à Londres. Blanche connaissait le monde. Elle avait joué la comédie chez les grands du pays. Elle avait aussi diverti de puissants marchands et vendu ses faveurs pour une pièce d'argent, pas moins. Elle regrettait seulement que l'homme qui avait loué ses services ne l'ait pas gardée avec lui, mais il avait tenu à lui faire quitter un lit douillet pour qu'elle le rejoigne ici, bien après minuit, sous le ciel étoilé. Le cheval s'arrêta brusquement et hennit, tournant la tête, comme attiré par un bruit. Blanche, qui tenait le licou, sonda les ténèbres. Elle distinguait les arbres, le reflet de la lune sur une petite étendue d'eau.

— Qu'y a-t-il ? demanda-t-elle, flattant le col de l'animal.

Le cheval se laissa mener en renâclant. Une petite bête leur coupa la route en détalant. Blanche sursauta et sa monture recula en hennissant. Mais elle était bien dressée, Blanche n'avait rien à craindre. Avec un claquement de la langue, elle la fit avancer, comme avec les baudets de charge de sa troupe ambulante. Elle atteignit enfin une clairière qu'inondait le clair de lune. Blanche sentit l'humidité du bois et de faibles effluves de fumée : sans doute un braconnier qui faisait du feu.

Elle était bien décidée : au moindre signe de danger, elle enfourcherait son cheval et filerait comme le vent chercher refuge dans l'enceinte de la ville. Elle entrevit la maisonnette de charbonnier abandonnée : elle avait perdu son toit depuis longtemps, et ses murs en clayonnage étaient ouverts à tous les éléments. Tirant sa monture, Blanche s'en approcha et s'immobilisa.

— Bonsoir, Blanche.

Elle pivota. L'homme qui portait un habit de moine avait surgi de nulle part. Était-ce le marchand? Blanche n'en était pas sûre.

— Désolée d'être en retard, balbutia-t-elle.

Elle eut un rire nerveux et poursuivit :

— Mais mieux vaut tard que jamais.

— En effet, Blanche, mieux vaut tard que jamais.

Ayant reconnu la voix, elle se détendit.

— Approchez, je vais prendre le cheval.

Elle obéit et tendit les rênes à l'individu, si contente qu'elle vit à peine le couteau que celui-ci lui plongea dans le flanc avec un mouvement de vrille. La silhouette encapuchonnée regarda Blanche vaciller, s'occupant déjà de calmer le cheval que la brusque odeur du sang énervait.

Kathryn était installée à la table de la cuisine. Thomasina, sa coiffe se gonflant comme la voile d'une cogue, avait le visage rouge et congestionné, tandis qu'elle retirait les braises du four à pain à côté du foyer.

— Je serai bien préparée pour le purgatoire, marmonna-t-elle, mais le pain est cuit, Kathryn.

Elle leva les yeux sur le panier suspendu aux chevrons, à l'abri des ravages des souris.

— Ces petites voleuses n'y toucheront pas, pas vrai ? Où est donc passé Wulf ?

— Il est sorti dans le jardin, répondit distraitement Kathryn.

— Et vous, vous avez eu de la besogne, fit observer la cuisinière, plantée les mains sur les hanches.

Kathryn en convint, toujours distraite. Les clients avaient défilé toute la matinée dans son échoppe installée en façade de la maison. Le Conseil n'avait pas autorisé Kathryn à avoir un étal ; les gens venaient donc chez elle acheter leurs simples et leurs épices : reine-des-prés, estragon, thym, basilic, lampsane, peuplier noir, trèfle blanc. Quelques personnes avaient demandé un peu du contenu de ces fioles et petits pots de poisons que Kathryn gardait dans son coffre : champignon vénéneux, poudre d'écorce et de feuilles de buis. Ces ventes-là, Kathryn les consignait dans le grand livre. Elle savait pourquoi les gens achetaient ces poisons : tout le monde se plaignait de l'infestation de rats et cherchait des substances nocives pour s'en débarrasser.

Les patients habituels s'étaient présentés : Mollyns, le meunier qui se plaignait de son ventre ; Edith et Eadwig, les jumeaux de Fulke, le tanneur, qui avaient de nouveau plaies et bosses ; un colporteur souffrant d'une infection des gencives ; une femme avec un furoncle au sein que Kathryn avait examiné avec attention. Ces maux-là, elle s'en méfiait. Si elle ne comprenait pas quelque chose, la contagion d'une maladie, par exemple, ou une tumeur maligne, elle envoyait toujours les malades au père Cuthbert, de l'hospice des Prêtres Indigents. Et Thomasina les y accompagnait volontiers.

Kathryn leva les yeux. Pour elle, Thomasina était à la fois une servante, une mère, elle tenait la boutique, et surtout elle jouait le rôle d'amie très proche. Son grand plaisir était d'arpenter bruyamment la maison, mais elle sautait sur toutes les occasions de se rendre à l'hospice des Prêtres Indigents. Plusieurs fois veuve, Thomasina, dans sa jeunesse, avait nourri une ardente flamme pour le jeune et beau père Cuthbert, qui, à l'instar du père de Kathryn, avait étudié les drogues et la médecine à Salerne et à Montpellier.

— Quand donc cette Agnes sera-t-elle de retour? maugréa Thomasina, brandissant son couteau comme un bourreau en s'approchant d'un jambon.

— Tu sais où elle est, répliqua Kathryn, les yeux fixés sur son manuscrit. Elle est allée au Buttermarket, et Wulf se trouve dans le jardin.

— Et Colum?

— Il est parti à cheval en hâte pour Kingsmead, confier les affaires courantes à son sergent Holbech.

— Et il va revenir vous épouser?

— Non, Thomasina, il va revenir pour me conduire chez les frères du Sac.

— Encore un tas de bons à rien, marmonna la servante. Je déteste les moines, je déteste les frères, je déteste les Irlandais aux yeux brûlants et aux doigts avides.

— Tu aimes bien Colum, répliqua Kathryn comme si elle récitait un psaume, et Colum t'aime bien. J'aime Colum d'amour, il me le rend. Je te l'ai dit, si Monksbane découvre la vérité, Colum et moi nous marierons à l'église Sainte-Mildred. Tu pourras danser avec le père Cuthbert.

— Je ne peux pas danser! claironna Thomasina avant de disparaître dans la dépense.

Kathryn se pencha sur l'inventaire rapide qu'avait fait Colum de ce qu'ils avaient trouvé dans la chambre de Padraig Mafiach, au *Falstaff*. Ils n'étaient rentrés que peu avant minuit. Kathryn s'était retirée immédiatement, mais toute la maisonnée s'était levée longtemps avant l'aube pour déjeuner ici dans la cuisine. Kathryn avait narré les événements de la veille. Agnes, la bonne, avait ouvert des yeux ronds, Wulf avait poussé des « oh ! » et des « ah ! », et Thomasina avait marmonné des commentaires.

Se prenant le menton dans la main, Kathryn mordilla son ongle. Elle avait beau essayer de comprendre, le meurtre de Mafiach était une énigme complète, tout comme le message qu'il avait copié et glissé à l'intérieur du crucifix. La jeune femme avait sorti la bible familiale achetée par son père à Cheapside et retrouvé l'extrait latin du prophète Sophonie. Elle le relut encore une fois :

Regis regum rectissimi prope est dies domini
Dies irae et vindictae tenebrarum et nebulae
Diesque mirabilium tonitruorum fortium
Dies quoque angustiae meroris ac tristitiae
In quo cessabit mulierum amor ac desiderium
Hominumque contentio mundi huius et cupide.

Le jour du Seigneur,
Roi des rois tout-puissant, arrive ;
Jour de colère et de vengeance, de ténèbres et de [nuages,
Jour de tempêtes effarantes,
Jour de malheur aussi, de chagrin et de peine,
Quand cesseront l'amour et le désir des femmes,
Et les efforts des hommes et les appétits de ce [monde.

Et cette étrange annotation, en bas : « Recto et Verso », alors que le dos du manuscrit était vierge ? Manquait-il quelque chose ? Et ce singulier griffonnage à la fin : « *Veritas continet Veritatem* » ? Cette sentence d'almanach voulait dire : « La vérité contient la vérité. » Quelle pouvait en être la signification ?

Mafiach était un lettré, avait fièrement déclaré Colum, et rien ne lui plaisait plus que les messages chiffrés. Mais, cette fois, il avait trop bien fait.

L'Irlandais avait envoyé l'original à Islip par un courrier demeurant deux rues plus bas, qui exécutait souvent des courses de ce genre pour Kathryn et Colum.

Lequel des deux textes recelait le message ? s'interrogeait Kathryn. Celui en latin ou sa traduction ? Colum avait commencé à citer la poésie de Chaucer.

— Voilà ce dont je me servirais, avait-il dit. Je me demande pourquoi Padraig a choisi Sophonie.

Kathryn prit sa plume et tira son écritoire. Elle essaya de comprendre le chiffre, mais n'y trouva aucune structure, aucun sens. Un coup frappé à la porte d'entrée la fit sursauter.

Vive comme une hirondelle, Thomasina disparut dans le couloir. La porte s'ouvrit et Kathryn entendit une voix bourrue qui demandait à la voir. Thomasina voulut s'y opposer, mais l'inconnu était péremptoire, insistant. La servante revint suivie d'un individu corpulent qui ôta son bonnet de cuir et se posta sur le seuil de la cuisine. L'homme était grand et solide, avec une face rougeaude de buveur constellée de verrues et de marques de vérole. Il avait le crâne dégarni et des yeux perçants.

Il sembla d'abord s'intéresser davantage à la pièce qu'à Kathryn, et promena rapidement son regard autour de lui, comme pour évaluer la cuisine. Il était entièrement vêtu de cuir : justaucorps brun foncé retenu par une ficelle à la taille, chausses de même couleur et de même matière, et il portait des bottes en cuir bouilli. Point de ceinture de guerre, mais une large courroie passée en travers d'une épaule, fermée par une boucle devant. À celle-ci étaient accrochés plusieurs accessoires singuliers dans de petits étuis : clés, baguettes, canifs.

— Vous êtes Kathryn Swinbrooke ?

— Non, c'est la reine d'Angleterre ! déclara Thomasina, qui joua des coudes pour rentrer dans la cuisine et braver l'inconnu.

Kathryn se dressa.

— Je suis Kathryn Swinbrooke, et vous, monsieur... ?

L'homme avança, tendant de grosses mains gercées.

— Malachi Smallbones, chasseur de rats, position que je tenais autrefois dans la ville royale d'Oxford. Aujourd'hui, je suis embauché par le maire et le Conseil de Cantorbéry pour exterminer et anéantir toute cette vermine.

— La vermine à quatre pattes ou à deux jambes ? intervint Thomasina.

Kathryn conserva son sérieux. Il y avait beaucoup de gens semblables à Malachi, imbus de leur importance, fiers de leur condition. Cet homme possédait des yeux rusés, vifs, animés d'une lueur facétieuse. Il était de la trempe des colporteurs ou marchands, vendeurs de reliques ou charlatans, qui fourmillaient à Cantorbéry afin de soutirer de bonnes sommes aux pèlerins.

— Asseyez-vous, Maître Smallbones, offrit Kathryn.

Le nouveau venu allait prendre le siège de Colum, au bout de la table, mais Thomasina le poussa presque sur un banc de côté.

— Vous voulez de la bière ?

L'individu fit claquer ses lèvres.

Thomasina servit deux chopes, celle de Kathryn remplie à ras bord, celle de Malachi seulement à moitié pleine. Avec un petit sourire d'excuse, Kathryn intervertit les pots et leva le sien en manière de salutation.

— Je vous souhaite bonne chance dans votre tâche, Maître Malachi.

— Je suis ici à la demande de Luberon, le clerc de la ville.

Malachi but une nouvelle gorgée de bière, fixant Kathryn de ses yeux bruns humides, par-dessus le bord de sa chope.

— Il m'a dit que je devrai traiter avec vous, vous tenir informée de ce que je ferai.

— Et que faites-vous ?

— Eh bien, c'est déjà commencé, déclara Malachi qui fixa l'intérieur de son gobelet avant de poursuivre : On a doublé le nombre des balayeurs de rues, et les clercs sont tous dehors. On met sur les portes des églises des proclamations au sujet du dépôt des ordures. Maître Luberon voulait qu'on supprime tous les chats et les chiens errants, mais je lui ai dit que non. Ces animaux peuvent tuer des rats, et nous avons besoin de toute l'aide que Dieu nous envoie.

Malachi leva des yeux suppliants comme s'il priait. Kathryn l'examina attentivement. Au premier abord, il lui avait paru balourd, mais plus il parlait, moins elle en était sûre. Malachi jouait un rôle : celui du chasseur de rats rustre et grossier. Néanmoins, sa manière de boire, les mots qu'il choisissait, comme « exterminer », le détachement amusé dans son regard démentaient cette impression première. L'anneau qu'il portait à une oreille semblait d'or fin, et le bracelet à son poignet gauche paraissait coûteux. Sa veste de cuir était de bonne qualité, tout comme la courroie et les singuliers accessoires qui y étaient accrochés.

Malachi suivit le regard de son hôtesse.

— Des baguettes et des pièges pour notre ennemie, la vermine, expliqua-t-il, des petits sacs de poison et des mèches. Les rats craignent deux choses : le poison et le feu. Eh bien, Maîtresse, avez-vous des conseils à me donner ?

— En voulez-vous vraiment, Maître Smallbones ? N'êtes-vous pas suffisamment expérimenté ? D'où êtes-vous originaire ?

Kathryn avait remarqué sa pointe d'accent.

— De Helston, en Cornouailles, répondit le chasseur de rats, légèrement sur la défensive.

— Et où travaillez-vous ?

— Un peu partout dans le royaume. J'ai eu mon dernier contrat dans la ville d'Oxford dont j'ai débarrassé les rues et les caves de la vermine.

— Êtes-vous un homme riche, Maître Smallbones ?

— Je loge à Mercery, mais ma maison se trouve à Londres : une petite habitation près de Saint-Giles Cripplegate.

— Je vois, fit Kathryn comme si elle connaissait la capitale comme sa poche. Et cette infestation, Maître Smallbones ?

— Oh, c'est chose courante à cette époque de l'année.

— À votre avis, quelle en est la cause ?

Malachi déboucla la courroie qu'il portait autour de sa poitrine et la posa doucement sur le sol.

— Sans doute un pullulement, Maîtresse. Les rats pullulent, c'est une caractéristique. En venant à Cantorbéry, j'ai vu qu'il y a des villages abandonnés. À l'instar des humains, les rats vivent en colonies. Et pour des raisons connues seulement du diable, parfois, ils se déplacent.

— Vous serez bien payé, déclara Kathryn.

— Certes, Maîtresse, et je travaillerai dur.

— Comment avez-vous résolu le problème à Oxford ?

— La ville est plus petite que Cantorbéry, de sorte qu'il était plus facile d'y effectuer le travail. On a nettoyé les fosses et les égouts, des balayeurs ont débarrassé les rues et les ruelles remplies d'ordures ; mais à

Oxford, il se trouve des ruines, des caves et des rivières. Comme je l'ai dit, le feu est un grand purificateur.

— Vous ne ferez pas la même chose ici, le mit en garde Kathryn, inquiète pour les maisons serrées les unes contre les autres, dont beaucoup étaient en bois et en plâtre.

— Non, Maîtresse, nous essaierons d'abord le poison, et nous verrons comment ça marche. Mais c'est le problème.

Smallbones se gratta la tête.

— Le poison coûte de l'argent. Que recommandez-vous, Maîtresse ?

Kathryn pinça les lèvres. À la vérité, elle n'avait pas de solution. Le chasseur de rats avait raison : les poisons coûtaient du bon argent. Il faudrait trouver une substance courante, et alerter les occupants des maisons des dangers que cela entraînait.

— Je vais y réfléchir, Maître Smallbones.

— Dans ce cas, je dois me retirer.

Malachi se leva et reprit sa courroie. Kathryn avait l'impression qu'il était venu pour se présenter, plus que pour lui demander conseil.

— Avez-vous une carte de Cantorbéry, Maître Smallbones ?

— Maître Luberon m'en a fourni une.

— Tous les quartiers sont-ils infestés ?

— Non, pas encore.

— Dans ce cas, qu'allez-vous faire ?

— Je vais descendre jusqu'à l'enceinte de la cathédrale. J'ai demandé qu'on placarde des affiches et qu'on fasse des annonces publiques à la croix du marché. Je recrute des hommes, et nous fouillerons tous les quartiers ; certains auront des chats, mais ceux-ci sont plutôt inutiles. Nous nous contenterons de débusquer la vermine et de la tuer.

Smallbones s'avança vers la porte.

— S'il vous vient une idée, Maîtresse, je loge à l'*Étendard*, dans Mercery. Vous m'y trouverez toujours après les vêpres.

Thomasina reconduisit le visiteur, et, de retour dans la cuisine, demanda :

— Qu'en pensez-vous ?

— Je ne sais pas.

Kathryn s'assit à la table et plia le morceau de parchemin qu'elle rangea soigneusement dans sa sacoche d'écriture avec l'encrier de corne, les plumes, la pierre ponce et le couteau à tailler. Elle vérifia ensuite que l'attache était toujours solide, et, sans se préoccuper du bavardage de Thomasina, s'en fut dans son cabinet. Elle se regarda dans le morceau d'acier poli qui lui servait de miroir.

— Je suis bonne pour les frères du Sac, chuchota-t-elle en fixant son image.

Thomasina disait qu'elle ressemblait à une nonne avec sa coiffe bleu pâle et sa robe à franges de la même couleur. Kathryn n'avait pas mis de rose sur son visage et elle remarqua les rides sous les yeux.

— *Medice, sane te ipsam*, médecin, soigne-toi toi-même, murmura-t-elle.

Colum ne tarderait pas à rentrer. Malgré l'agitation de la nuit précédente, Kathryn ne pouvait pas oublier Monksbane et son air si assuré, assis dans la salle d'auberge. Elle entendit les cloches de Sainte-Mildred sonner l'angélus de la mi-journée. Peu après, Colum était de retour, sentant le cheval et le pré jusqu'aux cieux, comme disait Thomasina. Il se lava en vitesse, mangea et but pendant que Kathryn lui racontait ce qui s'était passé. Installé sur un tabouret, l'Irlandais, qui changeait de bottes, hochait la tête, interrompant la jeune femme de temps en temps pour poser une question.

— J'ai réfléchi à Mafiach. Il faut que je demande au père Cuthbert qu'il dise une messe de requiem. Le sergent Holbech était triste. Il avait combattu avec Mafiach en France, aux environs de Calais et aussi en Manche et en mer d'Irlande. Je lui ai également parlé des rats.

Colum sourit à Kathryn.

— Connaissez-vous un poème intitulé *Beowulf*?

— Oui, je l'ai lu. Il parle d'un guerrier des temps anciens qui combattait un monstre énorme.

— Eh bien, Holbech m'a étonné. Le héros de *Beowulf* affirme que tout homme porte en lui une terreur. Holbech m'a avoué que la sienne, c'était les rats. Il vient d'un port du Sud, Rye ou Winchelsea. Quoi qu'il en soit, voilà des années, des corsaires français y débarquèrent, amenant le fer et le feu. Les parents de Holbech furent tués, et lui trouva refuge dans les égouts où les rats pullulaient comme des mouches sur un tas d'ordures. Curieux, non ? Holbech a admis que même armé seulement d'une cuiller en corne, il préférait affronter un chevalier monté que de patauger dans une cave à demi remplie d'eau et fourmillant de rats. Il les a observés et assure que, parce que ceux-ci se nourrissent de rebuts putrides, ce qui tuerait un homme les affecte à peine.

Intéressée, Kathryn tira un tabouret pour s'asseoir en face de l'Irlandais.

— Et que recommande-t-il ?

— Il assure que du poison coûterait une fortune et serait très dangereux. Il a dit aussi une chose étonnante. Il a entendu les bruits qui couraient dans les tavernes : cette infestation est fort singulière, certains quartiers de Cantorbéry n'ont pas vu un seul rat...

— Tandis que d'autres en sont pleins, acheva Kathryn.

— Exactement.

Colum se leva et boucla sa ceinture de guerre.

— Holbech en a une peur bleue, et il n'ira pas là où ils sont. Apparemment, il y en a beaucoup à Westgate, dans la grand-rue et près de la cathédrale ; c'est ce que lui ont assuré les balayeurs. Mais assez parlé de nos amis quadrupèdes, « nos petits cauchemars en velours noir », comme les appelle Holbech. Rendons-nous maintenant chez les frères du Sac.

L'Irlandais se tourna pour lancer :

— Thomasina ? Vous ne recevrez pas de galants pendant notre absence. J'ai des espions, vous le savez ?

— Et moi j'en ai aussi qui vous surveillent, vous les Irlandais arpenteurs de tourbière !

Colum éclata de rire et aida Kathryn à enfiler son manteau. Puis, la prenant doucement par le coude, il l'entraîna dans le couloir.

Ottemelle Lane était tranquille mais sitôt qu'ils eurent tourné dans Hethenman Lane, ils trouvèrent la foule qui affluait vers la place du marché. Ils atteignirent la grand-rue où les gens se pressaient, affairés, entre les éventaires bien garnis. Les tavernes et gargotes travaillaient à plein, remplissant l'atmosphère d'agréables odeurs d'épices et de sauces. Des pèlerins, ouvrant des yeux ronds, plutôt perdus, se frayaient un chemin, tenant leur bâton d'une main et de l'autre leur bourse et leur besace. À tous les coins de rue, des employés de la ville donnaient de la voix pour prévenir de se méfier des voleurs. Les mendiants aussi attendaient. Les aveugles se tenant par la main demandaient l'aumône à grands cris. Les colporteurs et camelots, qui n'avaient pas l'autorisation du Conseil de faire commerce, offraient leurs services et rameutaient les clients avec des hurlements éraillés, un œil sur leurs affaires et l'autre sur les gardes du marché toujours prêts à les mettre sommairement aux piloris autour de la croix du marché.

Kathryn tenait serrée sa sacoche d'écriture qu'elle portait suspendue à l'épaule. La journée était étonnamment belle, et il commençait à faire chaud. Le vacarme et les cris, la foule bariolée rendaient la marche difficile.

De chaque côté s'élevaient les hautes maisons à colombages des riches marchands et personnages officiels, leurs fenêtres à meneaux garnies de vitres scintillant dans le soleil. Un singe coiffé d'un petit chapeau jaune traversa la rue en courant, poursuivi par deux chiens et un enfant qui glapissait. Un voleur pris à chaparder aux étalages pour la seconde fois était cloué par une oreille à un pilori; malgré ses hurlements qui déchiraient l'air, les gens ne lui montraient guère de compassion. Chanteurs et prédicateurs essayaient d'attirer l'attention de la foule avec des historiettes ou des sermons enflammés. Un colporteur proposait des médailles de pèlerinage. Un apprenti approcha en hâte, une pièce d'étoffe sur le bras.

— Madame, ceci vous conviendra, et si vous avez besoin de quoi que ce soit...

Il indiqua du geste l'étalage derrière lui que gardait son maître.

Kathryn secoua la tête. L'aide se fit plus insistant et ne s'éloigna que lorsque Colum le fusilla du regard. Par endroits, Kathryn constatait les effets du travail de Malachi : les énormes charrettes des balayeurs qui nettoyaient les égouts et les rigoles, les marchands qui se plaignaient de ce que l'odeur et la confusion décourageaient les clients.

La jeune femme fut contente de bifurquer dans une ruelle ombragée où les mendiants étaient aussi nombreux mais moins braillards. Avec Colum, elle traversa ensuite un petit terrain vague, avant de s'engager dans l'ombre de l'imposante loge de garde des frères du Sac. Un convers les fit passer par une poterne. Kathryn ferma les yeux, heureuse et soulagée. La cour pavée des écuries était silencieuse, le tintamarre de la ville n'étant plus qu'un faible écho. Colum expliqua qui ils étaient et la raison de leur présence. Le frère lai hocha la tête. Ils traversèrent un cloître plein de fraîcheur et peuplé d'ombres, où jaillissaient des fontaines d'eau vive et croissaient des roses sauvages, puis empruntèrent des passages pavés sous des voûtes de pierre. Seuls rompaient le silence le son très doux de chants provenant de la chapelle à haute flèche, ou le murmure des moines en robe brune dans leurs bureaux ou leurs cellules. Ils traversèrent ensuite un petit jardin avant de franchir un portique.

— Voici le parloir du prieur, chuchota le frère tandis qu'ils pénétraient dans le saint des saints. Je crois que le père Anselm et les autres vous attendent.

Il frappa à la porte, la poussa et les fit entrer.

CHAPITRE V

> « Le sang caillé, malgré l'art du médecin,
> Se corrompt et reste dans sa poitrine. »
>
> Chaucer, « Le conte du Chevalier »,
> *Les Contes de Cantorbéry*

Venables, en coûteuse cotte-hardie de velours dont il avait desserré le col, joua les maîtres de maison dans le parloir du couvent.

— Maîtresse Swinbrooke, voici frère Jonquil, frère convers et serviteur de feu Roger Atworth ; frère Gervase, le sous-prieur ; frère Simon, l'infirmier ; et le prieur Anselm. Révérends frères, je vous présente Colum Murtagh, gardien des écuries royales de Kingsmead.

Les présentations terminées, on hésita un peu, et seul Venables semblait à son aise. Souriant de ses yeux larmoyants, le prieur Anselm invita tout le monde à prendre place autour de la table en noyer ciré, tandis que Jonquil servait du vin blanc ainsi qu'un plat de fruits confits. Après avoir accroché sa sacoche d'écriture au dossier d'une haute chaise surchargée d'ornements, Kathryn s'assit. Elle n'était venue au couvent du Sac qu'une fois, lorsqu'elle était enfant, et n'y était jamais retournée. L'endroit était opulent, comme en témoignait le parloir avec ses lambris de bois sombre surmontés de murs badigeonnés de beige, ornés de tentures de couleur et de petits tableaux représentant la vie du Christ. On n'avait pas allumé le feu dans la grande cheminée, mais la pièce était chaude et confortable. Des tapis recouvraient le sol dont les dalles étaient taillées en losange pour répondre aux panneaux des fenêtres à meneaux.

Le prieur Anselm fit signe à Jonquil de s'asseoir, et déplaça des papiers sur la table devant lui. C'était un homme de grande taille, à la silhouette anguleuse, avec de hautes pommettes et des joues creuses, et qui n'avait plus que quelques touffes de cheveux blancs. Kathryn lui trouva l'air prudent et avisé, et il semblait très nerveux, désireux de ne pas contrarier. Sourcils broussailleux, joues veinées de rouge, le sous-prieur Gervase paraissait plutôt revêche ; avec son nez camus, sa bouche boudeuse et son ventre protubérant, il rappelait à Kathryn un porcelet qu'avait un jour recueilli Thomasina. Simon l'infirmier était jeune, avec un visage lisse au teint hâlé et une tonsure impeccable. Il arborait une robe marron sans la moindre tache, la corde blanche qui retenait celle-ci serrée juste ce qu'il fallait autour de sa taille mince. Sa capuche était parfaitement pliée dans son dos.

Frère Simon possédait de belles mains blanches avec de longs doigts un peu féminins. De nature plutôt timide, chaque fois qu'il croisait le regard de Kathryn, il s'empourprait à peine et détournait les yeux. Frère Jonquil évoquait un garçon de ferme, avec ses cheveux blonds, ses joues rouges et ses yeux bleus exorbités. Un jeunet, jugea Kathryn, à le voir assis, bouche entrouverte. Sans doute n'avait-il pas encore trente ans. Mais jouissait-il de toutes ses facultés ?

Le prieur Anselm avait pris place à une extrémité de

la table, et Venables se tenait avachi sur le siège à l'autre bout. L'écuyer de la reine mère donnait l'impression d'avoir mal dormi et pianotait doucement sur le plateau de bois. À côté de Kathryn, Colum repoussa sa chaise, et croisa les bras comme s'il souhaiter observer ce qui allait se passer, plutôt que d'y participer. Le père Anselm semblait fasciné par le candélabre posé sur une coupelle en bronze destinée à recueillir la cire des bougies.

Frère Gervase se redressa sur son siège.

— Père prieur, je crois que nous devrions commencer.

— Oui, oui, en effet.

Le père Anselm prit un rouleau de papier et en tapota la table.

— Je... je... balbutia-t-il, je vous souhaite la bienvenue à tous...

Il lança un regard implorant au sous-prieur, qui se contenta de le fixer en retour.

— Je ne sais vraiment pas par où commencer, mais... eh bien, nous commencerons par le commencement, non ?

L'infirmier Simon prit la parole.

— Voilà dix jours que nous avons enterré frère Roger Atworth devant la chapelle de la Vierge de notre église conventuelle. C'était un saint homme, quelle qu'ait été sa vie passée. Il est mort en odeur de sainteté, au sens propre et au sens figuré.

L'infirmier rit brusquement de sa plaisanterie, avant de reprendre :

— Depuis lors, frère Jonquil ici présent a eu une vision sur sa tombe, et certains miracles se sont produits.

Venables intervint :

— Comptez-vous réunir les bénéficiaires de ces miracles ?

L'infirmier hocha la tête.

— Oui, bien sûr, ils doivent se rassembler ici demain.

— Continuez, ordonna Venables.

Le prieur Anselm, qui maintenant contrôlait sa nervosité, s'éclaircit la gorge.

— Il y a eu la vision; il y a eu les miracles.

— Prétendus miracles, décréta Gervase.

— Nous avons suscité l'intérêt de la reine mère et du cardinal Spineri. Son Éminence est déjà dans l'église.

— Dans ce cas, nous devrions le rejoindre, me semble-t-il.

Anselm semblait désireux de poursuivre son discours. Kathryn sentait la nervosité des moines et s'en demandait la raison.

Frère Jonquil se pencha sur la table et lui murmura :

— Tout dépend de l'exhumation, n'est-ce pas? Si elle se passe bien, frère Roger sera canonisé, non?

Kathryn lui répondit par un sourire. Le prieur, tout agité, les fit sortir du parloir pour les conduire par des couloirs jusqu'à une entrée à portique; ils traversèrent ensuite une petite cour avant de pénétrer dans l'église par son grand porche. Son atmosphère sombre et imposante impressionna tout de suite Kathryn. Des statues, des visages sculptés, images de la sérénité, voisinaient avec des têtes de démons et de singes à la laideur grotesque, de lièvres aux yeux protubérants, de griffons et de dragons. L'intérieur de l'église était grandiose, avec une longue nef et de petites fenêtres ovales percées haut dans les murs. Un toit à la charpente noire était soutenu par de massifs piliers qui délimitaient des transepts remplis d'ombre. Le sol fait de dalles bien ajustées et d'une propreté parfaite répercutait tous les sons en écho.

— C'est bien un endroit pour une apparition, chuchota Colum.

Ils s'avancèrent dans la nef en direction du jubé, grande barrière en bois travaillé qui défendait l'entrée du chœur ; celui-ci était illuminé de cierges, tout comme le renfoncement, à gauche, où des frères convers armés de pioches, de barres et de piques s'étaient rassemblés autour d'une dalle. Kathryn aperçut Spineri, qui, pour ne rien perdre de sa dignité, avait persuadé quelqu'un d'aller lui chercher l'un des sièges d'apparat du chœur. À présent, le cardinal évoquait un juge venu rendre un jugement.

À l'entrée du jubé, tous imitèrent le prieur Anselm qui fit une génuflexion. Kathryn jeta un rapide coup d'œil sur le grand autel qu'éclairaient de hauts cierges, avec de part et d'autre les stalles de bois ciré réservées aux membres de la congrégation. La chapelle de la Vierge était aussi magnifique : une petite église à elle seule, avec son sol dallé et ses peintures, sur les côtés, représentant des scènes de la vie de la Vierge. Il s'y trouvait un petit autel surmonté d'une antique statue noire de la vierge Marie, représentée en reine assise serrant dans ses bras l'Enfant Jésus. La lumière provenait d'une superbe fenêtre en encorbellement garnie de verres peints de couleurs vives. Devant le tabernacle s'élevaient des supports en fer forgé soutenant des petites lampes à huile bleues que les fidèles pouvaient allumer après avoir mis une pièce de monnaie dans le tronc fixé au sol, à côté des prie-Dieu capitonnés de rouge.

Kathryn s'éloigna pour examiner le saint lieu, avant de rejoindre les autres. Spineri s'était levé et tendait la main à Colum pour que celui-ci puisse baiser l'anneau épiscopal ; il fit de même avec Kathryn. La main de l'évêque était douce et chaude, et fortement parfumée aussi. Le grenat de sa bague accrocha la lumière et éblouit Kathryn.

Ce fut la confusion pendant quelques instants. Jonquil voulait expliquer à tout le monde où il se tenait à genoux, lorsque la vision lui était apparue. Anselm tentait d'imposer un semblant d'ordre parmi les frères convers qui tournaient en rond, ne sachant pas très bien ce qu'ils devaient faire. Enfin le calme s'établit, on alla chercher des chaises et des tabourets pour Kathryn, le prieur Anselm et ses hôtes. Kathryn examina avec attention la pierre tombale sur laquelle était gravée l'épitaphe d'Atworth. Lorsque, avec Spineri, elle se fut déclarée satisfaite, on souleva la dalle, et l'exhumation commença. On dégagea la terre meuble et les débris de maçonnerie, et le caveau apparut. À ce point, le cardinal Spineri exigea une prière, et engagea les frères à chanter le *Veni Creator Spiritu*. Ensuite on aspergea la tombe d'eau bénite, et l'un des frères convers fut maladroitement descendu dans le trou afin d'attacher des cordes aux poignées sur les flancs du cercueil. Il était en train de le faire lorsque Kathryn s'aperçut que les frères chuchotaient entre eux. Elle se leva pour s'approcher. Tout d'abord, elle crut s'être trompée, puis elle sentit l'odeur suave, délicieuse, semblable à celle de roses écrasées, en plus lourd, plus entêtant, comme le parfum d'une dame de haute naissance.

— Est-ce de la myrrhe ? De l'encens ? murmura-t-elle.

— Je sens cette odeur, moi aussi ! s'exclama Venables.

Colum, dont la curiosité était piquée, s'approcha à son tour. Kathryn promena un rapide regard autour d'elle.

Spineri bondit sur ses pieds, ses mains grassouillettes croisées comme s'il priait.

— Que se passe-t-il ?

— Je sens un parfum très fort, répliqua sèchement Kathryn, j'en cherche la source.

— C'est impossible, voyons ! s'exclama Simon l'infirmier. Il n'y a pas de fleurs dans la chapelle de la

Vierge, pas de corbeilles non plus. Je vous le dis, cette odeur vient de la tombe elle-même.

Kathryn dut en convenir et recula. Lentement mais sûrement, dans les grincements et raclements, on remonta le cercueil et on posa des planches en travers du couvercle. Fait dans un très beau bois, il était couvert de terre et de poussière, ses poignées incrustées d'argent ternies et sales. Cependant, la fragrance était encore plus forte, comme si on avait fracassé sur le sol un flacon de la précieuse essence. Les frères convers soulevèrent la bière pour la placer sur la table à tréteaux apportée à cet effet ; leur tâche achevée, on leur ordonna de se retirer.

Kathryn et Spineri furent invités à examiner le cercueil. Spineri se contenta d'en faire le tour. Kathryn, elle, prit le canif dans sa sacoche d'écriture et inspecta avec soin le panneau de couvercle. L'odeur délicieuse était maintenant entêtante. La jeune femme tapota le bois, mais les attaches tenaient bien, et il était clair qu'on n'y avait pas touché. À la demande de Kathryn, Colum et Venables enfilèrent leurs gants pour les dévisser. Dehors le soleil déclinait et le transept se faisait plus sombre, plus sinistre. On apporta des bougies.

— Nous avons fini, lança Colum en reculant.

Il semblait plutôt mal à l'aise, pas très rassuré. Un vrai Irlandais, songea Kathryn en lui adressant un clin d'œil : Colum était un homme du monde des vivants, avec un sérieux respect pour tout ce qu'il pouvait y avoir derrière le voile.

On ouvrit la bière. Kathryn s'attendait à une odeur fétide : exhalaisons méphitiques, humeurs putrides comme en dégagent tous les cadavres, mais elle ne sentit rien d'autre qu'un parfum pénétrant. Des draps de toile dissimulaient le corps, et en les retirant, Kathryn remarqua qu'ils étaient recouverts d'une fine poussière rouge, tout comme les coussins de satin blanc garnissant les parois du cercueil. Enfin le cadavre du bienheureux Roger apparut, dans un concert d'exclamations étouffées.

Kathryn aussi était étonnée. Atworth avait été enterré dans la tenue des frères du Sac : robe brune, cordelière blanche et sandales de cuir ouvertes. Voilà des jours qu'il était décédé, mais si ses joues ridées étaient un peu creusées, et malgré l'ombre de barbe autour de la bouche et sur le menton, on aurait dit que sa mort remontait à quelques heures seulement. Son corps avait l'aspect pâle et cireux de certaines effigies que Kathryn avait vues dans des processions funéraires. Le moine défunt avait les mains croisées, entre lesquelles on avait placé un crucifix qui avait un peu glissé de côté. La jeune femme regarda attentivement l'intérieur du cercueil. Sans tenir compte des pieuses exclamations, elle se concentra sur cet homme dont on voulait faire un saint. Atworth avait le visage dur d'un faucon de chasse : menton volontaire, lèvres maintenant exsangues, nez busqué et yeux profondément enfoncés. Sa peau ridée était celle d'un vieillard, et de maigres mèches entouraient ce qui se voulait une tonsure ; mais Kathryn pouvait imaginer cet homme aussi bien en soldat casqué, au regard étincelant, qu'en saint agenouillé devant l'autel, fixant dans une transe mystique un crucifix ou une statue. Elle palpa la peau de son visage, de ses mains et de son cou, et lui trouva la douceur froide de la cire. Elle huma le parfum, mais ce fut l'odeur douce-amère de la peau qui piqua sa curiosité. Était-ce l'effet de la décomposition ? Kathryn tâta les bras et les jambes qu'elle trouva spongieux, légèrement rigides cependant. Elle lissa de la main le satin qui recouvrait le côté du cercueil, et remarqua la poussière rouge sur ses doigts.

Était-ce possible ? Reculant, elle s'essuya vivement les mains à sa robe. Un enseignement que lui avait donné son père lui revint à l'esprit, de même un souvenir du passé : le cimetière de l'église Sainte-Mildred, par un pluvieux après-midi d'octobre, sept ou huit ans plus tôt. Le coroner du roi, le haut tas de terre d'une tombe ouverte, le cercueil de bois qu'on venait d'exhumer et dont on enlevait le couvercle. Plus tard, son père avait examiné le cadavre dans le charnier tout proche, que rendait plus sinistrement macabre la lueur vacillante d'une grosse bougie de suif. Comment s'appelait la femme ? Margotta, oui, c'était cela ! Elle était vêtue d'une chemise en lambeaux, et son visage demeurait reconnaissable.

Venables avança la main pour toucher le corps.

— N'en faites rien ! s'exclama Kathryn.

L'écuyer de la reine se reprit vivement, tandis que les autres dévisageaient la jeune femme avec des yeux ronds.

— Prieur Anselm, il me faut des cuvettes d'eau chaude et des serviettes propres. Faites vite. Que personne ne touche le cercueil. Et si cela arrivait, il faudrait se laver les mains avec soin.

Le prieur regarda Kathryn, l'air terrifié.

— Pourquoi ? Que se passe-t-il ?

— Je n'en suis pas sûre, expliqua Kathryn, et je puis me tromper. Il faut que je consulte mes manuscrits. Cependant, poursuivit-elle d'une seule traite, je crois que Roger Atworth n'est peut-être pas mort de mort naturelle, mais plutôt à cause d'une infusion concentrée d'arsenic rouge, un poison mortel.

— Comment cela ?

Frère Simon avança, les mains tendues.

— Qu'êtes-vous en train de dire, Maîtresse Swinbrooke ? Que le bienheureux Roger a été empoisonné ? Vous vous trompez, femme stupide !

— Surveillez votre langue, mon frère !

Colum, sorti de son humeur songeuse, vint se placer

à côté de Kathryn. Celle-ci regarda rapidement autour d'elle. Anselm avait porté ses doigts à ses lèvres, tel un gamin terrifié. Jonquil n'arrivait pas à comprendre ce qui se passait. Gervase grimaçait comme s'il appréciait une plaisanterie connue de lui seul.

Frère Simon abaissa la main en reculant.

— Je vous prie de m'excuser.

— Faites ce qu'a demandé Maîtresse Swinbrooke, insista Colum.

Simon claqua des doigts en direction de Jonquil.

— Allez-y donc ! le pressa-t-il. Allez chercher l'eau.

On avait oublié le cadavre à présent, et toute l'attention se portait sur Kathryn. Comme Venables lui tournait le dos, elle se demanda si c'était pour dissimuler sa surprise ou bien pour examiner le corps avec plus d'attention. La jeune femme regagna la nef et s'assit au pied des marches du chœur. Les autres la rejoignirent.

— Je vous conjure de ne pas toucher au corps, et de ne pas manger avec des doigts souillés, dit-elle sans cesser de regarder ses mains. Prieur Anselm, disposez-vous d'une bibliothèque, de manuscrits, d'une pharmacopée ?

Le moine hocha la tête.

Kathryn fut soulagée quand Jonquil revint en se hâtant : il avait eu la présence d'esprit d'apporter, outre l'eau, un petit morceau de coûteux savon de Castille. Kathryn se lava méticuleusement les mains et les essuya avec la serviette qu'on lui avait donnée.

— L'arsenic, déclara-t-elle d'une voix plus calme, l'arsenic est un des poisons mortels de la nature ; on en trouve deux espèces principales : le rouge et le blanc. Les deux sont des substances pernicieuses. Absorbées en grande quantité, elles provoquent la mort subite.

Simon l'infirmier avait perdu son aplomb et se mordait nerveusement la lèvre.

— L'arsenic est un toxique bien connu, expliqua

Kathryn, tous les livres sur les simples ou les substances vous le diront. Il bouleverse les humeurs et reste dans le corps de la victime longtemps après sa mort. Il arrive qu'il interrompe et même prévienne le processus de décomposition. Il faut que j'examine le cadavre plus à fond, ajouta-t-elle vivement, mais, à mon avis, c'est l'arsenic qui explique son état, et pourquoi le linceul ainsi que le satin tapissant les parois du cercueil sont couverts de fine poussière rouge. Par conséquent, si vous touchez cette bière et ce qu'elle contient, je vous conjure de porter des gants et de vous laver soigneusement les mains et le visage pour vous débarrasser de toute trace de cette poussière. Vous en convenez, n'est-ce pas, frère Simon ?

— On le dit, en effet, admit l'infirmier sans lever la tête.

— Je me rappelle un cas semblable à Cantorbéry, poursuivit Kathryn. C'était après la Saint-Michel, il y a sept ou huit ans. Les enfants d'une femme du nom de Margotta Arrowsmith informèrent un jour le coroner de la ville que leur mère avait été empoisonnée par son second mari. L'Église finit par recevoir leur plainte, et on ordonna d'exhumer la défunte. Mon père trouva la dépouille de Margotta dans un état semblable à celui du bienheureux Roger. Le meurtrier avoua plus tard, quand il fut interrogé, qu'il s'était rendu à Douvres et à Londres et avait dépensé des sommes d'argent considérables pour acheter de grosses quantités d'arsenic.

— Et les stigmates, alors ? s'exclama le prieur Anselm.

De sa sacoche d'écriture, Kathryn sortit des gants en beau cuir de veau et les enfila. Après avoir intimé aux autres l'ordre de ne pas bouger, elle s'approcha et se pencha sur le cadavre. Son capuchon était remonté, et une frange de cheveux retombait sur son front cireux. Kathryn la repoussa et vit alors des marques rouges comme si on avait mis là une couronne de ronces; cependant, les traces s'étaient estompées depuis l'enterrement. La jeune femme regarda ensuite les poignets et s'aperçut qu'on les avait enveloppés avec des bandes de tissu brun très semblable à celui de la robe dans laquelle Atworth avait été enterré. À l'aide d'un petit couteau, elle coupa ces bandes et vit de vilaines plaies rouges sur la face interne de chaque poignet. Les deux blessures mesuraient un peu plus de deux centimètres de long sur moins d'un de large. Au revers du bras, la marque ressemblait davantage à une petite piqûre rouge. La mort et le séjour du corps dans le cercueil avaient figé le sang qui s'était écoulé des plaies.

Kathryn enleva alors les sandales du mort et les bandes de tissu pour examiner les cous-de-pied. Palpant du bout des doigts, elle sentit les plaies dans l'interstice entre les os, des plaies très semblables à celles des poignets, avec un petit trou rouge à l'arrière de chaque jambe.

Sans prêter attention aux cris et exclamations des frères, Kathryn retourna le cadavre pour dénouer la cordelière, puis elle remonta la robe brune et la chemise, dévoilant la chair pâle et veinée. Le ventre était un peu distendu, mais Kathryn comprit que, quand on avait apprêté le corps pour les funérailles, on avait probablement vidé les viscères. La plaie au côté gauche était longue et fine, comme si elle avait été faite à l'épée; il restait une vilaine entaille rouge dans la chair blanche et cireuse. Kathryn s'aperçut que le parfum s'était maintenant évanoui, alors que l'odeur du cadavre était plus présente. Secouant la tête, elle recula.

— Je constate les plaies! lança-t-elle. Prieur Anselm, n'y voyez aucun manque de respect, mais je tiens à ce qu'on transporte le cadavre au charnier, où on devra le dévêtir et le laver avec soin.

— Ce n'est pas...

— Il le faut, insista Kathryn.

Elle montra un bandage brun et ajouta :

— Tout devra être brûlé, y compris les vêtements.

Elle se sentait en pleine confusion : des souvenirs, des images, des connaissances fragmentaires se bousculaient dans son esprit. L'effort qu'elle avait fourni pour examiner le corps la laissait un peu faible et elle regrettait de n'avoir pas mangé davantage avant de quitter Ottemelle Lane.

— J'aimerais réfléchir, déclara-t-elle, ébauchant un pâle sourire, je ne suis pas aussi savante qu'on pourrait le croire.

— Et moi, j'ai beaucoup à faire, intervint Spineri, qui avait perdu sa bonhomie.

Il jouait maintenant avec le gland de sa cape noire, impatient de partir. Dans l'heure, Kathryn le savait, il serait à Islip en train de tout raconter à la reine mère. Il était peut-être préférable qu'il s'en aille avant qu'on en découvre davantage? À leurs visages, leurs regards coupables, à la façon dont frère Simon passait sans arrêt la langue sur ses lèvres sèches, Kathryn voyait bien que les bons moines en savaient plus long sur la mort du bienheureux Roger qu'ils ne l'avaient avoué.

— Prieur Anselm, serait-il possible de me donner quelque chose à manger?

— Je m'en occupe, proposa Colum.

Il prit Kathryn par le coude, ramassa son manteau et sa sacoche d'écriture, puis, suivis par les autres, ils sortirent dans la petite cour herbeuse. Kathryn s'assit sur un banc de pierre. Anselm affirmant qu'il voulait en savoir davantage, elle proposa une nouvelle réunion dans le parloir, une fois qu'elle aurait réfléchi. Venables faisait maintenant des adieux discrets à Spineri, qui annonça son départ comme s'il avait un rendez-vous urgent avec le Saint-Père. Il s'en fut, ébauchant distraitement une bénédiction. Les autres se dispersèrent, et Murtagh partit en hâte à la cuisine.

Kathryn changea de place sur le banc de pierre afin de regarder les buissons de roses jaunes. Les boutons s'étaient ouverts depuis peu, les fleurs à peine écloses cherchaient la force du soleil pour s'épanouir davantage. Dans son dos, les frères convers, sous la houlette de l'infirmier, pénétraient dans l'église pour transporter le corps d'Atworth jusqu'au charnier.

Plutôt que de consulter des textes, Kathryn décida de se remémorer tout ce qu'elle savait sur l'arsenic, ses effets mortels et sa nature instable. Un extrait minéral : ainsi l'avait défini son père. Qu'avait-il dit d'autre ? Ah oui. Les signes de l'empoisonnement apparaissaient après la mort, alors qu'ils étaient parfaitement dissimulés tant que la personne était en vie. « Le jugement de Dieu », l'appelait son père. Il avait été incapable d'expliquer pourquoi, cependant c'était toujours après la mort que les signes devenaient perceptibles. Or le corps d'Atworth montrait tous les indices de l'empoisonnement à l'arsenic : l'aspect cireux, la peau lisse et souple, la poussière rouge, et la lenteur de la décomposition. Il avait dû en absorber une infusion concentrée. Ou s'agissait-il d'autre chose ? Entendant un bruit de pas, Kathryn leva les yeux. Colum revenait avec un frère lai qui apportait un plateau avec de la viande séchée coupée en dés, baignant dans une sauce légère parfumée aux herbes, un petit morceau de pain blanc et un gobelet de vin. Il s'était aussi muni d'une serviette et d'eau. Kathryn se lava les mains, remercia le moine et, après avoir refusé le vin, elle mangea avec la cuiller en corne qu'elle avait sortie de son sac. Pendant ce temps, Colum faisait quelques pas, comme fasciné par le buisson de roses.

— Je les ai surveillés pendant qu'ils préparaient votre plateau ! lança-t-il à Kathryn par-dessus son épaule. Si votre hypothèse est bonne, il faut vous méfier de ce que vous mangez et buvez ici.

— Oh, je pense que nous ne risquons rien, répliqua la jeune femme, au moins pour l'instant.

— Atworth a donc été empoisonné?

— Cela ne fait pas l'ombre d'un doute. Ce qu'il faut savoir, maintenant, c'est de quelle manière. Mais allons-y, nous ne pouvons pas faire attendre les autres plus longtemps.

Tous deux regagnèrent le parloir. S'y trouvaient les quatre moines ainsi que Venables. Seul frère Gervase semblait content. Kathryn prit un siège en bout de table.

— Le corps a été transporté au charnier, déclara le prieur Anselm. J'ai ordonné qu'on brûle la robe et les linges, ainsi que le cercueil.

— Mais ce sont les seules preuves dont vous disposez, ricana Gervase, qui avait du mal à contenir sa satisfaction. Elles vont être détruites, père prieur. Je veux dire, nous ne voulons pas garder de reliques.

— Pourquoi êtes-vous si content, frère Gervase? demanda Kathryn.

— Je n'ai jamais aimé Atworth, expliqua le sous-prieur, qui semblait parfaitement à l'aise. Je ne voudrais pas dire que mon frère défunt était un menteur, mais il constituait une énigme : c'était un simulateur, un rusé.

Jonquil, rouge de colère, demanda :

— Qu'est-ce qui vous le prouve?

Gervase fit une grimace.

— Il voulait fuir le monde, mais rencontrait des gens importants et restait le confesseur de la reine mère. Il acceptait de recevoir ses lettres, sans parler des cadeaux qu'elle et d'autres lui envoyaient.

Le prieur Anselm frappa sur la table.

— Ce n'est pas juste. Frère Roger partageait tout avec les pauvres; il ne gardait rien.

Kathryn examina attentivement Gervase : son visage

gras, ses joues marquées de veines, la bouche évoquant celle d'un poisson, et le sourire cynique. Un homme qui avait traversé la vie avec une ambition dévorante, sans le talent pour la satisfaire, songea la jeune femme. Sans doute Gervase jalousait-il Atworth, et les protections dont jouissait ce dernier.

— Vous devriez vous montrer prudent, Gervase, le mit en garde Simon l'infirmier.

Le sous-prieur leva la main.

— Certainement pas. Je dis ce que j'ai à dire. Thomas Becket est peut-être un saint et un martyr, et notre fondateur saint François en est certainement un. Mais Atworth ? C'était un soldat, un marchand, un homme qui mangeait et buvait, qui a fait tout ce qu'il voulait jusqu'à ce que cela lui donne un goût de cendre dans la bouche.

Gervase fit grossièrement claquer ses lèvres.

— Vous vous intéressiez beaucoup à lui ! cria presque Jonquil. Vous cherchiez ardemment à lui plaire. Lui avez-vous dit que vous étiez hypocrite à ce point ?

Kathryn intervint doucement :

— Vous a-t-il jamais laissé entendre qu'il s'empoisonnait ?

— Quoi ?

Anselm leva les mains comme si Kathryn avait annoncé le retour du Messie.

— Ce n'est pas rare, poursuivit Kathryn. Voyons, frère Simon, puisque vous êtes infirmier, vous tenez un registre précis des substances que vous donnez à la communauté, n'est-ce pas ?

L'infirmier, de toute évidence, n'était pas à son aise. Il se contenta de hocher la tête en rougissant.

— Vous avez de l'arsenic ?

— Oui, bien sûr, balbutia-t-il.

— Comme beaucoup de médecins, vous le prescrivez en grains minuscules en cas de maux de ventre. Et vous en avez prescrit au bienheureux Atworth ?

L'infirmier l'admit à regret :

— Depuis qu'il était ici, il se plaignait de crampes, coliques, vomissements et diarrhées. L'infirmier qui était au couvent avant moi lui en avait donné, aussi ai-je continué : il s'agissait de doses infimes qui n'auraient pas tué un moineau. Qu'essayez-vous d'insinuer ? Que j'ai augmenté les doses ? Vous pouvez vérifier mon registre...

— Vous auriez pu me dire cela plus tôt, rétorqua gentiment Kathryn.

Manifestement, Anselm et Jonquil étaient au courant. Quant à Gervase, il riait sous cape au point que ses épaules tressautaient.

— J'ai parlé d'arsenic dans l'église, poursuivit Kathryn, et vous n'avez rien dit. Je vous en prie, frère Simon, ne jouez pas les innocents avec moi. Vous connaissez très bien les propriétés de cette substance. Vous vous êtes peut-être même douté de l'aspect qu'aurait le corps, une fois exhumé, et avez pu en parler à vos collègues.

— Ce n'était que des quantités minuscules, balbutia Jonquil. Il se peut que ce soit tout de même l'œuvre de Dieu...

— Cet arsenic est-il conservé en lieu sûr ? demanda sèchement Kathryn.

— Oh oui, autant que le vôtre, Maîtresse Swinbrooke, rétorqua frère Simon avec rancœur, dans un coffre pourvu de trois cadenas, dont seuls moi et mon aide détenons les clés. Il ne peut pas être ouvert par une seule personne, ni, en vérité, par nul autre que nous.

— Avez-vous une bibliothèque ? Un recueil des médicaments ? interrogea Kathryn.

— Bien sûr, nous avons les œuvres des grands maîtres : Hippocrate, Galien. Désirez-vous les voir ?

— Ce ne sera pas nécessaire. Cette citation vient d'un traité que mon père acheta à Salerne : « L'arsenic, en toutes petites quantités, est parfois utilisé pour les maladies du ventre. » C'est assez courant pour les poudres de ce genre : la belladone est parfois utilisée comme produit de beauté, la digitale pour les troubles du cœur. Maintenant, certaines potions sont éliminées par le corps. D'après mon père et d'autres, l'arsenic est différent ; comme c'est une substance minérale, le poison s'intègre aux humeurs du corps, à la chair et à ses fluides. Il peut être bénéfique pour le ventre, mais sur plusieurs mois, voire des années, ses effets nocifs s'accumulent.

— Dans ce cas, pourquoi le bienheureux Roger n'est-il pas mort plus tôt ? interrogea Anselm.

Kathryn regarda Venables, qui écoutait attentivement, tête légèrement tournée comme s'il avait du mal à entendre.

— L'arsenic est un mystère, avoua Kathryn, une épée à double tranchant ; d'un côté, il peut soigner, du moins le dit-on, cependant, à la longue, il tue. En vérité, si l'on en prend souvent et assez longtemps, l'arsenic a même la propriété de rendre plus résistante à ses effets la personne qui l'absorbe.

— Je ne comprends pas, Maîtresse Swinbrooke, interrompit Venables. Je ne connais rien aux drogues.

— C'est comme entraîner un cheval au combat, intervint Colum. On commence par lui faire à peine sentir l'odeur du sang, et sa peur diminue, et ensuite on le fait progresser petit à petit. J'ai connu des dresseurs de chevaux de guerre qui, à la fin, plaçaient un cadavre de mouton ensanglanté dans l'écurie.

— En effet, admit Kathryn, c'est un peu ce qui se passe avec les humeurs du corps. Elles abritent cet hôte singulier, et parfois en tirent de la force. Mais avec le temps, l'hôte vient à bout de leurs défenses. Vous le saviez sûrement, frère Simon ? Tout comme vous n'ignoriez pas que la présence de l'arsenic dans le corps ne se révèle qu'après la mort, Dieu sait pourquoi.

— Je l'ai entendu dire, avoua l'infirmier, mais les grains étaient si petits. Quoi qu'il en soit, pourquoi frère Roger en serait mort maintenant ?

— C'est comme une clé qui tourne dans une serrure, répliqua Kathryn. Il disait qu'il était malade, n'est-ce pas ?

— Oui, il souffrait de rhumatismes et de bronchite.

— Son cœur a peut-être faibli, fit valoir Kathryn, son corps s'est épuisé, et il est mort dans son sommeil.

— Qu'a-t-il bu et mangé ? demanda Venables.

— C'est moi qui lui servais sa nourriture, répondit frère Jonquil. La semaine qui a précédé sa mort, il a peu mangé, à la cuisine on vous le confirmera. De la soupe de cresson avec des petits morceaux de viande, un minuscule bout de pain avec un peu de miel, et de la bière coupée d'eau. Le frère Atworth avait un appétit d'oiseau.

— Voilà qui m'intéresse, déclara Kathryn. Frère Roger est décédé le matin de la fête de l'Annonciation, du moins, c'est ce matin-là qu'on l'a trouvé mort. Il n'avait pas quitté sa chambre durant les deux jours précédents, n'est-ce pas ?

— En effet, confirma le prieur, retroussant les manches de sa robe brune. Frère Roger était un homme réservé. Certains moines pouvant montrer de la curiosité, il gardait toujours sa cellule fermée à clé et verrouillée. Les seuls qui l'approchaient sont présents ici devant vous, en premier lieu, frère Jonquil.

— Personne d'autre ne l'a vu ? interrogea Kathryn.

Le prieur Anselm soutint le regard de la jeune femme.

— Non.

— Cependant il avait promis d'écrire à la reine mère ?

— Il s'était affaibli, ne se sentait pas bien.

— Et ces lettres que lui a envoyées la reine mère, où sont-elles, maintenant ? aboya Venables.

— Il les conservait dans une besace accrochée à sa ceinture, dont il ne se séparait jamais.

— Cependant elles ont disparu, constata Venables d'un ton âpre. Sa Grâce la duchesse aimerait qu'on les lui renvoie.

— Frère Roger les avait peut-être détruites, rétorqua le prieur. Il avait un brasero dans sa cellule. C'était un être qui ne se livrait pas. Sachant que ses jours étaient comptés, avant de mourir il aura voulu détruire tout ce qui lui appartenait. Comme c'était un saint homme, peut-être a-t-il eu la prémonition qu'il ne resterait plus longtemps dans cette vallée de larmes.

Gervase ricana.

— C'est vrai, intervint Jonquil. La veille au soir, il ne voulait pas ouvrir. Le lendemain matin, quand je n'ai pas obtenu de réponse, je suis allé prévenir le père prieur. Nous avons forcé la porte, et le brasero était rempli de cendres. On voyait bien qu'il avait brûlé quelque chose.

— Quoi ? demanda Kathryn.

— Son chapelet avait disparu, ainsi que de menus objets : un crucifix en bois, un triptyque de la Passion.

— Ce qui est important, reprit le père Anselm, c'est ce que laisse entendre Maîtresse Swinbrooke. Je ne pense pas que le bienheureux Roger ait été volontairement empoisonné, ajouta-t-il doucement.

Kathryn ne répondit pas, et le prieur poursuivit :

— Il est mort dans son sommeil, c'est tout. Peut-être a-t-il eu un spasme et compris que sa fin était proche. Il vivait dans un réel esprit de dénuement. Alors il s'est levé et a brûlé tout ce qu'il possédait, y compris les lettres.

Le prieur agita une main avant de conclure :

— Maintenant, que l'arsenic soit la raison pour laquelle son corps n'est pas décomposé, soit, mais les autres phénomènes ?

— Je mènerai mon enquête, déclara Kathryn. Il faut aussi que j'examine de nouveau le cadavre. Mais d'abord, j'aimerais voir la cellule d'Atworth.

— Ce n'est pas loin, juste au-dessus de l'escalier, répliqua Anselm. Il y en a trois, la mienne, celle de Jonquil et celle du frère Roger.

— Pourquoi n'était-il pas avec les autres moines ? s'enquit la jeune femme.

— Parce que c'était un saint, riposta Gervase qui, levant les yeux au ciel, joignit les mains en un simulacre de prière.

Nul n'y fit attention, et tout le monde quitta le parloir pour monter l'escalier en bois qui partait au fond d'un petit vestibule. La sérénité des lieux frappa Kathryn. Seules la troublaient les nombreuses fresques qui représentaient de poignantes scènes de martyre, illustrant la souffrance dans des tons sinistres. L'artiste compensait son manque de talent par une brutalité crue : saint Sébastien transpercé par des flèches ; sainte Apolline dont on arrachait les dents avec des tenailles ; saint Laurent que l'on faisait brûler lentement sur un feu rugissant.

Colum, qui s'était arrêté pour regarder ces peintures, murmura :

— Il ne manque que les horreurs de l'Enfer.

Le couloir était propre avec des murs badigeonnés de vert pâle percés de petites fenêtres en encorbellement ouvrant sur un jardin, et de l'autre côté se distribuaient les cellules.

— Atworth occupait la dernière, expliqua le prieur. C'était en fait une resserre, mais il disait qu'elle lui suffisait.

Le loquet de la porte n'était pas mis. Anselm poussa

le battant, et ils entrèrent. Ce n'était qu'une pièce exiguë aux murs blancs avec des poutres noires au plafond. Une petite fenêtre munie de volets ouvrait haut dans le mur, et dessous étaient disposés une table, un tabouret, un banc et un coffre vide, son couvercle ouvert. Un sévère crucifix de bois noir était accroché au mur du fond. Tout près de la porte se trouvait un lit étroit dépourvu de ses draps et couvertures ; ne restait que le mince matelas garni de paille. À l'une des poutres pendait une lanterne, mais on en avait enlevé la bougie. Jonquil ouvrit les volets, et Kathryn s'aperçut qu'on avait débarrassé la pièce de toute chandelle et autres ornements. Jamais elle n'avait vu cellule aussi austère, aussi triste. Elle examina l'endroit où la porte avait été enfoncée, et s'agenouilla près du lit pour flairer le matelas. Il s'en dégageait une faible senteur parfumée ainsi que des odeurs corporelles.

— Vous avez donc forcé la porte ? Et où était frère Roger ?

Jonquil fit un geste de la main.

— Étendu sur le lit comme s'il dormait, les mains croisées.

— Montrez-moi.

Jonquil obéit. Un peu gêné, il s'allongea sur la paillasse et tourna la tête légèrement de côté, puis croisa les mains sur son bas-ventre.

Kathryn regarda les autres.

— C'était ainsi ?

— Absolument, assura Anselm.

— Et les couvertures ? demanda Colum. Il n'était donc pas couvert ?

— Non, répondit Jonquil en se redressant, apparemment, il s'est seulement étendu sur le lit et il est mort.

— Où était le brasero ?

Anselm indiqua l'angle le plus éloigné.

— Là-bas. Nous l'avons trouvé éteint et rempli de

cendre. Frère Roger avait également un candélabre en bronze dont les trois chandelles étaient entièrement consumées. On a tout enlevé, maintenant.

Colum s'apprêtait à poser une autre question, mais, d'un regard, Kathryn l'en dissuada, aussi retint-il sa langue.

— Eh bien, eh bien...

Venables se percha au bord de la table.

— Voilà qui va intéresser Sa Grâce la duchesse.

— Tout comme moi, fit Kathryn dont la curiosité était éveillée. Dites-moi ce que faisait ici Roger, hormis prier, jeûner et correspondre avec la duchesse.

— Il avait de bons yeux, déclara le prieur. Il y a dans la bibliothèque un livre de prières lui appartenant. Souvent il aimait orner les lettrines avec des enluminures. Sinon, comme vous l'avez dit, il priait, travaillait et observait le jeûne.

— Avait-il des ennemis ? demanda Colum sans lâcher Gervase des yeux.

— Pas à ma connaissance, répondit sèchement le sous-prieur. Frère Roger était de ceux qui contemplent non pas ce monde, mais celui de l'au-delà.

— Il aimait marcher, ajouta Jonquil, et se promenait souvent à Gethsémani : c'est un jardin tout au bout du prieuré, proche du mur de clôture. Il s'y trouve un pré d'herbe grasse, bordé d'arbres. Frère Roger disait que l'endroit offrait le meilleur des deux mondes : il était paisible et tranquille, mais on pouvait encore y percevoir le bruit de la ville. Le mur est haut, il n'y a pas de poterne...

Il allait dire autre chose quand Kathryn remarqua que le prieur lui faisait signe de se taire.

— Puis-je me promener sur la propriété conventuelle ? demanda-t-elle.

Le prieur parut surpris, mais accepta.

— Comme vous le désirez, Maîtresse.

Colum se plaça à côté de Kathryn, qui lui donna un coup de sa botte.

— Je voudrais aussi passer la nuit dans votre hôtellerie. Cela m'éviterait les allées et venues. Demain, il faut que je mène mon enquête sur les miracles opérés par frère Roger.

— Vous les mettez en doute ?

Kathryn eut un sourire plein de tact.

— Je n'ai rien dit de semblable. Néanmoins, à présent, j'aimerais m'entretenir seule à seul avec Maître Murtagh.

Venables s'excusa de devoir partir, et quand il fut dans le couloir, il cria qu'il rentrait à Islip, mais reviendrait peut-être le lendemain matin.

Colum se tourna vers Kathryn.

— Quel est le problème ?

Kathryn traversa la pièce pour s'assurer que le couloir était maintenant désert, puis elle ferma la porte.

— Rien ne va, murmura-t-elle, et je doute vraiment que frère Roger soit mort dans son sommeil.

— Qu'est-ce qui vous fait croire cela ?

Colum prit la jeune femme par la main, et tous deux s'assirent au bord du lit.

Kathryn tapota la paillasse.

— Rappelez-vous la façon dont Jonquil était étendu. Eh bien, j'ai vu beaucoup de cadavres, Colum, y compris ceux de gens morts dans leur sommeil. Jamais je n'ai vu une posture pareille : pieds joints, mains croisées sur le ventre, visage serein.

— Il se peut qu'ils mentent.

Colum épousseta sa chausse avant de reprendre :

— Ces moines tiennent à ce que frère Roger soit un saint. Il faut bien qu'ils le dépeignent mourant en odeur de sainteté.

— Mais n'est-ce pas singulier, Colum ? Voilà un

homme qui pense qu'il va mourir. Il brûle même ses affaires dans le brasero : en l'occurrence une besace en cuir remplie de lettres, des babioles et autre bric-à-brac.

Kathryn marqua un temps d'arrêt, puis :

— Avez-vous lu les vies des grands franciscains, Colum ? Une chose dans leur ordre a été respectée par les célèbres fondateurs comme le bien connu Antoine de Padoue : tous veulent mourir dans l'église, devant l'autel. Pourquoi Roger ne l'a-t-il pas fait ? Pourquoi n'a-t-il pas appelé Jonquil pour lui demander qu'on le transporte devant le maître-autel ? Et voilà que ce saint qui, d'après les témoignages, portait les stigmates, à l'instar de saint François d'Assise, refuse de suivre son illustre maître ?

Kathryn secoua la tête.

— Atworth semblait se soucier davantage de brûler des choses que quoi que ce soit d'autre. Il ne dit adieu à personne, n'écrit pas de lettre, mais meurt tranquillement en odeur de sainteté.

La jeune femme étendit les mains.

— Et pourtant, il y a ces phénomènes, les stigmates, le parfum exquis, l'apparition, le corps qui ne s'est pas décomposé...

— D'après vous, c'est à cause de l'arsenic ?

— J'en ai la certitude, oui, affirma Kathryn.

— Pensez-vous que Roger Atworth ait pu être délibérément empoisonné ?

— C'est possible, cependant nous savons qu'il prenait des quantités infimes de ce produit.

— Et il y a autre chose aussi, dit Colum qui se dressa, et un point sur lequel il faudra que vous ayez le cœur net, Kathryn. Y a-t-il eu ici quelque mystérieux visiteur ? Existe-t-il un lien entre les frères du Sac et la cour de France ?

L'Irlandais se pencha pour embrasser Kathryn sur le front puis il la mit en garde.

— Néanmoins, soyez prudente, les enceintes sacrées ne garantissent pas contre une mort brutale.

CHAPITRE VI

« La cupidité est source de tous les maux. »

Chaucer, « Le conte du Pardonneur »,
Les Contes de Cantorbéry

Frère Timothy, l'un des vieux religieux du monastère des frères du Sac, n'avait guère d'occupation dans la vie sinon prier et regarder par une petite fenêtre qui dominait l'étendue verte du jardin de Gethsémani. Frère Timothy adorait cet endroit ; ses allées de gravier étaient toujours tranquilles. Il aimait contempler le vaste pré qui s'étendait vers le haut mur d'enceinte, ainsi que les arbres dont la masse dessinait un fer à cheval sur l'herbe. Gethsémani changeait avec les saisons : par un matin d'hiver le jardin pouvait scintiller de givre, ou, sous la neige épaisse, évoquer la cour immaculée de quelque château du Ciel. Mais surtout la douceur du printemps était éblouissante, lorsque l'herbe poussait, si jolie, que les oiseaux s'égaillaient, que les fleurs en boutons s'ouvraient et renaissaient, à l'instar du Seigneur à sa résurrection. Frère Timothy avait été le jardinier du monastère : il connaissait Gethsémani par cœur, et s'intéressait particulièrement à une colonie d'hermines d'été qui nichaient dans le mur d'enceinte et furetaient souvent dans le pré.

— Pauvres lapins, murmura-t-il.

Les hermines avaient réglé des comptes sanglants avec eux, mais ainsi allait la vie. Le moine avait largement dépassé quatre-vingts ans. Il avait combattu comme archer aux côtés du grand Henri, à la bataille d'Azincourt, et avait assisté à l'exécution de prisonniers de guerre sans défense. Il en était revenu malade, et décidé à embrasser une vie de prière et de rachat. Frère Timothy quittait rarement sa chambre et consignait fidèlement ce qu'il voyait. Il lui arrivait de dessiner les différents oiseaux et autres animaux sur un parchemin que le maître du scriptorium lui avait donné. Il se passait tant de choses au monastère ! Mais presque personne ne fréquentait le jardin de Gethsémani. C'était comme un îlot de rêve perdu dans l'activité quotidienne du couvent, sauf pour le bienheureux Roger !

Frère Timothy serra ses mâchoires édentées et du dos de la main essuya le filet de salive qui s'écoulait de ses lèvres. Il se considérait comme le gardien de Gethsémani. Il savait quels frères s'y promenaient : parfois Anselm, le prieur à qui rien n'échappait, et Gervase, bien sûr, le sous-prieur, qui avait la responsabilité directe de l'enceinte du monastère. Enfin y venait aussi frère Roger Atworth avec cet ahuri de frère convers, qui, telle une ombre, ne le quittait pas. Atworth venait souvent dans le jardin. Il marchait même jusqu'au fond. Frère Timothy agrippa l'appui de fenêtre. Oh oui, le fond du jardin, derrière le gros buisson d'aubépine, cette enclave en pierre construite contre le mur, la petite prison de la Maudite ! Frère Timothy inclina la tête.

— *Jesu miserere !* chuchota-t-il en guise de prière pour la femme détenue là-bas.

Levant les yeux, il vit que le jour tombait. Il était au courant de toute l'agitation qui entourait le décès de frère Roger Atworth : comment on l'avait trouvé mort, les phénomènes ayant accompagné le décès, ainsi que l'apparition dans la chapelle. Frère Timothy grimaça un sourire sans joie. Il avait maintenant près de quatre-vingt-cinq printemps ; les visions, il n'y croyait pas. Le Seigneur avait trop à faire pour se soucier de Cantorbéry, dont s'occupaient déjà très bien les reliques de saint Becket. Un des frères convers avait aussi parlé de l'arrivée de personnages importants, des gens de la cour. Mais quelle cour ? Parfois frère Timothy s'embrouillait. Tous ces conflits, ces batailles sanglantes, les armées qui avançaient et reculaient. Il y avait même une femme médecin dans cette affaire ! Frère Timothy commençait à avoir mal aux jambes, aussi prit-il place dans son siège à haut dossier. Quelqu'un avait dit que c'était la fille de Swinbrooke. Le vieux moine plissa les yeux, amusé. Elle lui avait bien plu, Maîtresse Swinbrooke. Son père était venu ici durant l'épidémie de peste, et n'y avait-il pas avec lui une femme rondelette aux yeux brillants et aux cheveux roux ? Quel était son nom ? Aminsa ? Thomasina ? En tout cas, au dire de ce bavard de frère Eadwig qui apportait toujours ses repas à frère Timothy, la femme médecin passait la nuit au couvent.

Timothy était peut-être vieux, mais il était fier de posséder une bonne ouïe et une bonne vue. Il entendit crisser le gravier de l'allée. Guilleret comme un moineau, il regagna son perchoir pour regarder par la fenêtre.

C'était le sous-prieur Gervase. Frère Timothy le reconnaissait à l'hermine blanche qui bordait son capuchon. Il l'observa traverser le pré, pénétrer sous les arbres, puis passer les buissons, à l'autre bout. Pourquoi ? Il s'était déjà rendu là-bas un peu plus tôt dans l'après-midi. Frère Timothy secoua la tête. Ces derniers mois, Gervase se comportait de façon plutôt singulière. Peut-être rendait-il visite à la Maudite ? Le vieux religieux vit le sous-prieur disparaître. S'il avait été plus leste, lui-même serait sorti pour découvrir ce qu'il y avait de si passionnant à l'extrémité de Gethsémani.

Les cloches du couvent retentirent, indiquant que d'ici un quart d'heure les frères se retrouveraient dans l'église pour chanter le saint office. Donc Gervase n'y resterait pas longtemps. Frère Timothy continua à monter la garde. Une petite forme sombre surgit de sous un buisson pour détaler dans l'herbe. Distrait, Timothy la suivit des yeux. N'était-ce pas un de ces maudits rats ? Quelques semaines plus tôt, il avait vu le premier, téméraire, qui fourrageait sans se gêner dans le pré. Et puis les rats avaient disparu. Après avoir consulté un ouvrage à la bibliothèque, Timothy avait compris que c'était l'œuvre sanglante de ses vieilles amies, les hermines. Il avait interrogé Eadwig sur l'infestation. Celui-ci avait même tué un rat pour le lui donner à dessiner. Timothy, après avoir jeté un coup d'œil au corps ensanglanté, en grande partie carbonisé, n'en avait pas voulu.

— Une horrible créature du démon ! s'était-il exclamé, mais il avait dessiné l'animal de mémoire.

Il alla à sa table et prit le cahier de parchemin : les pages crissèrent. Ah, il était là, avec sa tête noire et son long museau malfaisant, ses yeux sombres luisants et sa queue démoniaque.

À cause de la fourrure calcinée, Timothy avait demandé à Eadwig s'il avait brûlé le rat.

— Je ne sais pas de quoi vous parlez, avait répondu le frère convers. Je me trouvais dans une des dépendances. L'une de ces sales bêtes a surgi, alors je l'ai cognée avec une bûche.

Se rappelant sa surveillance à la fenêtre, frère Timothy y retourna. Les ombres s'allongeaient sur le pré, et la cloche sonnait pour le saint office, mais frère Gervase n'avait pas réapparu. Qu'est-ce qui n'allait pas ? Timothy sentit un frisson glacé lui parcourir le dos. Pourquoi Gervase restait-il là-bas ? Le vieux religieux se creusa la tête. Les ruines, bien sûr ! Des bâtiments s'élevaient ici bien avant que le couvent ne soit construit : une maison de marchand avait été donnée à l'ordre quelque deux cent cinquante ans plus tôt : ses caves et ses fondations, qui n'étaient plus que des fosses humides, existaient encore, derrière les buissons du fond du jardin. Frère Timothy se souvenait de la porte cloutée de cuivre, en bas de l'escalier à demi effondré. Alcuin, le vieux bibliothécaire, lui avait parlé de ces ruines. Jadis, avant même l'arrivée des franciscains à Cantorbéry, l'endroit était un parc appartenant à un noble important, qui, à son tour, avait bâti sur des fondations encore plus anciennes. Gethsémani était son jardin, et sa maison s'élevait là où étaient maintenant construits les entrepôts du couvent. Peut-être Gervase avait-il à faire là-bas ?

Frère Timothy s'assit sur sa chaise rembourrée placée à dessein près de la fenêtre pour qu'il puisse se reposer tout en montant la garde. Il connaissait si bien ces lieux ! Il somnola un court moment. Et si frère Gervase revenait ? Il se leva et ouvrit la petite porte-fenêtre garnie de treillis. L'air du soir fraîchissait, mais les fleurs et les arbres embaumaient encore, et on percevait même l'animation distante de la ville. Une nouvelle cloche sonna. Un bruit attira l'attention du vieux religieux qui se dressa et, agrippant l'appui de fenêtre, regarda dehors. Gervase se trouvait debout près du gros buisson d'aubépine, son capuchon relevé, les mains dans les manches de sa robe, comme en contemplation. Timothy cligna des yeux. Était-ce une légère volute de fumée ? L'horreur lui fit ouvrir grande la bouche. Gervase était là, debout, et l'instant d'après, on aurait dit que la terre s'était ouverte pour cracher une écume de feu.

— Gervase ! hurla Timothy.

Son vieux cœur s'était emballé, et c'est avec une terreur absolue qu'il vit une langue de feu monter jusqu'au ciel et engloutir le sous-prieur. Il voulut crier : impossible. Gervase était toujours debout, environné de flammes rugissantes. Timothy recula en chancelant, cherchant son souffle ; il saisit la clochette sur la table et, tombant à genoux, l'agita frénétiquement.

Kathryn se trouvait dans sa chambre de l'hostellerie du couvent quand le tocsin retentit ; on l'avait installée dans une pièce agréable et spacieuse, propre, bien balayée, avec un lit confortable, une table et une chaise, et qu'éclairait une étroite fenêtre donnant sur les jardins. Colum était parti après avoir assuré que lui ou Thomasina reviendrait apporter à Kathryn de quoi se changer, ainsi que ce dont elle avait besoin. Assise à sa table, la jeune femme y disposait le contenu de sa sacoche d'écriture quand les sons stridents de la cloche l'alarmèrent. Elle hésita à intervenir car, n'étant qu'une hôte, elle ne voulait pas s'immiscer dans la vie du monastère. Un bruit de pas précipités retentit dans le couloir, suivi d'un coup hâtif frappé à la porte, et frère Jonquil pénétra en trombe dans la pièce, blême, les yeux écarquillés.

— Il faut que vous veniez, Maîtresse Swinbrooke ! C'est horrible, vous...

Bondissant sur ses pieds, Kathryn chaussa rapidement ses sandales.

— Quoi donc ?

Comme elle remontait sa robe pour attacher les crochets, elle vit le regard gêné de frère Jonquil. Alors elle le taquina :

— N'ayez crainte, mon frère, ce ne sont que mes chevilles. Que se passe-t-il ?

— Gervase... Gervase, il s'est enflammé !

Que voulait-il dire ? Sans comprendre, Kathryn descendit l'escalier derrière le frère convers et sortit de l'hostellerie. Jonquil marchait à toute allure le long des étroits corridors. Il sortit des bâtiments pour filer dans une allée de gravier qui d'un côté longeait le couvent et de l'autre suivait le mur d'enceinte. Des membres de la congrégation se hâtaient dans la même direction, retroussant leurs robes, l'air affolé, angoissé. Certains égrenaient un chapelet entre leurs doigts noueux. Ils tournèrent à un angle de la bâtisse : Kathryn avait maintenant à sa gauche des bâtiments conventuels soutenus par des arcs-boutants et pourvus de petites fenêtres et de corniches en saillie. À sa droite, de l'autre côté d'un large chemin garni de cailloux blancs, s'étendait un pré magnifique en forme de U, qui allait jusqu'à une bordure d'arbres et de buissons. À l'extrémité de ce pré s'était assemblé un groupe de religieux. De gros nuages de fumée noire charriaient l'odeur ignoble de chair calcinée.

— Dieu du Ciel ! chuchota Kathryn.

Cette fumée, cette horrible puanteur anéantissaient la sérénité du beau jardin. Anselm fit signe à Kathryn de les rejoindre. Elle traversa le pré à la hâte. Les moines s'écartèrent et elle vit un grand morceau de toile de couleur sombre qui recouvrait les restes du feu. De la fumée continuait à s'échapper en volutes, et l'air était empli d'écœurants relents douceâtres.

On aurait dit qu'Anselm avait perdu ses esprits. Son visage était d'une étrange pâleur, et il saisit la main de Kathryn, déglutissant péniblement.

— Que Dieu me pardonne, Maîtresse, je ne me sens pas bien. Je vais être malade.

Le prenant par le bras, Kathryn le conduisit à l'écart.

— Mettez-vous à genoux, lui ordonna-t-elle.

Le prieur obéit. Une main devant la bouche, il toussait, secoué de haut-le-cœur.

— Jonquil, ordonna encore Kathryn, occupez-vous du père prieur.

Après quoi, elle rejoignit le petit groupe. Elle n'y reconnut que Simon. Les autres, elle ne les avait jamais vus. L'infirmier était blême et ses mains tremblaient.

— Que Dieu ait pitié de nous, Maîtresse, mais frère Gervase... !

Sans plus attendre, Kathryn souleva la toile. Si l'infirmier ne le lui avait pas dit, elle n'aurait pas identifié le corps. Il n'en restait plus rien que des lambeaux de chair calcinée qui pendaient à un squelette jaunâtre et tout fissuré. La tête n'était pas reconnaissable à cause de la chair racornie du visage, rendu encore plus grotesque par les dents proéminentes et les trous noirs des orbites vides.

— Est-ce Gervase ? demanda la jeune femme.

Les vêtements ainsi que les sandales avaient disparu, si bien que ne demeurait qu'une sinistre caricature d'être humain. La jeune femme avait déjà vu des corps semblables que l'on avait sortis de bâtiments en feu : méconnaissables, il n'en restait que des os carbonisés et des débris de chair noirâtre.

— Gervase portait autour du cou une chaîne en acier avec une croix de Lorraine, confia Simon. Et un des vieux moines l'a vu marcher jusqu'ici.

Kathryn se pencha, gardant à l'esprit le conseil de son père : « Ne pense pas, ne réfléchis pas, ne laisse pas tes humeurs obscurcir ton esprit, ni ce que tu vois te rendre malade. »

Respirant un grand coup, elle demanda à l'infirmier de lui apporter un bâton. Il partit en courant et revint avec une branche débarrassée de ses feuilles et de ses rameaux. Kathryn s'en servit pour retourner les restes calcinés, se pinçant les narines tant l'odeur était insoutenable.

— N'oubliez pas, mon frère, chuchota-t-elle, c'est la dépouille d'un homme que le feu a consumé : sa robe a brûlé, de même ses sous-vêtements, ses bas et ses chaussures. Le feu a aussi détruit presque toute sa chair, carbonisant le sang et les organes vitaux. À l'instar des yeux, ils se sont liquéfiés.

La jeune femme fixa la tache, sur l'herbe, autour du corps.

— C'est ici qu'il a brûlé ?

— Non, non, on l'a amené.

Soulagée de s'éloigner des cendres encore chaudes du cadavre, Kathryn suivit l'infirmier jusqu'au bosquet qui séparait le pré du haut mur d'enceinte du monastère. C'était une sorte de taillis ombreux, avec des ronces, des buissons et différentes espèces d'arbres : sycomores, frênes et chênes. Simon s'immobilisa pour écarter un buisson d'aubépine. Kathryn remarqua qu'une bonne partie de celui-ci, comme le sol à côté, était carbonisée sur une surface de deux mètres au carré. L'odeur de brûlé couvrait les senteurs du jardin. S'accroupissant, la jeune femme examina la terre. L'herbe et le sous-bois n'étaient plus que charbon qui craquait sous les pieds. Kathryn se redressa pour observer le buisson d'aubépine que le feu avait en partie consumé. Des cendres légères voletaient encore dans la brise du soir.

— Quel est cet endroit ? demanda la jeune femme.

Frère Simon indiqua le pré, moucheté d'ombres par le couchant, qui illuminait les vitres des fenêtres à meneaux.

— C'est Gethsémani, Maîtresse Swinbrooke, un petit parc de plaisance où les frères peuvent se promener. Le noble à qui appartenait cette propriété jadis ne l'a cédée à notre ordre qu'à la condition que l'on ne construise jamais sur cette partie, qu'il appelait son jardin de Gethsémani.

Kathryn hocha la tête. Le lieu était paisible, agréable, rempli des joies de la nature, mais, à présent, tout était gâché par ces restes humains grotesques et puants, cette affreuse tache noire sur le pré, et la pénétrante odeur de brûlé et de destruction. De l'autre côté de la pelouse se tenaient d'autres membres de la confrérie, muets et interdits. Ceux qui avaient l'estomac fragile s'étaient contentés d'un regard avant de s'éloigner pour s'asseoir sur les bancs de pierre, le long de l'allée de gravier. Le prieur Anselm avait recouvré sa contenance ; soutenu par frère Jonquil, il s'était redressé et fixait avec horreur la scène effroyable.

Kathryn s'enfonça sous le couvert des arbres. Elle-même se sentait nauséeuse, et tandis qu'elle portait la main à sa bouche, la puanteur faillit la faire vomir. Écartant la main, elle respira plusieurs fois profondément.

— Vous vous sentez bien, Maîtresse ?

Sans se retourner, Kathryn s'assit par terre, contre un arbre.

— Ça ne va pas, Maîtresse ?

La jeune femme fit signe que non, et pendant un moment tendit l'oreille, guettant les bruits lointains de la ville, au-delà du mur.

— C'est étrange, murmura-t-elle. Ici, on doit entendre les oiseaux chanter, et pourtant comme tout est devenu silencieux !

— Que devons-nous faire ?

La plainte du prieur Anselm déchira l'air.

Kathryn rejoignit les moines.

— Frère Simon, ordonna-t-elle, prenant l'infirmier

par le coude, demandez que la dépouille soit transportée dans la toile au charnier. Et dites aux moines de se retirer.

— Dois-je apporter des cuveaux d'eau pour nettoyer l'herbe ? proposa l'infirmier.

— Non, non.

Kathryn retraversa le pré, les yeux fixés sur les bâtiments du couvent afin de ne pas voir les débris calcinés que les moines s'occupaient à recouvrir.

— Faites enlever le corps ! lança-t-elle vivement. Prieur Anselm ! Frère Simon !

Les deux moines la suivirent tandis qu'on faisait gentiment partir les autres religieux. Kathryn s'assit sur l'un des bancs de pierre et, fermant les yeux, s'efforça de recouvrer son sang-froid. Anselm, Simon et Jonquil s'éloignèrent pour échanger des propos à voix basse. Sentant qu'on lui effleurait le genou, Kathryn ouvrit les paupières.

— Je m'appelle Eadwig.

Le frère la sourit gentiment, tendant un gobelet de vin à la jeune femme, et il expliqua :

— Il est un peu épicé, et je sers le même aux autres frères. Il vous donnera de la force.

Kathryn saisit la timbale en étain. Le vin était un riche bordeaux, fruité et frais ; il la débarrassa du mauvais goût qu'elle avait dans la bouche. Elle but doucement. Accroupi devant elle, Eadwig la fixait avec attention.

— Il a tout vu, savez-vous, déclara-t-il, pointant un doigt vers le ciel.

— Dieu voit toujours tout, mon frère.

— Oh non, non !

Le mince visage d'Eadwig se fendit en un sourire.

— Ce n'est pas Dieu, mais quelqu'un presque aussi vieux que lui : frère Timothy, celui qui a donné l'alarme.

Kathryn se redressa. Elle se sentait mieux, bien que Gervase fût décédé, son âme envolée au ciel et son corps brûlé dans cet abominable feu. Elle ne pouvait rien faire pour lui, sinon prier et découvrir ce qui s'était réellement passé. Eadwig s'assit sur le banc à côté d'elle. Le regard de Kathryn se porta sur le pré. On transportait maintenant sur une civière de fortune le corps de Gervase enveloppé dans le linceul de toile. De la mort brutale du moine ne restait que cette affreuse tache sur l'herbe, les relents encore perceptibles, et les traînées mouvantes de fumée sur le pré, pareilles aux ombres d'âmes perdues.

— C'est terrible, non? confia Eadwig. Quel contraste! L'herbe verte, une fraîche soirée de printemps au coucher du soleil, et voilà que la mort frappe: comme une flèche en plein cœur, non, maîtresse?

— Que faisait ici Gervase? interrogea Kathryn.

— Nul ne le sait.

Anselm et les deux autres moines approchèrent.

— Qu'y a-t-il? demanda Anselm, foudroyant Eadwig du regard. Pourquoi bavardiez-vous?

— J'essaie seulement d'aider, père prieur, répondit Eadwig. Je vous ai déjà raconté. Frère Timothy a tout vu.

— Qui est ce frère Timothy? demanda Kathryn. Peut-on le faire descendre? J'aimerais m'entretenir avec lui.

Désireux de raffermir sa position, le prieur Anselm répliqua:

— Vous n'avez pas d'autorité en ces lieux, Maîtresse.

— J'ai toute autorité, soupira Kathryn. Si vous le désirez, prieur, je puis aller en ville en demander confirmation. Je suis venue ici pour enquêter sur la mort du bienheureux Roger Atworth. Et voilà votre sous-prieur consumé par un feu mystérieux. S'il vous plaît, faites descendre le frère Timothy.

Le prieur céda à contrecœur. Kathryn se rassit pour achever son vin. On apporta une petite chaise en rotin qu'on disposa devant elle, et quelques minutes plus tard, le frère Timothy arrivait en clopinant. Il s'installa sur le siège, agrippant sa canne de ses mains osseuses striées de veines. Puis il tapota son crâne chauve, souriant à Kathryn de ses yeux vifs et guillerets.

— Toutes parties, dit-il, montrant ses gencives édentées, et je sais que mon visage ressemble à une tête de mort, mais j'ai de bons yeux et de bonnes oreilles. Je me souviens de votre père.

Il se pencha vers Kathryn.

— Vous lui ressemblez assez. Et cette infirmière, ou servante, Camasina ?

— Thomasina.

— Ah, oui, c'est exact.

Kathryn se percha au bord du banc.

— Racontez-moi ce que vous avez vu ce soir, mon frère.

Timothy, qui s'était remis de ses émotions, décrivit sommairement ce qui était arrivé. Le prieur Anselm, Jonquil et Simon, après avoir approché un banc, se joignirent à eux.

— Pourquoi Gervase est-il venu jusqu'ici ? interrogea Kathryn.

Anselm haussa les épaules.

— C'est Gethsémani, le jardin du couvent.

— Mais pour quelles raisons s'enfoncer dans les buissons ?

— Il avait la responsabilité de l'ensemble de la propriété.

— Il est peut-être allé voir la Maudite, murmura le prieur Anselm.

— La quoi ? demanda Kathryn.

— Mathilda Chandler.

— J'ai déjà entendu ce nom.

— Autrefois, tout le monde le connaissait, intervint l'infirmier. Mathilda Chandler était mariée à Robert, le fabricant de chandelles de Honeypot Lane. Il y a vingt-trois ans, la veille de l'anniversaire de saint Jean-Baptiste, les baillis furent appelés chez Robert et le trouvèrent la gorge tranchée. Ses quatre enfants, dont l'aîné n'avait pas plus de six ans, étaient tous morts.

Kathryn fixa la ligne sombre des arbres, en se demandant quels sinistres secrets ils abritaient.

— Doux Jésus, murmura-t-elle, cette femme aurait dû être pendue.

— C'est ce que dirent les juges du roi, mais au tribunal, Mathilda n'avait plus ses esprits. Mieux, elle échappa à ses gardes et chercha refuge ici, au monastère. « Troublée, folle, possédée du démon », voici comment elle fut décrite dans la chronique du monastère. Le shérif reçut de l'archevêque l'ordre suivant : si Mathilda Chandler avait cherché refuge ici, eh bien, qu'on le lui accorde. On a construit une petite cellule dans l'angle du mur d'enceinte du couvent : moins de deux mètres de haut sur trois mètres de côté. Mathilda y fut enfermée. Il y a une ouverture qui lui dispense de l'air et de la lumière, et par où on lui fait passer ce dont elle a besoin pour survivre.

— Lui arrive-t-il de sortir ?

— La cellule est munie d'une petite porte doublée d'une plaque d'acier. De temps en temps, admit Simon, on sort la pauvre femme, afin de nettoyer son cachot. C'était frère Gervase qui en était responsable. Peut-être était-il allé lui rendre visite.

— A-t-elle toujours perdu l'esprit ? questionna Kathryn.

— Oh non, elle a les idées claires comme de l'eau de source !

— Frère Roger Atworth aussi allait la voir, précisa le prieur, et tous deux s'entretenaient de multiples sujets. Elle inspirait de la pitié à Roger.

Anselm joua avec le gland de sa cordelière avant d'ajouter :

— Un jour, il me confia qu'il tenterait de lui obtenir une grâce, une remise de peine partielle.

Kathryn fixa le pré. Un pigeon ramier venait d'apparaître en se pavanant, comme s'il était venu en éclaireur avant les autres de sa compagnie afin de vérifier que l'harmonie de cet endroit béni était rétablie. Le soleil sombrait, zébrant le ciel de rouge. Les ombres des arbres s'étiraient comme des doigts noirs sur l'herbe, tandis que la brise du soir forcissait.

— Redites-moi ce que vous avez vu, frère Timothy.

Le vieillard se tourna sur son siège, indiquant l'extrémité du pré.

— Frère Gervase est sorti de la lisière des arbres, les mains dans les manches de sa robe. Il a dû se tenir immobile quelques instants. J'ai vu alors une volute de fumée, puis tout son corps a été englouti par les flammes.

— A-t-il crié ? A-t-il couru ?

— Je ne sais pas, Maîtresse, j'ai détourné les yeux. Quand j'ai regardé de nouveau, il s'était effondré sur le sol et flambait de la tête aux pieds.

Timothy regarda le prieur, pointant le menton avec agressivité.

— Gervase n'était pas un mauvais moine. J'ai entendu ce que disent les frères : qu'il est mort parce qu'il ne croyait pas à la sainteté de Roger Atworth.

— C'est absurde, riposta sèchement le prieur en se levant. Maîtresse Swinbrooke ?

— Merci, frère Timothy. Père prieur, j'aimerais m'attarder ici. Je veux retraverser le pré.

— Il se fait tard, la mit en garde l'infirmier.

— Il y a encore assez de jour, répliqua Kathryn.

Elle embrassa le vieux moine sur le front et ajouta :

— Je voudrais d'abord me rendre à vos cuisines.

Après les avoir remerciés, la jeune femme s'éloigna et, suivant les indications d'un frère convers, pénétra bientôt dans une vaste cuisine pavée. Le moine qui en avait la charge arriva, très affairé, un tablier blanc immaculé protégeant son gros ventre. Il écouta ce que Kathryn désirait.

— Bien sûr, bien sûr, et vous souperez dans votre chambre ?

— Un peu plus tard, mais si je pouvais avoir ce que je vous ai demandé ?

Le convers prépara une petite outre de vin, des lamelles de viande, un morceau de pain, un pot de miel et quelques massepains, le tout enveloppé dans un linge propre qu'il plaça dans un sac en cuir. Kathryn en passa le lien à son poignet et regagna Gethsémani. Il n'y avait personne dans le jardin, sauf l'infirmier, qui portait une étole et bénissait avec un goupillon et de l'eau bénite l'endroit où Gervase était mort. Kathryn lui adressa un signe de tête, il poursuivit son rituel tandis qu'elle pénétrait sous les arbres. Elle ne s'arrêta qu'au buisson d'aubépine et se retourna pour regarder le monastère. Voyant l'image floue d'un visage pressé contre la fenêtre du second étage, elle leva la main. À son tour, le vieux Timothy leva la sienne.

— Vous avez donc tout vu, murmura la jeune femme.

Elle posa le sac de cuir derrière elle et se tint comme avait dû le faire Gervase, les bras croisés. S'accroupissant, elle huma un léger parfum pénétrant. Qu'était-ce ? Du savon ? Quelque chose de plus âcre ? Elle s'enfonça davantage dans le taillis. À travers le fouillis des buissons, elle aperçut le mur extérieur du couvent. D'étroits sentiers partaient dans toutes les directions.

— Un lieu de rendez-vous idéal, murmura-t-elle, si d'aventure un moine voulait retrouver son amante.

Elle remarqua que l'herbe avait été foulée ; çà et là, des tiges de buisson sauvage étaient cassées. Le sous-bois s'éclaircissait, et Kathryn se trouva dans une petite clairière dont le sol était couvert de feuilles mortes et de brindilles. Elle tapa du pied : la fine couche de terre recouvrait de la pierre, et non loin il y avait un mur avec des marches qui descendaient. Kathryn s'en approcha. Les degrés à demi écroulés étaient en pierre, les murs de part et d'autre en brique de terre cuite rouge. Kathryn comprit alors qu'elle se trouvait sans doute sur l'emplacement de l'ancien manoir dont il ne restait que ce cellier. Elle s'engagea prudemment sur les marches. Les pierres étaient glissantes, et, se souvenant du fléau des rats, la jeune femme pria *in petto* de ne pas rencontrer une de ces créatures diaboliques.

La porte en bas de l'escalier était fermée par un loquet, sans cadenas. Kathryn le souleva et poussa le battant pour se glisser à l'intérieur. En palpant le mur latéral, elle saisit une grosse chandelle à demi consumée. À côté, il y avait un morceau d'amadou. Après beaucoup d'efforts, elle parvint à allumer la bougie, dont la mèche flamba vivement. Kathryn la tint à bout de bras.

Elle se trouvait dans une salle longue et obscure ; deux marches de plus descendaient à un sol en terre battue. Le plafond était en brique, comme les murs, dont l'enduit en plâtre s'était effrité depuis longtemps. Au fond de cette pièce, entre deux piliers en bois, se dressait une table. Kathryn inspecta ce qui se trouvait autour d'elle. Avisant les tonneaux dans le coin le plus reculé, elle alla les ouvrir. L'un était rempli de vieilles cordes, l'autre contenait des chaînes et des morceaux de métal, le tout rouillé et tordu. Après s'être assurée qu'il ne se trouvait rien d'autre, Kathryn, satisfaite, éteignit la chandelle et remonta l'escalier. Alors seulement s'aperçut-elle qu'elle n'avait pas remis en place le loquet de la porte, et elle se maudit pour sa bêtise. Elle ne retournerait pas dans un endroit pareil sans Colum ou quelqu'un pour la protéger.

Le jour avait baissé, mais elle inspecta le sol avec soin : quelqu'un était venu ici, elle repérait des empreintes de sandales. S'agissait-il de Gervase ou de quelqu'un d'autre ? La jeune femme sursauta : un petit corps couvert de fourrure brune détalait devant elle. Elle crut d'abord à un rat, mais, se souvenant du bout de la queue blanc, elle comprit qu'il s'agissait sans doute d'une hermine. Elle alla récupérer le sac en cuir contenant la nourriture et approcha du mur d'enceinte pour se guider. Il était fait de briques dures, noircies, et s'il était très vieux, il était solide, épais, haut de trois mètres, avec un faîte crénelé. Kathryn marqua une pause. On entendait des bruits au loin. Elle s'efforça de se rappeler la disposition du couvent, et réalisa qu'un chemin devait courir de l'autre côté. Elle reprit sa marche.

— Qui va là ? lança une voix de femme surgie de nulle part.

Elle répéta :

— Qui va là ? Vous n'êtes pas un moine, je sens votre parfum. Celui de quelqu'un comme moi.

Kathryn écarta une branche de buisson. Elle avait atteint l'angle du mur. La cellule d'anachorète avançait en saillie, gros rectangle de pierre avec une large fente placée haut dans le mur. Kathryn vit des doigts sales et des yeux brillants.

La voix se fit plus douce pour demander .

— Qui êtes-vous ?

— Mon nom est Kathryn Swinbrooke, je suis médecin de la ville, et l'hôte passagère du couvent.

— Une hôte ? fit doucement la femme. Mais vous savez qui je suis ?

— Je sais tout sur vous, Mathilda Chandler.

— Vraiment ?

Cette fois, le ton était sarcastique.

— Qu'il est impudent de parler ainsi de quelqu'un qu'on n'a jamais rencontré, Maîtresse !

Kathryn eut un sourire d'excuse.

— Vous avez un visage volontaire et bon, Maîtresse, pourtant vous semblez fatiguée. Avec votre poitrine ronde, vos longues jambes et votre taille fine, je me méfierais de certains de ces moines. Cependant, que signifient ces cheveux gris chez une jeune femme comme vous ? Vous dites que vous me connaissez, mais moi, est-ce que je vous connais aussi ? Il y avait un médecin du nom de Swinbrooke, autrefois ; il habitait Ottemelle Lane.

— C'était mon père.

— Eh bien, eh bien... ainsi va ce monde. Une femme médecin !

Kathryn approcha et ouvrit le sac de cuir. L'odeur fétide de la cellule lui agressa les narines.

— Vous libère-t-on de temps en temps ? demanda la jeune femme.

— Une fois tous les quinze jours, mais je reste enchaînée... ou je le restais. Les braves frères nettoient ma cellule et débarrassent les ordures.

— Je vous ai apporté de quoi manger.

— Approchez, je ne vous ferai pas de mal.

— Reculez, ordonna Kathryn.

Un froissement se fit entendre, et Kathryn avança pour regarder par la fente. L'odeur qui lui parvenait était plutôt celle du rance que de la pourriture. La cellule semblait propre, avec son sol couvert de joncs frais. Il s'y trouvait une table, un tabouret et un lit de campement, une étagère chargée de récipients en terre, un petit brasero, et, tout au fond, un pot de chambre couvert d'un morceau de cuir. Deux chandelles brûlaient dans des coupelles de bronze, sur la table. Kathryn vit même un petit livre relié en veau.

— C'est beaucoup plus confortable que les cachots de château, déclara la voix.

Kathryn posa le paquet enveloppé dans un torchon sur le rebord de l'ouverture, et le visage qui apparut brusquement la fit sursauter. Mathilda Chandler avait des yeux bleu foncé, et sa peau était étonnamment hâlée, grêlée autour des yeux et sur le front. Elle prit les doigts de Kathryn et les serra.

— Je ne vous ferai pas de mal, Maîtresse. Merci de m'avoir apporté de la nourriture.

Le paquet disparut, et Kathryn entendit Mathilda manger ; après quoi elle reparut.

— Des massepains, murmura-t-elle, ça nettoie la bouche, n'est-ce pas ? Quel bonheur de déguster quelque chose de sucré !

Kathryn ne recula pas. Elle avait côtoyé assez de déments pour les reconnaître, mais de Mathilda Chandler elle n'avait rien à craindre, elle le sentait.

— Les religieux vous traitent-ils bien ?

— Oh, cela dépend des saisons ! Je suis triste que frère Atworth soit mort. Il me faisait la vie plus confortable. C'est grâce à lui que j'ai des joncs sur le sol et plus de nourriture tous les jours. Il m'appelait l'Infortunée, ajouta Mathilda en clignant des yeux, alors que les autres disent que je suis la Maudite.

— L'êtes-vous ?

— Je le fus ; aujourd'hui, j'ai expié. Vous connaissez mon crime ?

— Vous avez assassiné votre époux et vos quatre enfants.

— Ah, toujours la même vieille histoire ! Je l'ai dit et redit, mais personne ne m'écoute. C'est vrai, j'ai tué mon mari. Je l'ai égorgé quand il était abruti par la boisson. Savez-vous pourquoi, Maîtresse Swinbrooke ? Il avait tué mes petits. C'était un sale ivrogne, et il était mauvais. Il gagnait sa vie du commerce des chandelles, mais il buvait tout. J'en étais réduite à prendre ce qu'il fabriquait pour aller le vendre dans Mercery.

Derrière la fente, les yeux observaient Kathryn intensément.

— Un soir, un beau soir de juin, je suis rentrée chez moi à la nuit. La maison était tranquille. J'ai ouvert la porte. Mon premier enfant gisait par terre, sa petite tête fracassée comme un œuf.

Mathilda se mit à sangloter.

Kathryn attendit. Le bosquet résonnait autour d'elle : chant assourdi des oiseaux qui se préparaient pour la nuit, bruissement du sous-bois ; elle entendit au loin la cloche d'un monastère en écho à celles de la ville qui sonnaient les vêpres. Une charrette qu'on poussait sur le chemin longeant l'extérieur du mur cliqueta.

— Vous écoutez tous ces bruits ? demanda Kathryn.

— Ce sont eux qui me gardent saine d'esprit.

Mathilda était revenue près du judas, les yeux humides de larmes.

— Je vous le dis, Maîtresse, j'ai trouvé mes autres petits assassinés aussi brutalement. Robert dormait, saoul comme un cochon sur notre lit. J'ai pris un couteau et lui ai tranché la gorge. Quand les baillis sont venus, j'ai voulu leur expliquer. Vous savez la suite, j'imagine.

— Vous ne vous êtes pas défendue ?

— Qui m'aurait crue ?

— Roger Atworth l'a fait ?

— Oui. Il était mon confesseur. Je lui ai parlé du meurtre, et il m'a raconté certains des crimes horribles qu'il avait perpétrés. Croyez-moi, Maîtresse, de bien des façons, c'était un homme effroyable : il avait violé des femmes, tué des enfants, pendu des hommes devant leurs propres portes, brûlé et pillé des villages entiers. Je me confessais à lui, et il se confessait à moi. Il me raconta qu'une fois il avait été maudit par une sorcière qui lui avait promis une mort violente, et que la seule chose qu'il pouvait faire maintenant était de s'y préparer. Il me consolait, me disant que j'irais au Ciel alors que lui s'attendait à souffrir l'agonie du Purgatoire pendant des millions d'années. Il se tenait à votre place, Maîtresse Swinbrooke, et pleurait comme un enfant.

— Décrivez-le-moi, demanda Kathryn.

— C'était un homme brisé, apeuré, qui croyait que les démons n'étaient pas très loin.

— Vous a-t-il jamais parlé de la duchesse Cécile ?

— Bien sûr, oui. Il disait que nous avions tous des secrets, même les plus grands du royaume.

— Était-il un saint homme ?

Kathryn attendit la réponse.

— Non, maîtresse, c'était un grand pécheur qui voulait se racheter.

— Que vous a-t-il raconté ?

— Je ne puis vous le dire. Il est mal de briser le sceau de la confession, mais il parlait de meurtres, de vies humaines supprimées comme vous ou moi écraserions une mouche. Il disait que parfois, quand il était à Gethsémani, les morts se pressaient autour de lui : toutes ses victimes, des multitudes de gens qui le fixaient de leurs orbites vides.

— Venait-il souvent ici ?

— Oh, oui ! Il trouvait pénible la compagnie des autres moines. Leurs vies lui rappelaient ses péchés.

— Et frère Jonquil ?

Mathilda eut un rire âpre.

— C'était une croix qu'il lui fallait porter.

— Qu'entendait-il par là ?

— Jonquil est un drôle. Il joue les demeurés, mais je ne pense pas qu'il le soit. Ce n'est pas un moine. Il est arrivé ici voilà quelques mois mais n'a prononcé que des vœux simples, pas les solennels.

Mathilda rit de nouveau.

— C'est ce qui convient pour un simple d'esprit. Roger Atworth clamait que Jonquil était son ange gardien et n'en démordait pas.

— Comment se comportent les autres moines ?

— Cela dépend. Certains sont bons, la plupart m'ignorent, quelques-uns sont cruels.

— Et Gervase ?

— J'ai entendu qu'il était mort. Il ne me parlait jamais, ne me regardait jamais dans les yeux. Il m'apportait à manger et me nourrissait comme si j'étais un chien.

— Vous ne l'aimiez pas ?

— Je ne le connaissais pas, Maîtresse. C'est peut-être la pire des cruautés que d'être traitée comme si on n'existait pas. Il arrivait même à Gervase de lâcher un pet ou un rot, comme s'il était seul. C'était un être secret, celui-là.

— Vous pourriez m'en apprendre davantage, n'est-ce pas ? interrogea Kathryn.

— Je ne puis vous dire que ce que je vois et entends, Maîtresse.

— Et la mort d'Atworth ?

— Jonquil est venu et me l'a racontée. D'abord j'ai pleuré, puis j'ai récité le requiem.

— Pensez-vous qu'il ait été assassiné ?

— Je suis emprisonnée entre ces murs depuis plus de vingt ans, Maîtresse. Je n'ai pas de visions, et nulle illumination divine ne m'a traversée. Peut-être Roger Atworth trouvera-t-il enfin un peu de paix. Il se plaignait de maux de ventre, de crampes violentes, mais disait qu'il avait une potion qui le calmait.

— Et ce soir ? interrogea Kathryn.

Elle sursauta en entendant un bruissement près d'elle.

— N'ayez pas peur, Maîtresse, ce ne sont que mes amies, les hermines. Elles se plaisent dans le mur, où elles construisent leurs nids, et font des ravages sanglants chez les lapins et les rats.

Kathryn dressa l'oreille.

— Les rats ?

— Oh, oui ! Ils sont apparus du jour au lendemain, voraces, effrontés.

Mathilda tapota l'appui du judas.

— Je laisse ici des miettes pour les oiseaux ; ils sont mes messagers, je leur adresse mes prières en espérant qu'ils les portent à mes chers petits.

Dans l'ouverture du mur, les yeux sourirent.

— Un matin, en me réveillant, j'ai vu un rat, tel un maraud tout en noir ; il avait rampé le long du mur et mangeait les miettes, bien calé sur l'appui, très affairé.

Les yeux disparurent un instant, puis Kathryn vit un petit bâton qui se dressait.

— Je l'ai frappé au museau, poursuivit Mathilda. Frère Atworth a trouvé le cadavre, il avait été brûlé, a-t-il dit. Il l'a enterré là-bas.

— Et les autres rats ? questionna Kathryn.

— J'ai entendu la nouvelle. Frère Atworth me racontait ce qu'on disait en ville. Il assurait que les rats ne pouvaient survivre dans un endroit sanctifié et qu'ils avaient fui le couvent. Moi, je lui répondais que, si c'était le cas, pourquoi d'autres créatures bizarres venaient-elles ici la nuit ?

Kathryn sentit un frisson de terreur lui parcourir le dos.

— Des créatures ?

— Ce n'est pas un lieu saint, Maîtresse, murmura Mathilda d'une voix âpre. Il s'y passe toutes sortes de diableries.

CHAPITRE VII

« Je vis sa mort comme dans un songe. »

Chaucer, « Le conte du Semoneur »,
Les Contes de Cantorbéry

Kathryn se retourna pour regarder au travers des buissons. La cellule de Mathilda Chandler était pratiquement hors de vue, encore que l'on pût distinguer les contreforts et les corniches, et de la lumière à certaines fenêtres du couvent. Le ciel s'assombrissait, et la jeune femme voulait regagner sa chambre, cependant les mystérieuses allusions de Mathilda Chandler l'intriguaient.

— Vous m'avez écoutée, Maîtresse, je ne suis pas la Maudite, mais une pauvre femme emprisonnée ici pour des meurtres que je n'ai pas commis. Mon monde est ce que je vois et entends ici, et, croyez-moi, les apparences sont trompeuses.

Mathilda poursuivit sur un ton détaché :

— Quand on regarde ce bosquet d'arbres et de buissons, on pourrait penser que l'endroit est désert hormis les oiseaux qui y nichent et les hermines qui y chassent.

— Qu'avez-vous entendu ? Qu'avez-vous vu ? Outre frère Atworth ? interrogea Kathryn.

— Gervase venait souvent ici, et pas seulement pour s'occuper de moi comme il l'aurait fait avec un chien dans un chenil. Je crois qu'il rencontrait quelqu'un.

— Qui ?

— Un autre moine.

Kathryn se remémora les médisances des salles d'auberge que Thomasina adorait rapporter.

— Vous parlez d'une relation illicite ?

— Ce n'est pas à moi de juger les hommes, Maîtresse Swinbrooke. J'ai aperçu deux silhouettes vêtues de l'habit brun des moines : l'une était sans aucun doute Gervase ; l'autre avait le visage masqué.

— C'est arrivé souvent ? demanda Kathryn.

— Au cours de ces derniers mois, cinq ou six fois. Apparemment, Gervase est venu ici, ce soir, mais je ne l'ai pas vu.

— Comment cela ? s'écria Kathryn.

— J'ai vu les flammes, je les ai entendues crépiter, et j'ai senti la fumée, expliqua Mathilda, mais maintenant que je vous en parle, je m'interroge. Gervase a traversé le pré des heures avant le moment où il a brûlé.

— Vous en êtes sûre ?

— Je vous ai dit, Maîtresse...

— Je vous en prie, appelez-moi Kathryn.

— Merci. Généralement, Gervase venait rejoindre l'inconnu vers trois heures, quand tout est très calme au couvent. Frère Timothy fait la sieste, et Atworth en faisait autant. Je voyais Gervase arriver à travers les buissons. Une fois, j'ai entendu des voix, l'une s'élevait comme en colère. C'était il y a deux semaines.

— Avez-vous jamais interrogé Gervase ?

— Je ne suis pas folle, Kathryn : ce que je sais et ce que je dis sont deux choses différentes.

— Et vous avez vu Gervase ici, beaucoup plus tôt, cet après-midi ?

— En effet.

— Mais vous ne l'avez pas vu partir ou revenir juste avant que le feu ne le dévore ?

— Non.

— Y a-t-il eu quelqu'un d'autre ?

— Personne !

Kathryn recula.

— Je reviendrai demain, déclara-t-elle. Désirez-vous quelque chose ?

— Ma liberté.

Kathryn faillit lui faire une promesse : elle pouvait parler à l'archevêque et à Luberon, et il était déjà arrivé que des agents du roi comme Colum sollicitent auprès de la Couronne la grâce de quelqu'un.

— Ayez confiance, répliqua-t-elle. Je serai de nouveau là demain.

Kathryn retraversa le bosquet, se frayant un chemin dans le sous-bois broussailleux, se guidant d'une main au mur d'enceinte. C'était la partie la plus éloignée du taillis, qu'on ne voyait absolument pas du couvent. Près du contrefort, elle remarqua que le sol avait été foulé et s'accroupit : la terre était humide. Elle huma ses doigts : était-ce de l'eau ou du sang ? Impossible à dire. La jeune femme leva les yeux vers le faîte du mur : l'arc-boutant faisait comme une échelle naturelle, et, s'y prenant prudemment, Kathryn entreprit de l'escalader. Comme c'était drôle ! Elle se retrouvait enfant, lorsqu'elle s'introduisait dans le verger de Goodman Proutler ! Elle se fit mal aux mains, s'érafla le genou, mais arriva en haut du mur et regarda de l'autre côté. En contrebas, il y avait un chemin boueux qui puait les légumes pourris, désert, bordé de l'autre côté par le mur de clôture d'une grosse maison de marchand. Certes, un endroit à éviter la nuit. Malgré ses bras qui lui faisaient mal sous l'effort, Kathryn examina rapidement la surface extérieure de l'enceinte, et remarqua les trous dans les briques qui s'effritaient : ils offraient de bons appuis pour qui voulait escalader le mur.

La jeune femme redescendit maladroitement, s'épousseta et regarda par-dessus son épaule. On ne voyait plus la cellule de Mathilda Chandler. Quand elle regagna le pré, il faisait presque nuit. Malgré le froid et la fatigue, la visite de Gervase, plus tôt dans l'après-midi, préoccupait toujours la jeune femme. En arrivant au couvent, elle se rendit tout droit chez le prieur Anselm. On avait chanté les vêpres, et les religieux se trouvaient au réfectoire. Anselm et ses deux compagnons s'étaient réunis dans le parloir pour y souper, et à leur air contrarié quand Kathryn entra après avoir frappé, ils étaient en grande discussion.

— Qu'y a-t-il ? demanda Anselm.

— A-t-on enlevé la dépouille de frère Gervase ? interrogea la jeune femme.

— Certainement.

— Avez-vous fouillé sa cellule ?

— Non, nous nous en occuperons demain.

— J'aimerais y aller tout de suite.

— Mais, Maîtresse, c'est...

— Je vous en prie !

Avec un soupir, Anselm jeta sa serviette sur la table et saisit un trousseau de clés sur le bureau. Escorté par l'infirmier et Jonquil, il précéda Kathryn à travers une petite cour pavée, puis il franchit une porte latérale et ils grimpèrent un escalier. Le couloir qui en partait était très semblable à celui conduisant à la chambre du prieur. La cellule de Gervase se trouvait en haut des marches.

En ouvrant la porte avec une clé de son trousseau, Anselm s'exclama :

— Dieu seul sait où est celle que détenait Gervase ! Peut-être a-t-elle brûlé avec lui.

— Je ne le pense pas, rétorqua Kathryn, se rappelant les restes effroyables qu'elle avait examinés.

Sitôt la cellule ouverte, Jonquil écarta les contrevents et alluma une chandelle. La pièce sentait l'encens et la cire d'abeille ; des tentures assez riches, d'un bleu sombre et bordées d'or, pendaient aux murs, et le lit à colonnes était garni de rideaux rouge sang avec des glands pourpres. Sur la table était posé un crucifix en argent à côté de chandeliers assortis. Il se trouvait aussi des cassettes, des caisses et des étagères chargées de livres. L'ordre qui régnait dans la chambre frappa tout de suite Kathryn.

— J'aimerais examiner les affaires de Gervase, dit-elle. Je vous le demande, père prieur, autorisez-moi à le faire. Habituellement, le corps humain ne s'enflamme pas spontanément. Gervase a été assassiné, j'en suis persuadée.

— Mais comment ? intervint l'infirmier. On l'a vu marcher jusque là-bas.

— Que faisait-il auparavant ? Quelqu'un a-t-il aperçu Gervase au cours de l'après-midi ? Savez-vous qu'il a traversé Gethsémani vers trois heures ?

Anselm regarda l'infirmier d'un air penaud. Kathryn avança d'un pas.

— Vous savez quelque chose, n'est-ce pas ?

— Nous étions en train d'en parler, avoua Anselm. Il semblerait que Gervase ait été introuvable, juste après que nous vous avons rejointe, Maîtresse Swinbrooke. Il aurait disparu, du moins jusqu'au moment où frère Timothy l'a vu traverser le jardin de Gethsémani.

— Regardez autour de vous, père prieur, le pressa

Kathryn, vous ne remarquez rien de singulier ? Voyez comme tout est propre et bien rangé.

— Gervase était un homme méticuleux.

Kathryn avança vers la table.

— Pas à ce point. On dirait presque qu'il a tout rangé avant de partir comme s'il n'allait pas revenir.

— Allons, c'est absurde ! À part lui, je suis le seul à avoir la clé de cette chambre.

— En détenait-il d'autres ? interrogea Kathryn.

— Évidemment ! Regardez le bureau : c'est l'ouvrage d'un artiste : tous les tiroirs ont une serrure.

Kathryn se pencha. Un meuble comme celui-ci lui aurait bien plu, avec son plateau en beau chêne et ses tiroirs habilement ajustés : il avait été fabriqué par un excellent menuisier ici ou en ville. Elle voulut ouvrir l'un des tiroirs : il résista. De même les coffres.

— Gervase ne se séparait jamais de ses clés, expliqua l'infirmier Simon.

Kathryn se redressa.

— Mais quand on l'a retrouvé mort ? Moi, je n'ai pas le souvenir d'avoir vu des clés, et ceux qui l'ont transporté au charnier non plus.

— J'en conviens, admit l'infirmier, qui alla jusqu'à la fenêtre pour regarder dehors. Qu'en pensez-vous, Maîtresse ?

— Je veux qu'on ouvre ces tiroirs et ces coffres. Il le faut, insista Kathryn. Si Gervase avait des clés, elles ont maintenant disparu.

Anselm croisa les mains comme s'il voulait prier pour demander conseil.

— Il le faut, répéta Kathryn.

Simon en convint et Jonquil disparut pour revenir avec un maillet et un burin. Kathryn, bien qu'elle en fût navrée, regarda forcer les tiroirs superbement ouvragés ainsi que les coffres cadenassés. Ils passèrent ensuite une bonne heure à examiner leur contenu, mais ne découvrirent rien que des lettres, des factures, des états de comptes, des chapelets, un psautier, des notes et des affaires personnelles. Le prieur Anselm était de plus en plus irrité ; à un moment, il accusa Kathryn d'indiscrétion.

— Bien sûr, je suis indiscrète, riposta sèchement celle-ci, mais qui peut me le reprocher ? Gervase ? Il est retourné à Dieu. Vous ne trouvez pas cela bizarre, père prieur ? Voilà un moine qui a des rendez-vous secrets près du mur d'enceinte bordant Gethsémani, et pourtant il n'y a rien de suspect dans ses affaires.

— Quels rendez-vous ? demanda le prieur. C'est la première fois que j'en entends parler.

— S'ils étaient secrets, il est normal qu'on ne vous en ait rien dit.

Kathryn exposa ce qu'elle avait appris, et à mesure qu'elle le faisait, les trois moines se troublaient davantage.

— Gervase menait-il une vie irréprochable ? interrogea-telle.

— Jamais il n'y eut un soupçon de scandale. Oh, il se montrait parfois autoritaire et impudent, mais il respectait ses vœux. C'était un bon administrateur et un prêtre loyal.

Kathryn demanda aux trois religieux de s'asseoir et ferma la porte. Après quoi, elle tira un tabouret.

— Écoutez, dit-elle, il est certain que Gervase rencontrait là-bas quelqu'un de la ville ou un membre de votre congrégation. Ce dont ils s'entretenaient devait être hautement confidentiel, c'est pourquoi Gervase choisissait ce moment de la journée et cet endroit. J'avance l'hypothèse, non fondée, que ces rendez-vous étaient en rapport avec frère Roger Atworth.

Kathryn leva une main et ajouta :

— J'ignore pourquoi, mais c'est mon avis. Atworth est mort, et maintenant, voilà que Gervase est assassiné.

Elle raconta ensuite le meurtre de Padraig Mafiach à l'*Auberge Falstaff*. Plus elle observait les trois moines, plus elle avait des soupçons, comprenant que l'essentiel de ce qu'elle avait vu et de ce qu'on lui avait dit ici reposait sur un mensonge. L'infirmier était plus calme, et Jonquil arborait une expression grave, mais le prieur Anselm ne cessait de se gratter la joue, clignant des yeux, évitant de croiser son regard.

— Où voulez-vous en venir, Maîtresse ? demanda Simon.

— Frère Roger Atworth était le confesseur de la duchesse Cécile, expliqua Kathryn. Par conséquent, il devait être au courant de ses secrets comme tous les prêtres qui entendent en confession les grands et les puissants. Atworth fut autrefois prisonnier du vicomte de Sanglier, qui est aujourd'hui chef de la légion d'espions du roi de France. Or il y a, à la Cour, des agents proches du Conseil du roi... Je vous dis cela en confidence, ne le répétez pas. Il est possible aussi qu'il y ait un espion français ici, au monastère du Sac. C'était peut-être Atworth ; la duchesse Cécile a pu bavarder, et votre compagnon décédé savait sans doute mieux ce qui se passait à la Cour que notre archevêque lui-même.

— J'en conviens, j'en conviens, intervint le prieur Anselm. Quand la duchesse Cécile venait ici, il lui arrivait de rester un jour, voire davantage. Avec Atworth, ils se promenaient inlassablement dans Gethsémani, bras dessus, bras dessous, comme frère et sœur. Mais de là à dire qu'Atworth était un espion ! C'était un homme âgé et faible. Il ne quittait jamais ce couvent et ne rencontrait à peu près personne d'autre.

— Certes, répondit Kathryn, néanmoins, il allait marcher dans Gethsémani. Il a pu y retrouver un individu, faire passer des messages. Il se peut aussi qu'il y ait eu quelqu'un ici, parmi ses frères en religion, qui l'espionnait.

— Nous sommes franciscains, l'interrompit Simon, et avons fait vœu de pauvreté, de prière et de chasteté.

— Certes, mon frère, mais dans un tonneau, il arrive qu'il y ait une pomme pourrie. Je vous pose la question : y a-t-il dans cette congrégation quelqu'un qui, fût-ce de très loin, est en relation avec la cour de France ? Récemment, avez-vous reçu des visiteurs, des marchands français, des pèlerins ?

— De temps en temps, répondit Jonquil, nous avons un hôte de passage, mais frère Roger n'en a rencontré aucun. Nous sommes tous anglais, Maîtresse Swinbrooke, et fidèles à Dieu et au roi. Que gagnerait-on à devenir espion et à se rendre coupable de trahison ? Visitez nos cellules. Certes nous jouissons d'un certain confort, mais en quoi trahir des secrets de la Couronne avancerait n'importe lequel d'entre nous ?

— Bien dit, mon frère.

Kathryn fixa Jonquil : ce jeune frère convers n'était pas aussi simple d'esprit qu'il le prétendait, elle ne l'oublierait pas.

Se levant, elle demanda encore :

— Y a-t-il autre chose que vous puissiez m'apprendre sur la mort d'Atworth ?

— Tout s'est passé comme nous l'avons raconté, répliqua le prieur. Atworth était un bon religieux qui menait une vie exemplaire, quoi qu'il ait fait dans sa jeunesse. Il est tombé malade et il est mort. Je me suis rendu à l'infirmerie pour consulter le registre. Vous ne vous êtes pas trompée, Maîtresse. Frère Simon ici présent en fera le serment : Atworth souffrait depuis longtemps de maux de ventre et prenait souvent des grains minuscules d'arsenic.

Le prieur Anselm se leva et renifla ostensiblement avant de demander :

— Vous comptez demeurer longtemps ici, Maîtresse ?

Son ton exaspéré fit sourire Kathryn.

— C'est que je n'en sais rien, père prieur. J'ai des choses à faire.

Kathryn les énuméra en comptant sur ses doigts

— Je désire examiner la dépouille d'Atworth et celle de Gervase. Je dois interroger les prétendus miraculés. J'ai besoin de m'entretenir avec vous sur l'apparition que vous avez vue dans la chapelle de la Vierge, frère Jonquil. Et j'aimerais aussi qu'on m'apporte le psautier dans lequel écrivait frère Roger, et qu'il enluminait.

Kathryn joua avec ses bracelets avant d'ajouter :

— Cependant, j'ai aussi besoin de me restaurer et de me reposer. Frère Jonquil, pourriez-vous me reconduire dans ma chambre ?

La jeune femme laissa le prieur et l'infirmier perplexes, et Jonquil l'escorta dans un dédale de couloirs, de passages et de galeries jusqu'à l'hostellerie. Il expliqua qu'il n'y avait que deux autres visiteurs : un marchand anglais de Southampton et une prieure qui se rendait au sanctuaire de Becket. Sortant sa clé de sa bourse, Kathryn ouvrit la porte de la chambre et promena son regard autour d'elle. Apparemment, tout était en ordre, cependant elle eut des soupçons. On avait déplacé le tapis sur le sol, et le couvre-lit semblait avoir été remué, comme si quelqu'un était venu.

En allumant les chandelles, Jonquil demanda :

— Tout est comme vous voulez ? Je vais dire au réfectoire qu'on vous apporte à manger.

— Demandez à frère Eadwig de le faire. Vous savez, ajouta Kathryn avec un sourire, celui qui s'occupe de frère Timothy.

Une fois Jonquil parti, Kathryn ôta ses chaussures et desserra sa robe, après quoi elle se lava les mains et le visage dans le lavarium. Elle terminait quand Eadwig arriva, faisant claquer ses chaussures. Il portait un plateau avec un pichet de vin, un gobelet en grès et deux bols.

— Du bœuf frais, annonça-t-il avec un sourire, coupé en petits morceaux dans une sauce aux champignons.

Puis indiquant l'autre bol, il dit encore :

— Ainsi que des légumes qui viennent de notre potager. Le pain est de la fournée que nous mangerons demain, il est tout chaud.

Il déposa le plateau sur la table.

— Vous désirez autre chose, Maîtresse ?

— Juste un service.

Ouvrant sa bourse, Kathryn en sortit une pièce de monnaie qu'elle glissa dans la main d'Eadwig.

— Non, gardez-la, le pressa-t-elle quand celui-ci fit mine de refuser. J'aimerais que vous demandiez à frère Timothy à quelle heure il a vu Gervase, et s'il lui a trouvé quelque chose de singulier.

Eadwig parut surpris, mais accepta. Dès qu'elle fut seule, Kathryn rinça sa cuiller en corne avant de s'installer à la table. Après avoir rempli le gobelet de vin, elle fixa le pichet. Il lui remit en mémoire cette chambre à l'*Auberge Falstaff*. Elle y avait entendu quelque chose qui l'avait troublée. Qu'était-ce ? Elle goûta le vin. Les moines s'étaient montrés généreux : il ne s'agissait pas de vin ordinaire, mais du meilleur bordeaux. La nourriture aussi se révéla délicieuse et Kathryn mangea de bon appétit. Eadwig revint, martelant le sol avec ses chaussures comme un gamin.

— Vers six heures ! lança-t-il depuis le seuil de la porte.

— Quelque chose l'a frappé ?

— Non. Gervase a traversé. Il avait son capuchon sur la tête, c'est tout ce que Timothy peut dire. N'oubliez pas, Maîtresse, il est très vieux.

Le frère convers allait partir, mais Kathryn demanda par-dessus son épaule :

— Dites-moi, Eadwig, vous avez vu le sous-prieur se promener dans le couvent ?

— Bien sûr.

— Portait-il toujours sa capuche relevée ?

— Oh, non ! Nous ne le faisons que lorsque nous nous rendons en procession dans l'église, ou s'il fait particulièrement froid.

— Merci.

Kathryn souhaita une bonne nuit à Eadwig, qui partit, fermant la porte derrière lui. Après avoir rempli de vin son gobelet, la jeune femme gagna la fenêtre. La nuit tombait. Comment allaient les choses à Ottemelle Lane ? Thomasina devait rouspéter, mais elle tenait la maisonnée bien en main...

— Vous ne rentrez jamais chez vous ?

Kathryn faillit lâcher son gobelet en pivotant. Colum se tenait dans l'encadrement de la porte, ses fontes de selle sur l'épaule.

— Je ne suis pas censé être ici, dit-il en grimaçant un sourire, le maître de l'hôtellerie m'a octroyé une demi-heure, pas plus. Hommes et femmes doivent résider dans des chambres séparées.

Kathryn s'approcha.

— Dans ce cas, fit-elle, mutine, faites rapidement ce que vous avez à faire.

Colum posa ses sacs par terre avant de l'attirer à lui et, fermant la porte dans son dos d'un coup de pied, il l'embrassa gaillardement sur la bouche puis sur les joues. Un bruit de pas dans l'escalier alarma Kathryn, qui se dégagea.

— Je crois savoir que quelqu'un est mort, déclara Colum.

Il ramassa ses fontes et prit le siège que Kathryn lui offrait. Celle-ci lui raconta les événements, et il siffla dans sa barbe.

— J'en ai entendu parler dans Mercery. Les commentaires vont bon train.

— Tout se passe bien à Ottemelle Lane ?

— Bien sûr. Évidemment, Thomasina était furieuse que vous ne rentriez pas. Pourquoi rester ici, Kathryn ? La maison n'est pas loin.

— Je veux connaître cet endroit.

— Vous pourriez être en danger.

— Ni plus ni moins que dans les ruelles de Cantorbéry. A-t-on des nouvelles de Monksbane ?

Colum secoua la tête.

— C'est trop tôt.

S'approchant, Kathryn l'embrassa sur le front tout en lui tapotant l'épaule.

— Parfait. Écoutez ce que j'ai à vous dire. Oh, à propos, pourquoi êtes-vous en retard ?

— Un contretemps à Kingsmead : la Cour veut davantage de chevaux. Mais continuez.

— Quand mon père se trouvait en présence d'un patient souffrant d'un mal mystérieux, commença la jeune femme, il posait une hypothèse, une théorie, puis cherchait des preuves ; c'est ce que je fais en ce moment. Nous savons tous qui était Atworth : un ancien soldat, un cruel Écorcheur qui s'était repenti et devint moine. Pour une raison que nous ignorons, la duchesse Cécile l'a choisi pour confesseur. Ils étaient en relation, et elle venait souvent le voir. Or il est clair que la duchesse a ses secrets, mais sont-ils en rapport avec la mort d'Atworth ?

— Qu'on aurait alors assassiné pour l'empêcher de parler ? demanda Colum.

— Dans ce cas, c'est la duchesse qui est la meurtrière, ou quelqu'un à qui elle ou Atworth transmettait les secrets, quelqu'un que des révélations publiques compromettraient tout autant.

Kathryn s'assit sur la chaise et poursuivit :

— C'est ridicule. À la fin de sa vie, Atworth était un saint ; il voulait devenir un homme de bien, un bon prêtre. Il n'aurait jamais songé à révéler ce que quiconque lui aurait confié en confession, et surtout pas quelqu'un comme la duchesse Cécile.

— Et l'arsenic ?

— Ce fut un accident, Colum. J'ai de nombreux patients à Cantorbéry. Beaucoup de maux, et même de décès, proviennent de ce que les gens se soignent eux-mêmes ou achètent un remède auprès d'un charlatan. Vous vous rappelez ce pauvre charpentier[1] que son épouse empoisonnait ? Elle l'obligeait à boire de l'eau bénite qui était aussi putride que celle d'une auge à chevaux.

Kathryn soupira.

— Je crois aussi aux manifestations de Dieu, mais les visions, les parfums entêtants ?

— Vous parlez d'une hypothèse ? la taquina Colum.

— Je ne sais pas si je me penche sur les bons symptômes. Il est arrivé à Atworth quelque chose de très étrange. Puis nous avons d'autres affaires : le traître proche de la cour anglaise, le meurtre de Padraig Mafiach.

— Y aurait-il un lien ?

Kathryn secoua la tête.

— Si l'on se fie aux apparences, non.

Elle se tapota le ventre, puis :

— Mais, comme dirait un de mes vieux patients, un homme du Yorkshire, dans mes os, je sens qu'il y en a un.

— Nous en venons donc à la mort de Gervase.

— Oui, mon Irlandais aux cheveux fous, je pense que c'est le maillon manquant. Quelqu'un ne veut pas d'une enquête approfondie sur la mort d'Atworth, et Gervase savait peut-être quelque chose.

Kathryn se tut comme on frappait à la porte.

— Entrez !

1. Voir *Le Livre des ombres*, 10/18, n° 3190.

Eadwig pénétra dans la pièce en traînant des pieds, l'air inquiet.

— Je suis désolé, Maîtresse Swinbrooke, mais le responsable de l'hostellerie...

Prenant son air le plus farouche, Colum se leva, la main sur sa ceinture de guerre, mais le frère convers ne se laissa pas démonter.

— Ne faites pas le bravache, Colum Murtagh, je vous connais. J'étais archer dans la suite du duc d'York. Je portais alors le nom d'Edmund Appletree.

Un sourire éclaira le visage de Colum, qui tendit la main au religieux.

— Mais oui ! Vous étiez alerte comme une sauterelle. Que faites-vous à vous cacher ici ?

— Après Saint-Albans — vous vous en souvenez ? Vous n'étiez qu'un tout jeune homme — des lancastriens me firent prisonnier. Ils me passèrent la corde au cou. Je fis alors un serment solennel à mon saint patron, Antoine de Padoue : si j'avais la vie sauve, je la consacrerais à Dieu.

— Ils vous ont épargné ?

— Oh non, glousssa joyeusement Eadwig, ils m'ont pendu.

Colum détailla le frère convers de la tête aux pieds.

— Pour un fantôme, vous êtes bien vif.

— La branche a rompu, déclara Eadwig, portant un regard radieux sur Kathryn. Les lancastriens y virent un signe de Dieu. Ils me donnèrent ma ceinture de guerre et un penny, me disant d'aller accomplir mon vœu.

Eadwig tapa du pied par terre.

— Et ce bon vieux Colum Murtagh qui essaie de prendre un air farouche avec moi ! On a bien failli vous pendre, jadis, non ?

— Oui, j'étais gamin, c'était du temps de ma folle jeunesse.

Kathryn, stupéfiée par ce frère si loquace, demanda :

— Racontez-moi, Eadwig, vous avez combattu aux côtés du duc d'York ?

— C'était un homme imposant, Maîtresse : fier, vaniteux comme un paon, mais excellent combattant. Il était toujours plein de bonté pour les « vers de terre », comme il nous appelait.

— Vous avez dû connaître Atworth ?

— Certes, mais je ne le lui ai jamais dit.

Kathryn se leva pour fermer la porte.

— Que le maître hôtelier attende, chuchota-t-elle, et que son imagination enfiévrée ne connaisse plus de frein. Pourquoi n'avez-vous pas dit que vous connaissiez Atworth ?

— Quand nous venons ici, nous prononçons des vœux, Maîtresse. Nous renonçons au monde, et de ce fait au passé. Il n'était pas de mon devoir d'aller trouver le frère Roger pour lui dire : « Je vous ai connu. Vous rappelez-vous un tel et un tel ? »

— Comment était-il ? Racontez-moi.

— C'était un tueur-né, Maîtresse. En tout cas du temps où il était soldat.

— Il se plaisait à tuer ?

— Pas quand il revint en Angleterre ; il avait commencé à changer. Atworth était un partisan, Maître Murtagh sait ce que je veux dire. Si le duc disait : « Fais ceci », Atworth obéissait. Je ne l'ai connu que peu de temps ; puis nos chemins se sont séparés. Je suis entré au couvent le premier. Et j'ai failli dégringoler de ma stalle la première fois que je l'ai vu. Il avait changé. C'était un grand pécheur qui voulait devenir un saint. Voilà pourquoi la duchesse Cécile l'a choisi pour confesseur.

— Que faisait-il ? interrogea Kathryn.

— Il ne se mêlait à personne. Le prieur et frère Simon s'occupaient de lui et, bien sûr, ce Jonquil.

— Vous n'avez pas une haute opinion de ce dernier, non ? demanda Colum.

— C'est vrai. Frère Atworth l'appelait son ange gardien. À mon avis, on l'avait placé là.

— Comment cela ?

Kathryn saisit la main d'Eadwig.

— Vous êtes une véritable mine d'anecdotes, frère Eadwig.

Le moine tapota l'aile de son nez.

— J'observe et j'écoute, dit-il, serrant les doigts de Kathryn. Pour parler clair, je vous aurais dit ceci de toute façon. Je n'aime pas Anselm et je pense que Jonquil est un espion.

— Pour le compte de qui ? interrogea Kathryn.

— De la duchesse, évidemment.

— Elle faisait espionner son propre confesseur ?

— Disons qu'elle voulait garder un œil sur lui. Maintenant, pour quelle raison, je l'ignore.

— Jonquil est ici depuis longtemps ?

— Quelques mois. Après la victoire des York, il s'est présenté à la porte du monastère avec des lettres d'accréditation signées par un marchand de Londres. Au début, je l'ai trouvé agréable, plutôt simple, jusqu'à ce que je remarque qu'il quittait le monastère pour y rentrer en cachette aux petites heures du jour.

— Est-ce habituel ? demanda Colum.

— Non, dans l'ensemble, les frères ici respectent leurs vœux ; ils pèchent plus par gourmandise ou parce qu'ils boivent trop qu'ils ne succombent aux plaisirs de la chair. Voyez-vous, maîtresse, j'aime le vieux frère Timothy. C'est un grand conteur, et il est merveilleux de l'écouter tant qu'on ne croit pas à la moitié de ce qu'il raconte. Je l'aide à se mettre au lit, puis je me cache dans sa chambre, loin des autres qui me demandent constamment : « Eadwig, va chercher ceci, Eadwig, va chercher cela. » C'est étonnant ce qu'on peut voir de la fenêtre de Timothy.

— Ainsi Jonquil traverse Gethsémani ?

— Rapide comme un écureuil qui bondit d'arbre en buisson ! Je parie qu'il a touché si souvent ce mur que chacune de ses pierres pourrait le reconnaître.

— Et à votre avis, où se rend-il ?

— Il enlève sa robe. S'il porte un justaucorps, des chausses et des bottes et évite certains endroits, il est aussi libre qu'un oiseau.

— Donc on se sert de Jonquil pour des missions en ville ?

— Bien sûr, Maîtresse ! Et moi, je me dis : pourquoi ne quitte-t-il pas le monastère ? Il n'a pas encore prononcé de vœux. Il se comporte comme un poisson hors de l'eau. Il suivait frère Roger partout. C'était pour lui et lui seulement qu'il est entré chez les frères du Sac. Je parie un pichet de vin contre un pichet de bière que frère Jonquil sera parti d'ici la Saint-Michel.

— Et vous ne parlez à personne de ce que vous voyez ni de ce que vous soupçonnez ? intervint Colum.

— Je ne suis pas idiot, Irlandais. Je sais quelle est ma place dans le cours des choses.

— M'aiderez-vous ? demanda Kathryn.

— Si je le peux, Maîtresse, mais...

Une voix éclata comme un gong :

— Frère Eadwig !

— Ah, mon maître m'appelle. Irlandais, vous devriez partir.

Le frère convers ouvrit la porte avant d'ajouter :

— Je vous attends dehors, mais faites vite.

Dès qu'il fut sorti, Kathryn et Colum s'étreignirent. L'Irlandais la tint farouchement contre lui et l'embrassa sur les joues et le front.

— Soyez prudente, chuchota-t-il. J'ai confiance en Eadwig. Si quelque chose survenait, envoyez-le-moi.

Colum recula et demanda :

— Combien de temps resterez-vous ici ?

— Le temps qu'il faudra pour me faire mon opinion sur ce couvent.

Se dressant sur la pointe des pieds, Kathryn embrassa son compagnon sur le menton.

— À présent, partez avant d'être excommunié dans toutes les règles de la procédure.

Avec un clin d'œil, Colum caressa le visage de la jeune femme, puis se glissa dehors. Kathryn éprouva de la tristesse en l'entendant rire avec Eadwig tandis que tous deux descendaient l'escalier, puis lorsqu'il fit d'abondantes excuses au maître de l'hôtellerie, et enfin quand elle perçut son pas qui s'éloignait, et la porte que l'on ouvrait puis refermait. Frissonnant, elle baissa la tête. L'idée de le suivre, de récupérer ses affaires et de quitter ce monastère la tentait. Elle gagna la fenêtre. Des lumières brillaient çà et là, mais le couvent était plongé dans le silence. Mal à l'aise, Kathryn retourna à la porte, la ferma à clé et tira les verrous. Cela fait, elle s'étendit sur son lit un moment, mais, ne tenant pas en place, elle se leva et alluma davantage de chandelles qu'elle disposa sur le bureau. Elle avait la tête pleine des événements de la journée : Malachi installé avec insolence dans sa cuisine ; la confession que Mathilda Chandler lui avait chuchotée ; la dépouille de frère Atworth, semblable à de la cire ; ces horribles restes calcinés.

— Je trouverai quand même un sens à tout cela, murmura la jeune femme.

Elle prit un morceau de parchemin et écrivit en latin : « *Quid novi ?* », « Quoi de neuf ? », puis « L'affaire des rats ».

Kathryn trempa sa plume dans le petit pot d'encre noire. Son père lui avait appris à écrire, non par signes codés, mais avec des abréviations, comme le ferait un clerc. Elle s'efforça de mettre de l'ordre dans ses pensées. L'infestation était subite, bien visible dans certains quartiers de la ville, mais pas dans d'autres. Ici, au couvent, les cadavres de deux rats avaient été décrits comme ayant brûlé. « Y a-t-il eu un feu ici ? continua à écrire la jeune femme. Ou ailleurs dans la ville ? » Kathryn n'avait pas souvenir qu'on ait parlé d'un incendie. Pourquoi les rats avaient-ils disparu du monastère ? Qui avait mentionné des hermines ? Ah oui, Mathilda Chandler. Kathryn se remémora l'insistance de Bourchier et de Luberon pour qu'elle collabore avec Malachi Smallbones, mais quels conseils donner à cet homme ?

« Du poison, écrivit-elle, mais quelle décoction ? Comment la distribuer sans courir de risque ? »

Soupirant, Kathryn tira un trait et commença sa seconde colonne : « La mort de Padraig Mafiach. »

Elle prit une profonde inspiration. Colum le cachait bien, mais il se faisait du souci. On lui avait ordonné de rencontrer Mafiach, et l'agent avait été assassiné. Comment ? Kathryn s'immobilisa, sa plume en l'air. Qu'écrire sur ce meurtre épouvantable ? Comment l'assassin avait-il pu tuer un homme comme Mafiach et s'enfuir si facilement ? La jeune femme écrivit la question suivante : « Quelle est la signification du message chiffré ? » Et il y avait autre chose. Qu'avait-elle vu ou entendu dans cette chambre ? Était-ce une remarque, un commentaire de l'aubergiste ? Exaspérée, Kathryn posa brutalement sa plume et alla s'agenouiller sur le prie-Dieu.

— Ô Seigneur, chuchota-t-elle, quelle confusion !

Et elle n'en était pas encore arrivée à frère Roger ! Atworth s'était empoisonné lui-même, Kathryn en était convaincue, mais les autres phénomènes ? Et Gervase ? Pourquoi l'avait-on assassiné avec tant de barbarie ? Et pourquoi Jonquil espionnait-il Atworth ? Le faisait-il pour le compte de la duchesse ou pour celui de quelqu'un d'autre ?

La jeune femme se leva pour faire les cent pas dans la pièce. C'est seulement alors qu'elle avisa le morceau de parchemin glissé sous la porte. Il était déchiré et assez sale. Elle tressaillit en le ramassant et déchiffra le message écrit d'une main malhabile : « Rejoiniez-moi tout de suite sur la tonbe du bienheureux Roger. »

Elle remarqua aussitôt les fautes d'orthographe. Quant à l'écriture, elle pouvait appartenir à n'importe qui. Dessous, il y avait une citation du livre des Morts : « Et la tombe révélera ses secrets. »

Kathryn chaussa ses bottes à la hâte et saisit sa cape. Elle allait tirer les verrous quand elle vit que la poignée ronde de la porte avait bougé. On l'avait tournée. La jeune femme débloqua le premier verrou et se penchait pour faire de même avec le second quand elle perçut un bruit à peine audible. Elle recula, glacée de terreur.

— Femme stupide, chuchota-t-elle.

Elle regarda le message. Celui qui l'avait glissé sous sa porte se trouvait toujours là. Kathryn revit par la pensée l'escalier rempli d'ombre sur lequel donnait sa chambre. L'hostellerie était presque vide. N'importe qui avait pu écrire ce message, ou le faire écrire.

La jeune femme s'approcha de ses paniers; ses doigts tremblaient lorsqu'elle en défit les fermetures, et une sueur froide inondait sa nuque. Elle sortit la dague — cadeau de Colum — qu'elle tira de son fourreau de velours, et fixa la porte. Rapidement, elle gagna la fenêtre. La petite ouverture garnie de treillis était bien fermée. Elle poussa le contrevent, abaissa la barre, et se retourna, face à la porte.

Elle ne risquait rien tant qu'elle ne l'ouvrait pas pour se lancer dans l'obscurité, songea-t-elle. Ah, si elle pouvait crier. D'un côté, elle était terrifiée par ce qui l'attendait, mais de l'autre elle réalisait que la solution de certains des mystères attachés à ce couvent se trouvait peut-être derrière un simple panneau de bois.

Qui l'attendait dans le couloir? Jonquil? Un tueur à gages? Kathryn prit une profonde inspiration. La dague glissait dans sa paume moite. La jeune femme approcha de la porte et appuya son oreille contre le bois. Retenant son souffle, elle tenta de percevoir le moindre bruit, s'efforçant de maîtriser sa panique et son imagination. Elle entendit de nouveau ce mouvement à peine audible, un grincement auquel à tout autre moment elle n'aurait pas prêté attention. Elle recula. Ce jeu du chat et de la souris pouvait durer des heures, sauf si un frère venait s'assurer que tout allait bien. Et même dans ce cas, en qui Kathryn pouvait-elle avoir confiance?

Elle demeura rivée au sol, fixant la porte, et sursauta quand on frappa un rude coup.

— Qui est-ce? lança-t-elle.

Pas de réponse.

— Qui est-ce? répéta-t-elle.

— Ouvrez, je vous en prie, Maîtresse, j'apporte des messages.

La voix était déguisée. L'épaisseur de la porte, la cage d'escalier caverneuse... la voix avait une pointe d'accent. Si seulement... Kathryn serra son poignard tout en maudissant sa propre impétuosité. Elle aurait pu demander que Colum s'installe dans une chambre séparée, exiger que d'une façon ou d'une autre on la protège. Elle était seule ici. Les moines ne songeraient jamais à pénétrer dans une hostellerie où se trouvait une femme, pas plus qu'ils n'auraient idée de frapper à sa porte tard dans la nuit. De nouveau on frappa, et la voix étouffée se fit entendre. Kathryn éprouva du mal à contrôler sa panique.

— Je n'ouvrirai pas! cria-t-elle. Dites qui vous êtes et ce que vous voulez!

Qui d'autre qu'elle se trouvait dans cette hostellerie? Quelque marchand de passage? Elle entendit l'huis grincer et porta son regard sur les gonds de cuir. Celui qui voulait peut-être l'assassiner essayait-il de forcer le battant ? Choisissait-il son point le plus faible, à savoir les gonds en cuir raide ? Kathryn eut soudain la bouche sèche. La fenêtre était trop petite pour qu'elle y passe, et pourtant, c'était son unique salut. Elle traversa la pièce en courant, tira les contrevents, et ouvrit le châssis garni de treillis. En bas, le sol disparaissait dans les ténèbres. Elle regarda autour d'elle. Qu'utiliser ? Ses yeux se posèrent sur les morceaux de parchemin sur la table. Elle en saisit un et l'approcha d'une chandelle : il flamba. Kathryn courut à la fenêtre et hurla au secours, tout en agitant le parchemin aussi longtemps qu'elle put le tenir. La flamme augmentait, attisée par la brise, et la chaleur finit par lui brûler les doigts, aussi dut-elle le lâcher. Elle criait maintenant à pleins poumons. S'emparant d'un autre parchemin, elle l'enflamma, tandis que l'on tambourinait toujours à sa porte. La jeune femme avait la gorge douloureuse à force de hurler. Elle entendit un cri, en bas, puis ce fut le silence dans la cage d'escalier. Cherchant son souffle, elle ramassa le poignard qu'elle avait laissé tomber sur le sol. C'est alors qu'un bruit de pas retentit, et on frappa un rude coup à la porte.

— Maîtresse Swinbrooke ?

C'était la voix d'Eadwig.

— Dites votre nom !

— Vous me connaissez, Maîtresse.

— Que faites-vous ici ? demanda Kathryn. Pourquoi étiez-vous près de l'hostellerie si tard la nuit ?

— Maître Murtagh me l'a demandé, Maîtresse.

Kathryn s'adossa à la porte, essuyant la sueur à son front avec sa chemise. Elle était si tendue que ce qu'elle avait mangé pesait comme du plomb dans son estomac. Se redressant, elle fit un effort pour garder une voix normale et lança :

— C'est vous, Eadwig ?
— J'ai vu le parchemin qui brûlait, Maîtresse.
— Y a-t-il quelqu'un dans l'hostellerie ?
— Non, Maîtresse. Le marchand est parti il y a deux heures. J'ai trouvé la porte d'entrée à peine entrouverte.
— Il n'y a personne d'autre ? insista Kathryn tandis que de nouveau des pas retentissaient dans l'escalier.
Entendant le père Anselm, avec sa voix haut perchée, et l'infirmier demander ce qu'Eadwig faisait là, Kathryn poussa un soupir de soulagement, puis tira les verrous et tourna la clé. Eadwig culbuta presque dans la pièce, suivi par le prieur et frère Simon. Kathryn alla s'asseoir au bord du lit. Ses jambes tremblaient encore.
Simon s'accroupit auprès d'elle.
— Au nom du Ciel, Maîtresse, on dirait que vous avez vu un fantôme.
Il lui écarta doucement les mains du visage.
— Il y avait quelqu'un dehors.
— Non, Maîtresse, il n'y avait personne.
— Alors cela, c'est quoi ? interrogea Kathryn, indiquant le parchemin sur le sol.
Le prieur le ramassa.
— N'importe qui aurait pu écrire ceci.
— Non, père prieur, ce n'est pas n'importe qui, rétorqua Kathryn. Ce message a été glissé sous ma porte il y a peu, et, comme une idiote, j'ai failli tirer les verrous, ouvrir et sortir. Personne ne m'attendait sur la tombe de Roger Atworth ; il y avait seulement un assassin qui voulait me pousser dans ma tombe à moi par tous les moyens : épée, dague, hache, garrot...
Kathryn sentait la colère monter. Le prieur et l'infirmier avaient perdu leur air réconfortant, à présent, et semblaient très inquiets.
— Nous sommes dans un couvent, Maîtresse.
— Non, messieurs, nous sommes dans un endroit

où surviennent des morts brutales et mystérieuses. Je suis sous votre responsabilité. Et comment saviez-vous que je...

— Je les ai alertés, répliqua frère Eadwig. J'ai entendu vos cris et, en approchant, j'ai vu les morceaux de parchemin incandescents. Je me suis hâté jusqu'à la chambre du prieur, puis j'ai couru ici. Maîtresse, il n'y avait personne.

— Si, affirma Kathryn, et je veux m'assurer que celui qui était là ne reviendra pas.

Refoulant ses larmes, elle se leva et tourna le dos aux religieux.

— Comme je viens de le dire, père prieur, ici surviennent des morts brutales et mystérieuses. Mais je découvrirai la vérité, et vous m'y aiderez !

CHAPITRE VIII

« Certains avaient des onguents, certains des amulettes,
Ou bien des simples et aussi d'autres panacées... »

Chaucer, « Le conte du Chevalier »,
Les Contes de Cantorbéry

— *Per ipsum et cum ipso*... Par lui et avec lui, dans l'unité du Saint-Esprit, tout honneur et toute gloire, Père tout-puissant, dans les siècles des siècles...

— Amen, psalmodia Kathryn.

Assise devant l'autel de la Vierge, elle observait le prêtre de dos qui élevait le calice et l'hostie vers la représentation torturée du Christ sur la croix. L'inconvenance de la tombe ouverte de frère Roger, à sa droite, lui importait peu : les dalles dressées, le tas de terre meuble, le trou béant dans le sol du transept. Le léger parfum flottait toujours, et, oubliant la messe, Kathryn se demanda une fois de plus d'où il provenait.

— Que le corps et le sang du Christ ne soient pas ma damnation, chanta le prêtre.

« Eh oui » songea la jeune femme.

Des autres chapelles latérales lui parvenaient des voix qui murmuraient les mêmes paroles de la liturgie. L'un de ces frères du Sac commettait-il sacrilège et blasphème ? Parmi eux, se trouvait-il l'assassin qui avait tué frère Gervase avec tant de barbarie, et l'individu qui avait attendu Kathryn dans l'escalier sombre, la nuit précédente ? Celle-ci porta son regard sur la tête ornant l'un des piliers qui séparaient l'autel du chœur. Quelle tête macabre, diabolique ! Avec ces yeux protubérants et cette bouche tordue, comment savoir s'il s'agissait d'un démon ou d'un humain ?

Frère Eadwig fit tinter la clochette, indiquant ainsi que le prêtre allait communier. Kathryn regarda l'autel, et dut plisser les yeux contre l'éclat brutal du soleil qui se déversait par l'oriel aux vitres roses, au-dessus de l'autel de la Vierge. La lumière était si intense, si vive, que Kathryn détourna le regard. Elle pensa d'abord à quelque prodige, mais non, bien sûr : l'autel était orienté à l'est, et dehors le soleil montait, violent, dans le ciel clair d'avril. Des taches noires dansaient devant les yeux de la jeune femme. Elle secoua la tête, et, s'efforçant de se ressaisir, se déplaça sur le banc, pour ne regarder l'autel que du coin de l'œil. Le vieux moine qui célébrait la messe matinale s'était retourné et avançait au bord des marches ; il attendait, tenant entre ses doigts une petite hostie. Avec un sourire d'excuse, Kathryn alla s'agenouiller devant lui. La tête rejetée en arrière, elle sentit la patène d'argent que tenait Eadwig lui effleurer à peine le menton afin de récupérer toute miette sacrée qui aurait pu tomber.

— *Ecce corpus Christi!* Voici le corps du Christ !

— Amen, répondit Kathryn.

Elle prit le petit disque de pain azyme et le laissa s'amollir dans sa bouche. Le prêtre regagna l'autel, tandis qu'elle revenait à son banc où elle s'assit, tête baissée. Sans se laisser distraire, elle ferma les yeux et pria instamment pour Colum, Thomasina, Agnes et Wulf. Elle dit un *Miserere* pour les âmes de ses parents défunts, et demanda que le Seigneur l'aide et la protège pendant qu'elle résoudrait cette énigme de meurtres sanglants. Puis, jetant un regard rapide sur la statue de la Vierge, Kathryn pria que Monksbane revienne vite avec de bonnes nouvelles.

La messe s'acheva, le prêtre quitta l'autel latéral, et Eadwig vint s'asseoir près de la jeune femme qui se signa, montrant ainsi que son action de grâces était terminée.

Le convers se glissa le long du banc.

— Eh bien, me voilà désormais votre ange gardien, Maîtresse Swinbrooke. Où vous irez, je vous suivrai. Je dormirai devant la porte de votre chambre, et je vous escorterai partout.

Kathryn lui sourit. Il n'avait pas rasé sa barbe grisonnante, et ses yeux bruns étaient amicaux.

— Pardon de m'être affolée, la nuit dernière, mais je n'ai pas été victime de mon imagination.

— Je vous crois volontiers, admit Eadwig. Je n'ai jamais vu personne dans un état pareil. Anselm aurait dû montrer plus de prudence. S'il vous était arrivé quelque chose, Colum Murtagh aurait mis ce couvent à sac.

Eadwig rit de son jeu de mots et ajouta :

— Venez, après les nourritures de l'âme, il vous faut celles du corps.

— Non, attendez une minute.

Kathryn se leva et examina les dalles dressées. Elle prit un peu de terre qu'elle fit couler entre ses doigts. Impossible de trouver la source de l'odeur suave, mais elle était toujours là, subtile, et chatouillait à la fois le palais et la mémoire de la jeune femme.

— Pensez-vous que cette fragrance soit d'origine spirituelle ? demanda-t-elle.

— Voulez-vous dire que Dieu n'a pas les moyens de ses saints ? la taquina Eadwig.

Secouant la tête, Kathryn le suivit, et ils sortirent par

la porte qui donnait sur le cimetière envahi d'herbe. Celle-ci, émaillée de fleurs sauvages, dissimulait presque les pierres tombales. L'endroit était paisible, ensoleillé, et on entendait le chant fluide des merles dans les vieux ifs tordus qui étendaient leurs branches comme les bras de quelque monstre.

— Mon dernier havre de paix, murmura Eadwig. À présent que le printemps est là, il va falloir tondre l'herbe. Nous la laissons pousser : après l'hiver, c'est un bon fourrage.

Cette jeune femme qui avait sur les épaules une tête si bien faite intriguait beaucoup le religieux. Combien d'années s'était-il écoulé depuis le dernier baiser qu'il avait donné à une femme ? Vingt ans ? Vingt-cinq ans ? Il ne savait plus. Maîtresse Swinbrooke était vraiment séduisante avec ses grands yeux sombres et son teint clair et lisse. Son apparence calme et sereine cachait un tempérament emporté, il l'avait appris la veille. À présent, elle se tenait aussi composée qu'une mère prieure dans sa robe bleu foncé modestement boutonnée et bordée de blanc aux poignets et au col, que complétait une guimpe de la même couleur dissimulant ses cheveux. Eadwig comprenait que Colum soit tellement attiré par elle : Kathryn Swinbrooke offrait un subtil mélange de simplicité et de séduction. Il porta la main à son estomac qui gargouillait.

— Voulez-vous rompre votre jeûne, Maîtresse ?

— Le prieur a-t-il rassemblé les miraculés d'Atworth ? demanda Kathryn par-dessus son épaule.

Toutes ces herbes folles qui poussaient ici l'avaient fait réfléchir, et elle se promit de revenir : dans ces endroits qui retournaient à l'état sauvage, on trouvait souvent des plantes et des simples rares.

— Ils seront tous là vers midi, répliqua Eadwig.

Kathryn lui fit face.

— Et vous allez me suivre partout ?

Le moine prit le bâton qu'il avait abandonné sous le porche avant la messe, puis répondit par une citation des Psaumes :

— « Mille tomberont peut-être sur votre gauche, dix mille sur votre droite, mais la terreur qui rôde à midi ne vous approchera pas. »

Kathryn éclata de rire, et son visage perdit d'un coup sa sérénité. Le cœur d'Eadwig s'émut.

— Vous ne risquerez rien, Maîtresse.

— Mais vous non plus ? le taquina Kathryn.

Elle tapota sa sacoche d'écriture dont elle avait passé la bandoulière en cuir sur une épaule.

— Avez-vous l'habitude de voir des cadavres, Eadwig ?

— À Saint-Albans, Maîtresse, ils s'entassaient à hauteur des genoux, les yeux et les membres arrachés, et on enfonçait dans le sang jusqu'aux chevilles.

— Parfait, souffla Kathryn, dans ce cas nous devrions nous rendre au charnier inspecter une dernière fois les corps d'Atworth et de Gervase. J'aimerais que vous m'accompagniez.

Le sourire d'Eadwig disparut.

— À mon avis, reprit Kathryn, il est préférable que nous examinions d'aussi sinistres dépouilles avant de manger.

Déglutissant avec difficulté, Eadwig en convint. Ensuite, avec la jeune femme, il contourna l'église en direction de l'infirmerie. Le charnier était situé dans une petite cour derrière celle-ci. C'était une salle de plain-pied, dont le plafond était soutenu par des piliers noirs, et dont les murs étaient recouverts d'une épaisse couche de chaux afin d'éviter les mouches et autres insectes. Le plancher avait été traité de la même manière. Le frère convers qui les fit entrer ne fut que trop heureux de sortir, afin, dit-il, de « respirer l'air de Dieu ». Il y avait dans le charnier trois cadavres recouverts de draps de toile. Eadwig expliqua que le premier était celui d'un pauvre mendiant trouvé mort dans une ruelle, à l'extérieur du couvent. Le deuxième était celui d'Atworth. Eadwig retira le drap, et Kathryn entama un examen minutieux. Elle nota que depuis que le corps était exposé à l'air, il était dans un état de putréfaction et de décomposition plus avancé. Il commençait à perdre sa consistance cireuse, le ventre se boursouflait et, curieusement, l'œil gauche était légèrement entrouvert.

— Mauvais signe, marmonna Eadwig, la main devant la bouche. Cela signifie que quelqu'un d'autre va mourir.

Kathryn, cependant, était absorbée par son examen. Elle détailla le corps centimètre par centimètre, de face et de dos, mais ne trouva rien d'anormal. Les bras, les épaules et le dos d'Atworth portaient d'anciennes cicatrices datant de sa vie de soldat. Il avait dû se casser le bras droit, mais celui-ci avait été habilement remis en place. La jeune femme reporta son attention sur les prétendus stigmates aux poignets et aux chevilles : de grosses plaies d'un côté, et de l'autre un trou dans la peau. Ces blessures étaient un peu tuméfiées, comme si on les avait bandées, et Kathryn se rappela que cela avait été le cas : on les avait étroitement entourées de bandelettes avant d'enterrer Atworth. La jeune femme sentit encore un parfum diffus, mais rien d'autre. Satisfaite, elle passa à la dépouille de Gervase. Parce qu'il n'en restait que des cendres noirâtres, il était difficile d'admettre que la veille seulement ces restes avaient été un être humain plein de vie, un moine important, l'un des chefs de cette congrégation. À présent, tout — son visage, ses cheveux, ses membres — était affreusement calciné, ratatiné par cette flambée terrifiante.

— Sans le témoignage de frère Timothy, chuchota

Kathryn, cette dépouille pourrait être celle de n'importe qui. Mais pourquoi ? Parlez-moi de Gervase, Eadwig.

— C'était un bon moine. Notre règle nous interdit de montrer du mépris pour les autres, de lever la main sur nos frères, ou de dire du mal des membres de notre communauté, poursuivit le convers. À sa façon, Gervase était assez charitable, mais il avait ses faiblesses.

— Lesquelles ?

— Oh, pas du côté du vin ou des femmes. Il était le trésorier du couvent. Il aimait voir l'or et l'argent se déverser dans nos coffres.

Eadwig fit une grimace et ajouta :

— Faut-il que nous nous entretenions, ici, Maîtresse ?

Kathryn convint qu'ils seraient mieux ailleurs, et ils sortirent pour se laver les mains à un puits qui se trouvait à proximité.

— Gervase estimait-il le frère Atworth ? demanda Katheryn.

— Vous savez bien que non, Maîtresse. Néanmoins, une fois, il y a environ huit mois, c'était au début de l'automne, Gervase proposa d'écrire l'histoire de la vie d'Atworth. Celui-ci refusa et Gervase en fut très offensé.

Kathryn leva les yeux sur la flèche de l'église : il n'y avait pas un nuage dans le ciel, et la journée s'annonçait chaude. Quelques moines seulement déambulaient, les autres étaient au réfectoire ou au chapitre.

— Les religieux disent que c'est un feu divin qui a consumé Gervase, reprit Eadwig.

— Absurde ! rétorqua Kathryn en s'essuyant les mains à sa jupe. Gervase a été assassiné.

Eadwig ouvrit grande la bouche.

— Assassiné ? Dans ce cas, pourquoi ne pas lui avoir tranché la gorge ou planté un couteau dans le dos ?

— J'y ai réfléchi. Venez, je vais vous montrer.

Prenant sa sacoche d'écriture, elle porta un ultime regard sur la porte du charnier avant d'entraîner Eadwig vers Gethsémani. Dans le soleil matinal, l'endroit était un paradis : le vaste pré vert bordé par les grands arbres; l'air parfumé de l'odeur d'herbe fraîche. Évidemment, ils durent saluer d'un geste de la main frère Timothy, qui avait ouvert sa fenêtre et les regardait. Kathryn lui trouva un air de vieil oiseau aux aguets depuis son nid.

— Je n'ai rien vu d'anormal ! cria le vieillard. J'ai observé l'endroit où est mort frère Gervase, je n'ai rien remarqué.

Eadwig le remercia, et la bénédiction de Timothy sonnait encore à leurs oreilles lorsqu'ils traversèrent le pré. Kathryn s'arrêta devant la tache sombre qui marquait l'emplacement où le corps de Gervase avait été étendu. Puis elle reprit sa marche vers le buisson d'aubépine. Le sol était encore couvert de cendres grises impalpables.

La jeune femme s'accroupit, s'efforçant de se rappeler ce qu'elle avait vu la veille.

— Quelqu'un est venu ici, déclara-t-elle.

Elle ramassa une branche morte pour remuer les cendres.

— Bien sûr, répondit Eadwig. Des frères sont passés ce matin : toute la communauté parle de la mort de Gervase.

— Je soupçonne l'assassin d'être revenu pour vérifier son ouvrage.

Kathryn s'enfonça dans les buissons. De derrière le mur s'élevait le bruit d'une charrette que quelqu'un poussait dans la ruelle.

— Que voulez-vous dire, Maîtresse ?

Kathryn saisit l'épaule maigre d'Eadwig et plongea son regard dans le sien.

— Écoutez, Eadwig. La nuit dernière, j'étais étendue dans mon lit, et je m'interrogeais. Pourquoi Gervase aurait-il été soudain dévoré par le feu ? Et non, je ne pense pas que les flammes ont jailli du Ciel ou de l'Enfer. Le vieux frère Timothy m'a appris que Gervase venait régulièrement ici, officiellement pour rendre visite à Maîtresse Chandler.

— Ah oui, la Maudite.

— Appelons-la la veuve, répliqua Kathryn. Je lui ai aussi parlé. Gervase s'occupait d'elle comme il aurait fait avec un chien. Cependant, hier, il ne s'est pas déplacé pour elle, mais parce qu'il devait retrouver quelqu'un. Qui, je l'ignore. Pourquoi ?

La jeune femme secoua la tête tandis qu'Eadwig ouvrait des yeux ronds.

— Ce n'est qu'une supposition, poursuivit Kathryn, mais je crois que Gervase a choisi cet endroit parce que, de tout le couvent, c'est probablement le coin le plus sûr pour un rendez-vous. Je me trompe ?

Le moine hocha la tête, et Kathryn reprit :

— Après tout, c'est là que le jeune Jonquil quitte le monastère pour ses fins scélérates.

— Pourrait-il être l'assassin ?

— Comme tout le monde. Je soupçonne que la mort de Gervase est en rapport avec mon arrivée ici. Hier, tôt dans l'après-midi, Gervase a rencontré son meurtrier dans cet endroit secret et a été tué.

— Impossible ! s'exclama Eadwig. Je ne suis ni savant ni lettré, ajouta-t-il en se tapotant la tempe d'un doigt maigre, mais je ne suis pas idiot. Gervase est mort en début de soirée.

— Non.

Kathryn entraîna le religieux plus profond dans les buissons avant d'expliquer :

— Voici ce qui s'est produit : Gervase a traversé le jardin en début d'après-midi et a rejoint son assassin.

Dieu seul sait ce qui s'est produit alors, mais l'individu a agi soudainement et sans bruit.

— Comment le savez-vous ? C'est la Chandler qui a parlé ?

Kathryn indiqua le mur, plus loin.

— La veuve n'aurait pas pu entendre. Gervase a été surpris : un coup de couteau brutal dans le dos, ou la gorge tranchée.

— Et ensuite ?

— Le tueur savait qu'il ne pouvait se contenter d'abandonner le corps ; il aurait attiré les soupçons. Il lui fallait aussi du temps. Revêtant les habits de frère Gervase — ou si c'est un membre de cette communauté, simplement habillé en moine —, il a pris les clés du sous-prieur et s'est rendu dans sa chambre.

— Pourquoi ?

Eadwig dévisageait la jeune femme : son explication au sujet de la mort du sous-prieur n'était pas aussi mystérieuse que celles qui couraient au réfectoire, mais elle était plus vraisemblable.

— Je ne suis sûre de rien, répondit Kathryn, sauf d'une chose : l'assassin voulait fouiller les affaires de Gervase. Dans l'après-midi, tout est tranquille au couvent, non ? Chacun vaque à ses occupations ?

Eadwig en convint, et Kathryn poursuivit :

— Avec sa robe et son capuchon, le tueur se glisse dans la chambre du sous-prieur. Il a en main toutes les clés qu'il lui faut, dispose de tout son temps.

— On aurait pu le déranger.

— Certes, quelqu'un pouvait frapper à la porte, mais l'homme n'avait pas à répondre. Il trouve ce qu'il cherche, remet tout en ordre, range la chambre, et revient ici.

— Il aurait pu être remarqué.

Kathryn sourit.

— Allons, si un moine traverse le pré, y faites-vous attention ?

Eadwig joignit les mains.

— Je l'admets, Maîtresse.

Celle-ci indiqua le buisson d'aubépine, puis :

— Je crois que l'assassin est revenu ici avec une outre remplie d'huile. Vous avez été soldat, Eadwig, ou vous avez vu des accidents en cuisine. Moi, en tout cas, j'en ai vu. Un marmiton dont le tablier est imprégné d'huile s'approche trop près d'une flamme, et que se passe-t-il ?

— Oh, ça m'est arrivé à moi, admit le religieux.

— L'homme arrose d'huile le cadavre de Gervase de la tête aux pieds, jusqu'à ce qu'il en soit complètement imbibé. Qui sait, il a peut-être ajouté du salpêtre ou quelque mélange inflammable.

— Pourquoi n'avoir pas brûlé le corps dans le taillis ?

— Le vieux Timothy est formel : Gervase se tenait près du buisson d'aubépine. Trouvez-moi un bon bâton ou une branche, Eadwig.

Haussant les épaules, le moine obéit et partit dans le sous-bois d'où il revint avec une longue branche.

— Je puis me tromper, Eadwig, mais faites semblant d'être Gervase.

Elle fit tourner le frère convers et le poussa près du buisson d'aubépine.

— Frère Timothy l'a vu debout ici.

Saisissant le bâton, la jeune femme en enfonça une extrémité dans le sol, avant d'appuyer l'autre dans le dos d'Eadwig, entre ses omoplates.

— Mais il avait les mains glissées dans ses manches ! protesta Eadwig par-dessus son épaule.

— On a pu lui attacher les poignets sans serrer, répliqua Kathryn. Il avait son capuchon sur la tête. Et nous avons donc un cadavre maintenu debout, face au couvent. Il cache le tueur qui se dissimule derrière le buisson.

— Et le feu ? Comment a-t-il été allumé ?

— Avec une mèche à combustion lente, déclara Kathryn en laissant tomber le bâton.

Eadwig se retourna.

— Un morceau de ficelle ou de corde trempé dans de l'huile et accroché au dos de la robe de Gervase. Là encore, frère Timothy ne pouvait pas le voir à cause du soleil. La flamme court le long de la mèche et Gervase devient une torche humaine.

Kathryn étendit les mains.

— Je ne fais que deviner. Peut-être n'y avait-il pas de bâton, ou Gervase était-il soutenu par les branches du buisson. Venez voir.

Elle avança de l'autre côté de l'aubépine, là où le feu ne l'avait pas touchée. À cet endroit, les branches étaient robustes.

— Pendant un moment, elles peuvent soutenir quelqu'un qui s'y adosse.

— Vous avez raison, Maîtresse. J'ai entendu des histoires semblables au sujet de soldats qui attaquaient un château. Les assiégés les arrosaient d'huile et lâchaient des brandons sur eux.

— Colum Murtagh pourrait dire la même chose, répliqua Kathryn en levant les yeux vers le ciel. Le feu est dévorant, impossible de le maîtriser. Le temps que quelqu'un arrive, il ne reste rien du pauvre Gervase sinon des cendres calcinées que personne ne pourra identifier.

— Et l'assassin ?

— Il a tout fort bien préparé. Il jette l'outre par-dessus le mur, nettoie le sol des traces de sang, faisant disparaître ainsi tout indice de ce qui s'est vraiment passé.

— Pour quel motif ? insista Eadwig.

— Je vous l'ai dit : pour avoir le temps de fouiller les affaires du sous-prieur, et aussi pour créer l'illusion à laquelle votre communauté a cru : que la mort de Gervase avait un lien avec les questions qui entourent le bienheureux Roger Atworth. L'apparence cache parfois la vérité.

— Et qui est le meurtrier ?

— Dieu seul le sait.

Kathryn s'en fut prendre sa sacoche d'écriture et poursuivit :

— Il a sans doute reconnu les lieux centimètre par centimètre. Il a dissimulé ses traces. Il se trouvait peut-être ailleurs au moment où le feu s'est déclaré. Regardez autour de vous, mon frère : il y a des arbres de tous les côtés, le mur d'enceinte et, au-delà, une ruelle déserte. Une bande de hors-la-loi pourrait se cacher ici pendant des heures sans qu'on les remarque.

— Pourquoi Gervase n'aurait-il pas rencontré cette personne dans sa chambre ?

Eadwig regretta aussitôt d'avoir posé sa question et eut un sourire d'excuse.

— Dans une communauté fermée ! s'exclama-t-il.

— Précisément, admit Kathryn. Dans un endroit comme ici, les murs ont des yeux et des oreilles. Quoi qu'il en soit, laissez-moi prouver que ma théorie est la bonne.

Elle plaça Eadwig à côté du buisson d'aubépine, là où il était calciné, et traversa le pré en sens inverse. Puis elle se tourna.

— Remontez votre capuchon, lança-t-elle, et enfouissez les mains dans vos manches !

Eadwig obéit et la jeune femme gagna le banc où elle s'était assise le soir précédent.

— Évidemment, murmura-t-elle.

Eadwig, immobile, ressemblait à n'importe quel autre moine, et on ne pouvait pas voir ce qu'il y avait derrière lui. Une horde d'assassins aurait pu s'y tapir. La végétation était dense, serrée, et camouflait tout mouvement. Kathryn se représenta l'individu qui poussait le cadavre, marchant pratiquement derrière lui. À cause de l'herbe haute au bord du pré, sans parler des broussailles et des ronces, on ne voyait pas les pieds d'Eadwig, et Kathryn se souvint des paroles de frère Timothy : « J'ai regardé, et il se dressait là. »

— Maîtresse ! appela Eadwig d'un ton plaintif.

Kathryn revint auprès de lui.

— Je vous remercie. À présent, allons voir Maîtresse Chandler. Je regrette de ne pas lui avoir apporté à manger. Vous serez bon avec elle, n'est-ce pas ?

— Bien sûr. Hier soir, après vous avoir vue, le prieur Anselm a dit qu'il fallait quelqu'un d'autre maintenant pour s'occuper d'elle. Je me porterai peut-être volontaire, acheva-t-il avec un grand sourire.

Ils quittèrent le pré et s'enfoncèrent sous les arbres. Maintenant qu'il faisait grand jour, Kathryn put apprécier combien l'endroit convenait pour un rendez-vous secret. Mathilda Chandler, qui les avait entendus, leur cria bonjour, ce qui soulagea la jeune femme.

— Il faut que je voie Colum à son sujet, murmura-t-elle, s'immobilisant.

— Pourquoi ? interrogea Eadwig.

— Je n'arrête pas de penser à mon visiteur de cette nuit. Si je demande à Maîtresse Chandler si elle a vu ou entendu quelque chose de suspect, la même idée a dû traverser l'esprit de l'assassin.

— Elle ne risque pas grand-chose, là où elle est, fit valoir Eadwig.

— Sauf qu'il y a une ouverture, rétorqua Kathryn. Et si notre meurtrier s'en servait pour verser de l'huile dans sa cellule ?

Eadwig fit la grimace.

— Avec la plaque d'acier qui protège la porte, elle ne pourrait pas sortir.

— De quoi parlez-vous ? lança la veuve Chandler

d'une voix forte. M'avez-vous apporté à manger, Maîtresse ?

Kathryn s'approcha du petit judas pour regarder dans la cellule.

— Reculez, ordonna-t-elle, je veux voir votre visage.

Mathilda obéit et Kathryn put distinguer une figure marquée, plutôt sombre, ainsi qu'une masse de cheveux gris et des yeux brillants.

— Vous allez bien, Maîtresse Swinbrooke ?

— Tout à fait, répondit l'intéressée, mais je me préoccupe de vous. Vous avez vu et entendu certaines choses, n'est-ce pas, Maîtresse ? Gervase a été assassiné. Je ne veux pas vous affoler, mais l'assassin vous a peut-être à l'œil.

— Je partirai quand Dieu m'appellera, déclara la femme.

— Mais comment viendra cet appel, voilà ce qui m'importe, répliqua Kathryn. Je vais vous faire confiance, Maîtresse Chandler, et prendre sur moi d'ordonner à Eadwig ici présent de...

— Oh, je le connais, il s'empresse toujours auprès de frère Timothy, pas vrai ?

— C'est moi, en effet ! lança Eadwig avec bonne humeur.

Mais il regarda Kathryn avec un air soucieux.

— Je sais, dit Kathryn, qui avait compris ce qu'il pensait. D'après la loi, elle doit être enfermée, mais la loi ajoute qu'il faut assurer sa sécurité. Maîtresse Chandler, je vais faire enlever cette plaque de métal de sorte que, si vous êtes en danger, ou même si vous désirez marcher, prendre le soleil, respirer l'air de Dieu, vous puissiez sortir.

Mathilda recula, secouant la tête.

— Non, non, on me punira. On me mettra au pilori et on me fouettera.

— Personne ne fera une chose pareille, lui assura Kathryn. Par ailleurs, je vais vous apporter de la nourriture et du vin. Avec l'aide de frère Eadwig.

Ils contournèrent la cellule de pierre, puis Kathryn s'accroupit et, assistée d'Eadwig, délogea la plaque métallique rouillée des lattes de bois qui la maintenaient contre la porte.

— Elle n'est pas la seule qui aura des ennuis, Maîtresse, murmura Eadwig.

— Murtagh s'en occupera. À présent, écoutez-moi, mon frère, je veux que vous alliez aux cuisines. Nous romprons notre jeûne en plein air. Je désire aussi que vous vous procuriez un couteau aiguisé et pointu, que je remettrai à Maîtresse Chandler pour qu'elle puisse se défendre.

Eadwig paraissant sur le point de refuser, Kathryn lui saisit la main.

— Mon frère, je ne veux pas avoir sa mort sur la conscience. C'est seulement une question de temps.

— Dans ce cas, il faudrait la transférer à la prison du château.

— Peut-être, mais pour l'instant, je vous en prie, faites ce que je vous demande.

Après s'être signé, Eadwig partit à la hâte. Kathryn examina la porte en bois : elle avait été repeinte récemment.

— Mathilda, annonça-t-elle en ouvrant, si vous voulez sortir, vous êtes libre de le faire.

Sur quoi elle recula. Le silence tout d'abord lui répondit, puis elle entendit des sanglots étouffés. Elle songea à entraîner la pauvre femme dehors, puis, se ravisant, alla s'asseoir sur un tronc d'arbre tombé à terre. Enfin la porte fut poussée, et Mathilda Chandler se glissa dehors. Elle s'abrita les yeux de la lumière, et pendant quelques instants prit appui contre le mur de sa prison. Kathryn vit qu'elle avait largement dépassé ses quarante-cinq printemps : elle était plutôt agréable, petite, le dos un peu voûté, et le visage marqué par la souffrance due à son long emprisonnement.

— Par ici, Mathilda.

La femme se redressa et approcha. Elle s'immobilisa, leva les yeux sur une branche puis vint s'asseoir près de Kathryn, tête baissée, mains sur les genoux.

— Vous m'avez témoigné une grande mansuétude, Maîtresse, et je vous en suis sincèrement reconnaissante.

— On vous libère souvent ? demanda Kathryn avec curiosité.

— Une heure, jamais plus, deux ou trois fois par an, aux alentours des grandes fêtes de Pâques, Noël et de la Saint-Michel. C'est bon, n'est-ce pas, d'être sous la voûte des cieux ?

Kathryn lui prit la main : la paume était calleuse, et Mathilda se rongeait les ongles jusqu'au sang.

— Je ferai ce que je pourrai pour vous, promit la jeune femme, mais le temps nous est compté, Maîtresse Chandler. Je désire me confier à vous.

Kathryn décrivit rapidement ce qui était arrivé à Gervase et comment avait frappé l'assassin ; elle mentionna même Jonquil.

— Je ne peux parler que de ce que je vois ou entends, déclara alors Mathilda. De temps en temps, je perçois des bruits de pas, ou ce que je pense en être : une brindille qui craque, des sons comme si quelqu'un escaladait le mur. Une fois, un juron étouffé m'est parvenu. Mais n'oubliez pas, Maîtresse, tout le monde sait que je suis ici, et ma fenêtre sur le monde est étroite, en partie obstruée. Enfin, souvent, je dors ou je somnole.

— Arrivait-il à Gervase de vous parler ? interrogea Kathryn.

— En quelques occasions.

— Et Jonquil ?

— Je le voyais avec frère Atworth. Une seule fois, je l'ai aperçu seul, mais je n'en jurerais pas.

— Et Gervase ? insista Kathryn.

Elle était certaine que cette femme en savait plus qu'elle ne le disait.

— Il venait, répondit Mathilda, qui avait croisé les mains. En une occasion, j'ai entendu des voix qui se disputaient, et aussi le tintement de pièces de monnaie.

— Des pièces, dites-vous ?

— C'était une belle journée, juste après midi ; le monastère était silencieux, et il y a des bruits qui portent. Gervase se trouvait sous les arbres. J'ai entendu cliqueter des pièces, mais n'oubliez pas, Maîtresse, devant un tribunal, on me traiterait de folle.

— Que savez-vous d'autre ?

Mathilda baissa la tête. Eadwig revint avec une écuelle, trois bols remplis de bouillie d'avoine fumante, du pain enveloppé dans un linge, un petit pot de beurre et un autre de miel, trois cuillers en corne et un couteau à viande à l'aspect méchant. Il s'apprêtait à manger avec les deux femmes, mais Kathryn, du regard, lui indiqua de n'en rien faire. Le religieux prit donc un bol et une cuiller et s'éloigna. Kathryn pressa la veuve Chandler de manger.

— Je n'ai pas pu avoir de bière ! cria Eadwig. Tout le monde était occupé à la cuisine, et il fallait mettre en perce un nouveau tonneau.

— J'en ai un petit, marmonna Mathilda. C'est bien ainsi, Maîtresse.

Elle versa du miel sur l'avoine et commença à manger avec grand-faim. Kathryn l'imita. La bouillie était chaude et délicieuse, très semblable à celle que préparait Thomasina. Kathryn attendit que la veuve ait vidé son bol. Mathilda prit ensuite un petit pain blanc, et avec le couteau à viande le tartina de beurre ainsi que du reste de miel.

— Oh, Ciel, chuchota-t-elle, c'est divin !

Elle se tourna vers Kathryn, les yeux pleins de larmes.

— Les choses toutes simples de la vie, Maîtresse, n'est-ce pas ?

— Dites-moi ce que vous savez, la pressa Kathryn.

Mathilda mordit de nouveau dans son pain avant de déclarer :

— Je vous ai dit qu'il y avait des allées et venues.

— Je veux la vérité, insista Kathryn.

— Atworth avait très peur, commença Mathilda. Il disait que ses péchés de jadis le hantaient. Je lui répétais de s'en remettre à Dieu, mais il me raconta qu'en France il avait violé une jeune femme et pendu une vieille qui l'avait maudit. Elle lui avait prédit qu'il mourrait de mort violente.

— Mais ce ne fut pas le cas, intervint Kathryn. Il est mort dans son lit, et presque en odeur de sainteté.

— Vraiment ? fit la veuve avec un regard en coin plein de sous-entendus. Atworth m'a dit d'autres choses, mais sans entrer dans le détail ; il détenait des secrets sur les grands de ce monde. Je pense qu'il faisait allusion à la duchesse, et pour lui, ces secrets étaient en rapport avec ce dont il avait peur.

Kathryn jeta un coup d'œil à Eadwig qui, assis contre un arbre, mangeait avec entrain. La lumière du matin semblait avoir perdu de son éclat. Kathryn n'était pas rassurée, non seulement pour elle, mais pour Mathilda.

— Poursuivez, la pressa-t-elle.

— Atworth disait que d'autres auraient bien aimé connaître ce qu'il savait.

— Qui ? Mentionna-t-il jamais les Français ?

— Il m'a parlé de son emprisonnement en France. Quelqu'un du nom de San... San... ?

— Sanglier ? suggéra Kathryn.

— Cela même, oui. L'homme l'avait traité très cruellement, on l'avait brûlé au fer rouge.

— Le saint Atworth redoutait-il la mort?

La femme éclata d'un rire brusque, comme un glapissement.

— Je lui ai posé la question moi-même. Parfois, Maîtresse, quand je suis emmurée là-bas — elle indiqua la cellule d'un geste —, la mort ne paraît plus aussi horrible et devient plutôt comme un vieil ami pressé de vous rendre visite. Atworth éprouvait la même chose, il assurait que si ce n'était pas un si grand péché, il se supprimerait lui-même.

— Dans ce cas, de quoi avait-il si peur?

— De ceux qui voulaient connaître ses secrets. Il craignait qu'ils ne viennent le chercher.

Kathryn ferma les yeux et sourit. Elle avait trouvé. Il devait y avoir un lien entre Atworth et le meurtre de Mafiach.

— Il ne disait pas qui c'était, reprit Mathilda en choisissant ses mots, mais quand je l'ai interrogé, il s'est contenté de déclarer que c'étaient ceux qui avaient le pouvoir. Il affirmait qu'il avait assassiné un homme.

— Mais je croyais qu'il en avait tué beaucoup?

— Oui, Maîtresse, mais ce meurtre-là apparemment le hantait.

— Redoutait-il un acte de vengeance?

— Non, il prétendait qu'il souffrait à cause de ce qu'il avait fait.

— Tout va bien? appela Eadwig.

— Parfaitement.

Kathryn entoura de son bras les épaules de Mathilda. Celle-ci dégageait une odeur plutôt forte, et sa chemise était sale et élimée. La jeune femme éprouva un élan de compassion en sentant son ossature maigre et voûtée.

La veuve leva les yeux et sa main glissa lentement pour se poser sur la cuisse de Kathryn, comme aurait fait un enfant avec sa mère.

— N'est-ce pas étrange ? dit-elle. Atworth, le saint, le confesseur de la duchesse et de Dieu sait qui d'autre, qui se confie à Mathilda Chandler. Savez-vous, Maîtresse, lorsqu'il me parla, ce jour-là, il avait réellement peur. Quels secrets détenait-il, Dieu seul pourrait le dire. Je lui ai demandé de s'en ouvrir à moi, il a secoué la tête et affirmé haut et fort que, lorsqu'il me parlait, il m'entendait en confession ; il faisait toujours semblant de me donner l'absolution et esquissait un signe de croix dans l'air. En plusieurs occasions, il m'a même apporté le viatique. Il me fit jurer le secret, et si je romps mon serment maintenant, c'est parce que je pense qu'il vous aurait appréciée.

Kathryn s'efforça de calmer son excitation.

— Vous voulez connaître les secrets ? demanda Mathilda avec une lueur rusée et perspicace dans les yeux. Dieu peut en témoigner, Atworth ne me les a jamais dits. D'après lui, s'il le faisait et que d'autres l'apprennent, on me tuerait à coup sûr. C'est chose facile. La condamnation dont j'ai fait l'objet stipule que, si je quitte le monastère du Sac, on peut m'abattre sur-le-champ.

Kathryn fit sauter les miettes tombées sur sa robe.

— Atworth est-il jamais revenu sur ce sujet ?

— Non, mais j'ai remarqué que cette année, et en tout cas durant les derniers mois de sa vie, il avait perdu sa sérénité ; il se montrait mal à l'aise et nerveux, et se plaignait que ses maux de ventre empiraient.

— Et sa mort ? pressa Kathryn.

— Comme je vous l'ai dit, j'étais au courant.

— Il est décédé le jour de la fête de l'Annonciation, n'est-ce pas ?

— C'est ce qu'on dit. Or des choses très singulières s'étaient produites la nuit précédente.

Mathilda Chandler avait, semblait-il, décidé de tout révéler à Kathryn.

— Les deux jours avant la mort du bienheureux Roger furent très étranges. Vous parliez de gens qui allaient et venaient dans ce petit bois. Pendant ces deux jours j'ai entendu davantage de mouvement que jamais auparavant : un grincement comme si on ouvrait une porte, puis des gémissements laissant penser que quelqu'un souffrait. Je me souviens bien du soir de l'Annonciation parce que, comme c'est un jour de fête, Gervase m'a apporté des sucreries, qui sont une douceur pour moi.

Elle se tourna pour fixer la porte de sa cellule restée ouverte.

— Vous ne remettrez pas la plaque d'acier? demanda-t-elle.

— Non.

— Et le couteau? dit-elle en le saisissant. Eadwig ne voudra pas le récupérer quand il retournera aux cuisines?

Kathryn se contenta de sourire.

— Ce soir-là, reprit la veuve, je suis sûre d'avoir entendu Anselm et Jonquil, ainsi qu'un troisième. Ils étaient là-bas, dissimulés par les buissons.

— Vous avez compris ce qu'ils disaient? interrogea Kathryn.

— Non, Maîtresse, mais Anselm a une voix haut perchée, surtout quand il se plaint. Il était venu me voir, parfois. Ce soir-là, il était agité. Et puis ils sont partis. J'ai bu et mangé, et j'ai dit mon chapelet. Quand la nuit est tombée, et de cela, Maîtresse, je suis sûre, plusieurs personnes sont revenues. Elles n'avaient ni torches ni lanternes, de sorte qu'elles trébuchaient.

— Que venaient-elles faire ?

— Je l'ignore, mais cela a duré un moment.

— Ont-elles escaladé le mur ?

— Non, je suis certaine qu'elles venaient du couvent et y sont retournées.

Mathilda ouvrit alors le petit sac en piteux état qu'elle portait attaché par une cordelette à sa taille. Elle en sortit son chapelet ainsi que quelque chose qui ressemblait à un morceau de membrane fine et transparente, qu'elle commença à étirer en longueur.

— C'est un bout de peau d'animal, dit-elle en souriant. Avec les années, elle s'est usée. Je la tripote souvent quand je suis agitée.

Elle roula le morceau entre ses doigts et montra le chapelet.

— C'est Atworth qui me les a donnés.

Kathryn examina le vieux rosaire : sa chaîne commençait à rouiller tandis que ses grains noirs très durs étaient ébréchés, cassés.

— Il m'en a fait cadeau, Maîtresse, je ne peux en dire plus.

Elle se leva et s'étira. Kathryn remarqua que le couteau avait disparu, caché dans les plis de la robe.

— Il vaut mieux que je rentre, déclara Mathilda en s'éloignant.

Puis elle se retourna et ajouta :

— Vous avez peur, n'est-ce pas, Maîtresse ?

Kathryn hocha la tête.

— Pour moi autant que pour vous ?

— Que Dieu nous protège.

La veuve pénétra dans sa cellule, presque comme si elle n'avait pas entendu, et claqua la porte sur elle.

Eadwig approcha sans se presser.

— L'heure tourne, Maîtresse. Le prieur a convoqué les miraculés.

— Oh, c'est vrai !

Kathryn se leva et indiqua le plateau.

— Ne révélez à personne ce que vous avez vu et entendu ce matin, mon frère. Pouvez-vous rapporter ceci à la cuisine ?

Eadwig ramassa le plateau puis, avec Kathryn, ils traversèrent le pré en même temps que la cloche du couvent commençait à sonner l'office du milieu de la matinée.

Eadwig interrogea Kathryn sur la recluse. Kathryn lui répondit distraitement. Que pouvait-elle faire ? Elle en voulait un peu à Bourchier et à Luberon. N'auraient-ils pas pu lui en dire davantage ? Kathryn était également convaincue qu'il existait un lien entre la mort de Mafiach et celle d'Atworth. Plus elle avançait dans son enquête, en particulier depuis qu'elle était dans ce lieu prétendument clos et sanctifié, plus elle avait la conviction qu'Atworth n'était pas décédé de mort naturelle. Il y avait trop de mensonges, de demi-vérités, d'illusions, de tromperies. Elle se souvint du vieux proverbe : « Ne réveillez pas le chat qui dort », et songea aux horribles dangers qu'elle pourrait rencontrer si on réveillait la bête, qui qu'elle puisse être.

CHAPITRE IX

« Et pour certains, ce que nous aimons le plus
C'est la liberté, et ne faire le bien que lorsqu'on le veut... »

Chaucer, « Le conte de la Femme de Bath »,
Les Contes de Cantorbéry

Kathryn était installée à une table de la belle bibliothèque du couvent. C'était une longue pièce évoquant une église, avec son plafond à chevrons et ses fenêtres garnies de verre de couleur percées haut dans le mur, par où se déversait l'éclatante lumière du soleil. Kathryn se rappelait vaguement être venue ici enfant, tenant la main de son père tandis qu'il consultait avec le bibliothécaire l'un des ouvrages de médecine écrits par les grands maîtres. Elle promena son regard autour d'elle : la même odeur de peau de veau, de cuir et d'encre imprégnait la salle. C'était ce que son père appelait « le parfum des livres ». La bibliothèque était riche d'étagères chargées de manuscrits, livres, registres et folios. Tout était rangé par catégorie : théologie, philosophie, histoire, chroniques, ouvrages de prière. D'habitude, il régnait ici une grande activité, mais les événements de la veille avaient bouleversé la routine des religieux. Assis à son bureau surélevé, à l'extrémité de la longue salle, le bibliothécaire, les yeux fixés sur un manuscrit, marmonnait tout bas. Il dressa la tête, mais parce que la lumière du soleil l'éclairait de dos, Kathryn ne distinguait pas son visage.

— Tout va bien, Maîtresse Swinbrooke ? Avez-vous ce qu'il vous faut ? Frère Eadwig a dit qu'il serait bientôt de retour.

Kathryn leva une main pour indiquer que tout était parfait, puis abaissa les yeux sur le petit livre relié en peau de veau cloutée de fausses pierreries. Profitant le plus possible de la lumière qui se déversait par la fenêtre au-dessus d'elle, elle ouvrit l'ouvrage : les pages crissaient. Sur la première figuraient le nom d'Atworth ainsi que la date, qui remontait à quelque deux ans. Kathryn feuilleta rapidement le petit livre. Ce n'était rien qu'un recueil de prières : *Anima Christi, De profundis. Notre-Père* et *Je vous salue, Marie.* Apparemment, le frère Atworth affectionnait particulièrement le psaume 51 :

Ayez pitié de moi, Seigneur, ayez pitié de moi.
Et dans votre grande miséricorde, effacez mon [péché.
Je connais mes fautes, elles sont toujours sous vos [yeux...

Kathryn s'aperçut que ce verset revenait constamment tout au long du psautier, et que la phrase : « Je connais mes fautes » était soulignée de temps en temps. Cependant, ce furent les enluminures qui retinrent l'attention de la jeune femme, des enluminures malhabiles qui souvent précédaient les prières. La première lettre du psaume 51, le *A* de « Ayez pitié », était agrandie de façon à loger à l'intérieur de son cadre deux petits dessins rouge, vert et noir.

Kathryn avait vu de plus belles miniatures dans de nombreux livres d'heures, cependant celles-ci avaient une présence, une force bien à elles. La jeune femme prit la loupe que le bibliothécaire lui avait donnée afin d'en examiner les détails. Le premier dessin montrait une femme allongée sur un lit, un homme à côté d'elle. Dans le second, la femme était couchée seule. Kathryn chercha des armoiries, ou des motifs héraldiques, comme en incluaient toujours les miniaturistes pour indiquer qui ils représentaient. N'en trouvant pas, elle posa la loupe et tapota sur la table. S'agissait-il d'une scène de l'Ancien Testament ? Ou d'un conte, peut-être ? La jeune femme se creusa la tête, puis tourna la page et vit le début du *De profundis* : « Du fond de l'abîme j'ai crié vers vous, Seigneur. » Elle examina l'enluminure avec soin. Cette fois, point de femme, mais un roi — ou était-ce un duc ? — assis à une table, entouré de ses chevaliers. Kathryn songea immédiatement à la légende du roi Arthur. L'étendard du roi arborait les couleurs rouge, bleu et or de celui d'Angleterre, tandis que sa livrée était ornée du blason des York : des soleils. Intriguée, la jeune femme continua à feuilleter l'ouvrage.

Une autre enluminure représentait le Chevalier Vert apparaissant à la cour d'Arthur. Enfin, elle commença à comprendre. Atworth, à sa façon subtile, avait rendu hommage à son protecteur, le duc d'York, le peignant sous les traits du roi Arthur. La série s'achevait brutalement, et Kathryn ne trouva plus d'allusion aux York ni à Arthur. Étaient représentés maintenant deux chevaliers dont l'un tuait l'autre en le poignardant dans le dos. Semblable épisode ne figurait pas dans la légende d'Arthur. Atworth avait-il décidé d'inclure l'histoire de Caïn et d'Abel ? Ou s'agissait-il du meurtre qui donnait à Atworth tant de remords ? Kathryn leva les yeux en entendant une porte se fermer. Le bibliothécaire était parti.

— Y a-t-il quelqu'un ? lança la jeune femme.

Elle bondit sur ses pieds et répéta :

— Y a-t-il quelqu'un ?

Elle traversa la bibliothèque sur toute sa longueur, vérifiant les travées : toutes étaient vides. Tournant les talons, elle repartit en sens inverse, un peu inquiète. Elle était seule, complètement seule dans la salle ! Elle reprit sa place. Les étagères de livres avançaient à angle droit par rapport aux murs, mais de l'endroit où elle était assise, Kathryn voyait parfaitement le bureau du bibliothécaire, et la porte juste derrière. Donc, si quelqu'un entrait ou sortait, elle le verrait. Cependant, elle n'avait guère envie de reprendre son travail ; le pressentiment d'un danger lui donnait des sueurs froides. Cette pièce était complètement déserte. Kathryn s'efforça de se rappeler les différents bruits qu'elle avait perçus sans y prêter attention. Le bibliothécaire était parti, mais n'avait-elle pas entendu la porte qui s'ouvrait et se refermait ? Quelqu'un se serait-il glissé dans la salle ? Kathryn serra le petit psautier d'Atworth, et, ce faisant, elle sentit sous son majeur quelque chose de coupant et dur. Oubliant ses craintes, elle ouvrit l'ouvrage et, en le regardant de très près, s'aperçut que certaines pages avaient été habilement supprimées avec un coupe-papier affûté. On les avait coupées si près de la reliure que, normalement, on n'aurait pas dû s'apercevoir que des feuillets manquaient.

Ainsi ce livre contenait une partie de la vérité. Quelqu'un y avait déjà touché ! Kathryn se dressa, glissa le psautier dans sa sacoche d'écriture et traversa lentement la salle. Ici, rien à voir avec la cage d'escalier plongée dans les ténèbres sur laquelle ouvrait sa chambre : l'atmosphère était agréablement parfumée, le soleil déferlait par les fenêtres, des grains de poussière voletaient, et le bois ciré brillait dans la lumière.

Pourtant Kathryn avait l'impression que chaque travée qu'elle passait était comme l'entrée de quelque ruelle obscure. Entendant un bruit, elle s'immobilisa et regarda la porte : le verrou du milieu était tiré ! Ce ne pouvait être le bibliothécaire. Quelqu'un avait dû entrer, tirer le verrou, et se cacher quelque part ici. Il n'y avait pas d'autre issue, avait dit le bibliothécaire, et les fenêtres étaient trop petites et placées trop haut pour que quelqu'un puisse s'introduire par là. Kathryn évalua la distance, puis s'élança. Martelant le plancher de bois, elle contourna en courant le bureau du bibliothécaire pour se ruer sur la porte.

— Maîtresse Swinbrooke !

Kathryn ouvrit le verrou.

— Je vous en prie, Maîtresse Swinbrooke !

Elle se retourna : Jonquil surgit de l'ombre des étagères.

— Ne bougez pas ! lança Kathryn en levant la main.

La porte de la bibliothèque était béante, des voix s'entendaient dehors, et le bureau séparait la jeune femme du moine qui s'était introduit ici, silencieux comme un chat. Jonquil, cependant, avait l'air terrifié. Les mains tendues devant lui, il cherchait ses mots.

— Je suis désolé, désolé, balbutia-t-il en s'appuyant contre le bureau.

— Que faites-vous ici ? demanda Kathryn, qui se sentait assez sûre pour revenir sur ses pas.

Elle prit appui sur le siège du bibliothécaire avant de poursuivre :

— Vous êtes entré ici. Quand j'ai appelé, pourquoi n'avez-vous pas répondu ? Et pourquoi avoir fermé le verrou de la porte ? Où est Eadwig ?

Jonquil tendit une main en un geste servile.

— Je suis venu apporter un message au bibliothécaire, Maîtresse. Demandez-le-lui. Eadwig ayant dit qu'il ne fallait pas vous laisser seule, quand il est parti pour le réfectoire, il m'a demandé de rester ici, afin d'assurer votre sécurité. J'ai donc tiré le verrou. Vous étiez absorbée par ce que vous faisiez, et vous ne m'avez pas entendu, pas plus que vous ne m'avez vu. Ici, nous avons pour règle de parler à voix basse et de ne pas faire de bruit. Vous avez été dérangée, et vous vous êtes agitée, mais je ne savais que faire : si j'apparaissais brusquement...

Jonquil haussa les épaules.

— Je suis au courant de ce qui s'est passé hier soir.

Mentait-il, ou était-il seulement malin? Kathryn n'aurait su le dire. Sa version des faits était sensée. Kathryn était concentrée sur le psautier d'Atworth. Quelques bruits lui étaient parvenus. La jeune femme tira le siège du bibliothécaire pour s'y asseoir.

— Bien, mon frère, je me suis peut-être trompée, mais la prochaine fois, je vous conseille de signaler votre présence sans attendre, et de ne pas rester tapi dans l'ombre comme un chat qui guette une souris.

— Je suis navré, balbutia Jonquil.

— L'êtes-vous aussi quand vous escaladez le mur du couvent, au fond de Gethsémani, pour vous faufiler en ville?

— Le père prieur m'envoie souvent faire des courses.

— Vous éprouvez de l'aversion pour les portes et portails?

Jonquil soupira; son visage de jeune paysan avait pâli, il clignait sans arrêt des yeux, et la sueur perlait à son front.

— Voulez-vous que je vous dise la vérité, Jonquil? poursuivit Kathryn. À mon avis, vous n'êtes pas plus moine que moi. Vous êtes un valet.

Jonquil garda la tête baissée.

— Vous appartenez à la maison royale, vous êtes un homme de Cécile d'York. Vous êtes entré au couvent du Sac en tant que frère convers sans prononcer de vœux, dans le but de surveiller, protéger, peut-être aussi espionner, le bienheureux Atworth. Le prieur Anselm, frère Gervase, l'infirmier Simon et sans doute Atworth lui-même l'ont compris. Regardez vos poignets. Allons, remontez les manches de votre robe.

L'infortuné Jonquil obéit.

— Des bras puissants, déclara Kathryn.

Elle prit une plume avec laquelle elle effleura les marques rouges aux poignets de l'homme.

— Colum Murtagh adore le livre de Chaucer, *Les Contes de Cantorbéry*, poursuivit-elle. Avez-vous jamais lu la description que fait Chaucer du soldat? L'archer avec ses protège-poignets. C'est ce que vous étiez, n'est-ce pas, Jonquil, un maître archer? Et vous vous êtes parfaitement acquitté de votre tâche, mais de temps en temps, les plaisirs de la ville vous attiraient. La petite bonne d'une taverne, ou une fille au regard joyeux qui enflammait votre imagination, un pichet de bière ou un pâté de viande? La mort d'Atworth doit vous ravir et, quand cette affaire sera terminée, vous retournerez au galop auprès de la duchesse Cécile.

Jonquil releva la tête.

— Je suis authentiquement un frère convers, protesta-t-il, le regard dur et résolu.

— Bien sûr, sourit Kathryn, vous n'avouerez rien sans l'autorisation de la duchesse. Mais je lui parlerai bientôt.

Jonquil détourna les yeux.

— Avez-vous réellement eu une vision? demanda Kathryn.

— Le bienheureux Roger est un saint.

Kathryn se gratta le menton. Si Jonquil affirmait qu'il était un vrai frère convers, il ne niait pas les autres allégations. Était-ce lui qui se tenait dans la cage d'escalier, la nuit dernière? Avait-il tué Gervase?

— Parlez-moi d'Atworth.

— C'était un saint. En tant que frère convers, j'étais à son service. Parfois, il lui arrivait d'être faible. Il a eu une bonne vie et une bonne mort.

Jonquil n'était plus nerveux. Il ajouta :

— Je ne puis vous en dire davantage, Maîtresse.

— Et Gervase ?

— Je ne l'aimais pas, et c'était réciproque. Le bienheureux Roger en était la cause.

— Frère Roger vous parlait-il de sa vie, de ses angoisses, de ses terreurs ?

Kathryn choisissait ses mots avec soin, ne voulant pas trahir les confidences de Mathilda Chandler. Jonquil, qui avait recouvré sa contenance, haussa les épaules, en serrant la cordelière à sa taille.

— Je suis frère convers, Maîtresse. Le prieur Anselm m'envoie souvent en ville, et oui, parfois, la vie du monastère m'ennuie. Je n'ai pas prononcé de vœux de pauvreté, chasteté ou obéissance. Ce que je fais et où je vais sont...

Il n'acheva pas sa phrase car on frappait à la porte. Eadwig se précipita dans la salle.

— Pardon d'être en retard, Maîtresse. Vous avez des visiteurs.

Il s'écarta vivement comme Murtagh et Venables franchissaient le seuil. Dans des circonstances différentes, Kathryn aurait sauté sur ses pieds. Habituellement, voir Colum était un bonheur pour elle, cependant en cet instant elle n'en revenait pas tant il avait fait toilette : il s'était rasé, avait lavé et coupé ses cheveux, et arborait une cotte-hardie en velours vert sombre sur une chemise blanche. Une ceinture or et argent entourait sa taille, et il portait des chausses vertes assorties à sa cotte, enfoncées dans ses meilleures bottes espagnoles. Quant à la ceinture de guerre qu'il tenait à la main, il ne s'agissait pas du modèle habituel, mais celle que lui avait offerte le roi, souple et brillante, avec les fourreaux en beau brocart à points rouges.

— On vous croirait prêt pour votre mariage, Maître Murtagh, plaisanta Kathryn.

S'avançant, Colum s'inclina pour l'embrasser sur la joue. Il sentait l'huile parfumée dont il s'était frotté, et dans ses yeux bleu foncé scintillait une lueur malicieuse.

— C'est bon de vous voir, Maîtresse. Il est temps que vous rentriez. Nous avons affaire, n'est-ce pas, Maître Venables ?

L'homme de confiance de la duchesse approcha, saisit la main de Kathryn et la baisa. Lui aussi était magnifiquement vêtu, avec tout le raffinement d'un homme de cour : veste aux manches bouffantes, col couleur ivoire, chausses ajustées multicolores et bottes lustrées. Sa livrée était ornée de faveurs aux couleurs de la duchesse, et des bagues scintillaient à ses doigts.

— Vous aussi, c'est votre jour de noce ? demanda Kathryn. Que signifie ceci ?

Colum fit signe aux deux frères lais de les laisser.

— Nous allons voir le roi, Maîtresse.

Kathryn se leva.

— Ou plutôt sa mère, poursuivit Colum sans quitter la jeune femme des yeux. En fin d'après-midi, aujourd'hui, ils reçoivent le vicomte de Sanglier, envoyé personnel du roi de France, dans le palais de l'archevêque. Nous sommes tous invités.

Kathryn détailla les nouveaux venus de la tête aux pieds : elle se sentait plutôt piètrement vêtue et mal coiffée à côté de ces deux paons.

— Nous ne sommes pas conviés au banquet, intervint Venables comme s'il lisait dans ses pensées, et vous êtes aussi élégante que n'importe quelle dame de cour, Maîtresse. Sa Grâce la duchesse désire vous rencontrer. Je suis sûr que ses fils bien-aimés seront présents.

— Mais je n'en ai pas terminé ici.

— Nous ne sommes attendus que tard dans l'après-midi.

Colum prit la main de Kathryn.

— J'aimerais avoir un entretien en tête à tête avec Maîtresse Swinbrooke, Maître Venables.

L'écuyer eut un sourire en coin.

— Je serai dehors à surveiller la porte.

Sitôt seuls, Kathryn et Colum s'embrassèrent.

— Dieu merci, ces livres ne parlent pas, chuchota Kathryn en se dégageant. Je doute qu'ils soient témoins d'un baiser pareil tous les jours.

— Je l'espère, la taquina Colum.

Il tira un tabouret et invita la jeune femme à s'asseoir.

— Nous venons seulement d'arriver, mais à voir le prieur Anselm, je comprends que quelque chose ne va pas. De quoi s'agit-il ?

Kathryn lui expliqua sans entrer dans le détail ce qui était survenu depuis qu'il était parti, et la bonne humeur de Colum s'évanouit. Il se leva et déambula dans la salle, sortant et rentrant sa dague du fourreau accroché à sa ceinture de guerre, signe d'irritation.

— Anselm aurait dû se méfier, gronda-t-il. Vous avez ce morceau de parchemin ?

Kathryn le sortit de sa sacoche d'écriture pour le lui tendre et Colum le lut.

— Je ne suis peut-être pas votre mari, Kathryn, déclara-t-il, mais je sais une chose : vous ne passerez pas une autre nuit au monastère du Sac.

— Et Maîtresse Chandler ? demanda Kathryn. Ferez-vous quelque chose pour elle ?

— Si je puis avoir l'oreille du roi, oui. Mais dites-moi, que comprenez-vous à toutes ces affaires ?

Kathryn tenta de le dérider.

— À propos des rats, j'ai de vagues soupçons.

— Que les rats aillent au diable ! rugit Colum en fusillant la jeune femme du regard. Je parle de frère Atworth. Et de Padraig Mafiach. Demain, nous enterrerons sa dépouille sans plus attendre dans une tombe solitaire.

— J'ignore comment Mafiach a été assassiné, Colum. Il y a un maillon manquant, et je ne sais où le chercher. Quant au verset de Sophonie...

Kathryn secoua la tête.

— Il faut que je m'y penche de nouveau. La présence du vicomte de Sanglier ici n'est pas le fait du hasard. Il est venu chanter victoire ?

— Et pour récupérer de l'argent, aussi, expliqua Colum, qui était toujours hors de lui et se mordillait les lèvres en fixant la porte d'un air furieux. Et en ce qui concerne frère Atworth ? demanda-t-il encore.

Kathryn se gratta la main, là où elle l'avait éraflée en tirant le loquet.

— Il fut peut-être un saint homme, mais c'était aussi un dangereux individu. La duchesse Cécile lui faisait confiance, il se peut qu'elle ait même été éprise de lui, et tous deux partageaient un terrible secret.

— Vous pensez qu'Atworth a pu être son amant ?

Kathryn haussa les sourcils.

— La grande duchesse Cécile, la Rose de Raby, daignant accorder ses faveurs à un mercenaire ? Non, ce n'est pas cela.

— Quoi alors ?

— Sans doute devrions-nous interroger la duchesse elle-même.

Colum avança vivement une main pour poser un doigt sur les lèvres de Kathryn.

— Jamais ! la mit-il en garde.

Kathryn se dégagea.

— Nous serons peut-être contraints de le faire,

insista-t-elle. En tout état de cause, Atworth était son confesseur. Jc pense qu'ils étaient intimes. Mais quelque chose est survenu : les secrets qu'ils partageaient se seront-ils ébruités ? Peut-être. Quoi qu'il en soit, Dame Cécile s'en est beaucoup inquiétée. Elle a rendu visite à Atworth plus souvent, et puis elle a commencé à avoir peur qu'on ne s'en prenne à son confesseur. Alors elle a envoyé ce frère convers qui se fait appeler Jonquil, afin de veiller sur le vénérable Roger. Je pense que la duchesse a également prévenu Anselm, Gervase et l'infirmier de laisser à Jonquil la liberté dont il avait besoin : vous savez comme cette femme peut être impétueuse et hautaine.

Kathryn se pencha vers Colum et murmura :

— D'autres, qui étaient désormais fort intéressés, sont sortis de l'ombre pour prendre part à cette danse macabre. Je n'ai aucune preuve, ajouta-t-elle, pesant ses mots, mais je soupçonne Gervase d'avoir été soudoyé, avec de l'or, et sans doute aussi par une promesse d'avancement. En échange, il avait ordre de découvrir tout ce qu'il pouvait sur Atworth.

— Qui l'aurait acheté ? s'exclama Colum.

— Je l'ignore. Il est possible que ce soit quelqu'un de l'extérieur. Ou alors le prieur Anselm est-il aussi inféodé à des gens que nous ne connaissons pas ?

Kathryn poussa un soupir avant de reprendre :

— En tout cas, Atworth étant mort, on n'avait plus besoin de frère Gervase. En vérité, il était même devenu encombrant. On l'a attiré au bout de Gethsémani où on l'a sauvagement assassiné. Ensuite on a fouillé sa chambre, puis le tueur a embrasé son corps. Ce même assassin s'est inquiété de ma présence ici. Il a peut-être voulu m'effrayer...

— Pas du tout, interrompit Colum, il est venu dans l'intention de tuer. Mais qui est-ce ?

Kathryn écarta les mains.

— Vous êtes soldat, Colum, et Venables aussi. Vous pourriez escalader ce mur d'enceinte, vous tapir dans le sous-bois et, déguisé en moine, traverser le jardin.

— Allons, je sais que ce ne peut être vrai.

Colum indiqua la porte et demanda :

— À quelle heure l'individu est-il venu ?

— Entre onze heures et minuit. Je me souviens que la cloche a sonné douze coups après qu'Anselm m'eut quittée.

— Quant à moi, j'étais à Islip, répliqua Colum, de même que Venables et d'autres membres du Conseil du roi.

— Il doit s'agir de quelqu'un d'ici.

Kathryn raconta ensuite à son compagnon comment Jonquil s'était caché dans la bibliothèque.

— Je pourrais l'emmener à Kingsmead et le soumettre à la question, suggéra Colum.

— Ce serait une erreur, mon Irlandais fougueux. D'autant qu'à mon avis Jonquil bénéficie d'un puissant protecteur.

Kathryn tapota sa sacoche d'écriture qui contenait le psautier d'Atworth.

— Je vous montrerai le travail d'Atworth plus tard. Quelque chose lui rongeait l'âme. Il avait deux façons de s'en soulager : il dessinait et transposait son péché secret dans des mythes et légendes, ou alors il parlait à Mathilda Chandler.

Après un coup frappé à la porte, Venables entra.

— Maîtresse, le père prieur ne tient plus en place : les prétendus miraculés nous attendent. Écoutez !

Venables prit un petit tabouret à côté de la porte, l'approcha et s'assit.

— La duchesse est très inquiète de la façon dont avancent les choses.

— Et comment avancent-elles, Maître Venables ?

L'écuyer de la duchesse sourit.

— Allons, c'est clair comme de l'eau de roche, murmura-t-il. La mort du bienheureux Atworth vous inspire de sérieux doutes, Maîtresse. À moi aussi. Peut-être fut-il un pécheur repentant, mais quoi d'autre, Dieu seul le sait.

— Il avait peur, dit Kathryn. Il parlait souvent à quelqu'un. Il était terrifié à l'idée de trahir ses secrets.

— Quels étaient-il? lança Venables en tapant du pied. Je sais que la duchesse Cécile est encore très préoccupée par la mort de Henri de Lancastre, à la Tour. Le bruit court que tous ses fils y sont impliqués. Henri, ou le roi Henri comme aiment à l'appeler les Lancastre, était un sot, mais certainement un saint homme.

— Cette histoire intéresserait-elle les Français? demanda Colum.

— Peut-être. Leur roi, l'Universelle Araigne, serait enchanté de faire passer Édouard d'Angleterre et ses deux frères pour les assassins d'un saint. Un peu comme le meurtre de Becket par Henri II. Mais...

Venables se leva et indiqua la porte d'un geste.

— ... Mais l'œuvre de Dieu nous attend.

— Quand devons-nous nous rendre au palais de l'archevêque? s'enquit Kathryn.

— Vers quatre heures de l'après-midi, répondit Colum, une fois le banquet terminé.

— Vous parlerez en faveur de Mathilda Chandler?

— N'ayez crainte, la rassura Colum, j'en toucherai moi-même un mot au roi.

Ils quittèrent la bibliothèque pour trouver Anselm ainsi que Jonquil et frère Simon qui les attendaient. Le prieur semblait fort mal à son aise. Il marmonna des excuses pour ce qui s'était passé la nuit précédente. Kathryn commença à le tranquilliser, mais Colum intervint avec brusquerie.

— Le temps nous est compté à tous, fit-il sèchement. L'heure avance ; des gens attendent.

— Nous devons vous accompagner, intervint Simon l'infirmier. Nous voulons être présents quand Maîtresse Swinbrooke mènera son interrogatoire sur ces miracles.

— Vous le serez, répliqua Kathryn. Plus on est de fous, plus on rit... encore que le cardinal Spineri brille par son absence.

— Le cardinal a déjà son idée sur le sujet, rétorqua Venables.

Il conservait un visage impassible, mais Kathryn vit la lueur amusée dans ses yeux. Il poursuivit :

— Son Éminence a assuré qu'à Rome il soutiendrait la cause du bienheureux Roger.

Kathryn eut envie d'ajouter que le bon cardinal pourrait bien faire de même pour le petit singe de la duchesse, mais elle retint sa langue.

Anselm les conduisit jusqu'à son parloir. Les prétendus miraculés de Roger Atworth attendaient dans le couloir. Ils n'étaient pas joyeux, au contraire, ils semblaient nerveux et embarrassés. Kathryn prit place au bout de la table du prieur, Murtagh et Venables à sa droite, et les trois religieux à sa gauche. On appela les personnes une par une, pour les soumettre à un interrogatoire serré : vint d'abord un homme jeune au visage grêlé, qui assurait avoir recouvré sa puissance sexuelle, et qui répondait par phrases entrecoupées, hachées. Kathryn garda son sérieux, et Colum évitait de la regarder, tandis que Venables se cachait derrière ses mains pour sourire. Suivit une mère avec son enfant, qui, prétendait-elle, avait été mordu au poignet par un rat. De nouveau, Kathryn lui posa des questions précises. L'enfant, qui dormait, se réveilla et ajouta sa contribution à l'entretien en hurlant à pleins poumons. Kathryn ne fut que trop contente de congédier la mère.

Un frère convers conduisit celle-ci jusqu'au réfectoire où des rafraîchissements avaient été préparés. Entra ensuite une jeune femme avec des écrouelles, puis un vieux soldat qui avait souffert de maux de ventre. Kathryn les questionna eux aussi sur leur état, les traitements qu'ils avaient suivis, et les renvoya. Quand la porte se referma sur le dernier, Simon l'infirmier leva la main en signe de protestation.

— Vous les avez expédiés péremptoirement, Maîtresse Swinbroke.

— Corrigez-moi si je me trompe, père prieur, rétorqua Kathryn, mais un miracle est l'intervention directe de Dieu qui change les lois physiques du monde, et ce faisant crée l'étonnement et la surprise parmi les fidèles, non ? Pour l'amour du Ciel, mon père, regardez ces prétendus miraculés ! Le jeune homme qui souffrait d'impuissance : c'est un phénomène très courant parmi les nouveaux mariés qui craignent parfois que leur virilité ne soit pas à la hauteur de leurs attentes, ou de celles de leur épouse. Et tous les hommes vous avoueront que leur vigueur peut être affectée par la bière, la maladie ou la peur.

— Vous semblez bien au courant.

Colum affichait le plus grand sérieux.

— Vraiment ? taquina Kathryn. Il y a ici cinq hommes avec moi. Vous avez tous prêté serment, et vous seriez tous d'accord avec ce que je viens de dire. Ce jeune homme était angoissé. Il voulait qu'on l'aide, mais il avait peur d'aller consulter un médecin, et parler de son problème le gênait. Il entend ce qu'on raconte sur le bienheureux Roger, vient ici, et en repart soulagé.

— Et la jeune femme avec les écrouelles ? demanda le prieur Anselm.

— Il s'agit de ce que les médecins appellent la « maladie du roi », parce que le roi imposait les mains sur ces lésions pour les guérir, expliqua Kathryn. Oh, je ne doute pas que cette jeune femme ait été guérie au monastère du Sac. Elle était logée ici, n'est-ce pas ? A-t-elle pris ses repas au couvent ?

Frère Simon opina du chef.

— Et elle avait apporté sa meilleure robe ? Elle a elle-même reconnu avoir pris un bain avant de se rendre au prétendu tombeau du saint. Sa maladie n'était pas grave. J'aurais pu la soigner tout aussi bien. Les écrouelles sont souvent causées par une mauvaise nourriture, surtout une insuffisance de légumes frais. Porter des vêtements en laine aggrave la maladie, car apparemment la laine attire les puces et la saleté. Donnez au malade des fruits frais, un bain chaud et de quoi changer de linge.

Kathryn voyait, à son air embarrassé, que frère Simon savait tout cela, et elle ajouta :

— C'est de notoriété publique. Quant à moi, je le savais avant d'interroger la femme. J'ai vu mon père opérer de ces prétendus miracles chez des marins de la rivière Medway.

— Et l'enfant mordu par un rat ? interrogea Colum.

— La peau a cicatrisé ; l'enfant n'est qu'un bébé. Certes, des morsures comme celle-là peuvent tuer un enfant. À l'époque de l'accident, la mère, elle l'a dit elle-même, allaitait son bébé. D'après les maîtres, le lait maternel renforce les humeurs de l'enfant. Mais j'ai bien écouté la mère. Cette femme a la tête sur les épaules et ne s'en rend pas compte.

Kathryn énuméra ses arguments sur ses doigts.

— Premièrement, elle a lavé la morsure avec du vin. Certes, le petit a dû hurler, et la plaie s'est enflammée, mais ça a fait plus de bien que de mal. Ensuite elle a utilisé un vieux remède : un mélange de lait séché et de miel. On trouve cette préparation dans nombre de recueils de médicaments : elle sert à nettoyer ce que les médecins appellent une plaie infectée.

Kathryn laissa retomber ses mains avant d'ajouter, en secouant la tête :

— Je ne sais pas comment ça se fait, mais ce mélange attire le pus et le fait sortir.

Venables remua sur son siège, fasciné par ce qu'expliquait Kathryn.

— Donc, elle a amené son bébé sur la tombe de frère Atworth, intervint-il, et la plaie, qui semblait vilaine, était déjà en train de guérir ?

— En effet, confirma Kathryn. C'est la même chose quand on vide un furoncle ou un abcès : le pus et le sang sont répugnants, mais, comme disait mon père, « il vaut mieux qu'ils soient dehors que dedans ». Pour dire les choses carrément, la plaie de l'enfant aurait guéri avec ou sans frère Atworth.

Le regard de la jeune femme se porta sur les trois moines. Anselm et Simon semblaient embarrassés. Kathryn se promit que, dès que l'occasion se présenterait, elle s'entretiendrait avec ces deux sournois. Jonquil conservait son air d'innocence ahurie, mais il ne fallait pas s'y laisser prendre. Ce qui intriguait davantage Kathryn, c'est que Jonquil soit ici, en premier lieu. Certes, il avait été l'ange gardien d'Atworth et son serviteur, mais il n'occupait pas un poste de responsable au monastère.

— Et le vieux soldat ? reprit Colum.

— Son cas est délicat et m'étonna, répondit Kathryn. Il souffrait de dysenterie. Il est venu au couvent, y est resté un jour puis s'en est allé.

— Mais il a reconnu que ses coliques n'étaient pas revenues, interrompit Simon. Et il assure qu'il en souffrait depuis au moins six ans.

— Comme je l'ai dit, rétorqua Kathryn, je suis dans l'incertitude. Il faudra sans doute que je demande l'avis d'autres médecins. Cette maladie peut être due à des aliments qui conviennent à certains, mais dérangent les humeurs d'un autre. Il s'agissait peut-être d'eau putride ou de...

Elle s'interrompit.

— Ou de quoi ? la poussa l'infirmier. J'accepte vos diagnostics sur les trois autres cas, Maîtresse Swinbrooke. L'explication naturelle peut être logique, bien qu'il puisse quand même s'agir de miracles. Ce dernier cas cependant est troublant.

Kathryn joua avec la boucle de sa sacoche d'écriture.

— Avez-vous été soldat, Maître Venables ?

— Oui, j'ai combattu sur terre et sur mer.

Kathryn observa les yeux aux paupières lourdes de l'homme, son visage rasé de près, ses cheveux bien coiffés, ses doigts qui pianotaient sur la table.

— Vous semblez en excellente santé, Maître Venables. Je ne voudrais pas vous mettre mal à l'aise, mais...

Un sourire éclaira le visage réservé de Venables.

— Mon corps et mon âme sont en bon état, Maîtresse. Que le Ciel en soit remercié, j'ai participé aux batailles les plus sanglantes sans jamais être blessé.

— Mais vous avez eu peur, non ? demanda Kathryn. Vous étiez à Tewkesbury, où le roi affronta les Lancastre ?

— En effet, j'ai participé à ce terrible massacre.

— Le matin avant la bataille, avez-vous mangé ou bu ?

Venables secoua la tête.

— J'avais l'estomac noué. Si j'avais mangé, j'aurais été malade. Cela arrive à tous les soldats.

— Bien sûr, admit Kathryn. Maintenant, je n'en sais pas plus sur ce sujet que les pigeons dehors. Je ne sais pas comment l'esprit influe sur les humeurs du corps. Pour parler clair, comme vous dites, Maître Venables, la peur fait battre le cœur plus vite, noue l'estomac, fait transpirer.

— Ah, je vois, intervint Colum. Vous entendez que ce vieux soldat... ?

Kathryn haussa les épaules.

— Il a pu trouver la paix, ici au monastère. Il a dit qu'il s'était confessé, et que l'un des frères lui avait donné l'absolution. Peut-être la cause de sa maladie ne se trouvait-elle pas dans ses boyaux, mais dans son esprit ?

— Auquel cas, s'exclama le prieur Anselm, levant les mains en geste de triomphe, il s'agit bien d'un miracle ! Vous pouvez toujours discourir sur vos remèdes, Maîtresse, la volonté de Dieu s'accomplira.

Kathryn éprouva un élan de colère à l'endroit de ce prieur dont la négligence avait failli lui coûter la vie.

— La volonté de Dieu est plus une question de compassion, père prieur, rétorqua-t-elle avec force. Je suis sur le point de quitter ce couvent et je vous remercie pour votre hospitalité. Cependant, je vous serais très reconnaissante de veiller à ce que le frère Eadwig garde un œil attentionné sur Maîtresse Chandler.

— La Maudite ! cracha Anselm. J'ai entendu parler de votre amitié avec elle.

— C'est une pauvre veuve qui a largement payé pour son crime, déclara Kathryn. S'il ne tenait qu'à moi, père prieur, ce couvent ne la garderait que quelques jours de plus.

— Très bien, très bien, marmonna Anselm. Et pour ces miracles, Maîtresse ?

— Frère Simon est mon témoin. Je ferai un rapport.

— Vous chercherez des causes naturelles ?

— Si je crois que la volonté de Dieu s'est manifestée, alors le bienheureux Roger est au Ciel, près du Seigneur, et il intercède pour nous autres pécheurs.

— Et l'apparition ? lança alors frère Simon.

Kathryn refusa de se laisser entraîner dans une nouvelle discussion.

— Nous en parlerons plus tard.

Elle sentait encore sa colère bouillonner : en vérité, elle se moquait un peu que frère Atworth soit canonisé ou pas. C'était davantage l'attitude du prieur qui l'ennuyait, son manque de compassion pour Mathilda Chandler et sa détermination de se servir du spirituel pour se mettre en avant, lui et son monastère.

Elle ouvrit sa sacoche d'écriture pour en sortir une feuille de vélin sur laquelle elle avait récapitulé ses pensées.

— Je ne comprends pas une chose, père prieur. Vous assurez qu'Atworth est mort dans son sommeil ? Vous avez enfoncé la porte. Il était allongé sur son lit, calme comme un saint qui attendrait la visite de Dieu ou de l'un de ses anges.

— Assez de sarcasmes ! s'écria soudain l'infirmier.

— Je dis la vérité, mon frère. D'après vous, la porte était fermée et verrouillée de l'intérieur ; était-ce habituel ?

— Absolument.

— Et les seules personnes qui ont approché frère Roger étaient vous trois ?

Les moines hochèrent la tête en signe d'assentiment.

— Dans ces conditions, que sont devenues les lettres qu'envoyait à frère Roger la duchesse Cécile ?

— Nous vous l'avons dit : frère Roger a dû les brûler.

— C'est vrai, vous me l'avez dit. Avez-vous des reliques de frère Roger ?

— Que voulez-vous dire ?

— Allons, allons, père prieur, si tout se passe comme vous voulez, les pèlerins viendront par centaines, peut-être par milliers sur le tombeau d'Atworth. Ils feront des offrandes et descendront à votre hostellerie. Il entrera beaucoup d'argent dans vos coffres. Les grands et les bons soutiendront l'église du couvent.

Ignorant Venables qui venait de prendre une vive inspiration, Kathryn poursuivit :

— Il est habituel d'avoir des reliques que les fidèles peuvent toucher.

— Frère Roger avait deux robes et une chemise, rétorqua Anselm. On l'a enterré dans une de ses robes.

— Où est l'autre ?

— Quelque part dans le couvent.

— Pourriez-vous me la procurer ?

Le prieur ouvrit de grands yeux ronds.

— Pourquoi ? On l'aura sans doute portée à la buanderie.

— À la buanderie ! s'exclama Kathryn. Afin qu'elle puisse resservir ? Vous la donnerez à un autre moine ou à un pauvre hère qui frappera à votre porte ?

— C'est en effet la règle du monastère.

— Mais il s'agit de la robe du bienheureux Roger ! s'exclama Kathryn en reposant sur la table le morceau de vélin. Je pensais que vous l'auriez pliée pour la conserver précieusement, ou encore suspendue dans votre église afin que les fidèles puissent l'effleurer, ou alors vous auriez pu la découper et en vendre les morceaux comme reliques.

Le prieur Anselm déglutit si vite qu'il éprouva visiblement des difficultés à parler.

— Nous avons son chapelet, intervint Simon l'infirmier, et aussi son psautier.

Kathryn tapota sa sacoche d'écriture.

— Non, vous ne l'avez plus. C'est moi qui l'ai ici.

— Mais c'est du vol ! s'écria Jonquil.

— Un simple emprunt, mon frère. Mais vous savez, n'est-ce pas, que certaines pages ont été coupées ?

Les trois religieux dévisagèrent la jeune femme.

— Poursuivons sur le sujet des reliques, dit celle-ci. Je suis contente de vous avoir tous les trois ici en même temps.

Elle ignora le regard d'avertissement de Colum. Venables, lui aussi, devenait manifestement nerveux.

— Où cela nous mène-t-il, Maîtresse Swinbrooke ? Qui s'intéresse à cela ?

Kathryn joignit les mains avant de déclarer :

— Frère Roger est décédé dans son lit. Quand j'ai visité sa chambre, je n'ai vu qu'un matelas mince comme une feuille de papier sur un petit lit à roulettes. Je ne nie pas que frère Roger ait vécu une vie d'austérité, mais il avait un coussin, des draps et une couverture. Autant de choses qui avaient touché son saint corps. Que sont-elles devenues ?

La jeune femme leva une main :

— Non, ne me le dites pas. On a défait le lit et on a tout envoyé à la buanderie, c'est cela ?

Le prieur hocha la tête et Kathryn poursuivit :

— Vous n'avez pas songé à garder sa literie comme précieuses reliques ? Enfin, père prieur, vous soutenez que Roger est un saint ; néanmoins, tout tend à prouver que vous avez détruit ou retiré ce qui lui avait appartenu.

— Qu'essayez-vous de dire ?

— Rien. Je suis surprise.

Croisant les doigts, Jonquil sourit à Kathryn du coin de l'œil.

— Il est une chose que vous oubliez. Nous sommes ici dans un monastère. Beaucoup d'hommes bons et saints y ont vécu et y sont morts. Quand nous avons découvert le corps de frère Roger, nous avons éprouvé de la peine et de la tristesse, mais la mort est chose courante ici. Roger était âgé, il souffrait de multiples maux. Nous ignorions qu'il allait devenir un saint, car nous n'avons pas le don de prophétie. Certes, il y eut certains prodiges comme l'odeur et les stigmates, mais nous n'avions pas prévu les miracles, les apparitions...

Ses deux compagnons s'exclamèrent en chœur

qu'ils étaient d'accord. Kathryn, avec une grimace, écarta la feuille de parchemin.

— Dans ce cas, je vous suis reconnaissante de votre conseil, répliqua-t-elle, bouclant sa sacoche d'écriture. Maître Murtagh, j'aimerais avoir un mot avec vous en privé.

La réunion achevée, les religieux se hâtèrent de quitter le parloir, jetant des regards furieux à Kathryn. Venables annonça qu'il n'y comprenait rien.

— On doit enterrer de nouveau le corps de frère Roger, n'est-ce pas? demanda-t-il. La duchesse aimerait que je lui présente ses respects.

— Elle n'a pas l'intention de se rendre elle-même auprès de la dépouille?

— Demain, Maîtresse, mais j'obéis toujours aux ordres.

Après s'être incliné, Venables disparut.

Colum repoussa son siège et s'étira.

— Eh bien, eh bien, je dirais que vous n'êtes pas en sécurité ici, Maîtresse Swinbrooke. Avec les religieux, vous avez la langue acérée

Se penchant en avant, Kathryn prit la main de son compagnon et la serra.

— Non, Colum, pas avec les religieux, avec les menteurs. Il faut séparer le bon grain de l'ivraie Atworth a pu être un très saint homme; je le pense. Des miracles se sont peut-être produits, je ne le nie pas, mais plus mon enquête sur sa mort avance, et plus je rejette la théorie officielle.

— Comment cela? Vous allez dire qu'il a été empoisonné?

— Non, souffla Kathryn, mais je crois fermement qu'il a été assassiné. Encore un peu de temps, et je détiendrai ma preuve.

— Qu'est-ce qui vous fait parler ainsi?

— Atworth lui-même. Je n'ai jamais demandé à ces

bons frères pourquoi Atworth aurait brûlé ses papiers personnels et verrouillé sa porte. Du moins je ne l'ai pas fait de façon rigoureuse et méthodique.

— Croyez-vous qu'il savait qu'il allait mourir? Peut-être s'en réjouissait-il?

Kathryn secoua la tête.

— Personne n'est heureux de mourir. Pas même un saint. Nos trois moines sont des menteurs qui dissimulent la vérité!

CHAPITRE X

« Les seigneurs caparaçonnés sur leurs coursiers,
Les chevaliers d'escorte, et autres écuyers... »

Chaucer, « Le conte du Chevalier »,
Les Contes de Cantorbéry

La présence de la Cour avait métamorphosé le palais de l'archevêque. Des archers royaux, arborant la livrée des York sur leurs vestes de cuir, étaient assemblés près des entrées et des portes latérales, leurs longs arcs en bois d'if à l'épaule. À l'intérieur de l'enceinte, l'étendard royal déployait bravement les léopards d'or d'Angleterre dans la brise de l'après-midi finissant. Des chevaliers bannerets en armure sur laquelle ils portaient le splendide tabard de la maison royale gardaient portes, galeries et autres accès. Une petite compagnie de coursiers attendaient avec leurs montures, prêts à exécuter le moindre caprice du roi. Des messagers venus au galop de Londres ou d'ailleurs apportaient des lettres et rapports de shérifs, juges et officiers ministériels. Le pourtour de la cathédrale avait perdu son aura de sainteté, de lourds parfums et l'odeur des chevaux et du cuir ayant remplacé les fragrances de cire et d'encens. Le cliquetis de l'acier et les cris rauques des gens d'armes troublaient la sérénité des lieux et le plain-chant des moines.

Colum, Venables et Kathryn furent arrêtés à peu près tous les vingt pas : après avoir enlevé aux hommes leurs ceintures de guerre, on les fouilla tous les trois au cas où ils porteraient des armes cachées, et seulement alors on les autorisa à entrer sur la recommandation personnelle du capitaine.

— Le roi est méfiant, chuchota Colum. L'agitation continue dans le pays. La maison de Lancastre compte beaucoup d'écervelés qui ont des meurtres sur la conscience et des assassinats en tête. Édouard est particulièrement préoccupé par les enfants royaux.

Kathryn opina du chef. Colum discutait souvent de la politique de la Cour et de la province. Édouard d'York avait anéanti ses ennemis. Les chefs de guerre lancastriens avaient été exécutés de façon barbare sur la place du marché à Tewkesbury et ailleurs, mais le dernier prétendant lancastrien, Henri Tudor, était toujours réfugié à l'étranger, ainsi que son redoutable chef d'armée, de Vere, comte d'Oxford. Les partisans lancastriens qui avaient échappé au bain de sang de Tewkesbury se cachaient maintenant dans les landes ou les forêts, pendant que de nombreux seigneurs ne se contentaient probablement pas de jouir de la paix.

— Ils retourneraient leur veste à la première occasion, avait confié Colum, mais la meute des loups garde son calme tant que son chef reste fort.

— Et vous ? avait demandé Kathryn.

Colum, grimaçant un sourire, avait cité un proverbe :

— « Quand on dort avec des loups, si on se réveille, on hurle toujours ! »

Les mots revinrent à l'esprit de Kathryn, tandis qu'ils traversaient l'enceinte sacrée. Elle pensait rarement que les hostilités pourraient reprendre et que

Colum, en tenue de soldat, serait appelé sous l'étendard royal. Elle avait déjà rencontré la famillc royale. Le roi Édouard était magnifique, dominant tout le monde, avec ses yeux bleus cyniques, sa bouche charnue, sa démarche nonchalante, ce regard entendu chaque fois que passait un joli visage, et ce charme indolent qui dissimulait une volonté de fer et un cœur d'acier. Édouard pouvait se montrer magnanime, généreux, plein de libéralité, mais s'il était acculé ou se sentait menacé, c'était le plus sanguinaire de tous. Clarence, son frère, avait le beau visage sournois d'une femme ; il aurait pu être très bel homme sans son air maussade et méprisant. George de Clarence aimait la trahison, il s'y mouvait comme un poisson dans l'eau. Richard de Gloucester, plus petit que ses deux frères, était roux, avec des traits sombres et des yeux verts. Ce prince passait pour être un vaillant guerrier, ainsi que le meilleur des amis et le pire des ennemis. Kathryn avait aussi rencontré l'épouse d'Édouard, Élisabeth Woodville, femme vraiment remarquable, et l'une des plus grandes beautés que Kathryn ait jamais vues, avec ses cheveux d'or et ses étranges yeux violets. On murmurait qu'Élisabeth était sorcière, rompue à l'art de l'amour. Veuve, elle avait attiré Édouard d'York dans sa toile de soie et l'avait pris au piège de ses jeux subtils et retors. Kathryn ferma les yeux, espérant que l'affaire présente n'attirerait pas sur la « petite » qu'elle était l'attention de ces grands.

Ils passèrent un portique soutenu par des piliers, où avaient pris place, de part et d'autre, des archers royaux, leurs arcs armés de flèches. Ensuite, ils franchirent une autre entrée gardée par les propres chevaliers de la maison du roi, épées au clair, et se trouvèrent alors dans le jardin de plaisance de l'archevêque. Tant de splendeur laissa Kathryn sans voix. C'était une vaste pelouse carrée entourée d'arbres et de plates-bandes fleuries. Derrière celles-ci, on avait accroché de somptueuses tentures d'or, tirées entre des poteaux pour créer l'impression d'une salle de banquet en plein air. Chaque tenture portait les armoiries royales et la rose blanche du comté d'York, et toutes étaient de couleurs différentes : bleu, rouge foncé, vert, or, marron-rouge et pourpre. Elles s'élevaient à plus de trois mètres entre les poteaux, à l'extrémité desquels flottait nonchalamment dans la brise une oriflamme aux armes de la maison royale. On avait jeté des tapis sur l'herbe. À l'extrémité de la pelouse, la table royale avait été dressée sur une estrade recouverte d'étoffes scintillantes. Au pied de l'estrade une autre table avançait au milieu de la pelouse. Kathryn pouvait entendre les serviteurs s'affairer et parler. Les tables étaient encombrées de plats d'or et d'argent, de gobelets incrustés de pierreries, de couverts et de louches en métal précieux. Sur la table royale, une salière en or fin, en forme de château de fée, étincelait tant au soleil qu'elle éblouit la jeune femme.

Cependant, Colum lui indiquait les invités installés à la table basse : des courtisans et des ecclésiastiques de haut rang. À mesure que ses yeux s'habituaient à la lumière, Kathryn distingua, à la table haute, le roi, son épouse à sa droite et sa mère à sa gauche. Clarence, qui avait déjà beaucoup bu, était affalé en avant, discutant avec son frère Richard. Édouard, lui, était assis sous un dais d'argent garni de glands rouges ; il se laissait aller dans son siège d'apparat, tenant d'une main un gobelet, tandis que de l'autre il couvrait celle de son épouse. Même de là où elle se tenait, Kathryn pouvait voir que l'esprit du roi était ailleurs ; il leva les yeux vers le ciel pour observer une hirondelle comme s'il lui enviait sa liberté. Derrière se tenaient en rang les hérauts et les chevaliers bannerets. De douces odeurs de nourriture emplissaient l'air.

Kathryn chercha Bourchier et le repéra à l'extrémité de la table, juste sous l'estrade royale. Les yeux clos, l'archevêque avait joint les mains comme s'il priait. Au vu des taches de vin qui maculaient la nappe blanc ivoire, il était clair que le banquet touchait à sa fin. Derrière les tentures dorées, les musiciens royaux essayaient de jouer, mais leur musique était noyée dans le bruit des assiettes qui s'entrechoquaient, des allées et venues des serviteurs circulant entre les hôtes avec de gros carafons de vin.

— Ils ont bien mangé et bien bu, chuchota Venables, quant à l'humeur du roi, seuls Dieu et ses saints la connaissent.

Un chambellan apparut et murmura quelques mots au roi, qui le congédia d'un geste. Colum saisit Kathryn par la manche.

— Regardez ce personnage au bout de la table royale. Il revient à l'instant.

Kathryn suivit la direction indiquée par Colum. Un individu de petite taille et corpulent, avec des cheveux roux intense, venait de reprendre son siège. Il était vêtu comme un paon d'une cotte-hardie rouge foncé, avec un haut col incrusté de joyaux. Son visage était empourpré par le vin, et il semblait s'ennuyer tout autant que le roi, jouant sans arrêt avec une bague à son doigt, et se tournant de temps en temps pour sourire à la jolie servante qui proposait un pot à eau pour que les hôtes puissent se rincer les mains. Le roi parut intéressé que l'homme soit revenu : se penchant en avant, il cria quelque chose en travers de la table. L'individu prit son gobelet, inclina la tête et porta un toast au roi.

— C'est le vicomte de Sanglier, chuchota Colum, l'envoyé du roi de France chargé des messages les plus affectueux de Louis, ainsi que de donner de sa part le baiser de paix à son aimable frère en Dieu, Édouard d'Angleterre.

Le sarcasme s'entendait clairement dans la voix de l'Irlandais.

Le roi leva son gobelet en l'honneur de Sanglier, puis se cala dans son siège ; il murmura alors quelque chose à sa femme qui sourit avec affectation et baissa la tête. Le chambellan reparut pour glisser quelques mots à l'oreille du roi. Cette fois Édouard approuva d'un geste mou de la main. Derrière lui, les hérauts levèrent leurs trompettes et leur fanfare noya le bruit des conversations. À ce signal, un autre chambellan, qui s'appuyait avec raideur sur sa crosse d'apparat, survint par l'un des passages ménagés entre les tentures. Derrière lui, quatre cuisiniers portaient sur un grand plateau d'argent un magnifique cygne blanc fait de sucre. Tous les invités applaudirent, et les hommes en sueur, tenant solidement le plateau, contournèrent les tables pour s'approcher du roi. Ils étaient suivis de pages munis de petites coupes de friandises. Le chambellan s'écarta, le temps qu'on débarrasse la table, et le cygne fut placé devant le roi. De nouveau une fanfare de trompettes retentit, et le silence se fit. Levant son verre, Édouard, d'une voix ferme, tonnante, même si son élocution était un peu pâteuse, déclara :

— Mes seigneurs et dames, nous souhaitons la bienvenue à l'envoyé de notre cher cousin Louis, le vicomte de Sanglier, venu de France réaffirmer la grande paix entre nos deux royaumes.

Le roi semblait sincère, mais il avait un sourire cynique. Il leva encore son gobelet pour en avaler le contenu d'un trait. Les membres de la Cour l'imitèrent. Le vicomte fit mine de se dresser, mais Édouard lui fit signe de rester assis, et portant sur l'assistance un regard rayonnant, il ajouta :

— Nul besoin de discours : nous offrons la paix, l'amitié et l'amour fraternel. Ce cygne est un gage de notre estime.

Il se tourna ensuite vers le chambellan qui tira son couteau pour le lui tendre. Édouard se pencha et, d'un mouvement rapide, fendit le cygne. S'en échappèrent six colombes d'un blanc pur qui, affamées, affolées par le bruit et la lumière, s'élevèrent au-dessus des invités à grands battements d'ailes. Des « oh » et des « ah » fusèrent, ainsi que des applaudissements. Le roi donna un ordre sec. Les colombes partaient à tire-d'aile quand, derrière les tapisseries en soie, des fauconniers lâchèrent cinq des faucons royaux. Ces oiseaux de chasse, dressés et dûment privés de nourriture, s'élancèrent dans le ciel telles des ombres noires. Les exclamations des invités moururent sur leurs lèvres, tandis qu'ils suivaient des yeux les rapaces qui fonçaient, puis s'arrêtaient l'espace d'un instant. Enfin, ailes rabattues, ils fondirent comme des pierres sur la victime qu'ils s'étaient choisie. Une seule colombe réussit à s'échapper, mais les autres, folles de terreur, furent des proies faciles. Un faucon saisit la sienne, la serrant entre ses serres cruelles : le sang gicla et retomba en partie sur les convives. D'autres rapaces tuèrent les leurs en plein ciel bleu, et le sang gouttait lorsque, obéissant au sifflet de leur maître, ils rapportèrent leurs victimes. On applaudit. Sur son trône, Édouard souriait avec nonchalance à l'assistance, amusé quand des courtisans essuyait rapidement des éclaboussures de sang sur leurs somptueux atours. Çà et là, les nappes blanches étaient tachées de gouttes écarlates. Sanglier regardait les bagues à ses doigts, comme s'il n'avait pas vu ce qui se passait. Kathryn se détourna, écœurée.

— Quelle cruauté, Colum ! chuchota-t-elle. Il ne s'agit pas de chasse mais d'une tuerie gratuite.

— C'est ainsi qu'est notre noble prince, répliqua-t-il. Il a sans doute attendu ce moment toute la journée. C'est un avertissement à Sanglier. Il peut souper et déjeuner, regarder le lâcher des colombes de la paix, mais s'il le faut, les faucons de la guerre battront les cieux en permanence.

Le roi se leva et frappa dans ses mains, signe que les festivités étaient terminées. Puis, suivi de sa mère et de ses frères, il quitta l'enceinte royale ; en passant, il tapota Sanglier sur l'épaule, lui indiquant ainsi de le suivre. Les invités se détendirent, certains se levèrent pour rejoindre des amis, d'autres réclamèrent de la nourriture et du vin.

— Et maintenant ? interrogea Kathryn.

Venables, qui se tenait à sa gauche, les invita à l'accompagner.

Ils sortirent de l'enceinte et traversèrent une cour pavée pour déboucher dans le jardin privé de l'archevêque où on avait dressé un pavillon royal somptueux. Le garde à l'entrée les arrêta mais, après quelques mots échangés avec Venables, ils purent pénétrer à l'intérieur. L'aménagement du lieu était fastueux : sol couvert de tapis, sièges d'apparat disposés en fer à cheval, et devant chacun, une petite table en chêne. Le roi et les membres de sa famille avaient déjà pris place, et l'on avait servi du vin blanc. Kathryn nota que Bourchier et Spineri avaient rejoint le clan royal. Le cardinal, l'air somnolent, la paupière lourde, écoutait Bourchier qui murmurait à son oreille. Le roi, morose, était assis entre sa mère, à sa gauche, et Clarence, Gloucester et le vicomte à sa droite. Vu de près, le Français, avec ses cheveux roux et ses yeux sombres et brillants, ressemblait à un petit renard apprivoisé que Kathryn avait eu un jour. Il ne semblait pas troublé par la cruelle pantomime d'Édouard au banquet. Au contraire, sa coupe à la main, il portait un cure-dents en argent à sa bouche comme si un morceau de viande coincé entre ses dents absorbait toute son attention.

Quand Kathryn apparut avec ses deux compagnons, le roi leur indiqua trois sièges garnis de coussins disposés juste à l'entrée. Colum s'avança pour baiser la main du souverain, mais celui-ci rejeta la tête en arrière en faisant claquer ses doigts.

— Assez de cérémonie pour aujourd'hui, Irlandais.

Il eut ensuite un lent sourire et ajouta :

— Je me souviens de vous, Maîtresse Swinbrooke.

Ce disant, il avait élevé la voix non seulement en signe de bienvenue, mais aussi pour que les autres se taisent.

Kathryn prit son siège. Il lui semblait qu'elle s'engageait dans un jeu dangereux. Affalé dans son fauteuil d'apparat, impatient du protocole et des civilités, Édouard n'en était pas moins un prince conscient de ses prérogatives. À son côté, la duchesse Cécile fusillait Kathryn du regard ; elle avait à peine poudré de blanc son beau visage aux traits forts qu'accentuait l'arc de ses sourcils épilés. Ses lèvres, humides de vin, étaient pleines et rouges. Kathryn se rendait compte qu'elle avait mécontenté celle qu'on appelait la Rose de Raby.

Édouard se pencha en avant.

— Mes condoléances, Murtagh, pour la mort de votre ami et collègue Maître Mafiach.

Le silence se fit plus intense.

— Qui est-ce ? demanda Sanglier.

Il se nettoyait la bouche avec la langue à présent, et son regard se fixa sur Kathryn avant de se porter sur le roi.

— Qui est qui ? ricana Clarence. La jeune femme est médecin. Dites un peu, Sanglier, vous aimeriez qu'elle vous examine ?

George de Clarence éclata d'un rire tonitruant qui secoua ses épaules.

— Taisez-vous, George !

Édouard sourit à Kathryn.

— Seigneur vicomte, cette dame est Kathryn Swinbrooke. Je suis sûr qu'elle connaît déjà le vicomte de Sanglier : votre réputation vous précède toujours.

Le Français s'inclina comme si on venait de lui faire le plus aimable compliment.

— Et cette mort ? reprit-il.

Il agita la main et ajouta :

— Je connais Maître Murtagh, ainsi que Venables, mais Mafiach ? C'est la première fois que j'entends ce nom.

Kathryn nota son regard plein d'innocence.

Le roi sourit.

— Certes, c'est bien normal : cet homme était un messager. Il a été assassiné dans une taverne à l'extérieur de la ville.

Avec une grimace, le Français se rassit comme si l'affaire ne l'intéressait aucunement. Le sourire du roi disparut.

— Vous auriez dû montrer plus de circonspection, Maître Murtagh !

— Votre Grâce, intervint Venables, c'est Mafiach qui en a manqué. Il a été imprudent.

— C'est vrai, concéda Édouard, mais maintenant son âme est auprès de Dieu.

— Comment l'a-t-on tué ? demanda Sanglier, qui ne voulait pas rester hors du jeu.

Le regard d'Édouard changea tandis qu'il clignait des yeux, et Kathryn entrevit la fureur qui bouillonnait en lui.

— On lui a écrasé la cervelle.

— Je suis navré.

Sanglier leva sa coupe pour porter un toast en signe de condoléances.

— *In vino veritas*, dit-on : le vin révèle toujours la vérité. Je suis vraiment désolé que vous ayez eu des ennuis, Votre Grâce.

Édouard hocha la tête.

— Et vous, Maîtresse Swinbrooke? reprit-il. Cette affaire au monastère du Sac?

Il saisit la duchesse par le poignet.

— Notre mère bien-aimée est très préoccupée. A-t-elle raison de l'être? D'abord, la mort du bienheureux Roger, et maintenant il s'est produit un autre meurtre! Allons, parlez, Maîtresse.

Kathryn narra succinctement ce qui était arrivé, omettant tout détail personnel. Elle parla des prétendus miracles et du corps d'Atworth, sans jamais faire allusion à ce qu'il y avait de mystérieux ni aux intrigues. Ce faisant, elle promenait son regard autour d'elle. Colum demeurait silencieux, Venables fixait la duchesse comme pour lui communiquer des messages secrets, et hochait à peine la tête à ce que disait Kathryn. Spineri avait l'air de s'ennuyer, et Bourchier gardait les yeux mi-clos. Mais Kathryn savait qu'il écoutait attentivement, pesant chacun de ses mots. Quant au roi, il ne la quittait pas des yeux. La duchesse paraissait contrariée, tandis que ses deux autres fils semblaient trouver la séance fastidieuse. Quant à Kathryn, plus elle parlait, plus se renforçait sa conviction qu'Édouard d'Angleterre jouait un jeu avec chacune des personnes présentes. Spineri était tenu d'être là, de même l'archevêque, mais il y avait une sourde hostilité entre le roi et le vicomte. Ce dernier ne devait pas être étranger à la mort de Mafiach. Ah, il pouvait bien feindre l'innocence, Kathryn se doutait qu'il en savait autant qu'elle sur Atworth.

Quand elle eut terminé, le roi se cala contre le dossier de son siège, faisant tourner le vin dans sa coupe. Avec un sourire au vicomte, il déclara :

— Monseigneur, vous avez connu Maître Atworth dans vos jeunes années?

— J'ai eu ce plaisir, Votre Grâce.

Le roi s'accouda aux bras de son fauteuil et joignit les mains.

— Si je vous ai bien écoutée, Maîtresse, Atworth a eu une belle mort après avoir mené une vie de vertu. Vous exprimez des doutes sur l'apparition et les miracles qui s'en sont suivis, mais vous êtes l'Advocatus Diaboli. Son Éminence le cardinal est prêt à soutenir cette canonisation à Rome. Il a l'oreille du Saint-Père. Il devra rapporter fidèlement ce qu'il a découvert...

À ce point, la voix d'Édouard se fit sarcastique.

— ... et il a dû en apprendre beaucoup. Il devra aussi rapporter vos conclusions. Vous-même, Maîtresse Swinbrooke, d'après les preuves que vous avez examinées, feriez-vous quoi que ce soit pour empêcher la béatification du bienheureux Roger ?

La duchesse Cécile, dont le visage s'était adouci, fixait Kathryn. L'implorait-elle du regard ? L'intéressée se remémora ce qu'elle savait sur Atworth : comment il avait racheté par une vie de prière et de pénitence ses actes de cruauté du temps où il était soldat ; sa mansuétude à l'égard de Mathilda Chandler.

— Non, Votre Grâce, je ne le ferais pas.

Et Kathryn ajouta vivement :

— Certes, tout n'est pas clair dans cette affaire. Atworth est peut-être né pécheur, et a vécu comme tel, mais il est mort en saint homme.

La duchesse Cécile applaudit, un sourire radieux aux lèvres. Le vicomte marmonna quelque chose en français et leva sa coupe à la santé de Kathryn.

— L'affaire est donc close ?

Le roi avait posé la question si rapidement que, d'un seul coup, Kathryn comprit la raison de leur présence ici. Édouard d'Angleterre se moquait d'Atworth comme d'une guigne. Si sa mère voulait faire canoniser un des rapaces de la fauconnerie royale, Édouard en serait d'accord. Il y avait autre chose, mais quoi ?

Le vicomte prit la parole.

— Majesté, je puis assurer que mon noble maître, Louis de France, fera tout ce qui cst en son pouvoir pour soutenir cette cause devant la curie. Vous en avez ma parole solennelle.

Édouard aurait dû être content, au lieu de quoi il fixa l'envoyé français d'un regard dur.

— Je suis bien sûr qu'il le fera, Monseigneur.

— Nous mettrons tout en œuvre, insista le vicomte. Mon maître prend cette affaire très à cœur.

Clarence étendit ses jambes, étouffant un bâillement.

— Nos remerciements les plus sincères pour tout ce que vous avez fait, Maîtresse Swinbrooke. Cela n'a pas dû être bien agréable.

Il se redressa sur son siège avec un sourire lascif.

— Vous avez dû courir des risques, non, Maîtresse Swinbrooke ?

— Non, Monseigneur, avec des hommes tels que vous, je ne redoute aucun danger.

Le sourire de Clarence s'évanouit. Les autres membres de la famille royale demeurèrent impassibles quelques instants, puis le visage de Richard de Gloucester s'éclaira. Édouard éclata de rire, et ses compagnons l'imitèrent. Le vicomte secoua imperceptiblement la tête en regardant Clarence comme pour l'avertir de faire attention. « Je m'en souviendrai », se dit Kathryn, et d'après l'expression de Clarence, ce dernier ne l'oublierait pas non plus.

Le roi se leva et frappa dans ses mains.

— Nous vous remercions pour ce que vous avez fait, Maîtresse Swinbrooke !

La duchesse tira son fils par la manche, et Édouard se pencha vers elle. Elle lui murmura quelques mots à l'oreille, indiquant Kathryn.

— Parfait, parfait. Maîtresse Kathryn, ma chère mère désire s'entretenir en privé avec vous.

Édouard sortit, escorté de ses hôtes. En passant,

Bourchier fit un clin d'œil à Kathryn et lui tapota gentiment l'épaule. Colum lui dit qu'il attendrait dehors.

Lorsque le rabat de la tente retomba, Cécile fit signe à Kathryn de venir prendre place dans le siège d'apparat qu'avait occupé son fils.

— Asseyez-vous là, sourit-elle. Mon fils n'y verra aucune objection. Il lui est déjà arrivé plusieurs fois de céder son trône à un autre.

Kathryn obéit, et la duchesse Cécile la scruta de ses yeux magnifiques.

— Je vous suis reconnaissante de ce que vous avez fait, Maîtresse, déclara-t-elle.

Elle regarda le rabat de la tente, puis demanda :

— Qu'avez-vous découvert d'autre, Maîtresse Swinbrooke ?

Kathryn décida d'aller droit au but.

— J'ai besoin de votre aide, Votre Grâce. Il est clair que Roger Atworth a vécu saintement, mais il détenait aussi des secrets que certains veulent percer.

La duchesse ne broncha pas.

— Si je puis vous assurer, Madame, que votre défunt confesseur est maintenant au Ciel, je ne puis pas vous garantir qu'il y a emporté ses secrets avec lui.

Le regard de la duchesse se fit craintif.

— Pourquoi ne pas me faire confiance ? insista Kathryn. Madame, savez-vous...

La jeune femme se mordit la lèvre.

— Que devrais-je savoir ?

— Pourquoi les Français s'intéressent-ils à cette affaire ?

— Vous avez trouvé un fil et l'avez suivi loin, Maîtresse Swinbrooke.

— Savez-vous quelque chose sur la mort d'Atworth, Madame ? Il faut que j'en sois avertie et pour vous et pour moi.

Oubliant un instant que cette femme était la mère du

roi d'Angleterre, Kathryn lui effleura la main. Elle était glacée.

— Vous avez très peur, n'est-ce pas, Madame ?

La lèvre inférieure de la duchesse se mit à trembler.

— Le prieur Anselm m'a assuré que Roger Atworth avait brûlé mes lettres avant de mourir, soupira-t-elle. Elles ne contenaient cependant pas grand-chose.

Cécile détourna son regard et Kathryn demanda :

— Jonquil est-il votre espion ?

En guise de réponse, Cécile baissa les yeux sur les chaussons en brocart qui dépassaient de sa coûteuse robe.

— Pas ici, chuchota-t-elle, pas maintenant.

Elle saisit Kathryn par le poignet.

— Et soyez prudente, Maîtresse...

Elle secoua la tête.

— Mon fils George de Clarence supporte mal les insultes.

Sur ces mots, elle éleva la voix, comme si elle savait qu'on l'épiait, dehors, et reprit :

— Je vous remercie encore, Maîtresse. Soyez assurée de ma faveur.

Se dressant, elle tendit sa main ornée de bagues pour que Kathryn la baise. Comme celle-ci s'exécutait, elle se pencha pour lui murmurer à l'oreille :

— Pas ici, pas maintenant !

Et elle s'en fut.

Kathryn quitta le pavillon pour trouver Colum et Venables en grande conversation. L'homme de la reine s'interrompit aussitôt et, après de rapides adieux, suivit la duchesse qui traversait la pelouse en direction de la porte de sortie.

Colum ouvrit les boutons de son justaucorps vert et enlaça Kathryn par les épaules.

— Eh bien ! Vous avez ridiculisé Clarence et il sait se montrer un ennemi redoutable.

— Sa mère m'a dit la même chose, rétorqua Kathryn. Et vous, on vous a fait des reproches.

— Oh, le roi oubliera. Contrairement à Clarence, il n'est pas rancunier.

— Suis-je en danger ? demanda Kathryn. Clarence a le regard et la moue d'un enfant méchant.

Colum leva les yeux sur la masse sombre des bâtiments de l'abbaye.

— Non. Si je vous effrayais inutilement, ce serait cruel. En partant, le roi a pris Clarence par le bras. Je suppose qu'il lui intimera l'ordre de vous laisser en paix. Mais venez, Kathryn, sortons de ce cocon de soie.

Ils quittèrent l'enceinte de la cathédrale par une porte latérale. En retrouvant les rues de Cantorbéry, Kathryn éprouva une impression étrange, après le silence du monastère et la fabuleuse splendeur de la cour d'Édouard. Le jour tombait à présent, les gens se hâtaient de rentrer chez eux, tandis qu'on enlevait les étals, et que les marchands, les commerçants et les apprentis envahissaient les tavernes et les gargotes. Kathryn et Colum se tenaient par le bras. La jeune femme remarqua que les rues avaient été nettoyées, que les tas d'immondices étaient beaucoup moins nombreux. En même temps, les charrettes des balayeurs étaient partout visibles.

— On dirait que la guerre de Malachi contre les rats réussit.

— Holbech continue de craindre ces quadrupèdes, répliqua Colum. Il assure en avoir vu un l'autre soir dans une taverne, et il était si gros qu'il l'a pris pour un chat.

Ils empruntèrent des ruelles envahies par une forte odeur de chou bouilli. Des femmes pauvrement habillées filaient la laine assises devant leurs portes. Des enfants couraient partout en glapissant. À l'angle de

Saint-Peter's Street, Rawnose, le colporteur, était accroupi avec son plateau vide. Son visage défiguré était crasseux, et il tendait la main pour demander l'aumône. À l'approche de Kathryn et de Colum, il bondit sur ses pieds, ses joues grêlées ruisselant de larmes. L'horrible cicatrice qui lui servait de nez était plus congestionnée et plus agressive que d'habitude.

— Qu'y a-t-il, Rawnose ?

— J'ai un démon dans mon ventre.

L'homme avait un regard frénétique.

— Le Diable secoue mon âme. Oh, Maîtresse Swinbrooke, un démon ignoble me hante avec une voix de rossignol. Il m'a entraîné dans le feu et les flammes, dans l'eau des cascades et des tourbillons, dans les marécages et les fondrières.

Rawnose se gratta la joue.

— Ce diable qui est en moi n'habite pas le monde réel, mais se tient dans un bosquet sombre ; au crépuscule, il vient me poursuivre.

Kathryn ouvrit sa bourse pour en sortir deux pièces de monnaie.

— Tu as vendu tous tes rubans et ta camelote, et tu as bu l'argent que tu en as retiré, c'est cela, Rawnose ? Tiens, prends ceci. À présent, va voir le père Cuthbert, à l'hospice des Prêtres Indigents ; qu'il t'examine, et fais exactement ce qu'il te dira. Il te faut du bouillon avec du pain et, à te voir, une bonne nuit de sommeil aussi.

Kathryn serra les doigts du mendiant.

— Promets-moi de le faire, ou je ne te parlerai plus jamais.

Rawnose attrapa précipitamment l'argent et leva la main comme s'il prêtait serment. Il n'était pas très assuré sur ses jambes.

— Pas un mot de plus, ordonna Kathryn.

Le colporteur s'éloigna en hâte, et Colum s'exclama :

— Doux Jésus, il a le visage aussi troué qu'un fromage, et il pue comme un tas de fumier!

— Le père Cuthbert s'occupera de lui.

Une fillette en haillons accourut.

— Je peux avoir une pièce, Maîtresse? demanda-t-elle d'une voix chantante.

La gamine, qui avait des yeux bleus comme des bleuets, sourit.

— Et pourquoi te donnerais-je une pièce?

— Je vous montrerai une fée et le carrosse dans lequel elle se promène.

Kathryn fronça les sourcils, dubitative, et l'enfant se mit à glousser. Elle tenait un pot cassé contenant de l'eau savonneuse récupérée dans la cuve où sa mère lavait le linge, et une brindille terminée par un anneau. Elle plongea celle-ci dans l'eau, l'agita et commença à faire des bulles en soufflant. Kathryn se mit à rire en les voyant voleter dans sa direction. L'une atterrit sur son nez, et elle flaira l'odeur de cendre de bois que la maman avait dû utiliser.

— Il y a des fées à l'intérieur, affirma la petite fille. Je vous ai attrapée!

Kathryn lui tendit la pièce demandée et reprit sa marche.

— Moi aussi, je faisais des bulles de savon autrefois, fit-elle observer en s'essuyant le bout du nez.

Soudain, elle s'immobilisa en reniflant ses doigts.

— Qu'y a-t-il, Kathryn? J'ai hâte de rentrer et de me changer. Holbech doit se demander où je suis. Il faut aussi que je présente mes respects à la dépouille de Mafiach, avant qu'on ne le mette en terre.

La jeune femme ne bougea pas, fixant ses doigts. Colum lui prit la main.

— Kathryn? Vous ne vous sentez pas bien?

— Oh si!

Elle se remit en chemin comme si elle était dans un rêve éveillé.

— Que voulait la reine mère ? interrogea Colum. Sait-elle ce que vous savez ?

Kathryn leva les yeux sur son compagnon.

— Elle se doute que la mort d'Atworth n'est pas aussi simple qu'il y paraît. Elle élude une question : Jonquil est-il un espion à sa solde ? Je ne sais plus où j'en suis, Colum. Il faut que je réfléchisse à ce que j'ai vu et entendu aujourd'hui. Une autre chose m'intrigue : pourquoi le vicomte a-t-il assuré que les Français soutiendraient la canonisation d'Atworth ?

Ils bifurquèrent dans Ottemelle Lane. Kathryn salua d'un signe de tête Goldere le clerc, qui comme d'habitude marchait à toute allure, une main agrippée à sa braguette, l'autre à son habit élimé.

— Avez-vous parlé du psautier à la duchesse ?

— Non.

Kathryn s'immobilisa, la paume sur le loquet de la porte.

— Au milieu d'une assistance aussi traître et doucereuse, moins j'en dis, mieux c'est. Notre duchesse réfléchira. Peut-être nous rencontrerons-nous une autre fois.

La jeune femme pénétra dans la maison. Des odeurs provenant de la cuisine emplissaient l'air. Agnes se trouvait dans la boutique d'apothicaire, occupée à frotter le comptoir. Dès qu'elle vit Kathryn, elle lâcha sa brosse et un sourire éclaira son visage maigre et pâle. Wulf apparut de derrière un coffre où il se cachait, ses cheveux blonds hérissés, le visage mâchuré et collant.

— Toi, tu as chipé des massepains, non ? interrogea Kathryn.

— Et bien davantage ! s'exclama Thomasina qui arrivait, affairée, dans le couloir.

Ses bras nus jusqu'aux coudes étaient couverts de farine, et le feu lui avait rougi le visage.

— J'ai fait cuire des tartes, annonça-t-elle.

Elle regarda Colum d'un œil noir.

— Je suis contente que vous soyez de retour, Maîtresse.

Elle précéda Kathryn dans la cuisine, racontant avec volubilité ce qui s'était passé, et quels patients s'étaient présentés.

— Je les ai envoyés au père Cuthbert. Ils souffraient presque tous de maux de ventre. Les gens ne font pas attention à ce qu'ils mangent ni à ce qu'ils boivent.

Thomasina apporta ensuite le registre des ventes, et Kathryn constata avec plaisir que les affaires avaient bien marché. La servante était instruite, et en connaissait bien plus sur le commerce qu'elle ne le laissait voir, même à Kathryn.

Elle obligea celle-ci à prendre la chaise au bout de la table, et lui apporta ainsi qu'à Colum de la bière et de la tarte aux cerises. Kathryn sourit à son compagnon avec un clin d'œil. Quand Thomasina était excitée, elle jacassait comme une pie, de sorte qu'il était difficile de placer un mot. Toutes les nouvelles et les rumeurs de la paroisse y passèrent, et seulement alors commença-t-elle à poser des questions : Où étaient allés Colum et Kathryn ? Pourquoi l'Irlandais était-il vêtu comme un papegai ? Avaient-ils vu le roi ? À quoi ressemblait-il ?

Enfin, continuant à parler par-dessus son épaule, Thomasina partit chercher Wulf et Agnes, afin qu'ils mangent « quelque chose de solide ». Kathryn fit honneur à la tarte pendant que Colum filait dans sa chambre, disant qu'il allait se changer. En vérité, il cherchait à éviter les remarques acerbes de Thomasina et son bavardage incessant. Kathryn, quant à elle, n'écoutait que d'une oreille, occupée à mettre de l'ordre dans ses pensées. Elle se leva pour s'éclipser. Thomasina s'interrompit au milieu d'une phrase et lui sourit.

— Je vois que votre corps est ici, Kathryn, mais pas votre esprit.

Sans répondre, la jeune femme gagna son cabinet d'écriture, à côté de la boutique d'apothicaire. Là, elle s'assit à la table de son père et regarda le jardin de simples. Puis elle se leva et ouvrit la porte.

— Tu as fait de la bonne ouvrage, Wulf! lança-t-elle. Les plates-bandes sont bien désherbées.

Le garçonnet, la bouche pleine de tarte, lui cria quelque chose en retour. Kathryn referma la porte, et pendant un moment demeura assise, laissant les souvenirs de ces deux derniers jours lui passer par la tête comme des oiseaux. Le cadavre horrible de Gervase. Le corps d'Atworth et son aspect cireux, ainsi que le parfum suave qui l'entourait; les airs de conspirateurs d'Anselm, Simon et Jonquil; ce qu'avait chuchoté Mathilda Chandler à travers son judas; les étranges enluminures du psautier; et la tension dans l'entourage royal. Les faucons lui revinrent en mémoire, et les pathétiques restes sanglants des colombes.

— Ce sont tous des rapaces, marmonna-t-elle.

Oui, c'est bien ce qu'ils étaient, Édouard, Richard, Clarence et les autres. Tels des faucons pèlerins sur leurs perchoirs, ils se surveillaient entre eux, et surveillaient aussi le sol, au-dessous d'eux.

Kathryn ouvrit un petit coffre, et en sortit du parchemin et un plateau d'écriture.

« Atworth, consigna-t-elle. Les miracles? L'apparition? Les stigmates? »

— Vous n'êtes certainement pas mort dans votre lit, chuchota-t-elle.

Un coup retentit à la porte, et Thomasina passa son visage rond par l'entrebâillement.

— Oh, une chose : le père Cuthbert a envoyé plusieurs messages. Il veut vous voir.

— Quand les messages sont-ils arrivés?

— Ce matin. Il a dit que c'était assez urgent. À propos, Malachi Smallbones est revenu : cet homme est un gibier de potence ou je ne m'y connais guère.

Thomasina n'avait pas plutôt refermé la porte que Colum entra.

— Je songeais à la canonisation d'Atworth. S'il devenait un saint reconnu, qu'en tireraient les Français ?

— Ce qui m'inquiète, répliqua Kathryn, ce n'est pas qu'Atworth soit un saint ou un pécheur, mais ce qu'il savait sur la famille royale.

— Doux Jésus ! souffla Colum. Vous pensez que c'est si grave que ça ?

— Cette énigme comporte plusieurs parties. Qui est l'espion caché à la cour d'Angleterre ? Ce soir, Colum, après mon retour de l'hospice des Prêtres Indigents, je vais me pencher sur ce verset de Sophonie. Ensuite, il y a le meurtre de Mafiach. Je pense que le vicomte était au courant de tout. Il titillait Édouard avec ses bonnes paroles, mais le roi n'était pas dupe.

— Ce qu'il ignore, intervint Colum, c'est que Mafiach avait une copie de ce message.

— C'est vrai, admit Kathryn. Ensuite, il y a tous ces phénomènes bizarres entourant la mort d'Atworth, sans parler de Jonquil dont on ignore qui il est réellement. Et puis ce qui est arrivé à Gervase. D'une façon ou d'une autre, Colum, j'ai la conviction que toutes ces affaires sont liées, et même étroitement.

La jeune femme sourit.

— J'ai appris une chose, c'est que le parfum suave autour du corps d'Atworth n'était rien d'autre que des bulles dans l'air.

— Que voulez-vous dire ?

— Je vous l'expliquerai plus tard.

Kathryn se leva.

— Il faut d'abord que je dorme, Colum. J'ai besoin

d'un peu de repos. Nous irons voir le père Cuthbert dans la soirée.

La nuit tombait sur le monastère du Sac. C'était l'heure du crépuscule où, selon la légende, farfadets, gobelins, esprits des bois et toutes les créatures de l'ombre se libèrent. Une heure solitaire, quand les arbres chuchotent leur regret du jour qui s'enfuit. L'église de la Sainte-Mère consacrait ces premières heures de la nuit à la prière afin d'invoquer Dieu contre Satan et ses multiples cohortes qui battent les campagnes désolées, pourchassant l'âme des hommes. L'épais bosquet d'arbres, au fond du jardin de Gethsémani, devenait un lieu hanté et désert, mais l'assassin, accroupi sous les branches d'un chêne, ne craignait ni Dieu ni les hommes, ni même les terreurs de l'Enfer. Son visage était plongé dans l'ombre, à présent, et sa robe brune le dissimulait bien.

Il porta son regard sur les lumières du monastère. Çà et là, une chandelle brûlait derrière une fenêtre. Une cloche sonna, et l'homme perçut les bruits lointains des écuries et des cuisines. Il serra plus étroitement son outre à vin. Il avait dans les vastes poches de sa robe un bout de corde imprégné d'huile et un morceau d'amadou affûté. Pareil à un animal cherchant sa proie, il avança furtivement, sans bruit, ses pieds chaussés de sandales, l'œil aux aguets pour éviter les ramilles ou les branches. Les arbres et les buissons s'éclaircirent, et il passa l'endroit où le sous-prieur Gervase avait connu sa mort atroce.

De la lumière filtrait par le judas de la cellule de la Maudite. L'assassin posa son outre remplie d'huile sur le sol et avança en rampant. Quand il eut atteint la petite construction, il se redressa pour risquer un regard par le judas. Une chandelle brûlait, et il put voir la silhouette de Maîtresse Chandler sur son grabat. La prisonnière dormait profondément. S'accroupissant de nouveau, l'assassin contourna la cellule jusqu'à la plaque d'acier servant à bloquer la porte. Il la remit entre les lattes de bois destinées à la maintenir en place, et retourna au judas. Il prit l'outre, l'ouvrit et en déversa le contenu qui coula avec un bruit de glouglou, noir, inquiétant. L'assassin sortit ensuite le morceau de corde et un bout de bois imbibé d'huile, et fit glisser ceux-ci par le judas. Puis il saisit le morceau d'amadou. Il le frotta une fois, deux fois, mais le feu ne prit pas. Il le gratta de nouveau, et observa les flammes courir le long de la corde, jusqu'au judas. L'homme se retira. Un craquement résonna, et le feu s'emballa. Satisfait, l'assassin s'enfonça dans les ténèbres.

Depuis son nid d'aigle, le vieux frère Timothy contemplait, émerveillé, le jardin de Gethsémani. Il s'enorgueillissait que, en dépit de son âge, sa vue et sa tête ne laissent rien à désirer. À présent, il réalisait qu'il ne se rappelait pas avoir vu le sous-prieur Gervase traverser le jardin, par cet après-midi fatidique. Ou l'avait-il vu, mais beaucoup plus tôt ? Et y avait-il autre chose ? Une nuit semblable à celle-ci, voilà quelques semaines, vers la fête de l'Annonciation, lorsque frère Roger était décédé, frère Timothy était sûr d'avoir vu des silhouettes, à l'extrémité de Gethsémani. Ces gens portaient des lanternes. Était-ce le père prieur et l'infirmier ? Que faisaient-ils en pleine nuit ? Frère Timothy devrait en parler à Eadwig. Il frotta ses gencives édentées, portant son regard sur les arbres sombres, puis sur le ciel étoilé. Kathryn Swinbrooke, la femme médecin, lui avait bien plu avec ses yeux pleins de bonté et ses manières respectueuses. C'était sans doute elle, qui, disait-on, avait des amis puissants, qui avait laissé sortir de sa cellule Mathilda Chandler. Frère Timothy était sûr d'avoir vu la Maudite déambuler entre les arbres et les buissons, plus tôt, ce soir-là. Il en était content, lui qui était déjà au couvent quand la pauvre créature, ligotée, enchaînée, avait été enfermée à vie. Timothy vit alors une lumière incandescente dans le bosquet. Encore des lanternes ? Non, pareille lueur devait être un autre feu. Le Diable et ses démons étaient-ils revenus ? Frère Timothy saisit sa clochette et l'agita frénétiquement.

À cette heure du soir, l'hospice des Prêtres Indigents était tranquille. Celui qui s'en occupait, le père Cuthbert, un homme aux cheveux blancs et au regard soucieux, avait accueilli Kathryn et Colum pour les conduire dans le long dortoir bien éclairé, qui sentait bon le savon, la cire et les herbes fraîches. C'est là que se trouvaient la plupart de ses patients, étendus sur des lits garnis de paillasses, avec des serviteurs pour s'occuper d'eux. À l'origine, l'hospice était destiné aux prêtres qui avaient connu des temps difficiles, mais la compassion du père Cuthbert était maintenant bien connue : quiconque, homme ou femme, passait l'entrée voûtée de l'hospice pour demander du secours n'était jamais éconduit. Le religieux s'immobilisa si brusquement que Kathryn et Colum faillirent le bousculer ; puis un sourire éclaira son visage grisâtre, cadavérique.

— Je sais pourquoi je vous ai fait appeler, dit-il, et levant un doigt noueux, il ajouta : Mais je veux aussi vous interroger sur ces miracles au monastère du Sac.

Il conduisit ses hôtes dans son bureau, au fond du dortoir. C'était une pièce austère au plancher de bois ciré, avec un crucifix au mur, une étagère supportant quelques livres, et un coffre rempli de petits pots et fioles. Le père Cuthbert prit place sur un siège fabriqué et rembourré spécialement pour lui, car il souffrait en permanence de maux de dos. Kathryn et Colum prirent des tabourets.

— Voulez-vous un peu de vin ? leur demanda le prêtre. J'ai un pichet quelque part.

— Nous nous sommes restaurés, et nous avons bu à satiété, mon père, lui assura Colum. Je suis venu présenter mes respects à Padraig Mafiach.

— Ah, ce malheureux Irlandais !

Le visage du religieux se plissa en une expression grave.

— J'ai dit une messe pour lui, Colum.

Comme ce dernier s'apprêtait à protester, il leva une main :

— Non, non, c'était le moins que je pouvais faire.

Il pinça la bouche. Kathryn éprouvait un profond respect pour ce vieux prêtre, sans doute l'un des plus habiles médecins de Cantorbéry. D'après Thomasina, dans sa jeunesse, le père Cuthbert avait été le plus beau des hommes.

— Les dames se pâmaient devant lui, avait-elle chuchoté, l'œil humide, mais il est parti pour ses voyages, et a trouvé Dieu.

Kathryn suspectait que les sentiments de Thomasina pour le vieil ecclésiastique étaient plus que profonds.

— J'ai entendu parler de ces guérisons, chez les frères du Sac. J'adore les miracles !

— Mais non, mon père, le taquina Kathryn, vous n'y croyez pas vraiment, n'est-ce pas ?

— Oui et non.

Le religieux se cala confortablement sur son siège avant de reprendre :

— Je pense que nous ne cherchons pas les miracles là où il faut. Le soleil qui se lève : c'est un miracle. Un œuf qui donne naissance à un oiseau : c'est encore un miracle. Un homme qui sacrifie sa vie pour un ami : c'est un miracle plus grand encore. Alors, Kathryn, dites-moi ce que vous savez de ces prodiges au couvent du Sac.

Elle lui fit un compte rendu de ce qu'elle avait découvert, et le père Cuthbert hocha la tête.

— Je suis d'accord, soupira-t-il lorsqu'elle se tut. Sauf en ce qui concerne le dernier : cela pourrait être étrange ; s'agirait-il du pouvoir de l'esprit ? J'ai lu une fois que les Grecs anciens faisaient dormir les gens pour calmer leurs humeurs et leur apporter du soulagement. La question est intéressante, vous ne trouvez pas, Kathryn ? Dieu s'est-il servi du bienheureux Roger pour apaiser ce vieux soldat afin de calmer ses boyaux ? Ah, vraiment...

— Vous désiriez nous voir, mon père ? l'interrompit Colum. Ou plutôt vous vouliez voir Kathryn.

— En effet.

Le religieux retourna la manche de sa robe et reprit :

— Les rats, Kathryn ! J'ai vaguement entendu parler de votre réunion avec Bourchier, et j'ai rencontré Malachi Smallbones.

L'expression des yeux du vieux prêtre montrait qu'il n'avait guère de considération pour celui qui s'était proclamé le chasseur de rats de Cantorbéry.

— Avez-vous remarqué, Kathryn, qu'il n'y a pas de rats, ici ? Parcourez le dortoir, allez dans les réserves ou même au charnier. Vous n'entendrez aucune débandade de ces petits quadrupèdes.

— Vous avez découvert un nouveau poison ? demanda la jeune femme.

Le père Cuthbert pointa un doigt osseux vers le ciel.

— C'est la raison pour laquelle je voulais vous voir. N'utilisez pas de poison, Kathryn. Vous savez que j'ai un cabinet secret ?

— Tout le monde le sait, à Cantorbéry, mon père.

Le prêtre parut surpris.

— Vous vous livrez à des expériences ? le taquina Kathryn.

— Oui, en effet, et je me sers de rats. Croyez-moi, Kathryn, ils sont porteurs de maladies. Et pas seulement quand ils mordent, ou dans leurs urines ou leurs excréments. Ils recèlent dans leur corps quelque chose de nuisible, un souffle fétide ou une odeur maligne. J'ai essayé d'empoisonner des rats. Parfois j'y réussis, mais, après un certain temps, leurs humeurs résistent à la maladie.

— Comme cela arrive chez les êtres humains, fit valoir Kathryn, qui parla sans entrer dans le détail du cas de Roger Atworth.

— Oui, oui, j'en ai entendu parler.

Le père Cuthbert se redressa en secouant la tête.

— Je n'ai jamais utilisé d'arsenic contre les maux de ventre. Les propriétés de cette substance...

— Vous nous parliez des rats, mon père, le coupa Kathryn.

— Des furets ! répliqua le prêtre.

— Vous dites ?

— Des furets !

Le religieux avait prononcé le mot comme s'il lui venait directement de Dieu.

— Ce qu'il vous faut ici, Kathryn, ce sont des fureteurs professionnels, avec leurs petits fouineurs dressés. Ils auront tôt fait de vider les nids et de tuer les rats, surtout s'ils ont faim. Et au bout d'un temps, ils vous ramèneront les cadavres à l'air libre.

Kathryn se souvint de Gethsémani.

— C'est ce qui est arrivé au couvent, déclara-t-elle, il y avait des rats dans le jardin, mais dans le grand mur d'enceinte niche une colonie d'hermines.

— Elles sont aussi féroces que les furets, admit le père Cuthbert, mais impossible de les dresser. À présent, je vais vous dire quelque chose de très intéressant. Je garde mes amis furets dans la cave. Je les appelle les Douze Apôtres. Chacun a un nom : Pierre,

Barthélemy, Philippe... Ce sont les furets les plus saints de toute la chrétienté. Il y a deux choses étonnantes en ce qui les concerne : d'abord, je ne me sers d'eux que dans cet hôpital et dans les bâtiments qui l'entourent, et, jusqu'ici, ils n'ont pas trouvé un seul nid avec des bébés rats. N'est-ce pas bizarre ?

— Je ne comprends pas, intervint Colum.

— Les rats prolifèrent comme des mouches, expliqua le prêtre, et il est donc singulier qu'ils ne se soient pas organisés en colonies. La seule explication est qu'ils n'en ont pas eu le temps. La seconde chose... Venez, je vais vous montrer.

Le religieux bondit sur ses pieds comme un gamin excité, et les fit descendre l'escalier pour traverser une cour pavée sur laquelle donnait une petite dépendance. Il alluma une lanterne et tous trois entrèrent. La forte odeur d'herbes aromatiques n'arrivait pas à noyer les relents de décomposition.

— Oui, ce n'est pas très agréable. Quoi qu'il en soit, je vous ai gardé ceci.

Soulevant une caisse en bois, il la posa sur la table puis s'éloigna un moment avant de revenir avec trois pommes d'ambre. Il en tendit deux à ses invités, disant :

— Tenez-les contre votre nez.

Il souleva le couvercle de la caisse, et apparut alors le cadavre boursouflé d'un rat noir.

— Ce galant a été tué par mon cher furet, Thomas, celui qui doute. Ne le touchez pas, Kathryn.

Cuthbert prit une petite baguette blanche et effleura la fourrure de l'animal.

— Ce rat a aussi été gravement brûlé.

Kathryn regarda l'animal avec attention. Le religieux disait vrai : des marques de brûlure sur la fourrure apparaissaient clairement.

— Cela se voyait encore plus au début, reprit le prêtre. C'était comme quand je me brûle les sourcils ou les cheveux parce que je m'approche trop du feu.

Kathryn lui indiqua d'un geste de remettre le couvercle en place et s'éloigna. Colum la suivit avec soulagement. Le père Cuthbert leur fit se laver les mains. Il versa dans une cuvette de l'eau qu'il saupoudra d'herbes aromatiques et de poudre de rose.

— J'ai vu un cadavre de rat semblablement brûlé, expliqua Kathryn en s'essuyant les mains à une serviette. Vous en comprenez la raison, mon père ?

— Je sais ! s'exclama Colum. Je me rappelle les fermiers en Irlande. On utilisait la majeure partie du foin, mais ce qu'il en restait après l'hiver et le printemps moisissait.

— Et les rats y nichaient ?

— Exactement, mon père. Alors nous y mettions le feu, les rats s'échappaient en débandade, et nous les tuions.

— C'est bien cela, admit le prêtre. Vous vous débarrassiez du vieux foin et de la vermine qu'il abritait avant de rentrer le frais. Pour dire les choses en bref, Kathryn, reprit-il après avoir reniflé sa pomme d'ambre, d'abord ces rats ont été chassés d'un bâtiment auquel on avait mis le feu. Ensuite, je pense que...

— Je sais ce que vous allez dire, mon père. On les a intentionnellement apportés à Cantorbéry.

— C'est impossible ! protesta Colum.

— Oh non !

Kathryn sortit de la dépendance et inspira l'air frais de la nuit.

— Bravo, mon père, je commençais à soupçonner quelque chose de semblable.

— C'est très facile à réaliser, reprit le religieux. On trouve un endroit grouillant de rats : les égouts ou les passages souterrains d'une ville. Les rats redoutent le feu plus que tout. Ils s'enfuient par centaines. Seulement, cette fois, on ne les a pas tués, on les a capturés dans des cages, des paniers et des caisses, qu'on a chargés sur une charrette pour les apporter à Cantorbéry. Et, en pleine nuit, on a ouvert les caisses en différents endroits. De la sorte, les rats n'ont pas eu le temps de nicher ou de se reproduire, mais on a créé un problème dans la ville, et tout le monde y cherche une solution.

— Malachi Smallbones ! chuchota Kathryn.

— Lui-même, renchérit le père Cuthbert. Imaginez, Colum, une grosse charrette recouverte d'une bâche remisée parmi les ruines autour de Cantorbéry.

— Un tour pendable, admit Colum, et qui n'a pas dû lui coûter bien cher.

— En effet, répliqua le prêtre. Le bois pour les cages, une charrette, une nuit comme celle-ci, très sombre. Qui irait le soupçonner ? Cependant, pour pareil méfait, la récompense est très, très importante.

— Quelle solution avons-nous ? interrogea Colum.

— Holbech, répondit Kathryn. Mettez-le dans la confidence, Colum. Dites-lui nos soupçons et faites surveiller étroitement Maître Smallbones.

Fixant une fenêtre de l'hôpital éclairée, la jeune femme murmura :

— La rouerie de l'esprit humain. Qu'est-ce qui a éveillé vos doutes, mon père ?

— Toute ma vie je me suis battu contre les individus sans scrupules, les charlatans et les imposteurs. Lisez Galien ou Hippocrate, et vous y trouverez les plus vieux tours de tous les escrocs. Des patients viennent vous voir : ils sont en pleine santé, mais vous leur dites que quelque chose ne va pas du tout, et vous leur proposez un remède. Ils le prennent : oh, rien de plus méchant que de l'eau de rose, et bien sûr, ils ne sont pas plus malades. Ils chantent les louanges du charlatan, le paient en bon argent pour sa rouerie et le recommandent à leurs amis. À ma première rencontre avec Malachi Smallbones, je me suis dit : voilà un individu qui pourrait vendre des puces à un chien. Il a créé le problème. Il sait combien Cantorbéry redoute toute entrave à son commerce avec les pèlerins.

— Je vais le faire suivre et surveiller, déclara Colum en donnant un coup de talon sur le sol. J'ai passé des heures à Kingsmead à chasser ces rongeurs. Oh oui, ce Malachi est allé là-bas ! Il a signalé sa présence dans les lieux importants de la ville : les écuries royales, la cathédrale, le couvent. Et, ce qui est absolument impardonnable, dans un hospice pour personnes malades !

Colum se mordilla la lèvre, tapotant de sa main le manche de sa dague.

— Non, le mit en garde Kathryn, non, Colum, ne vous substituez pas à la loi. Tous les fripons ont leur jour de gloire. Malachi a eu le sien. Il nous faut des preuves solides, alors il sentira de fouet de la loi, et de plus d'une façon.

Le père Cuthbert se frotta les mains, content de ce qu'il venait d'entendre.

— Venez, pressa-t-il ses hôtes.

Ils traversèrent la cour pavée, et descendirent un étroit passage qui donnait sur une autre cour. Le prêtre indiqua au fond une petite chapelle.

— C'est là que repose votre ami, il est prêt à être inhumé. J'ai fait de mon mieux pour dissimuler l'horrible blessure et pour retarder la décomposition. Allez-y, la porte est ouverte et on a allumé des chandelles.

Colum ôta sa ceinture de guerre et la posa sur les marches à l'entrée de la chapelle.

— J'aimerais vous montrer quelque chose, Kathryn, annonça alors Cuthbert.

Ensemble, ils se dirigèrent vers un petit bâtiment en brique rouge, au toit plat. Le prêtre ouvrit la porte en bois noir clouté de métal, et tous deux pénétrèrent dans une pièce blanchie à la chaux, sinistre et froide. Des tables étaient alignées contre les murs et sur chacune d'elles était étendu un cadavre recouvert d'un drap. De l'encens se consumait et des pots remplis d'herbes aromatiques avaient été placés dans toutes les niches et sur les étagères pour purifier l'atmosphère. C'était le charnier où on apportait les dépouilles d'inconnus afin qu'on les enterre. Le père Cuthbert s'arrêta devant une table et retira le drap. Le corps qu'il découvrit était pathétique, un simple squelette avec des mèches de cheveux pourrissants qui tenaient encore au crâne.

— Un pêcheur a trouvé cette personne au bord de la Stour, expliqua le prêtre. Sans doute une jeune femme, mais j'ai cherché dans mes registres de ces derniers mois : personne n'a signalé la disparition d'une jeune femme. Cependant, à votre avis, qu'est-ce que ceci ?

Il indiqua les pieds, et tout d'abord Kathryn fut déroutée. Elle reconnaissait les os des pieds et des orteils, mais attaché sous les plantes par une ficelle se trouvait un autre os, épais.

— Quand elle était vivante, elle n'aurait pas pu marcher sur ces os, murmura Kathryn. Pourquoi portait-elle ceux-ci sous les pieds ? Puis-je les regarder de plus près ?

— Je l'ai déjà fait, mais...

Le père Cuthbert détacha l'un des os pour le tendre à Kathryn.

Il était long et ses deux extrémités étaient polies. La ficelle avait été enfilée dans des œilletons en métal sur le côté.

— Oh, s'exclama Kathryn, avez-vous jamais patiné sur la glace, mon père ?

Le religieux secoua la tête.

— Jamais ? insista Kathryn.

Un sourire éclaira le visage ridé du père, et il se frappa le front avec la paume de la main.

— Bien sûr ! souffla-t-il. Je n'y ai pas pensé.

Kathryn expliqua :

— Je pense que la mort de cette pauvre femme remonte à des années. Elle est allée patiner sur la Stour gelée, mais la glace a rompu, elle a coulé, et son corps a été pris dans la vase et les roseaux. Longtemps après, la rivière l'a rendue.

— Eh bien, voilà un mystère éclairci, Kathryn. J'étais intrigué. Ce cas-là est différent.

Après avoir recouvert le squelette, Cuthbert passa à la table suivante et écarta doucement le linceul. Cette fois, le corps était parfaitement préservé. Malgré les ravages de la mort, on voyait que la femme avait dû être ravissante : des cheveux blonds brillants encadraient un visage ovale avec de hautes pommettes. Les yeux étaient maintenus fermés par deux pièces de monnaie, et le corps était lisse et bien fait, avec des seins pleins, généreux, et de larges hanches. Tout cela était gâché par une horrible blessure au côté gauche, une plaie béante, profonde, d'un rouge noirâtre.

— Qui est cette personne, mon père ?

— Je l'ignore. On l'a trouvée en bordure d'un marécage, dans les bois de Bean. Elle était couverte de boue. Les fondrières, là-bas, ne sont pas trop profondes, l'eau sort à gros bouillons, et un corps finit par remonter à la surface. On me l'a apportée ce matin, et je l'ai fait laver. Elle est belle. Et regardez, Kathryn.

Il prit la main du cadavre, et Kathryn palpa la peau de sa paume : elle était douce et soyeuse au toucher.

— Une femme de bonne naissance, vous ne croyez pas ?

Kathryn en convint.

Le père Cuthbert secoua la tête.

— J'ai fait des recherches, mais là encore, je n'ai rien découvert. Voici une jolie jeune femme qui jouit d'une certaine fortune et d'un certain rang. On l'a attirée tout récemment dans les bois de Bean pour la poignarder sauvagement et la dépouiller, puis on a jeté son cadavre dans un marécage. Pourtant, on n'a signalé aucune disparition. J'ai trouvé une seule chose.

S'accroupissant, le père Cuthbert tira un petit coffret en bois de sous la table. Il l'ouvrit et en sortit une broche à cheveux.

— Sa chevelure est très épaisse, expliqua-t-il. Le tueur n'a pas vu ceci.

Kathryn prit le bijou et l'approcha d'une des grosses chandelles.

— Elle est en étain, observa-t-elle.

Elle examina l'emblème, un pèlerin avec un bâton, ainsi que l'inscription qui suivait le bord arrondi, CANTORBÉRY, et sur l'autre face, AUBERGE FALSTAFF.

Le cœur de Kathryn fit un bond.

— Qu'est-ce qui vous arrive? interrogea le père Cuthbert.

— Écoutez, mon père, nous sommes en présence d'une femme jeune et fortunée, que l'on a sauvagement assassinée probablement dans les deux ou trois jours qui viennent de s'écouler. On a camouflé son cadavre. Elle ne peut pas être de Cantorbéry, sinon il y aurait eu des bruits et des rumeurs. Il est sûr qu'elle a séjourné au *Falstaff*, où a également été assassiné Mafiach. Je me demande simplement si les deux meurtres sont liés. Puis-je garder cette broche, mon père?

— Bien sûr.

Kathryn glissa l'objet dans son petit sac.

— J'ai une autre faveur à vous demander, mon père. Faites parvenir un message au patron du *Falstaff*: qu'il vienne ici, et vous lui montrerez ce cadavre. S'il le reconnaît, dites-lui de venir me voir au petit jour, demain. Pouvez-vous faire cela?

Le prêtre accepta.

— Nous n'avons pas perdu notre temps, sourit Kathryn.

Ils sortirent du charnier, et peu après Colum les rejoignit. Avec Kathryn, il quitta le père Cuthbert pour rentrer à Ottemelle Lane.

— Qu'avez-vous donc? interrogea l'Irlandais en serrant le bras de la jeune femme. Si je vous lâchais, vous courriez.

S'arrêtant, Kathryn lui déposa un rapide baiser sur les lèvres.

— Je ne dormirai guère cette nuit, Colum. Avec Holbech, vous allez vous occuper de Maître Smallbones. Moi, j'ai un assassin à attraper, et je ne le raterai pas.

La maison d'Ottemelle Lane était tranquille. Thomasina brodait en parlant toute seule.

— Il n'est rien arrivé pendant votre absence, déclara-t-elle en relevant la tête, montrant des yeux ourlés de rouge. Comment va le père Cuthbert?

— Très bien. Il t'envoie son bon souvenir.

Thomasina sourit, se leva et embrassa doucement Kathryn sur le front.

Celle-ci gagna son cabinet d'écriture où elle alluma des chandelles ainsi que la lampe de bureau. Elle prit une feuille de vélin et écrivit en haut : MAFIACH. Fermant les yeux, elle se remémora tout ce qu'elle savait, coucha les faits sur le papier comme elle aurait écrit une liste d'ingrédients, puis prit le double du message chiffré de Mafiach. Elle écrivit les noms de tous les gens qu'elle avait rencontrés depuis le début de cette affaire, et elle avança pas mal en dépit des interruptions constantes de Thomasina, qui s'assurait qu'elle ne voulait rien à manger ou à boire. La jeune femme barra ensuite les noms un par un, et, ce faisant, le visage de l'assassin devint plus net. Elle prit une seconde feuille de vélin sur laquelle elle écrivit en titre

Atworth. On frappa alors doucement à la porte d'entrée, et suivirent les imprécations de Thomasina contre les patients et leurs maux. La porte s'ouvrit, et Kathryn, percevant la voix d'une femme, étouffée mais ferme, leva les yeux vers le crucifix.

— Merci, mon Dieu, chuchota-t-elle.

Repoussant son siège, elle sortit accueillir la duchesse Cécile emmitouflée dans une cape au capuchon rabattu, qu'escortait Venables. Elle avait les traits tirés comme si elle avait pleuré.

— Je vous présente mes excuses, Maîtresse Swinbrooke. Frère Atworth est décédé, aussi peut-être pourrez-vous m'entendre en confession. Venables, restez dehors !

La duchesse pénétra derrière Kathryn dans le cabinet, ferma elle-même la porte et la verrouilla.

CHAPITRE XI

« Oui il sera affamé, et en moins de temps
Qu'il ne t'en faut pour parcourir un mille... »

Chaucer, « Le conte du Pardonneur »,
Les Contes de Cantorbéry

S'étant acquittée de sa tâche, Kathryn somnolait à demi sur son siège. L'aube commençait à poindre, acclamée par le tintamarre des cloches de la cathédrale et des autres églises de la ville. Un chien hurlait dans une ruelle. Des charrettes apportant des produits frais de la campagne cahotaient dans Ottemelle Lane pour se rendre aux différents marchés. La duchesse était partie aux petites heures du jour. Kathryn avait refusé de discuter de sa visite même avec Colum. On lui avait demandé de jurer de ne rien dire, et elle respecterait sa parole. Cependant, elle soupçonnait Cécile de ne pas lui avoir révélé l'entière vérité, en dépit de sa visite en pleine nuit.

Un coup brutal frappé à la porte fit sursauter la jeune femme. Thomasina dormait encore, aussi s'en fut-elle ouvrir. C'était Eadwig, les yeux rouges, le visage livide et pas rasé : il la regardait d'un air implorant, cherchant ses mots. Kathryn remarqua la cendre sur ses mains et ses joues.

— Oh, non ! souffla-t-elle en le prenant par le bras pour l'attirer dans la maison. C'est Mathilda Chandler ?

Sans répondre, Eadwig avança en se tenant au mur du couloir. Kathryn l'aida à s'asseoir sur un tabouret avant de lui apporter une bolée de lait battu. Le frère convers but avidement, puis s'essuya la bouche du revers de la main.

— C'est le vieux frère Timothy qui l'a vu le premier, articula-t-il en haletant, il y avait un feu dans le bosquet. Le temps que nous y arrivions, Maîtresse, c'était un brasier. Rien ni personne ne pouvait en réchapper. Il faut que vous veniez.

Kathryn enfouit son visage dans ses mains. Eût-elle été moins fatiguée, elle aurait éclaté en sanglots. Elle ne pouvait penser qu'au regard triste de Mathilda Chandler, le bonheur qu'elle avait éprouvé à se tenir libre sous le soleil, son plaisir à respirer l'odeur des fougères et des herbes folles. La jeune femme porta les yeux sur le crucifix.

— C'est ma faute, murmura-t-elle, l'assassin a dû comprendre.

— La plaque d'acier était remise en place, expliqua Eadwig. La pauvre femme n'a pas pu s'enfuir.

— Et ce qu'il reste de son corps ?

— Frère Simon a dit qu'il faudrait attendre l'aube. Avec frère Timothy, nous pensons qu'il vaut mieux que vous veniez.

Kathryn porta la main à sa bouche. Elle avait une vague nausée et une sueur glacée perlait dans son dos ; elle ferma les yeux, suppliant Dieu de lui pardonner, tout en maudissant sa propre inconséquence.

— Maîtresse, ça va ?

— Non, ça ne va pas ! fit rudement Kathryn.

Elle se leva pour aller prendre sur une étagère un pot de camomille pilée. Elle se versa ensuite un peu de lait et y incorpora une cuillerée de cette poudre. Puis elle abaissa la panière métallique et coupa deux tranches de pain, une pour elle et une pour Eadwig, qui commença par refuser.

— Non, non, mangez ! insista-t-elle, disposant le pain sur une écuelle en bois qu'elle fit glisser en travers de la table. Cela calmera votre estomac. Puis repartez, et dites au prieur Anselm que je ne puis venir tout de suite. Je ne tarderai pas.

Eadwig engloutit le pain, puis se lécha les doigts en promenant un regard appréciateur autour de lui.

— Voilà bien des années que je ne me suis pas trouvé dans un endroit pareil, Maîtresse. Oh, mon Dieu, j'ai laissé mon gourdin dehors !

Eadwig vida son bol et se leva, puis il fit encore promettre à Kathryn de se rendre au monastère.

— Je prierai pour vous et pour elle, marmonna-t-il en se glissant dans la rue, où il récupéra son bâton.

Kathryn le regarda s'éloigner. Goldere le clerc, qui, posté à l'entrée de la ruelle d'en face, se grattait la panse, porta ses yeux troubles de l'autre côté de la rue. Kathryn referma la porte et tira le verrou.

— Qui était-ce ?

Thomasina, habillée de pied en cap et fleurant la lavande, descendait l'escalier, son tablier blanc couvrant sa robe de sarcenet foncé, une guimpe en gaze blanche disposée sur ses cheveux et maintenue en place par une cordelière verte.

— Une visite, c'est tout.

Thomasina dévisagea sa maîtresse.

— Vous n'avez pas dormi, fit-elle observer, scrutant ses traits de ses petits yeux noirs.

Kathryn regagna la cuisine.

— Je ne puis expliquer. déclara-t-elle.

— Expliquer quoi ?

C'était Colum qui, ses bottes à la main, silencieux comme un chat, entrait à son tour. Il avait l'œil frais, était rasé de près, et arborait une nouvelle chemise sous sa veste en cuir bouilli.

— Pouvez-vous m'emmener au monastère ? demanda Kathryn.

— Je vais faire mieux que cela.

Prenant le bol d'Eadwig, l'Irlandais s'en fut vers le pot de lait battu et le remplit à ras bord.

— J'ai déjà envoyé un message à Holbech à Kingsmead. Il sait ce qu'il a à faire. Il va surveiller Malachi Smallbones.

L'Irlandais se laissa tomber sur un siège au bout de la table, et but en observant attentivement Kathryn.

— Qu'est-ce qui vous arrive, jeune fille ?

Kathryn, que Thomasina dominait tel un ange gardien, expliqua comment Mathilda Chandler avait été brûlée vive au monastère. Abaissant son bol, Colum regarda la jeune femme les yeux écarquillés, et même Thomasina se tut, figée dans un silence horrifié. Kathryn fut presque contente d'entendre quelqu'un frapper à la porte. Thomasina se précipita pour ouvrir.

— Laisse-le entrer ! lui cria Kathryn. Je sais qui c'est.

Clitheroe, le tenancier de l'*Auberge Falstaff*, s'engagea dans le couloir d'un pas pesant, essuyant son visage congestionné et son crâne chauve avec un chiffon. Il salua Colum d'un signe de tête et, sans y être invité, s'assit sur un tabouret à l'entrée de la cuisine. Puis il fronça les narines.

— Ça sent le lait battu, non ? Je puis en avoir ?

Thomasina poussa avec brutalité une tasse devant lui. Kathryn se taisait, déterminée à ne pas influencer l'homme dans ce qu'il allait dire.

— Non, jamais ! Vraiment jamais je n'aurais cru !

Clitheroe fit claquer sa bouche.

— Comment avez-vous su, Maîtresse ? À part cette broche, je veux dire.

— Su quoi ? interrogea Colum, agacé.

— Je viens de l'hospice des Prêtres Indigents, expliqua Clitheroe, à cause de la femme qui a été poignardée, puis dévêtue et jetée dans le marécage.

— Dieu du Ciel, encore des morts ! gémit Thomasina.

— Chut ! fit Kathryn.

— C'était bien elle, poursuivit Clitheroe avec volubilité, la femme du marchand qui occupait la chambre au-dessus de celle de Mafiach, la nuit où il est mort. Vous pensez que l'assassinat de cette femme est lié à la mort de Mafiach ? Je ne voudrais pas que cela s'ébruite. Avec ces maudits rats, les affaires sont déjà assez difficiles.

— Vous êtes sûr que c'est elle ? demanda Kathryn.

— Absolument. Elle était jolie comme une image, et même morte, elle l'est toujours.

— Comment était son mari ?

— Beaucoup plus âgé qu'elle, il avait les cheveux gris et était réservé. Je ne l'ai pas regardé en détail.

— Vous êtes bien sûr que c'est la même femme ? insista Kathryn.

— Allons, Maîtresse ! Joli visage, cheveux blonds... Ah, c'est vrai !

L'aubergiste leva la main.

— Elle est descendue chercher le repas. Certains clients veulent qu'on le leur monte, d'autres n'ont pas confiance en nos marmitons. Je me souviens qu'elle est apparue dans la salle d'auberge, œil de velours et tout sourires.

— Qu'a-t-elle commandé ?

— Seigneur Dieu ! C'était il y a quelques jours, Maîtresse : du pain, une platée de viande et de légumes. J'ai le détail à l'auberge.

— Elle a pris du vin ? s'enquit Kathryn.

— Oh oui, un gros pichet pour deux.

— Le même que celui que Mafiach avait commandé ?

Kathryn se pencha en avant.

— Vous vous souvenez, vous avez dit qu'après avoir découvert le corps de Mafiach, vous avez redescendu le pichet à la cuisine et que vous l'avez fini avec vos garçons de salle...

— En effet, oui.

— Colum, lança Kathryn en regardant par-dessus son épaule, Mafiach buvait-il beaucoup ?

— Non. Un verre ou deux, pas plus.

Kathryn revint au tavernier.

— Dans ce cas, pourquoi Mafiach, un homme circonspect...

Elle sourit à ce qualificatif, et poursuivit :

— Je dis bien circonspect, qui demeurait sur ses gardes, aurait-il commandé un gros pichet de vin pour deux personnes ?

Clitheroe abaissa sa tasse.

— Savez-vous, Maîtresse, vous avez raison. Si vous descendiez seule au *Falstaff*, et que vous commandiez du vin...

— Je demanderais un petit pichet, acheva Kathryn.

— Oui, un pour une personne.

Clitheroe semblait stupéfait.

— Alors pourquoi Mafiach aurait-il commandé un gros cruchon ? demanda Kathryn.

Clitheroe ferma les yeux.

— Mais vous vous trompez, Maîtresse. Je m'en souviens, maintenant. C'était un petit. Je me rappelle aussi que Mafiach n'avait pas beaucoup bu.

Kathryn étouffa une exclamation.

— Qu'est-ce qui ne va pas, Kathryn ? s'enquit Colum.

La jeune femme fixa l'aubergiste avant de déclarer :

— Non, non, ma théorie est la bonne. Laissez-moi attaquer par un autre angle. Vous avez dit que Mafiach n'avait pas bu beaucoup. Pourtant j'ai senti l'odeur du vin dans sa bouche. Vous vous rappelez ?

Clitheroe hocha la tête et Kathryn tenta de se concentrer.

— Cependant, vous n'avez jamais découvert si Mafiach avait commandé du vin et un repas ?

— Il a dit qu'il voulait souper.

— Mais vous n'avez pas souvenir qu'il ait à un moment demandé qu'on le lui monte ?

Clitheroe secoua la tête.

— Pas plus que vous ne vous rappelez avoir donné l'ordre à un marmiton de le faire ?

L'aubergiste secoua encore la tête.

Kathryn reprit lentement :

— Et vous n'avez pas retrouvé le garçon de cuisine ou la souillon qui a monté le repas ?

— Non, Maîtresse.

— Que cherchez-vous à démontrer, Kathryn ? s'exclama Colum.

La jeune femme leva la main pour qu'il se taise.

— Si je séjournais dans votre auberge, Maître Clitheroe, pourrais-je obtenir un petit pichet et un de vos gobelets habituels ? Je veux dire, un pichet et un gobelet vides. Me feriez-vous payer pour cela ?

— Bien sûr que non.

— Avez-vous souvenir que le marchand et sa femme vous aient emprunté ces deux objets ?

— Non, Maîtresse, je ne me rappelle pas, mais ils ont pu descendre et le demander. Je n'y aurais pas fait attention. Nous sommes une taverne, Maîtresse. Il y a sur les tables des cruchons et des gobelets.

Kathryn sourit.

— J'en suis persuadée.

— Que signifie tout cela? demanda Colum avec irritation.

— Il s'agit d'un meurtre, Maître Murtagh, déclara Kathryn en se levant, un meurtre qu'ont commis cette jeune femme dont j'ai vu le corps et son prétendu mari.

— Qui pouvait-il bien être? bafouilla Clitheroe.

— Était-il rasé de près? interrogea Kathryn.

— Non, il portait barbe et moustache.

— Ses cheveux?

— Ils étaient gris, mais je ne sais plus s'il en avait beaucoup ou pas.

Clitheroe secoua la tête.

— L'homme était déguisé, déclara Kathryn.

— Et qui était-ce? demanda Colum. Un frère du Sac?

— Peut-être, répondit la jeune femme, ils ont assez d'argent pour cela, et sortent de leur couvent. Pourquoi ne se travestiraient-ils pas et ne loueraient-ils pas les services d'une courtisane?

— Une courtisane?

— Je pense que la femme assassinée était une prostituée jouissant d'un statut assez élevé et d'une relative aisance, expliqua Kathryn, et qu'elle a été recrutée pour jouer un rôle, puis qu'on l'a attirée dans les bois de Bean où elle fut sauvagement assassinée. Elle devait se faire passer pour la femme du meurtrier. Si on la payait suffisamment en or et en argent, elle tiendrait sa langue et ferait ce qu'on lui dirait de faire. L'assassin surveillait probablement l'*Auberge Falstaff*. Quand ce marchand et sa femme sont-ils arrivés, Maître Clitheroe?

— Deux jours à peu près avant Mafiach.

— Et j'imagine qu'ils sont partis le lendemain matin?

— En effet. Ils ont donné un nom, mais je ne l'ai plus en tête. Et ils ont bien payé.

— Voilà qui ne m'étonne pas. Moins on vous pose de questions, mieux on se porte. Pour vous répondre sans détour, Colum, cette prétendue jeune épouse est descendue à la cuisine. Elle y a commandé deux assiettes de nourriture, du pain et un gros pichet de vin ainsi que deux gobelets. Elle a remonté le tout dans sa chambre. Avant, elle ou son complice s'étaient arrangés pour avoir à disposition un petit cruchon et un verre propre.

Kathryn prit son bol de lait battu et en but une gorgée avant de poursuivre :

— Quoi qu'il en soit, une fois de retour dans sa chambre, cette jeune femme s'est travestie, a mis une robe déchirée et des sandales. Elle s'est peut-être enduit le visage et les mains de graisse, et s'est mâchurée avec de la cendre et de la poussière. Elle a pris la nourriture...

— Mais elle aurait été froide, interrompit Clitheroe. Je m'enorgueillis de servir des repas chauds.

— Il y a un brasero dans chaque chambre, n'est-ce pas ? On pouvait garder l'assiette au chaud en la posant dessus.

Clitheroe en convint.

— Qui plus est, continua Kathryn, notre jeune meurtrière ne perd pas de temps. Elle n'a pas le choix. Elle prend le plateau, y pose une assiette de nourriture, le verre et le petit pichet qu'elle remplit d'un vin dans lequel elle a mélangé une potion soporifique...

— Et elle descend le tout, c'est cela? interrogea Colum.

— Mafiach ouvre la porte et ne voit qu'une jeune souillon avec son souper, un pichet de vin et un verre. Il commet alors sa seule et unique erreur, mais ce sera la dernière. Il n'a sans doute prêté aucune attention à la fille. Il est sur le qui-vive, le danger ne peut venir que d'un assassin, d'un tueur à gages, pas d'une fille d'auberge sale et barbouillée, pauvrement vêtue, qui lui apporte son dîner. Il a la tête ailleurs. Il a commandé à manger, et on le lui monte. Il s'assied, se restaure de bon appétit et boit un verre de vin. Beaucoup de potions soporifiques sont inodores et sans saveur. Mafiach est las, aussi desserre-t-il ses vêtements pour s'allonger sur le lit.

— Comment donc l'assassin s'est-il introduit dans la pièce? demanda Clitheroe avec un regard plein d'admiration pour Kathryn. Ce que vous dites est possible : les bonnes et les servantes montent ces escaliers tout le temps. Elles travaillent beaucoup, sont fatiguées et, de ce fait, ne s'intéressent pas les unes aux autres.

— Le jour tombe, poursuivit Kathryn, décidée à démontrer sa théorie. Oui, il fallait qu'il fasse nuit. Les clients s'en vont, l'auberge est silencieuse et la cour, déserte. Notre assassin a pris la chambre au-dessus de celle de Mafiach.

— Comment savait-il laquelle il occuperait? interrogea Colum.

— Il ne le savait pas, intervint Clitheroe. Mainte nant, je me souviens! Le marchand a demandé deux chambres au dernier étage. Il a dit que sa femme voulait être seule. Elle jouait à la grande dame.

— Voici donc ce marchand et sa femme qui prennent deux chambres au dernier étage, reprit Kathryn. À l'arrivée de Mafiach, ils découvrent laquelle il occupe. Voilà un moment qu'ils observent l'auberge, et c'est la seule chose dont ils ont à s'assurer.

— Je ne suis pas d'accord! s'exclama Colum en posant brutalement son bol sur la table. Pourquoi ne pas le poignarder dans l'escalier?

— C'eût été trop dangereux, répliqua Kathryn. Il fallait perpétrer ce meurtre à l'abri des regards. Les assassins avaient besoin de temps pour fouiller la chambre de Mafiach, et pour prendre la fuite sans éveiller les soupçons ni donner l'alarme.

L'Irlandais en convint.

— Quoi qu'il en soit, poursuivit Kathryn, Mafiach était désormais complètement endormi.

— Comment les meurtriers le savaient-ils ? la coupa Colum.

— Pour qui vous prenez-vous ? s'exclama-t-elle, exaspérée. Un avocat ?

Sur quoi, elle poussa un soupir.

— Excusez-moi, mais c'est l'évidence. Ils auront pris un bâton et frappé aux volets. Si Mafiach ouvrait, ils savaient que leur plan avait échoué. Mais il ne l'a pas fait, de sorte qu'ils ont réussi. Ils ont caché une échelle. Au cœur de la nuit, notre marchand assassin armé d'un long poignard grimpe et glisse la lame de son poignard entre les contrevents afin de soulever la barre qui les maintient fermés. À présent, les volets sont libres. Le meurtrier s'introduit dans la chambre. Mafiach dort à poings fermés. L'homme le sort de son lit et lui fracasse le crâne. Il dispose maintenant de tout le temps qu'il lui faut. Il s'est muni d'un sac. Il remplace le pichet de vin ainsi que le gobelet, et vide le vin drogué par la fenêtre. Cependant, il commet une faute. Il remplit un peu trop le nouveau cruchon. Il s'empare du psautier de Mafiach et met le gobelet et le pichet ayant contenu le vin drogué dans son sac, puis s'en va. En partant, il attache à la barre un morceau de corde fine.

— Ah, je sais pourquoi... interrompit Clitheroe.

— Il ferme un volet, puis l'autre, et, à l'aide de la corde, abaisse la barre. Il avait probablement attaché le lien avec un nœud coulant de sorte qu'il peut le récupérer. Et tout est comme il le voulait.

Kathryn marqua une pause avant de reprendre :

— Ils avaient attendu l'Irlandais. Mafiach n'a pas

arrangé les choses; il était las. À la réflexion, il a commis deux erreurs : il a utilisé son pseudonyme et il ne s'est pas méfié de cette souillon. Celle-ci, pendant que l'assassin était dans la chambre de la victime, faisait le gué. Ah, c'est un meurtre très bien préparé! L'assassin a sorti l'épée et la dague de Mafiach afin de brouiller les pistes et de faire croire qu'il y avait eu bagarre. Cependant, il a aussi commis des fautes : il a trop rempli le pichet de vin, n'a pas pris le temps de nouer les chausses de Mafiach, et celui-ci possédait une copie de son message chiffré.

— C'est vrai, s'exclama Colum, je me souviens du détail des chausses!

— En tout cas, poursuivit Kathryn, l'assassin regagne sa chambre et lave avec soin le pichet et le gobelet ayant contenu le vin drogué, puis il les laisse sur la table. Le lendemain matin, alors que le cadavre de Mafiach se rigidifie dans sa chambre, nos précieux compères s'en vont. La femme a sans doute gagné une autre taverne. La nuit suivante, elle se rend dans les bois de Bean pour y retrouver son complice et recevoir le complément de son paiement. Au lieu de quoi on la tue. L'assassin commet encore une erreur : à son insu, la femme a acheté à la taverne une de ces broches destinées aux pèlerins, et elle la porte dans ses cheveux, qui sont opulents et soyeux; ce colifichet échappera au tueur quand il déshabillera le corps.

Kathryn sourit avant d'ajouter :

— Qui dit que les morts ne parlent pas?

Thomasina, qui avait écouté, debout dans un coin de la pièce, s'approcha de sa maîtresse.

— Comment les assassins savaient-ils que les volets étaient mal joints?

— Je puis répondre à cette question, déclara Clitheroe. Très peu d'auberges ont des fenêtres. Leur entretien est trop coûteux. Au printemps et en été, on se sert de contrevents qui ne ferment pas complètement pour que l'air puisse entrer.

— Et en hiver, poursuivit Kathryn, vous placez une pièce de cuir à l'intérieur que l'on déroule comme un rideau. Fais donc le tour de notre maison, Thomasina. Je n'ai pas vu une seule fenêtre dont les volets ferment hermétiquement.

Clitheroe hocha la tête avec vigueur.

— C'est sûrement cela. Ce que dit Maîtresse Swinbrooke est exact. N'importe lequel d'entre nous aurait pu agir ainsi : monter une échelle avec un long poignard gallois, s'en servir pour soulever la barre de fermeture des volets. On pourrait aussi remettre celle-ci en place de la même manière, sans besoin de ficelle.

Kathryn se dressa.

— Je pense que l'assassin est un espion de haut rang. Il savait que Mafiach allait descendre à l'*Auberge Falstaff*, et que vous iriez le chercher, Colum. S'il pouvait se faire passer pour un marchand, pourquoi pas pour un colporteur ou un chaudronnier ambulant ? Ainsi, il lui était facile de découvrir les points faibles du *Falstaff*, et il les a vite trouvés. Il a vu comme l'auberge devenait silencieuse tôt, et qu'il fallait en profiter.

— Et cette jeune femme ? interrogea Clitheroe.

— Il ne s'est écoulé que quelques jours, déclara Kathryn. Peut-être quelqu'un signalera-t-il sa disparition ou...

— Ou quoi ? demanda Colum.

— Rien, fit Kathryn. Merci d'être venu, Maître Clitheroe. Ne parlez à personne de ce que je vous ai dit, c'est un secret.

— Ne vous inquiétez pas, assura l'aubergiste en se levant. Je veux que les gens oublient le plus vite possible qu'il y a eu un meurtre dans mon établissement. J'ai déjà souffleté les souillons et les aides de cuisine parce qu'ils parlaient de fantômes.

Il avança vers Kathryn, main tendue. La jeune femme la serra, et il déclara encore :

— Ce que vous dites se tient, Maîtresse. Pauvre Mafiach, qui se croyait en sécurité !

— Il l'était, rétorqua Kathryn. Il a seulement commis quelques erreurs et les a payées de sa vie.

Clitheroe parti, Colum, qui secouait la tête, incrédule, s'en fut chercher son manteau et sa ceinture de guerre, pendant que Kathryn laissait ses instructions à Thomasina.

— Si des patients se présentent, envoie-les à l'hospice des Prêtres Indigents.

Thomasina saisit la jeune femme par le bras pour l'attirer à elle.

— Vous savez qui c'est, n'est-ce pas ?

— Oui, Thomasina, mais le confondre est une autre affaire !

Kathryn, escortée par Colum, remonta rapidement Ottemelle Lane. Un pâle soleil tentait de percer la brume matinale, et la ville n'était pas complètement réveillée. Ils descendirent vers le centre, se tenant à l'écart des fenêtres qui s'ouvraient sur des gens qui criaient « Attention ! » avant de vider les pots de chambre dans la rue. Des apprentis aux paupières lourdes installaient les étals sous l'œil vigilant de leurs maîtres. Deux prostituées, jupes relevées dévoilant des jambes et des cuisses sales, hurlaient d'un rire moqueur en fuyant un bedeau tout transpirant, gras et rougeaud. Un moine capucin demandait l'aumône, son visage blême enfoui dans son profond capuchon. Deux hommes emprisonnés pour dette dans la geôle du château allaient de porte en porte, enchaînés l'un à l'autre, mendiant des vivres pour eux et leurs codétenus. Un fêtard qui avait trop bu était traîné au pilori, un tonneau de bière vide sur la tête. Tavernes et gargotes avaient ouvert grandes leurs portes afin que les bonnes odeurs qui s'échappaient de leurs fours se répandent dehors et attirent les lève-tôt. Des chevaux hennissaient dans des cours d'écurie, pendant que les charrettes des paysans et des balayeurs cahotaient bruyamment sur les pavés. Colum trouvait difficile de parler, quant à Kathryn, elle était d'humeur silencieuse.

Devant le haut portail du monastère du Sac, un frère convers les fit entrer et les escorta jusqu'au jardin de Gethsémani en contournant les bâtiments. Le prieur Anselm, Simon et Jonquil s'y trouvaient déjà avec d'autres membres de la confrérie. L'odeur de brûlé prenait à la gorge. Des volutes de fumée grise flottaient encore au-dessus du pré couvert de rosée, et effrayaient les oiseaux, qui piaillaient en battant des ailes autour des flèches et des pignons du monastère.

Le père Anselm vint à la rencontre des nouveaux venus, l'air très préoccupé.

— C'est un acte terrible ! Terrible ! fit-il d'une voix plaintive. Cette pauvre femme !

— C'est une mort horrible, en vérité !

Kathryn se retourna. Venables, enveloppé dans une cape militaire marron, se tenait derrière elle, une main sur le pommeau de son épée.

— Sa Grâce la duchesse m'a demandé de venir ici, déclara-t-il.

Il indiqua le bosquet.

— Un nouveau meurtre, n'est-ce pas, Maîtresse ?

— C'est vraiment un lieu de mort, répliqua Kathryn. Voyons par nous-mêmes.

Quand elle fut devant la cellule de Mathilda Chandler, Kathryn sentit son cœur se serrer. Le feu avait été si violent que la porte et la plaque d'acier s'étaient gondolées, les murs s'étaient fissurés, et les briques qui entouraient le judas s'étaient effritées. La fumée était encore dense et âcre, piquant les narines et la gorge. La jeune femme, à l'aide d'un chiffon que lui donna le prieur Anselm, tira la petite porte qui céda, les panneaux intérieurs s'étant disloqués. Elle s'accroupit et risqua un regard dans la cellule.

— C'est comme un four ! s'exclama-t-elle.

Les murs et le plafond étaient noirs, et le reste avait été réduit en cendres, trop chaudes encore pour qu'on y touche. Sans s'occuper des protestations de Colum, Kathryn se glissa avec prudence dans la cellule. Parfois, une braise lui brûlait la cheville ou la main, et, à chaque mouvement, des bouffées de fumée âcre la faisaient tousser et éternuer. Le judas et la porte ouverte laissaient entrer un peu de lumière. À un moment, la jeune femme dut s'immobiliser, cherchant son souffle. Prise de panique, elle battit vivement des paupières, mais ses yeux la piquaient au point que les larmes lui venaient. Elle atteignit ce qui avait dû être le lit. Là encore, il n'y avait rien que des cendres noires et légères. Elle chercha avec soin, puis ressortit en souriant. Elle tapa des pieds et secoua sa robe pour se débarrasser des cendres.

— Vous ressemblez un peu à Thomasina quand elle a brûlé le pain, dit Colum.

Son sourire s'évanouit tandis qu'il se reprenait :

— Je suis désolé, Kathryn.

— Eh bien, moi pas, rétorqua-t-elle.

Elle contourna ses compagnons, avança sur la pelouse et cria :

— Mathilda Chandler ! Mathilda !

Elle longea le taillis, et les autres la suivirent.

— Mathilda, n'ayez pas peur ! C'est moi, Kathryn.

Ne lui répondirent que le cri rauque des corbeaux et le piaillement d'un geai. Kathryn pria *in petto* de ne pas s'être trompée.

— Mathilda, cria-t-elle encore, vous n'avez rien à craindre ! Je vous conduirai dans un lieu où vous serez en sécurité.

Kathryn avait presque atteint l'extrémité du taillis lorsqu'un buisson bougea, et Mathilda Chandler apparut sur la pelouse, emmitouflée dans son épaisse cape. Elle se dirigea en hâte vers Kathryn, yeux scintillants, visage pâle et tiré. Kathryn saisit ses deux mains glacées.

— Ne dites rien, chuchota-t-elle, pas un seul mot, et acquiescez à tout ce que je dirai.

Mathilda hocha la tête.

— Je... je...

— Chut ! la pressa Kathryn.

— Que signifie cela ? s'exclama le prieur Anselm. Nous vous croyions morte !

Kathryn entoura les épaules de Mathilda de son bras.

— Ne lui posez pas de questions, elle est déjà assez terrifiée.

— C'est mon monastère, explosa Anselm, et j'en suis le prieur !

— Vous êtes aussi un menteur, rétorqua Kathryn

— Comment osez-vous ?

— Oh, j'ose tout. Je suis ici sur ordre de la reine mère, Cécile, duchesse d'York.

Le père Anselm pâlit et sa pomme d'Adam surgit brusquement comme un bouchon sur l'eau.

— Je désire vous voir, ainsi que frère Simon et Jonquil, dans votre parloir, reprit Kathryn. Ce n'est pas moi qui le demande, ce sont les ordres de la duchesse. Si vous refusez, ajouta-t-elle en levant les yeux vers le ciel, les hommes du roi seront ici dans moins d'une heure.

Le prieur Anselm pivota sur ses talons, murmura quelques mots à ses deux compagnons, puis traversa le pré en sens inverse sans un regard en arrière. Kathryn fit signe à Colum et à Venables de ne pas approcher davantage, et elle s'éloigna avec Mathilda.

— Je suis si heureuse ! chuchota-t-elle en lui serrant le bras.

Mathilda pleurait sans bruit.

— Consolez-vous, murmura Kathryn, vous êtes sauvée.

— Je suis devenue comme un animal, répliqua Mathilda. J'étais dans ma cellule, mais j'ai senti un danger invisible, impossible à définir, comme certains matins quand il y a une brume glacée qui vous enveloppe et vous colle à la peau à la manière d'un linceul. Hier après-midi, j'ai mis les quelques provisions que j'avais dans un chiffon et j'ai quitté ma cellule, en fermant la porte. J'ai gagné à la hâte l'extrémité du taillis, et, tel un renard poursuivi, je me suis fait une nouvelle tanière.

— Avez-vous vu quelque chose ? demanda Kathryn.

Mathilda secoua la tête.

— Rien. J'ai senti la fumée, et puis j'ai entendu les crépitements. J'étais terrifiée, les flammes rugissaient. Si j'étais restée dans ma cellule, mon corps se serait consumé et mon âme serait montée vers Dieu.

— Eh bien, écoutez-moi attentivement, lui ordonna Kathryn. Ne dites pas un mot, même à Maître Murtagh, mais quand je vous poserai une question, acquiescez à ce que je dirai. Je suis claire ?

— Va-t-il falloir que je regagne ma cellule ?

Kathryn l'étreignit de nouveau.

— Il y a deux choses dont vous pouvez être sûre, Mathilda Chandler : ce soir, le soleil se couchera, et votre détention est terminée. Je vous le promets.

Elle conduisit Mathilda auprès de Colum. Celui-ci s'apprêtait à lui poser mille questions, mais Kathryn lui pressa un doigt sur la bouche.

— Ne l'interrogez pas sur quoi que ce soit.

Puis elle sourit à Venables.

— J'aimerais que vous attendiez tous les trois dans

la petite salle près du parloir du prieur. Je vous promets que je n'en aurai pas pour longtemps.

Kathryn prit Colum par le poignet et, le serrant, ajouta :

— Ne quittez pas des yeux Maîtresse Chandler, suivez-la où qu'elle aille.

Colum le promit. Kathryn l'embrassa rapidement sur les lèvres, puis, après un sourire à Mathilda, elle fila à travers le pré, vers le couvent.

Les trois moines l'attendaient dans le parloir, assis comme des écoliers qui s'apprêtent à être réprimandés par un maître. Kathryn referma la porte sur elle, donna un tour de clé et prit place à la table, en face d'eux.

— J'en viens rapidement aux faits, et je ne prêche pas le faux pour savoir le vrai.

Le père Anselm leva la main.

— Je ne suis pas d'accord.

— Taisez-vous ! s'exclama Kathryn en frappant la table du poing. Vous avez perdu assez de temps avec vos histoires et vos mensonges. Frère Jonquil, en réalité vous vous appelez Edmund Brotherton, vous venez de Pickering, dans le comté de York, vous soutenez la famille d'York corps et âme. Vous étiez page dans la suite du duc Richard, et plus tard vous avez appartenu à celle de la duchesse Cécile.

Jonquil pâlit et porta la main à sa bouche.

— Comment avez-vous... ?

— C'est la duchesse qui me l'a dit, le coupa Kathryn. On vous a envoyé ici pour protéger le bienheureux Roger Atworth. Vous n'êtes pas plus frère convers que je ne suis abbesse. Le prieur Anselm, le sous-prieur Gervase et l'infirmier Simon étaient les seuls membres de la confrérie à connaître votre véritable identité et votre mission au monastère du Sac. C'est bien la vérité ?

Jonquil en convint.

— Vous vous ennuyiez, poursuivit Kathryn, mais de temps en temps, la nuit, vous traversiez Gethsémani, escaladiez le mur et ôtiez votre robe pour redevenir un jeune homme prêt à prendre du bon temps dans les tavernes, les gargotes et partout où vous désiriez aller. En votre absence, le prieur Anselm, Gervase et frère Simon surveillaient le bienheureux Roger.

Jonquil enfouit son visage dans ses mains. Kathryn sourit au prieur.

— En ce qui concerne la mort de frère Roger et les miracles, je pense que frère Simon ici présent sait qu'ils sont autant l'œuvre de la nature que celle de Dieu, mais ils ne me tracassent pas. Quant à l'odeur suave...

Kathryn ouvrit son sac et en sortit un petit morceau de peau si fine qu'elle en était transparente.

— Avez-vous jamais fait des bulles de savon, frère Simon ? Quand elles éclatent, vous pouvez sentir l'odeur du savon. Eh bien, vous avez procédé de la même manière. Vous qui êtes apothicaire, vous avez rempli des morceaux de peau très semblables à celui-ci avec du parfum élaboré dans votre infirmerie, et vous les avez mis dans votre poche. Ensuite, aux moments qui convenaient, vous en laissiez tomber deux ou trois et vous les écrasiez sous votre semelle pour que l'odeur se dégage.

Sur son siège, frère Simon avait fermé les yeux.

— On dit que les écoliers font la même chose, déclara Kathryn, mais ils utilisent des parfums moins suaves. Dans la chambre de frère Roger, vous avez lâché quelques morceaux de peau que vous avez piétinés sans bruit. Vous en avez mis aussi dans la bière, et quand on a ouvert la tombe et que personne ne regardait, vous avez recommencé.

Kathryn agita la main.

— Et l'air se parfuma d'une mystérieuse fragrance

dont il était impossible de trouver l'origine. La peau étant très fine, il est évidemment aisé de la faire glisser dans une fente du plancher ou de la pousser sous un lit.

Kathryn revint au jeune frère convers qui se cachait toujours la tête dans les mains.

— Quant à votre apparition, frère Jonquil, je me suis trouvée à genoux dans la chapelle de la Vierge au moment où le soleil se déverse à flots par la fenêtre. C'est tout ce que vous avez vu, n'est-ce pas ? Le reste, comme le parfum, n'était qu'invention destinée à réjouir le cœur de la duchesse Cécile et l'empêcher de poser trop de questions embarrassantes sur la mort de frère Roger. Tous les trois, vous avez dû remercier Dieu à genoux quand on a exhumé le corps d'Atworth et découvert qu'il n'était pas décomposé. Frère Simon peut lever les bras au ciel, je crois qu'il connaît aussi bien que moi les effets de l'arsenic. Frère Roger en prenait de minuscules doses pour soigner ses boyaux. Je suis sûre que celles-ci ne l'ont pas tué, en revanche, elles ont retardé la décomposition de son corps.

Kathryn soupira.

— Alors, faut-il que je vous soutire la vérité, comme on tire un fil de tapisserie mal tissé ?

Le prieur Anselm croisa les mains, tête baissée.

— Nous avons péché, Maîtresse Swinbrooke, et nous avons menti. Oh, pas par cupidité !

Il écarta les mains.

— Enfin, peut-être un peu.

— La vérité ! exigea Kathryn.

Anselm se cala contre le dossier de son siège.

— Entendu. Après avoir rejoint notre communauté, Roger Atworth n'a pas tardé à se faire une réputation de sainteté. De bien des façons, c'était un excellent compagnon : humble, pieux, toujours prêt à faire plaisir. Je l'aimais bien. J'étais au courant de sa vie antérieure, et des horribles crimes qu'il avait commis.

Néanmoins, s'il y eut jamais un homme à la recherche de Dieu, c'était bien Roger Atworth.

Anselm marqua une pause.

— La guerre entre les York et les Lancastre prit fin, et nous comprîmes vite que frère Roger avait des amis très puissants. La duchesse Cécile devint une habituée de ce couvent. Frère Roger était son confesseur, et ils se retrouvaient comme frère et sœur pour se promener dans le jardin de Gethsémani. La duchesse Cécile me prévint de veiller à la sécurité d'Atworth. S'il était anxieux ou qu'un danger le menaçait, je devais l'en informer immédiatement. Gervase et Simon reçurent les mêmes instructions. Gervase, lui, n'aimait pas frère Atworth. Il se demandait souvent quels secrets ce dernier détenait, et il était jaloux de son intimité avec la mère du roi d'Angleterre. De temps en temps, nous recevions des visiteurs, en particulier de France : des marchands, des messagers. Même s'ils le cachaient avec soin, on se rendait compte qu'ils s'intéressaient à frère Roger. Il y a quelques mois, j'en ai informé la duchesse Cécile.

Anselm indiqua Jonquil de la main.

— Il fut envoyé ici pour assurer la protection de Roger.

— Et alors? s'enquit Kathryn.

Relevant la tête, Jonquil prit la parole :

— Mission facile. Atworth était un saint homme qui ne désirait rien que prier, se promener dans le jardin de Gethsémani et écrire dans le petit psautier que vous avez vu à la bibliothèque. Ce n'était pas un travail épuisant, mais la vie ici m'étouffait. Le prieur Anselm avait la bonté de ne pas remarquer mes rares escapades en ville.

— Nous ne pensions pas qu'il y avait danger, poursuivit le prieur. Frère Roger allait à la chapelle, au réfectoire, à la bibliothèque, dans sa chambre, ou il se promenait dans Gethsémani. Il se lia d'amitié avec notre infortunée prisonnière, mais je n'y vis pas de mal. Et puis...

Anselm fit claquer ses doigts.

— Et puis soudain, une nuit, tout a changé.

Le prieur croisa les mains.

— La fête de l'Annonciation tombait le 25 mars. Le soir du 23, frère Jonquil partit pour la ville. Frère Roger, du moins nous le pensions, s'en fut se promener à Gethsémani. Personne n'y fit vraiment attention jusqu'au matin du 24. Jonquil se rendit dans la chambre d'Atworth et la trouva vide. Son lit n'était pas défait.

— Nous étions affolés, reprit Simon. On nous avait confié Roger Atworth. Et pendant que Jonquil était en ville, il avait disparu. Il n'avait que quelques maigres possessions, et nous savions qu'il gardait les lettres de la duchesse dans une bourse à sa ceinture. Il fallait que le reste de la communauté demeure dans l'ignorance. Nous pensions qu'il était peut-être parti en ville, ou qu'il était ailleurs dans le couvent. Mais nous devions le chercher discrètement. La journée avança et nous ne le trouvions toujours pas.

— Cependant, vous avez fini par le découvrir, n'est-ce pas ? demanda Kathryn.

— Oui, à la nuit tombée. Nous avons commencé à fouiller Gethsémani et le bosquet au fond.

Le prieur Anselm se mordilla la lèvre, et Kathryn vit que sa main tremblait.

— Nous l'avons trouvé mort dans le cellier désaffecté : il gisait sur le sol, les mains croisées. Nous avons attendu la nuit, que les autres moines se retirent, et nous avons ramené le corps pour l'allonger dans sa cellule. C'est seulement alors que nous nous sommes rendu compte que quelque chose n'allait pas.

— Laissez-moi deviner, interrompit Kathryn.

D'abord, il était souillé et ébouriffé, n'est-ce pas ? Il a donc fallu le déshabiller, et, par conséquent, retirer la literie, salie à son tour. Je me trompe ?

— Non, admit Anselm, tête baissée.

— Alors vous avez lavé le corps et, comme vous l'avez dit, vous avez envoyé ses vêtements ainsi que les couvertures, les draps et le coussin à la buanderie.

Kathryn s'interrompit en entendant du bruit à l'extérieur du parloir.

— Même à ce moment-là, frère Simon, reprit-elle, vous avez dû reconnaître que le corps présentait des caractéristiques particulières, avec son aspect cireux et sa consistance spongieuse. Ce qui vous a vraiment fait peur, cependant, ce furent les marques de corde imprimées sur les poignets et les chevilles du défunt. C'est cela ?

L'infirmier ferma les yeux avant de déclarer :

— Nous avons compris qu'il ne s'agissait pas d'un accident. Frère Roger n'était pas tout simplement descendu dans ce cellier, où, victime d'un malaise, il se serait effondré et serait mort.

— Il avait été enlevé, n'est-ce pas ? suggéra Kathryn. Atworth s'en fut se promener dans Gethsémani, et l'assassin frappa. Dieu seul sait comment il procéda, mais Atworth fut attiré dans le bosquet, et peut-être frappé à la tempe. Lorsqu'il reprit conscience, il était étendu sur une dalle de pierre pleine de terre, pieds et poings entravés : ou bien on l'avait ligoté à une sorte de poteau, ou encore on l'avait attaché par des crochets au mur. L'assassin ne voulait pas tuer Atworth, mais l'interroger et lui soutirer ses secrets — il a pris les lettres de la duchesse, n'est-ce pas ? Terrifié, frère Atworth, qui était devenu un homme fragile, ne résista pas au choc causé par pareil traitement : son cœur céda. L'assassin le détacha et abandonna son corps là où vous l'avez trouvé. Vous saviez que la duchesse Cécile demanderait des explications, qu'elle viendrait voir la dépouille, et c'est alors que la mystification commença : draps et couvertures propres, robe impeccable, l'histoire selon laquelle Atworth avait brûlé les lettres, fermé sa porte à clé, et, étendu sur son lit, avait attendu Dieu.

— Nous n'avions pas le choix, gémit Anselm.

— Bien sûr, on s'étonnerait : pourquoi la porte était-elle fermée à clé ? Si Atworth sentait venir la mort, pourquoi n'avait-il pas réuni ses frères pour leur faire ses adieux ou leur demander de le transporter dans l'église ? Mais on oublierait tout cela une fois que les histoires de miracles auraient commencé à circuler. On changea donc le lit, on lava le corps et on l'habilla. On alluma le brasero dans lequel on brûla des morceaux de parchemin. Frère Simon apporta ses petites boules de parfum, il en écrasa quelques-unes, gardant les autres pour recommencer le lendemain matin. Le seul problème qui restait, c'était ces horribles marques rouges autour des chevilles et des poignets. Vous êtes médecin, frère Simon. Quand survient la mort, le sang cesse de couler. Vous avez eu alors la merveilleuse idée de doter Atworth de stigmates, marque de prédilection que le Christ n'accorda qu'à de grands saints : François d'Assise, par exemple. C'est vous qui avez pratiqué ces blessures aux poignets, aux chevilles et au flanc, ainsi que celles à la tête, n'est-ce pas ? Et comme vous êtes un homme pieux, vous avez recouvert ces saintes plaies avec des bandes d'étoffe. De ce fait, si quelqu'un s'était douté de quelque chose, il se serait dit que les marques étaient le résultat de ces stigmates et des bandes avec lesquelles vous les aviez recouverts.

Kathryn posa les mains à plat sur la table et dévisagea les trois moines.

— Les gens voient ce qu'ils veulent voir, murmura-t-elle, et ils croient ce qu'ils veulent croire. Atworth est salué comme un saint. La duchesse Cécile a du chagrin, mais il lui reste deux consolations : d'abord, celui qui connaissait tous ses secrets les a emportés avec lui dans sa tombe. Ensuite, celui qui était son confesseur est désormais un saint dans le Ciel. L'idée plaisait bien à la duchesse, et à vous autres aussi. Vous obtiendriez le soutien de la mère du roi, la tombe d'Atworth deviendrait un sanctuaire pour les pèlerins. La seule personne qui avait des doutes était ce vieux rusé de Bourchier, notre archevêque. Et peut-être en savait-il davantage qu'il ne nous l'a dit. Il décida de profiter de la procédure de canonisation pour révéler la vérité derrière cette affaire. On enterre frère Roger sans attendre, la duchesse Cécile a hâte qu'il soit canonisé, et, en même temps, elle commence à redouter que les secrets qu'il détenait n'aient été découverts.

Kathryn se leva pour détendre son dos et ses bras, et elle avança vers le crucifix.

— La duchesse aurait été heureuse que son confesseur devienne officiellement un saint. Ainsi elle aurait eu l'assurance que tout était bien.

La jeune femme regarda les trois moines par-dessus son épaule

— Et vous, évidemment, vous aviez beaucoup à cacher et encore plus à gagner. La mystification a continué jusqu'à mon arrivée au monastère.

— C'est la vérité, avoua le prieur Anselm. Que Dieu nous pardonne, frère Roger fut assassiné.

— Et qui est son meurtrier ? demanda Simon l'infirmier.

— Et le pauvre Gervase ? interrogea Jonquil d'un ton geignard. Que lui est-il arrivé ?

— Vous n'avez pas à le savoir, riposta Kathryn, en tout cas, pas maintenant.

Elle s'approcha de Jonquil

— Dernière chose : ce billet sous ma porte à l'hostellerie, c'est vous le coupable, n'est-ce pas ?

La jeune femme le frappa à l'épaule.

— Et vous attendiez dans l'escalier ?

— Je voulais vous faire peur.

Kathryn se pencha, son visage à quelques centimètres seulement de celui du prétendu moine.

— Eh bien, frère Jonquil, vous y avez réussi ! Et maintenant, disparaissez, tous les trois !

CHAPITRE XII

« Le lion attend toujours
Pour saigner l'innocent dès qu'il peut. »

Chaucer, « Le conte du Frère »,
Les Contes de Cantorbéry

— Je pourrais les appeler les trois Sages, fit observer Colum en prenant un siège dans le parloir.

Venables s'était assis à la table, et l'Irlandais poursuivit :

— Mais ils ne sont ni sages ni heureux ! Oh, on dirait qu'il y a du tumulte, dehors.

On frappa à la porte, et le prieur Anselm entra avec un air confus.

— Des archers royaux gardent maintenant toutes les entrées, Maîtresse Swinbrooke, et un huissier d'armes ainsi que des piquiers font la ronde dans le jardin de Gethsémani.

— Je suis au courant, père prieur, répondit Kathryn avant de reprendre sa place. Ils sont ici pour assurer votre protection et la mienne. Maintenant je vous serais reconnaissante de nous laisser.

Le prieur se retira en hâte.

— Que signifie ceci ? demanda Venables tout en

détachant l'agrafe de son manteau qu'il jeta par-dessus le dossier de son fauteuil.

Ensuite il desserra sa ceinture de guerre, et, se levant à demi, l'ôta de sa taille pour la placer sur la table devant lui.

— C'est une commission d'enquête, répliqua Kathryn qui, sans s'occuper de Colum qui prenait une inspiration sifflante, fixa droit dans les yeux le plus traître des partisans. C'est vous, l'assassin, n'est-ce pas, Maître Venables ?

Celui-ci se contenta de se redresser et, baissant rapidement les yeux, il passa une langue nerveuse sur ses lèvres. Puis il s'accouda à la table, son visage à demi dissimulé derrière ses mains.

— Comment cela, Kathryn... ?

— Appelez-moi Maîtresse Swinbrooke.

— Ah, c'est ainsi que tourne le vent.

— Nous l'avons retrouvée, savez-vous, poursuivit Kathryn sur le ton de la conversation, nous l'avons retrouvée, la pauvre femme que vous avez tuée dans les bois de Bean. Vous avez dévêtu son cadavre avant de le jeter dans le marécage, mais on a découvert des accessoires sur elle. D'où venait-elle, Maître Venables ? Était-ce une hétaïre de Londres ? Une prostituée que vous avez recrutée pour vous aider à commettre le meurtre ?

— Quels accessoires ? interrogea Venables d'un ton sarcastique.

— De quoi vous envoyer au gibet. Vous avez loué ses services, et vous avez attendu le pauvre Mafiach à l'*Auberge Falstaff*.

— J'ignorais qu'il descendrait là. Seuls les membres du Conseil du roi et votre amoureux, Maître Murtagh, étaient au courant.

Kathryn eut un mince sourire.

— C'est vrai, admit-elle, et c'est un membre du

Conseil du roi qui vous a dit où Mafiach résiderait, et quand. Déguisé, vous avez surveillé l'auberge en y entrant et en sortant à votre aise.

— Comment cela, déguisé ?

— Oui, vous vous étiez travesti en marchand d'un certain âge, avec des cheveux grisonnants, une barbe et une moustache. Pour un homme riche comme vous, Maître, ce genre de mascarade est facile à réaliser, aussi je ne m'y attarderai pas.

La jeune femme décrivit ensuite sans s'étendre la mort de Mafiach, et la part qu'y avait jouée Venables, comment il avait tué l'Irlandais, volé le message chiffré, puis, le lendemain soir, comment il avait assassiné sa complice. Venables secouait la tête, feignant l'incrédulité.

— Je comprends votre logique, Maîtresse Swinbrooke, mais où sont vos preuves ?

— Passons maintenant au monastère du Sac, rétorqua Kathryn. Comment êtes-vous entré en contact avec frère Gervase, le sous-prieur ? Par un message clandestin ? Ou vous l'avez rencontré dans la ville ? Ou encore dans cet épais bosquet, à l'extrémité du jardin de Gethsémani ? Frère Gervase n'aimait pas Atworth ; il lui en voulait, était jaloux de son intimité avec la reine mère.

— Et donc je l'ai tout simplement accosté en me présentant ? railla Venables.

— Justement pas. Vous avez commencé par tâter le terrain, soit par lettre, soit au cours d'une rencontre où vous avez gardé soigneusement dissimulé votre visage, et n'avez dit ni votre nom, ni qui vous étiez. Gervase était un chicaneur.

Kathryn porta son regard sur Colum qui n'en revenait pas de l'accusation portée contre Venables.

— Le sous-prieur n'a pas dû être d'accord, il vous aura cherché querelle, mais rien ne vaut de l'or et de l'argent pour faire mollir la conscience d'un homme cupide. Vous le rencontriez dans ce bosquet solitaire, au fond de Gethsémani, il vous racontait toutes les rumeurs du couvent, et les faits et gestes de frère Atworth. Deux choses sont devenues évidentes : d'abord Atworth détenait des secrets, et ensuite, il les conservait près de son cœur.

« En dépit de votre or et de votre argent, Gervase ne fut pas très utile. Alors, telle une belette traquant un lapin de garenne, vous avez décidé de prendre les choses en main. Vous avez surveillé le monastère et remarqué que l'homme chargé de protéger et de garder Atworth abandonnait parfois ses devoirs pour les plaisirs de la ville. Un soir, vous avez fondu sur votre proie. Frère Atworth aimait se promener seul dans le jardin. Vous l'avez agressé, l'avez frappé pour qu'il perde connaissance, et l'avez traîné dans ce cellier souterrain, près du mur d'enceinte. Vous disposiez de toute la nuit pour le faire parler. Vous aviez ligoté les mains et les pieds du pauvre homme pour qu'il ne s'échappe pas ! De temps en temps vous reveniez auprès de lui : que savait-il de Cécile, duchesse d'York ? Quels secrets importants détenait-il ? Vous n'aviez même pas à le soumettre à la torture. Atworth était un vieillard fragile, et vous espériez seulement que d'être ainsi prisonnier, seul et dans le noir, lui délierait la langue.

— C'est absurde ! s'exclama Venables.

— Oh, non ! Vous avez sous-estimé deux choses : d'abord Atworth avait vraiment trouvé la foi en Dieu. Il était moine, prêtre et confesseur. Il ne trahirait pas plus ses secrets qu'il ne retournerait à sa vie d'avant. Ensuite, il était plus fragile que vous ne l'imaginiez. Il n'a pas survécu très longtemps. C'était un vieillard terrorisé, et son cœur a tout simplement lâché. Il a glissé sans bruit dans la mort. Vous pourriez vous targuer d'un succès relatif : vous avez pris les lettres dans sa bourse, après quoi, vous avez dénoué ses liens, et abandonné son corps dans ce cellier humide et puant pour vous enfuir par-dessus le mur.

— Parce que je pouvais me promener dans ce monastère à ma guise, peut-être ?

— Bien sûr. Vous aviez le concours de frère Gervase qui vous a donné une de ses robes à capuchon, et bien entendu une paire de sandales. Dans un endroit comme ici, tous les moines se ressemblent, surtout s'ils rabattent leur capuche. Frère Gervase ne vous a pas été complètement inutile, non ? Il vous a remis le psautier de frère Atworth.

— J'ignore ce dont vous parlez.

— Gervase l'a sorti de la bibliothèque pour que vous l'examiniez, et comme certaines pages vous intéressaient, vous les avez soustraites avant de rendre l'ouvrage.

Colum se leva pour se diriger vers la table sur le côté et remplir un gobelet de vin qu'il plaça dans la main de Kathryn ; puis, au lieu de reprendre son siège, il alla s'adosser au panneau en bois de la porte, plus près de Venables.

Sans lui prêter attention, Venables fixait Kathryn qui poursuivit :

— Gervase était une source d'ennuis. S'il ignorait qui vous étiez, il ne vous avait cependant pas beaucoup aidé. Néanmoins, si cette affaire s'ébruitait, il pouvait décider de raconter à quelqu'un ce qu'il savait. Ce fameux après-midi où je suis arrivée ici, vous aviez fait parvenir à Gervase le signal convenu pour qu'il vous rejoigne à l'endroit habituel de Gethsémani. Il s'y est rendu, et vous l'avez tué, tout comme vous avez assassiné cette jeune femme dans les bois de Bean. Un coup de poignard dans le cœur, ou vous lui avez tranché la gorge. Nous ne le savons pas à cause du feu qui a rendu impossible de déterminer la cause de la mort. Déguisé en moine, vous avez pris les clés de Gervase pour vous glisser dans sa cellule et fouiller minutieusement ses affaires. Vous avez éliminé tout ce qui pouvait vous incriminer, y compris la quantité d'or et d'argent assez considérable que vous lui aviez donnée en paiement. Satisfait, vous êtes reparti par Gethsémani. Mais vous ne pouviez pas abandonner le corps de Gervase en l'état. Vous souvenant qu'il n'aimait pas Atworth, vous avez décidé de brouiller les pistes en faisant croire à une mort mystérieuse. Vous avez imbibé le corps d'huile que vous aviez apportée dans une outre à vin, puis vous l'avez dressé en l'appuyant contre un buisson.

Kathryn regarda Colum.

— Maître Murtagh, vous qui avez participé à des sièges, vous avez vu les mineurs du roi allumer une mèche lente, c'est-à-dire un bout de corde trempé dans une solution inflammable. Maître Venables fit la même chose. Caché par les arbres et les buissons, il enflamma la corde, prit l'outre, et, après s'être assuré qu'il ne laissait pas de trace derrière lui, s'est glissé dans la ruelle déserte, derrière le mur d'enceinte. Qui aurait prêté attention à un moine encapuchonné ? C'est quelque chose de courant. Pendant ce temps, le vieux frère Timothy, dont Gervase avait dû vous parler, observait le jardin. Tout ce qu'il vit, ce fut Gervase dressé, et, un instant après, un rideau de feu qui l'engloutissait.

Kathryn marqua une pause.

— J'ai examiné l'endroit où a brûlé le corps de Gervase. Le bosquet est si épais que vous pouviez agir sans qu'on vous voie depuis le couvent.

— Voilà qui est fort intéressant.

Venables abaissa ses mains. Il remuait sans arrêt sur son siège, agité et nerveux.

— Mais quelles preuves avez-vous ? Pourquoi trahirais-je Sa Grâce la duchesse ?

— Peut-être pouvez-vous répondre à cette question

mieux que moi. Pour finir, venons-en à Maîtresse Chandler. Vous êtes le seul, hormis Maître Murtagh et le frère convers Eadwig, qui vous doutiez que Maîtresse Chandler s'était confiée à moi. Cela m'a échappé, hier, avant que nous ne quittions le palais de l'archevêque. Vous vous en êtes alarmé, redoutant ce qu'elle aurait pu voir ou entendre. Gervase s'était-il ouvert à elle ? Aussi, en pleine nuit, vous êtes revenu, de nouveau en habit de moine, avec de l'huile et une mèche de chanvre. Vous avez remis en place la plaque de métal, puis vous avez déversé l'huile et allumé la mèche. Après quoi, vous avez reculé pour observer votre travail ignoble. Vous avez commis une seule faute. Par la grâce de Dieu, Maîtresse Chandler se douta que vous risquiez de revenir. Elle s'était cachée non loin, et elle a vu votre visage.

— C'est impo... !

— Qu'alliez-vous dire, Maître Venables ?

Kathryn se prépara à proférer ce qu'elle savait être un pur mensonge.

— Vous aviez peut-être votre capuchon rabattu, déclara-t-elle, mais vous n'étiez pas censé rencontrer qui que ce soit. Plus de Gervase, plus de complice. Vous n'étiez pas masqué. Vous avez tourné la tête. Mathilda Chandler, qui était tapie tout près, a vu votre visage à la lueur du feu. Elle prêtera serment au tribunal et jurera que vous êtes responsable.

— Qui croirait une meurtrière ?

Venables se cala contre le dossier de son fauteuil, les mains crispées sur les accoudoirs.

— Et vous me feriez condamner sur cette seule preuve, fit-il, railleur, moi, confident de la duchesse Cécile, écuyer de Sa Grâce ?

— Oh non !

Kathryn énuméra les différents points sur ses doigts.

— Pour commencer, pendant que vous êtes ici, on

est en train de fouiller votre chambre et vos affaires. Je suis sûre qu'on trouvera le déguisement que vous portiez à l'*Auberge Falstaff*. Deuxièmement, on vous ramènera là-bas, et Clitheroe l'aubergiste est observateur. On vous travestira peut-être à nouveau, et nous lui demanderons de bien vous regarder. Si lui ne vous reconnaît pas, peut-être un de ses employés le fera. Troisièmement, les shérifs du roi mèneront une enquête serrée dans le milieu des prostituées de Londres. Je suis sûre que quelqu'un réclamera le corps de cette pauvre femme, et peut-être vous démasquera. Quatrièmement, en fouillant vos affaires, il se peut qu'on trouve l'or et l'argent que vous avez récupérés dans la cellule de Gervase.

Le mensonge de Kathryn avait marché.

— Cinquièmement, poursuivit-elle, je ferai observer que, à part moi-même, Maître Murtagh et frère Eadwig, vous étiez le seul à savoir les dangers que Maîtresse Chandler pouvait représenter. Enfin sixièmement, elle vous reconnaîtra. Croyez-vous aux fantômes, Maître Venables ?

L'écuyer se pencha en avant, la main toute proche de sa ceinture de guerre.

— Dites ce que vous avez à dire, femme !

— Ce sont les morts qui vous confondront, et surtout Maître Mafiach. Quand nous nous sommes retrouvés dans le pavillon du roi, au palais de l'archevêque, vous avez dit en présence de témoins que Mafiach avait été imprudent. Comment le saviez-vous ? Vous n'étiez pas censé le connaître.

— C'était devenu de notoriété publique.

— Peut-être, mais vous auriez pu choisir le qualificatif « infortuné », « malheureux » ou « malchanceux », or vous avez dit « imprudent », comme si vous saviez que Mafiach était sur ses gardes mais avait commis l'erreur de ne pas se méfier d'une prétendue souillon et aggravé sa faute en buvant du vin drogué.

— Vous jouez avec les mots ! bafouilla Venables.

— Pas du tout. Et pour finir...

Kathryn ouvrit son sac pour en sortir un petit rouleau de parchemin.

— Pour finir, Mafiach avait avec lui deux messages chiffrés. Dois-je vous les lire ?

« Regis regum rectissimi prope est dies domini
Dies irae et vindictae tenebrarum et nebulae
Diesque mirabilium tonitruorum fortium
Dies quoque angustiae meroris ac tristitiae
In quo cessabit mulierum amor ac desiderium
Hominumque contentio mundi huius et cupide.

« Le jour du Seigneur,
Roi des rois tout-puissant, arrive ;
Jour de colère et de vengeance, de ténèbres et de [nuages,
Jour de tempêtes effarantes,
Jour de malheur aussi, de chagrin et de peine,
Quand cesseront l'amour et le désir des femmes,
Et les efforts des hommes et les appétits de ce [monde.

« Et enfin nous avons cette phrase énigmatique : "Recto et Verso".

Kathryn tapota la feuille de papier.

— Vous vous rendez compte, n'est-ce pas, que les deux textes contiennent les lettres qui composent votre nom.

Elle froissa le parchemin et l'envoya en travers de la table. Venables l'attrapa vivement.

— J'en ai une copie, fit Kathryn en sortant un second rouleau, et dans les deux versions, j'ai souligné les lettres qui nous intéressent.

Venables semblait frappé au cœur.

— « Recto et Verso », poursuivit Kathryn, signifie que, d'un côté, le texte en latin et, de l'autre, sa traduction en français donnent le nom de l'espion à la cour d'Édouard IV d'Angleterre, à savoir Venables. Et votre complice, bien sûr, ne vous a pas aidé.

— Quel complice ? ricana Venables.

— Le vicomte de Sanglier, évidemment. Il n'a pas su résister au plaisir de se moquer de nous. « *In vino veritas* ; la vérité est dans le vin », a-t-il dit quand nous parlions de la mort de Mafiach. À sa manière railleuse, dissimulée, le vicomte avouait qu'il savait exactement comment était mort Mafiach : comment il avait été endormi par du vin drogué afin que l'on pût ouvrir les volets de sa chambre, et que vous vous y glissiez pour achever le travail.

— Je veux voir la femme ! s'exclama Venables, essuyant la transpiration qui coulait le long de sa joue gauche.

— Elle est à la porte de cette salle, Maître Murtagh.

Colum ouvrit sans quitter un instant l'écuyer des yeux.

— Mathilda Chandler ! appela-t-il.

On entendit un bruit de pas étouffés, et la veuve Chandler pénétra dans la pièce. Kathryn la fixa sans ciller, priant qu'elle ait le courage de coopérer.

— Regardez Maître Venables, Maîtresse Chandler.

La femme obéit.

— L'avez-vous déjà vu ?

Elle scruta Venables, puis elle regarda Kathryn tandis qu'elle se rapprochait de Colum.

— Je vous l'ai déjà dit, Maîtresse, c'est l'homme qui a allumé le feu qui aurait pu me tuer, la nuit dernière.

Venables bondit sur ses pieds, et Kathryn crut qu'il allait protester, mais ce n'était qu'une ruse. Il saisit sa ceinture de guerre dont il tira rapidement son épée. La veuve Chandler s'enfuit. Colum claqua la porte avec violence et s'élança de côté. Venables plongea, et, sous les yeux horrifiés de Kathryn, l'Irlandais glissa et alla s'écraser contre la table latérale, envoyant voler le pichet de vin. Venables tira alors une dague de son fourreau. Il avait le visage rouge de fureur, et contourna la table en courant, hurlant des blasphèmes. Kathryn se dressa d'un bond, renversant son siège. Son pied glissa sur le vin répandu, mais elle ramassa le cruchon et le jeta à la tête de Venables. Ce dernier esquiva le coup, en même temps que Kathryn sentait qu'on l'empoignait pour l'écarter. Colum s'était remis debout et, brandissant un tabouret pour protéger la jeune femme, il la poussait.

— Ma ceinture de guerre !

La jeune femme voulut la saisir, mais, une fois encore, Colum la tira de côté pour la maintenir à l'abri de Venables. L'écuyer se déplaçait plus lentement, cisaillant l'air avec son épée et sa dague. Lorsque Colum eut en main sa ceinture de guerre, il recula. Venables, qui avait atteint la porte, poussa le verrou du tranchant de la main. À présent, Colum avait dégainé son épée. Venables, sans méfiance, avança lentement. Quand il passa à l'attaque, sa vitesse et sa férocité surprirent Kathryn. Il croyait les avoir tous les deux à sa merci. Il laissa même à Colum le temps de tirer sa dague et de jeter sa ceinture du guerre vide sur la table.

— Voyons si vous êtes bon, Irlandais, railla le meurtrier. Une fine lame ?

De nouveau il passa à l'attaque. Il maniait son arme avec aisance, en soldat professionnel, et pensait qu'il tenait Murtagh. Sans arrêt, il attaquait et parait. Colum jouait les maladroits, utilisant son épée et sa dague pour esquiver ces feintes meurtrières. Quand ils furent à l'extrémité de la salle, Colum cessa de reculer, et les deux hommes combattirent dans un fracas d'acier entrechoqué, tandis que les lames décrivaient des arcs tourbillonnants. À un point, comme les épées se neutralisaient l'une l'autre, Venables tenta de frapper Colum au bas-ventre avec son genou, mais l'Irlandais fut trop rapide, il s'esquiva. Venables avait perdu de sa superbe : les yeux réduits à des fentes, le visage dégoulinant de transpiration, il se tenait à demi accroupi. Cette fois, ce fut Colum qui passa à l'attaque, épée pointée. Venables le contra avec la sienne. Colum tomba sur un genou. L'arme de Venables battit l'air, tandis que l'Irlandais plongeait sa dague dans le corps de son ennemi. Venables oscilla à peine, yeux écarquillés, bouche ouverte comme pour parler. Il avança d'un pas, mais son épée et sa dague glissaient déjà de ses doigts. Il porta ses mains sur le poignard de Colum enfoncé presque jusqu'à la garde dans son flanc gauche, avant de pousser un profond soupir en s'écroulant sur le sol.

Colum demeura appuyé au mur, cherchant son souffle. Kathryn s'approcha et délaça le col de sa chemise.

— Eh bien, mon soldat !

La jeune femme avait la nausée, et ses jambes ne la portaient plus. Colum l'embrassa rapidement sur le front avant de l'écarter doucement. Puis il traversa la salle afin de retourner le corps de Venables du bout de sa botte. La pièce ressemblait à un champ de bataille. Laissant tomber son épée et son poignard, l'Irlandais s'affala sur un tabouret.

— Il est mort, chuchota-t-il d'une voix gutturale. Le misérable traître est mort ! Kathryn, vous m'avez fait une peur bleue ! Pourquoi n'aviez-vous pas des hommes armés ici ?

Kathryn vint s'accroupir à côté de lui, essuyant de sa main la sueur sur sa joue.

— Je savais qu'il était coupable, il savait que je l'avais compris, et Dieu le sait également. Mais, en vérité, c'était affaire de logique, car j'avais peu de preuves. Il fallait que je surveille ses yeux et son visage. Je voulais m'appuyer sur son arrogance, et quand il n'en aurait plus, je comptais sur la violence qui bouillonnait en lui. Être confondu par une femme, voir témoigner contre lui une personne comme Mathilda Chandler...

Colum grimaça un sourire en entourant les épaules de la jeune femme de son bras pour l'attirer à lui.

— Oh, Kathryn, vous connaissez beaucoup mieux le cœur des hommes que vous ne voulez l'admettre !

Il libéra la jeune femme comme on tapait avec force à la porte.

— Maîtresse Swinbrooke ! Maîtresse Swinbrooke !

Kathryn se leva pour aller débloquer le verrou. Un sergent d'armes faillit la percuter avec le battant de la porte en l'ouvrant. Arborant les couleurs magnifiques de la livrée royale, il pénétra dans la salle, son casque au creux du bras, l'autre main sur le pommeau de son épée. Kathryn lui trouva l'air d'un jeune coq en colère, tandis qu'il promenait son regard autour de lui. Il repéra le cadavre de Venables affalé dans une mare de sang grandissante.

— Par Satan, souffla-t-il, c'est Maître Venables ! Est-ce vous qui l'avez tué, Irlandais ? Dois-je vous arrêter ?

— C'est un traître, aboya Colum, en plus d'être un assassin et un voleur ! Et je puis le prouver. Occupez-vous du cadavre, moi, j'irai faire mon rapport au roi.

Les nouvelles s'étaient propagées rapidement. Dans le vestibule, le prieur Anselm, entouré des membres de sa communauté, se tordait les mains comme si le ciel était tombé sur la terre et que tout n'était plus que ruines. Mathilda Chandler avait pris place sur un tabouret, dans un angle, muette comme une souris.

Simon l'infirmier se détacha du groupe.

— Que s'est-il passé ?

Colum l'écarta doucement.

— Rien qui puisse vous perturber, mon frère. Venez, Maîtresse Chandler, nous en avons fini ici.

Il quitta le couvent avec Kathryn et Mathilda. Des soldats et des archers se pressaient maintenant nombreux dans l'enceinte du monastère. Un courrier pénétra au galop dans la cour et sauta de selle. Essuyant la sueur sur son visage, il chercha Kathryn des yeux.

— Maîtresse Swinbrooke, c'est la duchesse qui m'envoie.

— Dites-lui qu'elle n'a rien à craindre, répliqua Kathryn. Fouillez le corps de Maître Venables.

Puis, devant la surprise qui se peignait sur le visage du messager, la jeune femme expliqua :

— Il gît dans son propre sang ; son âme est partie pour être jugée. Dites à votre maîtresse qu'elle examine soigneusement ses affaires elle-même et ne confie cette tâche à personne.

Le messager s'apprêtait à objecter, mais Colum lui ordonna d'un ton sec :

— Obéissez !

Une fois sortis du monastère, ils se frayèrent un chemin dans la rue animée. Maîtresse Chandler, que le bruit, l'agitation et les odeurs effrayaient, avançait entre Murtagh et Kathryn.

À Ottemelle Lane, celle-ci confia Mathilda à Thomasina, qui la prit gentiment par les épaules pour la conduire dans la chambre d'amis, au premier étage. Wulf et Agnes s'activaient dans le jardin de simples. Kathryn leur dit d'y rester. Elle éprouvait de la difficulté à parler à Colum, et dès qu'elle fut dans sa chambre, elle commença à trembler. En dépit de la chaleur, son corps était parcouru de frissons. Thomasina entra et, après un regard à la jeune femme, sortit précipitamment pour revenir avec un gobelet.

— De la poudre pour vous faire dormir.

Kathryn but lentement. Elle était fatiguée et nauséeuse. L'image du visage haineux de Venables la hantait, de même le souvenir de ce duel violent, brutal, dans le parloir du prieur.

Colum arriva et s'assit à son chevet. Il parla, mais la jeune femme ne réalisait pas ce qu'il disait. Il semblait assez calme.

— N'y pensez plus, Kathryn, murmura-t-il en lui caressant les cheveux. Venables était un assassin, il vous aurait tuée, et moi aussi, sans hésitation, quand bien même j'ai encore du mal à croire qu'il était un traître.

Kathryn l'embrassa distraitement sur la joue.

— Ce n'est pas encore fini, chuchota-t-elle.

En se tournant pour s'étendre, elle remarqua le petit rouleau sur la table de nuit. Il était attaché par un morceau de ficelle noire et scellé par des cachets de cire rouge. Kathryn le prit, défit la ficelle et rompit le sceau.

— Qu'est-ce que c'est ? interrogea Colum.

Kathryn se mordit la lèvre, tandis que les larmes lui montaient aux yeux. Elle parcourut le message avant de le tendre à Colum.

— Lisez-le tout haut, Irlandais.

— « À Maîtresse Swinbrooke, médecin et apothicaire à Ottemelle Lane, dans la cité de Cantorbéry. Monksbane, son fidèle serviteur, lui envoie ses salutations cordiales. J'écris ce message à la *Taverne du Dragon d'or*, qui domine la place du marché de Cirencester. Pour un homme d'expérience comme je le suis, la recherche ne fut ni longue ni difficile. Votre mari, Alexander Wyville, est mort, enseveli dans une tombe commune à l'église Saint-Dunstan-hors-les-Murs.

« Je n'ai pas vu sa dépouille, mais j'ai parlé au prêtre Crispin qui a enterré votre époux après qu'il eut été tué dans une rixe de taverne sur la place du marché que je surplombe. Je tiens de source sérieuse qu'Alexander Wyville rejoignit les lancastriens lorsqu'ils partirent vers l'ouest, dans l'espoir de retrouver d'autres traîtres qui avaient suivi Marguerite d'Anjou et Beaufort de Somerset. Votre mari, cependant, s'intéressait plus au pillage, à la bonne chère et à la boisson. Que Dieu lui pardonne, il mourut dans la honte. Après avoir déserté ses compagnons, avec quelques autres individus de son acabit, il participa à un jeu de hasard où l'on découvrit que les dés étaient truqués. Après un échange d'injures et de coups, on sortit les couteaux. Alexander Wyville fut tué tout de suite, et on identifia son corps grâce à des lettres et des mandats trouvés dans sa besace. Ses biens furent vendus pour une maigre somme d'argent, qui fut remise au père Crispin. On l'enterra le lendemain soir. Je rentrerai à Cantorbéry avec les témoignages faits sous serment, attestant que ceci est la vérité. Que Dieu vous bénisse. Adieu. Monksbane. »

Colum allait embrasser Kathryn, mais elle le repoussa doucement.

— Pas maintenant, chuchota-t-elle, que Dieu me pardonne, Colum, je ne ressens pas de peine, mais une ombre s'est dissipée.

La jeune femme s'allongea, et Colum tira sur elle le couvre-lit. Elle l'entendit dire qu'il allait à Kingsmead, et puis elle se laissa glisser dans un profond sommeil dont elle s'éveilla en fin d'après-midi. Dans la cuisine, Thomasina et Mathilda bavardaient joyeusement comme deux moineaux sur un toit. Mathilda était métamorphosée. Elle avait perdu son teint blême, gris ; ses yeux scintillaient et ses joues avaient pris de la couleur. Kathryn alla chercher dans la dépense un broc d'eau ainsi qu'une cuvette, dont elle se servit pour se laver le visage et les mains. Elle avait encore sommeil, ses membres lui faisaient mal, mais elle décida qu'elle se sentait mieux.

— Où comptez-vous aller? demanda Thomasina à Mathilda. Je veux dire, si vous désirez rester ici, vous êtes la bienvenue.

— Et vous y resterez, déclara Kathryn en prenant place à la table. Jusqu'à ce que ces affaires aient été clarifiées, vous êtes mon hôte, Mathilda.

— J'ai des projets, répliqua la veuve. Thomasina m'a parlé du père Cuthbert, à l'hospice des Prêtres Indigents. Je ne me remarierai pas, Maîtresse. Si le roi me témoigne de la bonté, je désire remercier Dieu de ma libération, et j'aimerais travailler dans cet hospice.

Kathryn discuta avec les deux femmes, interrompue de temps en temps par Wulf qui rentrait en courant du jardin, ou par l'arrivée de patients se plaignant de toutes sortes de maux sans gravité, ou encore par des clients venus acheter des simples ou des épices. La vie reprenait sans heurt son cours habituel. Thomasina entraîna Mathilda au jardin, tout en continuant à jacasser. Puis le soir tomba. Colum pénétra à grandes enjambées dans la maison, tout souriant.

— Je viens d'arrêter le roi des rats, annonça-t-il en s'immobilisant près de Kathryn. Maître Malachi Smallbones est maintenant avec la vermine dans le cachot, sous l'hôtel de ville. Il est passé aux aveux complets.

— Laissez-moi deviner, dit Kathryn. Maître Smallbones travaillait à Oxford, où il faisait sortir les rats des égouts en y mettant le feu.

— À Oxford et ailleurs, fit Colum avec un sourire grinçant.

Il se débarrassa de sa ceinture de guerre et s'assit à cheval sur le banc.

— Doux Jésus, Kathryn, cet homme inspire plus de pitié que de haine. Quel fripon! Il semblerait qu'il ait enfermé ces rats dans des caisses, qu'il les ait nourris avant de les apporter à Luxmoor, ce village en ruine à moins d'un mille de Cantorbéry.

— Combien ?

— D'après Holbech, qui l'a suivi là-bas aujourd'hui, en fin d'après-midi, une centaine au moins.

Kathryn secoua la tête.

— J'ai du mal à le croire.

Colum éclata de rire.

— C'est facile. Les rats s'attrapent et se mettent en caisse aussi facilement que des escargots. Il n'y a pas d'infestation de rats à Cantorbéry. Smallbones en a apporté quelques-uns qu'il a lâchés à Westgate, Southgate, et près de la cathédrale. La rumeur a fait le reste, et...

— Et la peur, interrompit Kathryn.

— Il semblerait qu'il ait agi de la même façon en d'autres endroits, reprit Colum, Colchester, Oxford, Gloucester. Il crée le problème et propose ensuite de le résoudre.

— J'espère que le Conseil de la ville n'oubliera pas le père Cuthbert.

— Luberon fulmine. On dirait un gros pigeon ventru qui arpente un avant-toit.

— Qu'adviendra-t-il de Smallbones ?

— Il devra rembourser. Il lui faudra sans doute travailler jusqu'au milieu de l'été pour débarrasser la ville de tous les rats, et il devra payer une lourde amende. Pendant une semaine, on l'attachera à l'arrière d'une charrette chaque jour, pour le conduire au pilori au son des cornemuses.

Colum sourit.

— C'est tout ce que Luberon a trouvé pour le moment.

— Il faut envoyer un message à Luberon, déclara Kathryn. Qu'il demande au père Cuthbert de lui louer les Douze Apôtres.

Colum promit qu'il le ferait et se leva.

— Allons-nous parler de Wyville ?

— Quand tout sera fini, Colum, nous le ferons.

— Mais ce n'est pas fini, c'est cela? Il y a autre chose?

— Nous allons avoir encore une visite, annonça Kathryn en se levant à son tour, et il faut que je me prépare.

Elle retourna dans sa chambre où elle se changea, puis elle descendit prendre le repas du soir avec les autres. Colum cachait mal la joie que lui procuraient les nouvelles envoyées par Monksbane. Quand Thomasina le sut, elle se signa et tint à aller au cellier percer le meilleur tonneau de bordeaux. Kathryn était encore très troublée. Elle mangea et but en écoutant les autres bavarder. Colum et Wulf taquinaient maintenant Thomasina et Mathilda, et ne les laissaient en paix que pour s'en prendre à Agnes. Mais celle-ci avait du répondant, en fervente adepte de la verve de Thomasina.

La mort d'Alexander attristait Kathryn, mais elle n'en éprouvait pas de réel chagrin. Tous deux avaient fermé la porte sur le passé. Alexander avait suivi son chemin, Kathryn le sien. Que fallait-il faire? Pleurer? Sur quoi? Pourquoi jouer les hypocrites? La jeune femme se promit de faire dresser une croix dans ce cimetière des pauvres de Cirencester. Et elle donnerait de l'argent au père Cuthbert afin qu'on chante des messes de requiem pour l'âme d'Alexander. Perdue dans ses pensées, elle entendit à peine qu'on frappait la porte. Thomasina revint à la cuisine, tout agitée.

— Vous avez de la visite, Maîtresse.

Kathryn dit aux autres de rester à table. Cécile, duchesse d'York, attendait dans le vestibule, accompagnée par un chevalier banneret arborant la livrée royale sous un manteau bleu foncé. Par la porte entrouverte, Kathryn vit le reste de l'escorte. Après avoir chuchoté des ordres à l'homme chargé de la protéger, la duchesse suivit Kathryn dans son cabinet d'écriture. Elle ferma la porte, tira les verrous et tourna la clé dans la serrure avant de lui tendre son manteau. Le visage de la reine mère était pâle et tiré. Elle était vêtue en veuve, en noir de la tête aux pieds, avec seulement un bracelet d'or au poignet gauche et une croix incrustée de pierreries suspendue par une chaîne d'argent à son cou.

— Souhaitez-vous un peu de vin ? proposa Kathryn.

La duchesse secoua la tête et accepta le siège qu'on lui proposait.

— Personne ne peut nous entendre ici, n'est-ce pas, Maîtresse Swinbrooke ? Kathryn, je vous appellerai Kathryn.

— Votre Grâce va bien ? demanda celle-ci en prenant place sur un tabouret.

— Quand nous nous sommes entretenues, hier soir, j'ignorais que c'était Venables.

La duchesse prit un air vindicatif.

— J'avais confiance en lui !

— Pourquoi êtes-vous ici, Madame ?

— Que savez-vous, Maîtresse Swinbrooke ?

Cécile dévisagea Kathryn, qui réprima un frisson sous la dureté de son regard. Les événements survenus au couvent avaient profondément troublé la duchesse, et Kathryn se demanda si elle était en sécurité. La reine mère était une femme puissante, mais les secrets de son passé pouvaient jeter un terrible discrédit sur elle et peut-être sur la maison d'York.

— Il faut que Votre Grâce me fasse confiance, répliqua Kathryn, et vous devez m'écouter. Dites-moi seulement ce que vous voulez, mais je me doute que des cauchemars hantent votre âme.

— À vous de me parler, Maîtresse, chuchota Cécile.

— Vous appartenez à la famille Neville, commença Kathryn, et vous avez fait un riche mariage en épousant Richard, duc d'York. Votre défunt mari partit en France voilà quelque trente ans en tant que Gardien de Calais, et vous l'avez accompagné.

— C'est ce que je vous ai raconté la nuit dernière.

— Vous avez dit également que, pendant que votre époux était absent avec les armées anglaises, un certain chevalier de sa suite vous poursuivit de ses attentions.

— Je vous le répète, il était bien vu que les membres de la suite de mon mari fassent honneur à la femme de leur seigneur. Mais comme vous le savez, l'affaire prit une autre tournure. L'homme était jeune, impétueux, il avait le sang chaud et exigeait ce que la courtoisie, l'étiquette ou les vœux du mariage ne permettaient pas.

— Il voulut vous violenter ?

— Oui. Dans l'une des tours du château de Calais. J'ai expliqué comment Atworth, qui faisait alors partie de ma suite, l'avait tué.

Kathryn hocha la tête, pensant aux enluminures miniatures qu'elle avait vues dans le psautier d'Atworth.

— Est-ce la vérité, Madame ?

La bouche de la duchesse se mit à trembler, et elle cligna des paupières pour dissimuler ses larmes.

— Quel était le nom de ce chevalier, Votre Grâce ?

— Je ne puis vous le dire, chuchota Cécile.

Elle jeta un rapide coup d'œil à Kathryn avant de poursuivre :

— Mais peut-être le pouvez-vous ?

Kathryn déglutit. Était-il prudent de faire confiance à cette femme ?

— Quel qu'ait été son nom, Votre Grâce, répliqua-t-elle lentement, il fut davantage qu'un fervent admirateur. Il eut peut-être avec vous une relation inconvenante.

Dame Cécile était figée sur son siège, les mains sur les genoux, telle une statue de pierre. Kathryn reprit :

— Il se peut qu'il ait commencé à vous menacer, c'est pourquoi Atworth le tua.

Kathryn leva les yeux au plafond.

— Je me suis livrée à certains calculs : votre fils

aîné, Édouard, fut conçu à Calais. J'irai droit au but, Votre Grâce, mais si vous aviez eu une liaison avec ce chevalier, en particulier pendant la période où vous avez conçu Édouard, des gens pourraient prétendre que le roi actuel n'est pas le fils de Richard d'York, et que, par conséquent, il n'a aucun droit sur la couronne d'Angleterre.

— Qui serait assez malveillant pour soutenir cela ?

— Venables, pour commencer. Le secret que vous partagiez avec Atworth n'était pas seulement celui du meurtre d'un chevalier qui avait eu l'audace d'être présomptueux, il touchait aussi à la conception de votre fils aîné. Atworth fut le prisonnier du vicomte de Sanglier. Dieu sait ce qui arriva dans ce château où il était détenu. Il fut peut-être torturé, soudoyé. D'une manière ou d'une autre, Sanglier se doutait de ce secret. Les années passèrent. Sanglier, comme les autres, vieillit, mais n'oublia jamais. En 1471, Édouard d'York remporta un succès complet, battant les Lancastre lors de deux batailles sanglantes, à Barnet et à Tewkesbury, dans le pays de l'Ouest. Aujourd'hui, Édouard est roi, conquérant, souverain d'un royaume uni qui, de nouveau, pourrait menacer la France. Louis XI est sur le qui-vive, le vicomte de Sanglier fait circuler des rumeurs sur un possible scandale. Comme deux chiens avec un os, Louis et le vicomte fouillent. Ils veulent en savoir plus. Il leur faut un traître haut placé dans l'entourage royal.

— Mais ce n'est pas ce qu'était Venables.

— Non, Votre Grâce, Venables n'était que l'instrument d'un personnage beaucoup plus malfaisant, votre fils au beau visage, aux cheveux d'or, aux yeux d'azur, George de Clarence.

Sous le coup du chagrin, Dame Cécile se révulsa, tandis que les sanglots la secouaient tout entière.

— George de Clarence, déclara Kathryn, est aussi

traître qu'il est beau. Pendant la récente guerre civile, il s'allia un temps avec les Lancastre. Son cerveau grouille comme un bac rempli de vers. Si l'on en croit Colum Murtagh, il est dévoré d'une insatiable ambition, mais n'a pas le talent nécessaire pour la satisfaire. Si cette histoire venait à être prouvée, alors George pourrait prétendre à la couronne d'Angleterre.

— Il lui faudrait combattre Édouard, rétorqua durement Cécile, et il le ferait !

— Il se peut que Clarence soit prêt à courir ce risque. Il a certainement été sensible à la trahison du vicomte. L'histoire l'a plutôt enchanté, et il s'est souvenu d'autres rumeurs qu'il avait peut-être entendues. Vous connaissez votre fils mieux que moi, Votre Grâce, il aime trahir comme un chat aime le lait. Il ne peut pas surveiller sa mère, qui se méfie de lui, alors il se tourne vers votre confesseur, Roger Atworth, et votre homme de confiance, Venables. Il achète ce dernier avec de l'or et de l'argent, et en lui promettant protection et avancement. Venables est comme beaucoup de ceux qui entourent vos fils : ces hommes sont des tueurs, des faucons qui sillonnent le ciel à la recherche de proies. Venables donc accepte. Déguisé et masqué, il s'introduit dans le monastère du Sac, où, à son tour, il soudoie Gervase et obtient le psautier d'Atworth.

— J'ai entendu parler de cela, intervint dame Cécile. Roger a fait preuve d'indiscrétion, mais ses enluminures ne prouvent pas grand-chose.

— Clarence s'en est rendu compte, et il a renvoyé Venables au monastère. Ce dernier, malgré la surveillance de Jonquil, a enlevé Atworth pour l'interroger, mais le cœur fragile d'Atworth a lâché. La fourberie dont je vous ai parlé la nuit dernière n'est plus une hypothèse, c'est la vérité.

À présent, la duchesse Cécile pinçait ses lèvres devenues exsangues.

— Dans le même temps, poursuivit Kathryn, votre fils Édouard le roi s'aperçoit que Clarence, en échange du soutien français, vend des secrets à Louis.

— Il sait que c'est Clarence ?

— Non, mais il s'en doute, aussi contacte-t-il son propre agent à Paris, Padraig Mafiach, également connu sous le nom de Robin Goodfellow. Mafiach fait du très bon travail. Il découvre le nom de l'espion au Conseil royal, et celui de son complice. Il choisit un verset de la Bible : Sophonie I, 16, copie le texte latin et sa traduction, et écrit en bas « Recto et Verso », ainsi que cette phrase énigmatique : « *Veritas continet Veritatem* », « La vérité contient la vérité ».

Kathryn se leva, ouvrit un coffre dont elle sortit un rouleau de parchemin qu'elle tendit à la duchesse.

— Votre Grâce, vous pouvez voir comment, dans le texte latin et dans sa traduction, on peut déchiffrer le nom de Venables.

— Et la phrase « La vérité contient la vérité » ?

— On trouve pareillement dans la traduction le nom de George de Clarence. Clarence était celui qui contenait ou tenait Venables, tout comme le texte anglais contient le sens du verset latin.

— Il a toujours été un méchant enfant gâté !

La duchesse Cécile porta son regard sur les ténèbres, derrière la petite fenêtre, avant de reprendre :

— Beau comme un ange avec un cœur noir comme le péché. Il a dit à Venables quand Mafiach devait arriver à l'*Auberge Falstaff*, c'est cela ?

Kathryn opina du chef.

— Pourquoi ne pas m'avoir raconté tout cela la nuit dernière, Maîtresse ? Vous avez parlé du couvent en faisant seulement allusion à d'autres choses.

— Votre Grâce, répliqua Kathryn d'une voix de miel, j'ai été aussi franche avec vous que vous l'avez été avec moi.

La duchesse eut un sourire en coin.
— Et maintenant ?
— Oh, je ne doute pas que votre fils le roi fera peur à Clarence, qui oubliera peut-être un temps cette affaire. Le vicomte de Sanglier regrettera son voyage en Angleterre. Et il se mordra certainement les doigts de son audace et de son outrecuidance, non seulement pour avoir recruté ces traîtres, mais aussi pour vous avoir ouvertement provoquée sur le sujet de la mort de Mafiach. Il ira chasser sur d'autres terres.
— Et vous, Maîtresse Swinbrooke ?
La duchesse repoussa sa cape et ouvrit un petit sac incrusté de pierreries maintenu à sa taille par une cordelière dorée. Elle en sortit un minuscule coffret en verre et argent.
— C'est une relique, Kathryn.
Le médecin éclata de rire. La duchesse la regarda durement.
— Ces choses-là vous amusent ?
— Oui.
Kathryn leva les yeux au plafond.
— Le bienheureux Roger sera-t-il canonisé ? Lui édifiera-t-on un tombeau au monastère du Sac ?
Cécile eut un mince sourire.
— Peut-être, et peut-être pas. Je crois sincèrement que Roger est auprès de Dieu en dépit des péchés qu'il a pu commettre. Cependant, ces rumeurs que Clarence aimerait tant faire courir ont refroidi mon ardeur à le faire canoniser.
— Je comprends, et cela explique la remarque venimeuse de Sanglier. Les Français seraient heureux de répandre cette nouvelle scandaleuse, en assurant que l'a révélée non pas n'importe qui, mais votre propre confesseur, un saint de l'Église universelle, un homme dont vous avez promu la cause avec tant d'énergie.
— Je crois comprendre qu'à Rome le pape a beaucoup à faire.

La duchesse regarda le reliquaire et secoua la tête.

— Je n'arrive pas à croire qu'un de mes fils ait eu l'audace d'exhumer pareilles ignominies.

Kathryn fut tentée de lui demander si la rumeur contenait une part de vérité, mais elle se mordit la langue. Elle lui tendit le parchemin en indiquant la traduction.

— Lisez vous-même, j'ai souligné les lettres, il suffit de les remettre en ordre.

Le jour du Seigneur,
Roi des rois tout-puissant, arrive ;
Jour de colère et de vengeance, de ténèbres et de [nuages,
Jour de tempêtes effarantes,
Jour de malheur aussi, de chagrin et de peine,
Quand cesseront l'amour et le désir des femmes,
Et les efforts des hommes et les appétits de ce [monde.

Dame Cécile lut, et ses yeux s'emplirent de larmes en même temps qu'elle épelait les lettres. Elle rendit le parchemin à Kathryn et l'obligea à prendre le reliquaire.

— Jurez sur ce morceau de la vraie Croix, Kathryn, que ce que vous m'avez dit et ce que vous avez appris restera entre nous deux seulement, de ce côté du Ciel.

Kathryn effleura le reliquaire du bout des doigts.

— Je le jure, murmura-t-elle. Votre Grâce n'a rien à redouter de moi.

Cécile se leva et regarda la jeune femme droit dans les yeux.

— Oh, si, j'ai beaucoup à craindre de vous, Maîtresse Swinbrooke ! Laissez George de Clarence, j'en fais mon affaire. Pour le reste, demandez-moi ce que vous voulez !

Kathryn et Colum se fiancèrent la veille de la fête du Corpus Christi, à l'entrée de l'église de Sainte-Mildred, tout à côté des fonts baptismaux où Kathryn avait été baptisée. Les invités s'assemblèrent en cercle autour d'eux pour témoigner de cet échange solennel et des promesses qu'ils se firent de se marier avant l'été. Kathryn était au comble du bonheur. Elle arborait une très belle robe de satin bleu frangée de blanc et portait au cou une croix incrustée de pierreries que lui avait donnée Colum. Un voile argenté ourlé d'or recouvrait ses cheveux sombres. Elle observa le père Cuthbert bénir l'anneau et les chandelles que l'on ferait brûler pour la messe nuptiale. Thomasina, Agnes, Wulf, Holbech, Mathilda Chandler et tous leurs amis de la paroisse se pressaient sous le porche déjà chaud, devant l'église ; ils applaudirent lorsque Colum, prenant Kathryn par la main, la conduisit sur le parvis où ils répétèrent leurs promesses en public. Kathryn contempla tous ces visages qui lui souriaient. C'est ici qu'elle avait été baptisée, ici qu'elle venait avec son père entendre la messe du dimanche, et ici aussi que, voilà presque une éternité, elle avait cru aimer Alexander Wyville. Tandis qu'elle regardait tous ces gens, un mouvement dans le fond attira on attention, et son cœur cessa de battre. Était-ce le visage de Wyville qu'elle avait aperçu ? Elle détourna la tête : ce n'était qu'un fantôme du passé. Colum, l'amour de sa vie, lui tenait la main en lui souriant avec bonheur.

NOTE DE L'AUTEUR

Ce roman développe un certain nombre de thèmes très intéressants. D'abord, la médecine au Moyen Âge était peut-être plus avancée qu'on ne le croit. Comme aujourd'hui, guérisseurs et médicastres fleurissaient, mais beaucoup de médecins avaient un sens aigu de l'observation, posaient souvent des diagnostics, et parfois réussissaient à pronostiquer des maladies graves. Il est facile de présumer que le statut des femmes, à l'époque médiévale, était négligeable, et qu'il ne s'améliora progressivement qu'au cours des siècles suivants. C'est absolument faux. Une célèbre historienne anglaise a montré que les femmes jouissaient probablement de plus de droits en 1300 qu'en 1900, et la description que fait Chaucer de la femme de Bath montre une femme qui non seulement pouvait être indépendante dans un monde d'hommes, mais qui voyageait aussi dans toute l'Europe, de sanctuaire en sanctuaire, et qui se doublait enfin d'une redoutable femme d'affaires.

Dans ce livre, la fiction suit la réalité, et la citation en exergue résume en peu de mots le rôle essentiel que jouaient les femmes en tant que médecins, guérisseuses et apothicaires. Kathryn Swinbrooke n'a peut-être jamais existé, mais, en 1322, le plus célèbre médecin londonien était Mathilda de Westminster; Cécile d'Oxford était le médecin royal d'Édouard III et de son épouse, Philippa de Hainaut; et l'ouvrage de Gérard de Crémone décrit des femmes médecins à l'époque médiévale. En Angleterre, en particulier, où les facultés de médecine des deux universités, Oxford et Cambridge, étaient comparativement peu réputées, les femmes exerçaient les professions de médecin et d'apothicaire, ce qui leur serait interdit au cours des siècles ultérieurs.

L'histoire n'avance pas en ligne droite mais souvent en cercles, et c'est vrai surtout pour la médecine médiévale. Certes, comme de nos jours, il existait des charlatans prêts à gagner rapidement un peu d'argent en vendant des remèdes miracles, mais les médecins du Moyen Âge possédaient un sens exceptionnel de l'observation et du diagnostic. Si certains des médicaments qu'ils utilisaient furent à une époque discrédités parce que fantaisistes, ils sont aujourd'hui considérés à juste titre en Europe et en Amérique comme appartenant à la médecine alternative.

Au Moyen Âge, les médecins étaient conscients des dangers que représentaient les rats, qu'ils savaient porteurs de maladies. Les municipalités menaient aussi la guerre à ces rongeurs imprévisibles, sans grand succès néanmoins. Il y avait dans nombre de villes et de cités une charge officielle de chasseur de rats. De fait, la meilleure façon d'exterminer la vermine était le feu, comme l'a prouvé le grand incendie de Londres en 1666, ou les furets, qui tuent les bêtes et nettoient leurs nids. L'idée que quelqu'un importe des rats dans une ville se fonde sur la réalité. Ces « infestations forcées » étaient courantes et le personnage de Malachi Smallbones s'inspire de l'éternel escroc qui ne doute de rien, crée un problème et offre sa solution.

Les médecins du Moyen Âge connaissaient bien les

propriétés de l'arsenic. Ils considéraient que c'était une substance dangereuse mais qui pouvait être utile, prise en petites quantités. Cette pratique a perduré en Europe jusqu'à la fin du XIXe siècle. L'arsenic possède en effet certaines particularités uniques. La lente décomposition d'une victime empoisonnée à l'arsenic et la poussière rouge que l'on trouve souvent dans les cercueils de telles victimes ont envoyé bien des meurtriers célèbres à l'échafaud.

À l'époque médiévale, sanctuaires et reliques constituaient une réelle source de revenus pour de nombreuses églises. Évidemment, beaucoup d'ordres religieux priaient pour qu'un jour leur église abrite les reliques d'un grand saint. Il ne faut pas rejeter hâtivement les guérisons qui s'opéraient dans ces sanctuaires. Assurément, certaines sont risibles, mais d'autres témoignent du pouvoir de l'esprit sur la matière.

Les rumeurs concernant la duchesse Cécile d'York ne sont pas pure imagination. George, duc de Clarence, fut un traître, et plus tard, durant le règne d'Édouard, il fut arrêté pour avoir comploté contre son frère et fait courir ces bruits scandaleux sur sa mère et sur la légitimité de son frère le roi. En 1483, lorsque Richard de Gloucester usurpa le trône et emprisonna son neveu, Édouard V, à la Tour, on dit que ses partisans reprirent cette histoire. Ils firent valoir qu'Édouard IV était peut-être illégitime, et que, par conséquent, ses fils ne pouvaient prétendre au trône. L'histoire devint une arme puissante dans la politique houleuse de la maison d'York. Pour finir, ceux qui répandirent le scandale n'en profitèrent guère. Clarence fut assassiné à la Tour, noyé, dit-on, dans un tonneau de malvoisie. Richard de Gloucester, qui devait devenir Richard III, fut battu et tué par Henri Tudor à la bataille de Bosworth en 1485.

Cet ouvrage a été réalisé par

FIRMIN DIDOT

GROUPE CPI

Mesnil-sur-l'Estrée

pour le compte des Éditions 10/18
en mars 2002

Imprimé en France
Dépôt légal : avril 2002
N° d'édition : 3353 – N° d'impression : 59026